BASTEI
LÜBBE

FRIEDE BIRKNER

Ohne Liebe heiraten sie nicht

BASTEI LÜBBE

BASTEI-LÜBBE-TASCHENBUCH
Band 11393

Printed April 1989
Einbandgestaltung: Roland Winkler
Titelfoto: Brown, London
Satz: Prechtl, Passau
ISBN 3-404-11393-4

Der Preis dieses Bandes versteht sich einschließlich
der gesetzlichen Mehrwertsteuer

I

Klein-Emily war langsam zu einer Emily herangewachsen. Sie hatte ihre Schuljahre hinter sich, hatte gelebt, wie jedes junge Mädchen diese Jahre verbringt; aber eines Tages kam Verstand in ihr kleines Gehirn. Und sie fand es langweilig, daß ihr Tag nur aus Vergnügungen und Belanglosigkeiten bestand.

Die Arbeiten ihres Vaters interessierten sie schon sehr lange. Energisch, wie sie war, bedeutete es nur einen kurzen Entschluß, daß sie eines Tages vor ihn hintrat und erklärte: »Du, Papa, ich habe es satt!«

»So?« sagte Professor Meinhard. »Was hast du denn satt?« Er sah von seiner Zeitung auf, in die er sich nach dem Mittagessen vertieft hatte.

»Das ganze Leben, Papa! Das muß anders werden!«

»Dann würde ich raten, dir einen kleidsamen Strick zu kaufen und dich aufzuhängen.«

Professor Meinhard nahm seine Tochter noch nicht ernst, das war bisher nicht seine Gepflogenheit gewesen. Er fand sie hübsch, nett, gut erzogen, aber sie stand seiner Arbeitswelt fern, genau wie ihre Mutter. Großmama Roberta aber, die viel im Haus ihres Schwiegersohnes lebte, wenn sie nicht, wie oft schon früher, auf Reisen war, spürte, daß in der sonst so glücklichen Ehe ein starker Zusammenhang fehlte. Sie kannte ihre Tochter zu genau, um nicht zu wissen, daß diese sich nicht ändern würde und konnte.

Aber wieder und wieder betrachtete sie prüfend ihre Enkelin. Und es war fast so, als warte sie auf etwas!

Emily sah ihren Papa fast zornig an und fragte: »Du kannst mich wohl nicht ernst nehmen, Papa, wie?«

»Offen gestanden — nein, Kind, du bist ein netter Fratz, aber eben nicht mehr.«

Da stampfte Emily mit dem Fuß auf und erklärte: »Ich will aber mehr sein, Papa, viel mehr. Deshalb habe ich es satt.«

Professor Meinhard richtete sich aus seiner bequemen Stellung auf und sah seine Tochter interessiert an.

»Du sprichst ernsthaft mit mir, Kind?«

»Ja, Papa, ganz ernsthaft. Ich will studieren!«

»Studieren? Du? Was denn?« Immer interessierter wurde ihr Vater.

»Ich will deine Assistentin werden, Papa!«

»Oho, halt! Die jungen Pferde gehen anscheinend mit dir durch. Wie denkst du dir die Sache?«

»Furchtbar einfach, Papa! Ich lasse den ganzen Blödsinn, den ich bisher tagsüber trieb, und fange an zu arbeiten.«

»Bravo! Ausgezeichnet! Da wäre nur zu überlegen, wie man das machen kann. Wie weit bist du in der Schule gekommen?«

»Na, du weißt doch, Papa, meine Abgangsprüfung war nicht schlecht. Ich bin schließlich deine Tochter und nicht dumm.«

»Stimmt, Kind, dann wollen wir der Sache mal nähertreten, wenn es dir wirklich ernst ist!«

Emily setzte sich auf die Lehne des Sessels, in dem ihr Vater Platz genommen hatte, legte ihren Arm auf seine Schulter, spielte mit seinen Westenknöpfen und eröffnete ihm ihren ganzen wohlüberlegten Plan, so daß der Papa nur immer wieder mit dem Kopf nicken und bei sich denken mußte, daß seine kleine Emily wirklich ein ganz gescheites Mädel sei.

»Es wird nicht leicht werden, Kind. Du bist schon einige Zeit vom Lyzeum weg und mußt viel nachholen.«

»Gut so, Papa. Darauf freue ich mich. Ich weiß dann doch wenigstens, was ich mit mir und meiner Zeit anfangen soll. Ich ertrage es einfach nicht mehr, als unnützes Mitglied der menschlichen Gesellschaft herumzufaulenzen.«

»Und wie wäre es denn mit Heiraten? Das wäre doch das Gegebenere?«

»Nein, Papa, für mich nicht! Erstensmal finde ich alle Männer gräßlich, und zweitens habe ich es mir jetzt in den Kopf gesetzt, deine Assistentin zu werden. Sag um Gottes willen der Mama nichts davon. Sie macht mir so schon immer den Kopf warm, ich sollte doch meinen englischen Vetter heiraten.«

»Den Fredy? Lieber Himmel, wie kommt Mama auf den? Der Fredy ist ein netter Kerl, vergnügt und liebenswürdig, aber das ist doch kein Mann für dich!«

»Na also, Papa, dann sind wir wieder einer Ansicht. Ich mag Fredy auch sehr gern, aber wenn ich daran denke, daß ich ihn heiraten soll, möchte ich mich totlachen.«

»Das wäre ja an sich keine schlechte Grundlage für eine Ehe«, erwiderte der Professor, »besser, als wenn du dich totweinst. Es ist dir also wirklich ernst damit, daß du studieren willst?«

»Ja, Papa, ganz ernst. Ich bitte dich um deine Hilfe!«

»Und was wird die Mama dazu sagen?«

Emily und ihr Vater sahen sich lächelnd an, und dann sagte sie: »Selbstverständlich wird sie Himmel und Hölle in Bewegung setzen, mir den Gedanken auszureden.«

»Und Großmama?«

»Ich glaube, Papa, Großmama ist wirklich sehr vernünftig!«

»Das ist in deinem Mund eine große Anerkennung für deine Großmama.«

»Ich mag Omi sehr gern, Papa. Sie hat etwas so Ruhiges und Abwartendes. Ich bedaure es, daß sie nicht immer bei uns ist.«

»Du weißt, daß sie sehr viel drüben in England bei Onkel Fairfax lebt. Großmama ist schließlich Engländerin, und es ist selbstverständlich, daß sie öfters drüben sein will. Also steck jetzt die Nase in die Bücher, dann wollen wir in einem Jahr sehen, ob es dir wirklich ernst war mit deinem Vorsatz. Bis dahin wird zwischen uns beiden nicht davon gesprochen. Ich liebe Halbheiten nicht sonderlich und möchte an meiner eigenen Tochter nicht erleben, daß sie die Flinte ins Korn wirft.«

»Sollst dich wundern, Papa!«

»Nichts versprechen, Kind! Es wird für dich nicht leicht werden! Außerdem kommt noch ein erschwerendes Moment dazu!«

»Und das wäre, Papa?«

Der Professor sah sie einen Augenblick zögernd an und sagte dann lächelnd, fast gegen seinen Willen: »Du bist ein ganz verflixt hübsches Frauenzimmer!«

»Ein Kompliment, Papa?«

»Nein — eine Erwähnung von Tatsachen.«

»Und du hältst das für ein Hindernis?«

»Hm . . . ich fürchte, die Herren Professoren werden zu zart mit dir umgehen. Es ist schwer für einen Mann, hart gegen eine hübsche Frau zu sein. Und ein Lehrer muß hart sein, sonst lernen seine Schüler nichts.«

»Ohne Sorge, Papa, wenn ich merke, daß einer mir gegenüber aus diesem Grund weich ist, sage ich ihm meine Meinung.«

»Gut, Kind! Ich lasse mich gern überraschen.«

Damit war für Professor Meinhard die Sache abgetan. Er griff wieder nach seiner Zeitung, für Emily das untrügliche Zeichen, daß Papa nicht mehr zu sprechen war.

Emily unternahm die Schritte, die erforderlich waren, um zu studieren, und nach einigen Wochen war sie schon mitten drin in der Arbeit, so, als hätte sie nicht lange pausiert.

Eines Nachmittags — sie war im Begriff, die Universität zu verlassen — schrak sie heftig zusammen, als sie einen herzlichen Schlag auf ihrer Schulter verspürte. Wütend drehte sie sich herum und stand ihrem Vetter Fredy Fairfax gegenüber.

Ein netter Bursche, dieser Fredy, groß, breitschultrig, strohblondes Haar, vergnügte blaue Augen, Sommersprossen, große Hände und Füße, aber dazu ein sehr liebenswürdiges Lächeln. Alles in allem ein Kerl, dem man schwer widerstehen konnte.

»Hallo, Fredy! Wo kommst du her?«

»Mußt mich fragen, wo ich hin will!«

»Also gut, alter Pedant! Wo willst du hin?«

»Mit dir nach Wannsee! Oder hast du etwas dagegen?«

»Nein! Nichts dagegen, aber keine Zeit!«

»Blödsinn! Selbstverständlich hast du Zeit!«

»Nein, ich muß nach Hause, muß arbeiten!«

»Hast du Sinn für Logik, Emily?«

»Ich denke doch! Versuch es einmal!«

»Also paß auf! Du würdest jetzt bis zum nächsten Autobus laufen und zehn Minuten warten, darauf eine Viertelstunde Autobusfahrt; dazu zehn Minuten Weg bis nach Hause, zehn Minuten umziehen, eine Stunde Mittag — schneller geht es ja bei deiner Mutter nicht —, zehn Minuten Zigarettenlänge, fünf Minuten Kaffee!«

Emily sah ihren Vetter lachend an und fragte: »Was soll das nun wieder, Fredy?«

»Augenblick, nicht ungeduldig werden! Mein Gegenvorschlag! Da drüben steht mein Wagen. Einsteigen, in zwanzig Minuten in Wannsee, Mittagessen halbe Stunde, Nachhausefahrt wieder zwanzig Minuten, alles in allem eine reichliche Stunde. Habe ich logisch gedacht?«

»Man möchte schon mehr sagen mathematisch, mein guter Fredy, und wie gedenkst du die Sache weiter fortzuführen?« fragte Emily und ging mit ihm bis zu dem parkenden Wagen. »Bist du für heute schon fertig mit der Arbeit?«

Er nickte ihr etwas verstimmt zu. »Ich mag nicht mehr studieren, Emily, habe den Kram satt. Kannst du dir vorstellen, daß ich mich danach sehne, einmal zu arbeiten? Körperlich, meine ich.«

Emily blieb stehen und sah ihn erstaunt an: »Gilt dir das Studium nicht als Arbeit?«

»Nein — ehrlich gesagt, nein. Dazu wird mir die ganze Sache zu leicht, und die Juristerei liegt mir nicht. Richtig arbeiten möchte ich, Kräfte umsetzen — Hacke und eine Schaufel in die Hand nehmen —, das möchte ich!«

»Aha, aber doch immerhin mit dem eigenen Auto zur Arbeitsstätte fahren?« fragte sie und sah ihn von der Seite an.

»Na, selbstverständlich — das heißt, wenn möglich! Aber weißt du, Emily, ich habe das Gefühl, es muß sich in meinem Leben irgend etwas ändern. Bin mir nur noch nicht klar darüber: wie!«

»Nun, das scheint ja eine Zeiterscheinung in unserer Familie zu sein«, sagte sie lächelnd, als sie bei seinem Wagen angelangt waren.

»Bitte einsteigen, mein Fräulein!«

»Fährst du auch vorsichtig?« fragte Emily und sah ihn ein wenig ängstlich an.

»Bist du bange? Fürchtest du dich davor, mit mir nach Wannsee zu fahren? Und dabei haben unsere beiderseitigen Mütter beschlossen, daß wir unser ganzes Leben miteinander verbringen sollen.«

Fredy setzte sich neben seine Cousine, und bald ging die Fahrt in dem netten, offenen Sportwagen hinaus zur Avus. Weil der Fredy sehr langsam fuhr und sein Augenmerk nicht von den Verkehrsregeln ließ, konnte er sich weiter mit Emily unterhalten.

Bei seiner letzten Bemerkung hatte sie nur kurz aufgelacht und erklärt: »Blödsinniger Gedanke!«

»Damit meinst du unsere eventuelle Heirat? Ganz meine Ansicht! Erstensmal bist du gar nicht mein Typ, zweitens bist du mir viel zu alt!«

»Wie bitte?«

»Zu alt!« fuhr er fort, ohne sich unterbrechen zu lassen. »Ein Jahr jünger als ich, was bedeutet das schon, zumal wenn man bedenkt, daß die Frau in ihrer Entwicklung dem Mann immer fünf Jahre voraus ist.«

»Armer Fredy, wollen sie dir eine Großmutter zur Frau geben? Aber unbesorgt, einen grünen Jungen heirate ich auch nicht!«

»Jetzt wirst du aber frech! Ich bin ein Mann!«

»Ja, ich weiß, einer, der am liebsten das Studium vor der Beendigung an den Nagel hängen möchte. Absolut männlich!«

»Soll das eine Spitze sein?«

»Wie du es auffaßt! Aber nun wollen wir doch noch einmal von deinem Plan sprechen, dein Leben zu ändern. Ich habe dafür viel Verständnis, das meine habe ich ja auch vor einem halben Jahr geändert!«

»Na also! Wie gesagt, ich bin des trockenen Tones satt.«

»Das dürfte ein Zitat aus dem ›Faust‹ sein!«

»Ist mir schnuppe. — Auf jeden Fall habe ich den Krempel reichlich über!«

»Dem ist nur abzuhelfen, guter Fredy, wenn du etwas anderes unternimmst, als da wäre: Bäcker zu werden oder Fleischer, Schuster, Eisendreher, Chauffeur, Kammerdiener — also, du hast jedenfalls eine große Auswahl!«

Fredy sah sie, soviel das bei der schnellen Fahrt möglich war, fast beleidigt von der Seite an.

»Fehl geraten, verehrte Cousine. Ich gedenke Goldgräber zu werden.«

»Oh, wie originell. Und wie willst du das verwirklichen?«

»Höchst einfach: Ich fahre hinunter, grabe nach Gold, finde eine Unmenge und komme als reicher Onkel aus Australien wieder nach Hause.«

»Aha. Entweder, mein lieber Fredy, hast du zuviel oder zuwenig

Abenteuerromane gelesen. Wie ich mich erinnere, ist nichts schwerer und mühseliger zu finden als Gold!«

»Man könnte es ja vielleicht auch mit Pechblende versuchen.«

»Könnte man, soll auch sehr einträglich sein.«

»Hör mal zu, Emily, ich glaube, du nimmst mich nicht ganz ernst?«

»O doch, sehr ernst sogar, mein Junge, so ernst, daß ich dir den guten Rat gebe, erst eines fertig zu machen, ehe du etwas Neues beginnst.«

»Das bedeutet also praktisch —?«

»Daß du erst dein Studium beendest!«

»Das hängt mir aber zum Hals heraus!«

»Fredy, wenn wir alle immer das, was wir nicht mögen, unerledigt ließen, dürfte die Welt bedeutend anders aussehen!«

»Du mußt entschieden Professor werden, Emily!«

»Warum nicht? Vielleicht ist es meine Absicht. Du brauchst nur an Madame Curie zu denken, eine Frau, die Unfaßbares erreicht hat.«

»Ja, meine Gute, die hat aber auch das Radium entdeckt!«

»Vielleicht ist es auch mir vergönnt, irgendeine epochale Erfindung zu machen.«

»Ich will dir mal was sagen, Emily. Du hast augenblicklich einen Studiumskoller und bist nicht ganz normal. Also — ich will mich deinen weisen Lehren fügen und erst mein Studium beenden. Die vier Jahre werden auch vergehen, und dann kann ich machen, was mir paßt, nicht wahr?«

»Selbstverständlich, Fredy, dann wird auch alles leichter für dich. Außerdem bleibt dir der Kampf mit der Familie erspart. Dein Vater würde keinesfalls erfreut sein, wenn sein Sohn ihm eine Postkarte schriebe folgenden Inhaltes: Jurastudium aufgegeben — grabe Gold. Herzliche Grüße, Euer Fredy!«

Fredy Fairfax mußte lachen, als Emily das sagte, und hob ein wenig die Schultern.

»Kann mir meinen alten Herrn vorstellen, was der zu einer solchen Karte sagen würde.«

Die Unterhaltung zwischen den beiden ging in dem gewohnten Ton weiter, und als Fredy seine Cousine an der Villa Professor

Meinhards absetzte, war ihre verwandtschaftliche Freundschaft wieder um einige Grade herzlicher und fester geworden.

Mit Emily war in den letzten Monaten eine große Veränderung vorgegangen, die ihrer Mutter fast unbequem, ihrem Vater jedoch sehr erfreulich war und der Großmama erstaunlich vorkam.

Aus der bisher oberflächlichen und oft interesselosen jungen Dame war ein praktischer und fleißiger Tatmensch geworden. Ihre natürliche Liebenswürdigkeit hatte sie davor bewahrt, unangenehm auf ihre Umgebung zu wirken.

Und sie hatte nicht das, was studierende Frauen oftmals an sich haben: Überheblichkeit, Unliebenswürdigkeit und Vernachlässigung der äußerlichen Erscheinung. Im Gegenteil, sie wirkte reizvoller und angenehmer als vorher.

II

Emily hatte es erreicht! Das Studium war beendet, und sie wurde im chemischen Laboratorium ihres Vaters als vollwertige und sehr brauchbare Assistentin eingestellt.

Es war für sie ein wundervolles Gefühl, mit ihrem Vater zusammen arbeiten zu können. Und erst in den Stunden der Arbeit lernte sie den sonst so stillen Gelehrten richtig kennen. Er war ein guter Arbeitskamerad und hatte eine wundervolle Art, zu lehren und weiterzuhelfen. Niemals war er wissenshochmütig ihr gegenüber, sondern immer bereit, das noch fehlende Wissen bei ihr aufzufüllen. Die Wintermonate hatten sie beide benutzt, eine Professor Meinhard schon lange am Herzen liegende Arbeit in Angriff zu nehmen, ein Serum zur Bekämpfung einer Tropenkrankheit, die zur Zeit im Fernen Osten und auf den Südseeinseln wieder sehr stark auftrat. Das hatte Professor Meinhard veranlaßt, die schon vor einigen Jahren begonnene Arbeit wieder vorzunehmen, um doch noch ein wirksames Mittel gegen diese furchtbare Krankheit zu finden.

Es setzte Emily oft in Erstaunen, ihren Vater trotz aller wissenschaftlichen Erfolge bei dieser Arbeit mutlos und unentschlossen zu finden, bis sie eines Tages gewissermaßen den Stier bei den Hörnern packte und ihn offen und ehrlich fragte, was ihm die Freude an der Arbeit raube.

Sie hockten in ihren weißen Labormänteln auf dem Fensterbrett des Laboratoriums, zwischen sich die Zeugen ihrer Tätigkeit.

Eben war es Emily gelungen, einen bisher noch nicht gefundenen Mangel des bewußten Serums zu erkennen, und sie hatte gehofft, große Freude bei ihrem Vater dadurch auszulösen. Aber fast trübe und kraftlos hatte er die Hand sinken lassen, in der er das bewußte Reagenzglas hielt.

Emily nahm ihm das Glas aus der Hand und stellte es in den Holzständer, schob ihn beiseite und faßte nach der Rechten ihres Vaters, der ihr heute auffallend müde erschien.

»Papa — was ist eigentlich los?«

»Was willst du, Mädel? Was meinst du?«

»Papa, ich arbeite Tag für Tag und Stunde für Stunde mit dir und habe dich kennengelernt. In dir ist irgend etwas, das dich quält. Soviel kann ich beurteilen. Willst du es mir nicht anvertrauen? ich bin jetzt dein Famulus und halte zu dir durch dick und dünn. Fürchtest du, daß wir es nicht mehr schaffen? Glaubst du nicht mehr an unsere Arbeit? Sei ehrlich zu mir, Papa, ich bitte dich darum!«

Müde strich Professor Meinhard sich über das schon weiße Haar und sah sein Mädel mit seinen wunderschönen tiefen Gelehrtenaugen fast verzweifelt an.

»Ja, Mädel, wenn du mich schon fragst — wir sind in eine Sackgasse geraten!«

»Aber Papa, wie kannst du so etwas sagen? Ich kann es dir klar beweisen, daß wir vorwärtskommen.« Eifrig hatte Emily das Tagesjournal aufgeschlagen und zeigte ihm die für einen Laien unverständlichen Aufzeichnungen einer chemischen Formel: »Es geht doch vorwärts, Papa — und nicht zurück!«

»Mit unserem Wissen, ja, Kind, da geht es vorwärts, aber — nun ja, es muß gesagt sein, Kind — meine finanziellen Mittel sind zu Ende!«

»Was — was redest du da, Papa? Um Gottes willen, wie soll ich das verstehen?«

»So wie es gesagt ist, Kind.«

»Aber Papa, du hast doch dein Gehalt.«

»Zugegeben, aber die Versuche, die hier seit einem halben Jahr angestellt werden, haben meine finanziellen Kräfte erschöpft. Wir können nicht mehr weiter!«

»Soll das heißen —?« Emily sah ihn angstvoll an, und er nickte nur langsam und müde mit dem Kopf. »Also wir müssen mitten im Vorwärtslauf aufhören?«

»Ja, Kind.«

»So kurz vor dem Ziel? Das ist bitter, Papa. Was soll nun werden?«

»Zum Verzweifeln ist es nicht, Kind, wir müssen uns eben auf die Arbeiten beschränken, die uns der Staat in Auftrag gibt, und unsere private Arbeit ruhen lassen; es geht nicht anders.«

»Es muß anders gehen, Papa! Das ist undenkbar, da mache ich nicht mit.«

»Es wird dir nichts helfen, Kind. Denkst du vielleicht, mir fällt es leicht? Verdammt schwer wird es mir, glaube mir das. Ich habe hin und her überlegt, aber ich finde keinen Ausweg. Also müssen wir uns dem Gegebenen fügen.«

Emily war vom Fensterbrett heruntergesprungen und lief erregt im Laboratorium hin und her. Professor Meinhard verfolgte die Tochter mit seinen Blicken. Es war ihm nicht leicht geworden, dem tapferen und klugen Mädel diese Eröffnung zu machen, er hatte sie in dem letzten Jahr des Studiums und in den Monaten des Zusammenarbeitens beobachtet, geprüft und als vollwertig erkannt.

Für Emily tat ihm der Abbruch der gemeinschaftlichen Arbeit fast noch weher als für ihn.

»Papa, ich kann es nicht glauben. Ich gebe mich auch noch nicht damit zufrieden. Schwierigkeiten sind dazu da, daß sie überwunden werden. Und wir müssen sie überwinden. Es muß sich ein Ausweg finden lassen. Können wir nicht irgend etwas verkaufen oder verpfänden, um Geld in die Hand zu bekommen?«

»Das wären alles Auswege, die das ruhige und behütete Leben deiner Mutter beeinflussen würden. Emily, das kannst du nicht von mir verlangen.«

Emily sah mit einem Ausdruck des Gerührtseins auf ihren Vater. »Freilich, Papa, du hast recht, die Mama darf nichts davon merken. Aber — wie ist es mit meinem Geld, Papa? Du weißt, daß mir das, was Großmama für mich bestimmt hat, seit meinem einundzwanzigsten Jahr zur Verfügung steht.«

»Ausgeschlossen, Kind, ich bitte dich, mir nicht wieder mit diesem Vorschlag zu kommen. Das ist für mich unannehmbar, soweit müßtest du mich kennen.«

Professor Meinhard hatte ohne jedes Pathos und sehr ruhig gesprochen, aber Emily fühlte, daß es unabänderlich war.

»Was soll nun aber werden, Papa?«

»Nichts anderes, als ich dir sagte. Die Sache muß ruhen! Vielleicht kommt uns noch irgendein helfender Gedanke — aber vorerst einmal bin ich nicht in der Lage, uns die weiteren Möglichkeiten zu verschaffen. Sei also genau so tapfer wie ich es bin und sein muß und pack den ganzen Kram zusammen.«

»Kram hast du eben gesagt, Papa?« Emily versuchte ein wenig zu lächeln.

»Kind, hast schon recht. Aber im Augenblick ist die ganze, von uns als weltbewegend angesehene Entdeckung nichts wert. Und bis wir fähig sind, sie zu vollenden, muß sie in der Schublade liegenbleiben.«

»Das ist bitter, Papa!« Emily sprach ebenso ruhig wie ihr Vater, obwohl sie an allen Gliedern zitterte, aber sie wollte ihrem Vater an Größe der Entsagung nicht nachstehen. — »Also schön, packen wir den Kram in die Schublade! Trotzdem, Papa, überlege dir mal, ob es nicht doch noch einen Ausweg gibt. Wie wäre es mit der Omi?«

»Auch das ist ausgeschlossen. Ein Mann wie ich kann sich von seiner Schwiegermutter nicht helfen lassen. Ich habe es in den Kriegsjahren schon schwer genug empfunden, daß sie uns helfen mußte. Aber da stand es außer meiner Macht, es abzuändern. Außerdem —«, fügte er mit einem matten Lächeln hinzu, »braucht die gute Omi die Zinsen ihres Vermögens reichlich für sich allein. Es würde Mrs. Roberta Fairfax sehr schwerfallen, wenn sie sich nur ein wenig einschränken müßte. Das wollen wir der alten Dame ganz gewiß nicht zumuten.« Professor Meinhard stand auf, klappte mit einer endgültigen Bewegung das Tagesjournal zu und reichte es seiner Tochter hin. »Wir wollen die Omi auch gar nicht erst beunruhigen mit unseren Gedanken, das versprichst du mir, Mädel?«

»Gewiß, Papa! Du mußt in diesem Falle besser wissen, was geschehen soll, als ich.«

Es wurde kein Wort mehr über die Sache gesprochen. Es war fast so, als wäre ein Toter eingesargt worden, nachdem Emily das eine Fach des Laborschreibtisches verschlossen hatte.

Ihr war es nicht, als müßte sie weinen, dazu war sie viel zu wütend. Auch Bitternis war nicht in ihr. Aber ein unbändiger Wille, doch zu erreichen, was sie sich vorgenommen hatte — wie, das wußte sie vorerst nicht. Aber sie wußte genau, daß ihr jeder Weg recht sein würde, zum Ziel zu kommen. Sie hing leidenschaftlich an dem Erfolg ihrer und ihres Vaters Arbeit und konnte es sich nicht vorstellen, daß diese unvollendet abgebrochen werden sollte. Und warum? Wegen Geld! Emily wurde immer bitterer, je länger sie über die Unterredung mit dem Vater nachdachte. Sie verstand seine Mutlosigkeit nicht ganz, auch nicht seine Einstellung, die Hilfe der Großmama oder ihre eigene nicht anzunehmen.

Sie stand am Fenster des Labors und überdachte die nächsten Tage, die ihr mit einemmal so sinnlos, nutzlos vorkamen. Keinen Trieb mehr zum Kampf, kein Streben zum Ziel.

Dann aber brach ihre alte Energie durch. Sie legte den Arbeitskittel ab, wusch sich die Hände und ging zum Telefon. Ein immer tröstlich wirkender Gang, sofern man einen Menschen weiß, den man in solcher Stimmung anrufen kann. Fredy — sie wollte Fredy anrufen. Bald darauf hörte sie seine frische Stimme.

»Hallo! Altes Mädchen, was willst du zu so ungewöhnlicher Stunde von mir?«

»Hast du Zeit, ich möchte mal was mit dir besprechen.«

»Das klingt ernst. Ist was passiert?«

»Das möchte ich dir nicht am Telefon sagen.«

»Also gut. In einer Stunde können wir uns treffen. Sag bitte, wo es dir paßt.«

»Treffen wir uns in der kleinen Konditorei, wo wir neulich waren.«

»Abgemacht, werde mich beeilen.«

Schon bedeutend erleichtert legte Emily den Hörer auf, die Stimme Fredys hatte sie froher gestimmt.

Sie verließ jetzt das Labor. Unten im Hof stand ihr kleiner Wagen, den sie sich von ihren Ersparnissen angeschafft hatte. Sie fuhr nun in gutem Tempo durch die in der frühen Abendstunde dicht belebten Straßen hinaus ins Freie. Sie war sehr nervös und gab sich deshalb Mühe, nicht unvorsichtig zu sein.

An einer Straßenkreuzung hatte ein offener Wagen neben ihr gehalten. Ein einzelner Herr saß darin, der sie sehr interessiert von der Seite anschaute. Er sah gut aus, dieser Mann. Nicht mehr jung, aber gepflegt und gut angezogen. Emilys Augen trafen einen Augenblick mit den seinen zusammen, und sie errötete, denn in dem Blick des Mannes lag Bewunderung. Aber sie war nicht in der Stimmung, das beachtenswert zu finden. Sie fuhr sehr schnell weiter. Aber er immer hinter ihr her, sie nie überholend, aber auch nicht aus dem Auge verlierend.

Als sie an der kleinen, in einem Garten versteckten Konditorei ankam, stand plötzlich sein Wagen hinter ihr. Sie zögerte, war unschlüssig, dann aber schlug sie ihre Wagentür entschlossen zu und ging in den Garten.

Er hatte seinen Hut gezogen, sie lächelnd angesehen, versorgte nun auch seinen Wagen und folgte ihr.

Das Lokal war nicht eben stark besetzt, einige Damenkaffeekränzchen, ein paar alte Herren, aber trotzdem stand der Herr plötzlich vor Emily, verbeugte sich und fragte, ob ein Stuhl an ihrem Tisch frei sei.

Das verstimmte Emily, und sie antwortete nicht eben sehr freundlich: »Ich bemerke verschiedene leere Tische.«

»Ich auch«, war die kurze Antwort.

»Dann erübrigt es sich also, mich hier zu stören.«

»Pardon, das erübrigt sich nicht.«

»Wie bitte?« Emily sah ihn wütend an, aber seinem strahlenden Lächeln konnte sie nicht wiederstehen, und auch sie mußte ein wenig lächeln.

»Darf ich?«

Sie zuckte nur die Achseln, und schon saß er ihr gegenüber. Man bestellte sich Tee, man bekam ihn serviert, und man sagte noch immer nichts, aber ununterbrochen sah er sie leise lächelnd an.

»Möchten Sie nicht vielleicht eine Zeitung lesen?« fragte Emily plötzlich etwas unbeherrscht.

»Warum, bitte?«

»Weil Sie mich dann nicht mehr unausgesetzt ansehen könnten.«

»Oh, was das anbelangt, da würde ich mir eben ein Loch durch die Zeitung reißen und Sie trotzdem betrachten.«

»Was soll das eigentlich alles?«

»Bewunderung.«

»Dumm so etwas. Haben Sie nichts Klügeres zu sagen?«

»Ich trau' mich nicht so recht.« Er hielt ihr sein Zigarettenetui hin, aber sie lehnte dankend ab. Sofort steckte er es wieder ein und sah sie weiterhin lächelnd an.

»Aber bitte, Sie können ruhig rauchen, es stört mich nicht. Ich tue es sonst auch, bin aber heute nicht in der Stimmung dazu.«

»Verbindlichen Dank! Ich darf also sitzenbleiben?«

»Wenn Sie mich nicht mehr ansehen — wie gesagt, ich bin sehr nervös.«

»Ich will es versuchen. Jedenfalls nochmals meinen Dank, daß ich hier sitzenbleiben darf. Ich bin nämlich heute auch nervös und brauche einen Menschen, der nett zu mir ist.«

Sie sah ihn kopfschüttelnd an. »Eigentlich sind Sie unglaublich dreist, und man müßte ganz anders mit Ihnen umgehen. Aber ich habe heute mehr Verständnis für Mißstimmungen als sonst.«

»Darf ich, ohne taktlos zu erscheinen, fragen, welcher Art Ihre Verstimmung ist?«

»Beruflich«, sagte Emily mit leichtem Abwinken. »Für Fernstehende unbedeutend, für mich sehr einschneidend in all meine Pläne.«

»Beruflich? Eine Frau wie Sie spricht von Beruf? Eine so schöne Frau wie Sie kann doch unmöglich im Berufsleben stehen. Gestatten Sie, daß ich mich vorstelle, bitte vielmals um Entschuldigung, daß ich es nicht schon getan habe.«

»Tun Sie es bitte auch jetzt nicht. Wozu? Wir sehen uns nie wieder, verplaudern hier nur eine müßige Wartezeit und helfen uns vielleicht dadurch über einen toten Punkt hinweg. Müssen wir dazu erst sämtliche Personalien austauschen?«

»Sie haben recht, ich füge mich Ihnen, wenngleich ich es nicht gern höre, daß Sie mich nicht wiederzusehen wünschen. Muß das sein?«

»Ja! Oder ich müßte jetzt unsere Unterhaltung abbrechen.«

Er wußte einen Augenblick nicht, was er sagen sollte, sah sie lange ernst an und sagte darauf: »Also gut, ich füge mich. Wenn es nun aber das Schicksal anders bestimmt?«

»Oh«, wehrte sie lächelnd ab. »Wenn Sie das Schicksal nicht unterstützen, wird es dies nicht anders fügen. Doch nun genug des Parlamentierens. Ihre Verstimmung ist auch beruflicher Art?«

»Selbstverständlich — der Teufel hole die ganze Wissenschaft.«

Emily lauschte auf. Ein Wissenschaftler? Gefahr, daß ein Gespräch über Berufliches zu Bekenntnissen führen könnte, die sie nicht wünschte! Außerdem mußte ja auch Fredy bald kommen. Alles würde sich dann sowieso erübrigen.

»Hoffentlich geht Ihr frommer Wunsch nicht in Erfüllung«, antwortete sie ihm, und verglich ihre Uhr mit der des Lokales.

»Sie erwarten jemanden?«

»Hm . . . meinen Vetter . . .«

»Wirklich nur den Vetter . . . oder . . .? Ehrlich gesagt, ich neige zu Eifersucht. Ist es bestimmt nicht der Mann — nun ja, der Mann, den Sie lieben?« Er sah sie lächelnd und doch prüfend an.

Emily mußte herzlich lachen. »Fredy, der Mann, den ich liebe? Himmel, da muß ich wirklich lachen, die Vorstellung ist direkt grotesk.« Sie trank ihren Tee aus und schenkte sich frischen ein, gab Zucker und Sahne dazu, alles mit lächelndem Gesicht. »Ich muß sagen, Sie haben mich heiter gestimmt. Die Vorstellung, daß Fredy und ich . . . ein Liebespaar! — Eine Weltreise würde ich machen, um Fredy auszuweichen, wenn er jemals auf einen solchen Gedanken kommen würde.«

»Dann bin ich über diesen Punkt beruhigt. Und auch sonst kein Mann, der . . .?«

»Sind Sie nicht reichlich neugierig, für eine so kurze Bekanntschaft?«

»Meine Eifersucht — ich sagte Ihnen ja schon, der reinste Othello bin ich«, wiederholte der Unbekannte.

»So, nun, Othello hatte ein Recht, eifersüchtig zu sein, denn es handelte sich um seine Frau.«

»Aha, verstehe, ich werde in meine Schranken zurückgewiesen. Bitte, nicht böse sein, aber so bin ich nun einmal.«

Sie plauderten nun sehr vergnügt miteinander, vermieden aber jede persönliche Wendung. Und als Emily wieder einmal auf die Uhr sah, war schon eine gute Stunde über die Zeit verstrichen, daß Fredy kommen sollte.

»Oh . . . es ist ja . . . lieber Himmel, schon fast neun Uhr. Ich verstehe das nicht. Fredy ist sonst so pünktlich.« Sie war ein wenig betreten und sah ihn fassungslos an.

Aber er war nicht fassungslos. Er war vergnügt. »Netter Mensch, der Fredy, ist mir sehr sympathisch. Soll bleiben, wo der Pfeffer wächst.«

»Sehr freundlich von Ihnen, aber ich muß jetzt heim. Nein, nein, es geht wirklich nicht anders.« Emily rief die Kellnerin herbei, zahlte und war schon im Begriff zu gehen.

Fast erschrocken stand er auf. »Was denn? Sie wollen wirklich schon gehen? Es soll mit einemmal alles zu Ende sein? Das geht doch nicht.«

»Es muß.« Er half ihr in ihren Mantel, zahlte und folgte ihr durch die kleine Drehtür. Draußen am Wagen war er ihr behilflich beim Einsteigen und stand dann an der offenen Wagentür.

»Also wirklich unbarmherzig? So darf es doch nicht enden. Wir haben uns gut verstanden, und nun wollen Sie das einfach auseinanderreißen?«

»Das habe ich Ihnen von Anfang an gesagt. Anders wäre es nicht denkbar gewesen. Und nun gute Nacht, Herr Unbekannt.«

»Nein, da mache ich nicht mit, ich revoltiere.«

»Das wird Ihnen wenig nützen . . .«

Er sah sie einen Augenblick an, beugte sich plötzlich zu ihr nieder, daß er ihrem Kopf nahe kam, legte unerwartet seinen Arm um ihre Schultern, und ehe sie sich wehren konnte, küßte er sie heiß und leidenschaftlich auf die Lippen.

Emily war erstarrt — regungslos. Ein unbekanntes, aber beglückendes Gefühl wollte sie gefangennehmen, aber der kühle Verstand war schon wieder wach. Ruckartig beugte sie sich zurück, stieß ihn sehr kräftig von sich und sagte wütend: »Unverschämtheit . . . das hätten Sie nicht tun dürfen. Treten Sie sofort vom Wagen zurück, ich verbitte mir jedes weitere Wort.« Er war erschrocken über ihre Reaktion und folgte ihrem Befehl. Nun gab sie wütend Gas, daß die Maschine nur so aufheulte, und jagte durch die nachtdunkle Straße davon.

Hatte sie vergessen, die großen Scheinwerfer einzuschalten, oder war die Straßenbeleuchtung ungenügend . . . jedenfalls, es währte nicht zehn Minuten, da hatte sie sich verirrt, wußte nicht, wo sie eigentlich war. Sie hatte dem letzten Erlebnis wohl zu sehr nachgesonnen.

Sie verringerte das Tempo, um sich zu orientieren, aber infolge eines leichten Nebelregens war ihr das nicht möglich. Mutlos zuckte sie die Achseln. Sie wußte keinen Ausweg, was zur Folge hatte, daß ihre trübe Stimmung wieder Besitz von ihr nahm. Das war eine große Seltenheit, und sie wußte selber nicht, was eigentlich mit ihr geschah. Unglücklich, tief unglücklich war sie. Sie beugte sich über das Steuerrad und weinte. Und ohne daß sie es wollte, mußte sie an den Mann denken, der eben ihre Lippen geküßt hatte. In ihrer Einsamkeit, in der augenblicklichen Situation kam etwas wie Bedauern über sie, daß er nicht bei ihr war. Fast bereute sie ihr Verhalten. Aber kaum, daß der Gedanke gefaßt war, verwarf sie ihn wieder, richtete sich, zornig auf sich selber, in die Höhe und beschloß, weiterzufahren, zumal sie hinter sich einen Wagen kommen hörte. Also mußte sie doch auf einer richtigen Straße sein. Es war wohl am klügsten, weiterzufahren, bis sie an Häuser kam.

Sie schaltete den Motor wieder ein, gab Gas und fuhr an, wurde schneller, mußte aber wieder abstoppen, denn sie konnte im Nebellicht nichts erkennen.

Schneller als ein Gedanke geschah nun das Unglück!

Niemals konnte sie später erklären, wie es gekommen war . . . Der Wagen rutschte plötzlich nach links ab, ein häßlicher Krach, dumpfes Splittern der Scheiben, ein heftiger Stoß gegen ihre Brust, ein grauenvoller Schmerz im Handgelenk, und die Welt versank für sie.

Der nachfolgende Wagen bremste so heftig, daß die Reifen aufschrien und der Wagen sich schief zur Straße stellte, dann wurde die Tür aufgerissen, und der Unbekannte sprang heraus.

Unverständliche Worte murmelte er vor sich hin in angstvoller Erregung. Zuerst konnte er nichts sehen, mußte seinen eigenen Wagen so stellen, daß ihm seine Scheinwerfer Licht gaben. Dann kletterte er den kleinen Abhang hinunter und bemühte sich, an dem abgestürzten, halb umgelegten Wagen die Tür zu öffnen. Das war schwere Arbeit, denn sie klemmte sehr fest, aber ein leises Stöhnen, das er nun hörte, gab ihm Bärenkräfte. Es gelang, die Tür ging auf, und er konnte Emily, die ohnmächtig war, herausziehen. Vorsichtig, denn er wußte nicht, was ihr geschehen war, trug er sie zu seinem Wagen, legte sie dort auf den Sitz und begann, sie zu untersuchen. Eine Wunde zeigte sich nicht, das schöne Gesicht war wohl bleich, aber nicht verletzt. Sie lebte, leise stöhnte sie in ihrer Ohnmacht. Auch sonst schien die Sache besser vorübergegangen zu sein, als er gefürchtet hatte.

Ein Kissen legte er Emily unter den Kopf, rieb ihre Schläfen und hatte bald den Erfolg, daß sie erwachte. Erstaunt sah sie ihn an, runzelte die Stirn und wollte sich das Haar aus der Stirn streichen. Aber mit einem Schmerzenslaut ließ sie die Hand sinken.

»Meine Hand . . . was ist mit mir?«

Er hatte sich dicht neben sie gesetzt, um sie besser stützen zu können, und er faßte ihre schmerzende Hand. »Gebrochen ist sie nicht, aber stark verrenkt.«

»Sie . . . Sie?? — Wie kommen Sie denn . . . was soll das alles?«

»Das kommt davon, wenn junge Damen wütend werden und durch die Nebelnacht davonrasen, nur weil ein Mann, der sich nun eben mal Hals über Kopf in sie verliebt hat, es wagte, sie zu küssen . . .« Er beugte sich wieder über sie, aber nur müde konnte sie sich ein wenig zurückbeugen und leise flehen:

»Nicht — bitte nicht.«

»Bin schon wieder brav, keine Sorgen. Was soll nun werden?«

»Mein Wagen?«

»Auch verstaucht . . . wahrscheinlich die Achse.«

»Was . . . was machen wir da?«

»Abschleppen lassen zur Reparaturwerkstätte. Der Versicherung den Schaden melden und wegen der Hand zum Doktor gehen.«

»Und wie komme ich heim?«

»Zu Fuß . . . denn ich weigere mich konstant, Sie zu fahren . . . es sei denn —?!«

»Bedingungen?« Emily war durch seinen munteren Ton schnell wieder frisch geworden.

»Vorerst wollen wir einmal feststellen, ob Ihnen sonst noch etwas weh tut. Können Sie die Fußgelenke bewegen? Keine Schmerzen beim Atmen?«

»Nein, nichts — Gott sei Dank. Nur der Schreck. So dumm, ohnmächtig zu werden. Das ist sonst nicht meine Art.«

»Da versagen selbst bei starken Männern die Nerven. Sie können sich denken, wie erschrocken ich war, als ich dies alles mitansehen mußte. Ich bin froh, daß es so abgegangen ist. So, nun decken wir Sie warm zu, und dann sagen Sie mir, wohin ich Sie bringen soll.«

Müde, und doch froh, daß jemand um sie besorgt war, ließ Emily sich in eine Decke einpacken. Dann stieg er nochmals aus und untersuchte ihren Wagen, und es gelang ihm, ihn wenigstens aus dem Straßengraben zu bringen, daß er ihn unter eine matt leuchtende Straßenlampe fahren konnte, wo er stehenbleiben mußte, bis man ihn abschleppen würde.

»Na . . . der Wagen scheint den Schreck auch einigermaßen überstanden zu haben. Und nun heim mit Ihnen. Tut es noch sehr weh?«

»Es geht. Vor allen Dingen tut es mir leid, daß Sie nun so viel Mühe mit mir haben.«

»Mühe . . .?« Er sah sie an. »Meinen Lohn habe ich mir ja schon im voraus genommen.«

»Bitte nicht davon sprechen«, bat sie leise.

»Bin schon wieder still. Also . . . wohin?«

»Grunewald. Bitte, Königsallee — Ecke Douglasstraße.«

»Also keine Hausnummer?«

»Nein, bitte nicht.«

»Es bleibt also wiederum dem Zufall überlassen, ob wir uns wiedersehen. Also gut, ich füge mich das zweitemal auch.«

»Danke Ihnen.« Emily war still, die Nerven versagten doch ein wenig, und sie mußte gegen ein nervöses Frieren ankämpfen. Aber sie sagte nichts mehr, bis der Wagen an der von ihr angegebenen Stelle anhielt.

»Bitte geben Sie mir noch Ihre Reparaturwerkstatt an, damit ich veranlassen kann, daß man den Wagen abholt.«

»Danke . . . aber das tu ich lieber selber.«

»Aha, Sie fürchten, daß ich erfahren könnte, wer Sie sind. Nun, ich muß brav sein. Können Sie aber auch bestimmt allein gehen?«

»Ganz sicher, mir geht es schon wieder gut. Nur die Hand muß bandagiert werden. Ich muß einen Arzt rufen.«

»Noch einen . . . ich meine . . . noch einen Schmerz verspüren Sie bestimmt nicht«, fragte er mit einem heimlichen Lächeln.

»Nein, sonst nichts.« Sie gab ihm ihre Linke, die er sehr eindrucksvoll an seine Lippen zog.

»Also wirklich ein Abschied ohne ›Auf Wiedersehen‹?«

»Ja, ich bitte Sie darum, wenn es auch von mir nicht sehr dankbar erscheint, aber — ich bitte Sie darum, alles andere würde mich quälen.«

»So bleibt mir nur die Hoffnung auf den Zufall.«

»Nur die!« Sie sah ihn lächelnd an, wenn sie auch sehr müde war. Es wurde auch ihr nicht leicht, sich von ihm zu trennen. Doch sie sagte sich, daß Liebe zu einem Mann in ihrem Berufsleben keinen Raum haben dürfe, wollte sie Großes erreichen. Verzicht leisten mußte sie auf alles, was sie von dem großen Ziel ablenken konnte. Hatte auch ihr Vater die Flinte ins Korn geworfen, sie gab nicht nach und wollte vorwärtskommen. Aber dann durfte sie sich nicht mit Gefühlsballast beschweren.

Sein Händedruck schmerzte sie beinahe, sie nickte ihm noch einmal zu und verschwand dann hinter einer Biegung der Straße. Nach einigen Schritten sah sie sich um — er folgte ihr wirklich nicht. Das erstaunte sie, enttäuschte sie beinahe.

Zu Hause begegnete ihr nur die alte Haushälterin, der sie auftrug, ihr das Telefon in ihr Zimmer hinaufzubringen und die Eltern nicht zu wecken.

»Ist Großmama schon daheim? Sie hatte doch heute Bridgeabend?«

»Nein, noch nicht, Fräulein Emily, aber die alte Dame hat heute nachmittag ein Päckchen auf Ihr Zimmer gelegt, und läßt Ihnen sagen, Sie möchten die Sachen, wenn möglich, heute noch durchlesen.«

»Danke schön. Und war sonst noch etwas?«

»Herr Fredy hat am Abend angerufen und läßt sich vielmals entschuldigen, aber er hätte wirklich nicht kommen können und würde morgen vormittag im Laboratorium anrufen.«

»Gut — danke schön. Und bringen Sie mir, bitte, noch eine Tasse sehr starken Tee, mich friert ein wenig.«

»Sofort werd' ich das besorgen.«

Bald lag Emily in ihrem kleinen Wohnzimmerchen auf der Couch. Sie hatte sich das Handgelenk bandagiert, dann mit der Werkstatt gesprochen, daß man gleich ihren Wagen abschleppen solle, und ergriff nun, während sie ihren heißen Tee schlürfte, das Päckchen, das ihre Großmama Roberta für sie bereitgelegt hatte.

Sie war verwundert, in dem umfangreichen Kuvert Briefe zu finden, alte, vergilbte Briefe, Berichte neueren Datums und eine ganze, ausführliche Geschichte der Familie, aus der Großmama stammte.

Erst fand sie nicht die rechte Sammlung, diese alten Blätter zu lesen, aber je genauer sie sie durchsah, um so mehr wurde sie interessiert. Es war ihr lieb, etwas zu haben, was sie von ihren Gedanken ablenkte. Sie fühlte genau, daß sie fertig werden mußte mit dem Erinnern an den Mann, der heute in ihr Leben getreten war.

Bis tief in die Nacht hinein las sie in den Familienpapieren, die mit der Geschichte der kleinen Emily Dorsey, ihrer Urgroßmutter, begann.

III

Da stand vor vielen, vielen Jahren, die kleine zierliche Emily Dorsey und stampfte mit dem Füßchen auf, so richtig kräftig, wie man es als junge Dame durchaus nicht machen sollte. Und man bemerkte, oh, mon Dieu, ganz deutlich die gekrausten Spitzen an ihren langen weißen Höschen, die unter dem weiten, gebauschten Krinolinenrock hervorsahen.

Wild funkelten ihre lichten Augen, und sie sah alle der Reihe nach wütend an. »Nein, ich tue es nicht, chère Mama . . . ich tu' es nicht. Auch wenn Sie noch so böse sind, chèr Papa, ich tue es nicht!«

Papa und Mama sahen sich ratlos an. Mama saß auf dem gepufften dunkelroten Sofa, und ein wenig entfernt von ihr, damit die beiden bespitzten und gekräuselten Röcke sich ja nicht drückten, Tante Laura. Beide steif aufgerichtet durch das feste Schnürleibchen der fein bestickten Taillen. Damit die Spitzenschals ja nicht von den dekolletierten Schultern rutschten, auch nicht in der höchsten Aufregung, waren sie an der Taille befestigt und fielen nur zum Schein am Rücken lose und weich. Alles an den beiden empörten Damen saß krachend fest.

Und der Papa? Die helle, eng sitzende Hose war ihm in der Aufregung hochgerutscht, der Schlips flatterte über dem blauen Samtjakkett. Papa war ein schöner Mann, wenigstens vertraten Papa und

Mama die Ansicht, während Laura, die ihn einst heiß geliebt hatte, heute einiges an seiner Schönheit auszusetzen hatte und ihre damalige Enttäuschung durch ein diktatorisches Einmischen in alle Familienangelegenheiten vergalt, kraft ihres Geldbeutels, der durch Papas Schönheit nicht so gelitten hatte, wie Mamas ganze Mitgift.

Lothar, so flötete Laura entsetzt, hatte die Herrschaft über seine Tochter verloren. Wie durfte die kleine Person sich erlauben, anderer Ansicht zu sein als die Eltern? So etwas wurde nicht geduldet, im Jahre 1848 hieß es gehorchen und nicht widersprechen, wenn die Eltern einen Wunsch äußerten.

Lothar war Künstler und malte schöne Bilder, glatte, herrliche Bilder von gut angezogenen Damen der Gesellschaft, und sein Atelier sah mehr aus wie ein Boudoir als eine Arbeitsstätte. Emily fand es einfach scheußlich, und auch Papas Bilder fand sie scheußlich. Am scheußlichsten aber fand sie den Baron Berger, der immer bei Papa im Atelier war und blöd lachte, wenn sie ihm eine wütende und schnippische Antwort gab. Am liebsten hätte sie ihm einen von Papas Farbtöpfen an den Kopf geworfen, aber Mama und Tante Laura fanden ihn »bezaubernd, interessant, charmant« und so weiter.

Aber was der Papa eben gesagt hatte, war doch das Allerentsetzlichste, was man sich nur denken konnte. Dieser gräßliche Baron wollte sie heiraten. Brrr . . . Zum Lachen — sie war doch eben erst sechzehn Jahre.

Hm, wenn Doktor Schlüter von Liebe gesprochen hätte, das wäre etwas anderes gewesen. Ein bissel rot wurde Emily jetzt, als sie sich das ausmalte. Aber sie konnte dem Gedanken nicht nachhängen, mußte auf ihrer Hut sein, Mama dachte sicher, daß sie nachgeben würde, weil sie einige Minuten still gewesen war.

Also tobte sie wieder, warf die herrlichen Kissen in Papas Atelier durcheinander, riß hier eine Vase um mit ihrem Krinolinenrock, dort ein kleines, unnützes Tischchen, und sank dann doch schluchzend vor der Mama in die Knie. »Mama, dulden Sie es nicht, es darf nicht sein, ich liebe ihn nicht, o Mama, helfen Sie mir!«

Mama wollte gerade weich werden, weil sie eigentlich immer weich war und auch niemals dem Papa, dem schönen Papa, einen Wunsch hatte abschlagen können. Aber die Tante Laura mischte sich wieder einmal in die Familienangelegenheiten und erklärte hart:

»Unsinn . . . Liebe! Was weißt du dummes Ding von Liebe? Außerdem braucht man keine Liebe zum Heiraten, die kommt dann sowieso.«

»Woher wissen Sie das, verehrte Base?« konnte Papa nicht unterlassen, mit seinem schönsten Verführerlächeln zu fragen.

Aber ihm wurde keine Antwort. Laura hatte ihren ganz besonders rachsüchtigen Tag und erklärte: »Wenn das Kind nicht den Baron heiratet, helfe ich euch nicht mehr aus, dann seht zu, wie ihr eure Schulden bezahlt. Nimmt sie ihn aber, dann richte ich ihr sogar eine Aussteuer zurecht. So, und das ist mein letztes Wort.«

Damit waren Papa und Mama mundtot gemacht, und Emily fühlte, wie es ihr eiskalt ans Herz griff; es gab keinen Ausweg mehr. Die Schulden des Papas waren schlimm, Mama brauchte nötig für den Hofball eine neue Robe, dunkelrot mit silbernen Spitzen, die mit schwarzem Samtband durchzogen wurden. So träumte es sich die Mama, und wenn Tante Laura nicht mehr half, dann konnte Mama nicht auf den Hofball gehen. Und sie selber auch nicht, denn sie hatte ebenfalls keine Robe. Doktor Schlüter war aber dort, das wußte sie ganz genau, und sie wollte ihn doch so gern . . . Da verwirrten sich ihre Gedanken. Emily weinte still vor sich hin, Mama streichelte sie sanft.

»Liebling, sei vernünftig! Sieh mal, Baron Berger ist ein reicher Mann. Du wirst ein herrliches Leben führen, kannst zu Hofe gehen, alle Festlichkeiten mitmachen, reisen, schöne Kleider tragen, Gesellschaften geben. Schau es doch von der Seite an, Herzlieb, es wird sicher herrlich!«

»Man könnte die Verlobung vielleicht passend auf dem Neujahrsball bekanntgeben, was meinst du, Emily?«

Emily hörte nur dies »Neujahrsball«, der Ball, auf dem Doktor Schlüter auch sein wollte. Er hatte es gestern erst gesagt, als er sie in dem herrlichen Stuhlschlitten über den See gefahren hatte. Er war dort . . .!

»Tante, ich habe doch kein Kleid. Wie soll denn meine Verlobung bekanntgegeben werden, wenn ich nicht dabei bin?«

»Dann wäre eben mein Verlobungsgeschenk ein neues Ballkleid.«

»Und auch eines für Mama?«

»Nun ja, wenn es unbedingt sein muß.«

»Purpurrot mit Silberspitzen?«

»Ja, meinetwegen auch das.«

»Und ich bekomme ein rosa Seidenkleid mit hellblauen Volants, mit roten Blumen an der Schulter, und neue schwarze Tanzschuhe und einen schönen runden Blumenstrauß, nur aus rosa Rosen und Vergißmeinnicht?« Atemlos stellte Emily ihre Fragen.

»Ja doch, auch das, wenn du einwilligst, den Baron zu heiraten.«

Emily erhob sich, holte tief Atem, sah sie alle drei langsam der Reihe nach an, kaute ein wenig auf ihren Lippen und sagte, nachdem sie nochmals fest mit dem Fuß aufgetreten war: »Schön, gut! Aber das sage ich euch, sobald ich eine Gelegenheit finde, ihm durchzubrennen, tue ich es. Ihr zwingt mich, ihn zu heiraten, ich erfülle eure Bitte, aber was dann wird, ist meine Sache. Er soll ruhig Papas Schulden bezahlen, damit du, liebe Tante Laura, uns nicht immer deine Wohltaten auf das Butterbrot streichen kannst, und alles Weitere ist dann meine Angelegenheit.«

So, nun holte sie noch einmal tief Atem und nickte vor sich hin, als wäre sie zufrieden mit dem, was sie gesagt hatte, setzte sich auf einen runden Polsterpuff, der rundum mit Troddelchen behängt war, und kaute einige von den Zuckerplätzchen, die Papa immer im Atelier herumstehen hatte.

»Wie das Kind spricht!« Im Chor sagten es die drei Erwachsenen. »Emily, was soll das?«

»Was, liebe Tante? Bist du noch nicht zufrieden?« Emily kaute gemütsruhig weiter. »Eine neue Zeit wird kommen, verehrte Tante, wo der Sturm des Aufruhrs euch unter die Krinolinen saust, wo euch die falschen Zöpfe vom Kopfe rutschen und ihr spüren werdet, daß wir Menschen sind und keine Puppen! So . . . das wird kommen.« Dies hatte Emily freilich nicht aus ihrem eigenen Köpfchen, sondern Ähnliches, etwas verständlicher und klüger Durchdachtes, hatte neulich Doktor Schlüter gesagt, und nun gab sie es wieder, wie es ihr kleiner schwarzer Wuschelkopf behalten hatte. »Ein Wetterleuchten der Aufklärung, ein Zeitalter der Vernunft wird kommen, der Freiheit und der Sachlichkeit.«

»Das Kind . . . lieber Himmel, wo hast du denn so etwas her? Mit wem hat das Kind Umgang? Das sind ja revolutionäre Gedanken! — Wenn das die Hoheiten hören würden!«

Tante Laura war im Begriff, in Ohnmacht zu fallen, als der schöne Lothar ganz seelenruhig sagte:

»Das klingt mir verdammt nach Prinz Reginald, das ist seine Redeweise, falle also nicht in Ohnmacht, Verehrteste, man spricht neuerdings so . . . die Moderne . . . meine Liebe. Hast du vielleicht keine guten Ohren mehr?«

Das war mal ein kleiner Seitenhieb vom schönen Lothar; er mußte sich das ab und zu leisten, sonst platzte der hohe Kragen und das Blut stieg ihm in den Kopf.

»Lothar! Wie, die Hoheiten reden solche Dinge?«

»Ähnliches . . . nicht ganz so verworren wie unsere Tochter, sie hat da etwas aufgeschnappt, nur nicht richtig verdaut.«

Emily wollte schon wieder mit dem Fuß aufstampfen, aber da sie ziemlich tief saß, fiel sie nur sehr rasch von dem runden Hocker, und ihre Krinoline breitete sich aus, ihre weißen langen Höschen bereitwilligst den Blicken der Beschauer darbietend.

»Oho, eine gefallene Braut! Wie würde der Baron mich um diesen Anblick beneiden«, sagte Papa lachend.

»Lothar! Papa!« Empört riefen es Mama und Tante aus.

»Regt euch nicht auf, in einem Vierteljahr wird das Kind noch ganz andere Dinge hören und wissen.« Aber Papa wurde doch rot, als er die erschrockenen Augen der kleinen Emily bemerkte, die wie ein gefallenes Engelchen am Boden lag. »Na ja, ich meine, als Braut und junge Frau. Ach, laßt mich doch mit dem ganzen Kram in Ruhe, ich will endlich wieder meine Zigarre rauchen. Außerdem kommt in einer Viertelstunde die Gräfin Hahnau zur Sitzung, schon ein Grund, daß ihr Weibsleute möglichst schnell mein Atelier räumt.« Er war verlegen. Der Blick seiner Tochter war ihm unbequem — er hatte das Gefühl, als wäre er ein Mörder oder etwas ähnlich Unangenehmes.

»Die Gräfin . . . oh, Lothar, ich dachte . . .«

»Was, bitte, verehrte Maria?« Er konnte verflixt eiskalt fragen.

Seine Frau sah ihn schüchtern an, wagte aber nicht, etwas zu entgegnen. Laura wagte es . . . sehr sogar . . . sie hatte ja ihren großen Geldbeutel hinter sich. Sie drehte sich also an der Tür um, so daß die schwere Krinoline nur so gegen das Holz raschelte. »So — so . . . und man hörte doch letzthin beim Tee bei Ihrer Hoheit, daß die Sitzungen beendet seien. Nun . . . sie will sich sicherlich nochmals davon überzeugen, daß sie auch wirklich gut getroffen ist von deiner Künstlerhand.«

»Wahrscheinlich . . . Verehrteste, sonst noch etwas?«

»O nein; du weißt sicherlich, daß Graf Hahnau morgen von seiner Orientreise zurückkommt. Nun, er würde wohl sehr verstimmt sein, wenn seine Frau wegen der Sitzungen öfters das schöne Palais verlassen müßte. Aber — für die Kunst kann man Opfer bringen.«

»Wenn du das einsiehst, verstehe ich nicht, warum du mir jeden Fuß Leinwand vorrechnest, den du bei meinem Händler bezahlen mußt!«

»Komm, Maria, Emily! Du mußt dich umkleiden, ehe der Baron kommt.« Laura dirigierte, als sei sie die Hausfrau.

Maria stand zögernd da, sah ihren schönen Mann flehend an, wagte aber nichts zu sagen. Liebenswürdig ergriff er ihre Hand, küßte sie und sagte:

»Sobald der Baron gekommen ist, erscheine ich drüben im Salon. Also . . . Kleine, mach es gut — und Haltung, wenn ich bitten darf.«

»Jawohl, Papa, aber es bleibt bei dem, was ich gesagt habe.« Emilys helle Augen waren ganz dunkel, als sie den Papa ansah. Dann warf sie die schwarzen Locken zurück und lief davon, ohne Mama und Tante den Vortritt durch die Tür zu lassen.

Oben in ihrem kleinen Dachzimmerchen stand sie still, ging zu dem Spiegel, der auf dem runden, mit Spitzen umhangenen Toilettentisch stand, und sah sich prüfend an, dann sagte sie ganz langsam, sich selber dabei fest anblickend: »Ich schwöre, daß ich bei der ersten passenden Gelegenheit durchbrenne und keine Ehe ohne Liebe eingehe. Ich schwöre es bei . . . hm, bei was schwöre ich es nun?« Emily überlegte einen Augenblick, dann fuhr sie feierlich fort: »Bei meiner Liebe zu Robert Schlüter schwöre ich es.« Emily war sich soeben klar geworden, wie lieb sie Doktor Schlüter hatte, und es paßte schön zu ihrer Verzichtstimmung, ihren Gefühlen, daß sie sich als Opfertier fühlte. »Und ich schwöre auch noch, daß alle meine Kinder und Nachkommen, die zu einer Heirat ohne Liebe gezwungen werden, es ebenso machen sollen wie ich . . . meine Kinder bis ins dritte und vierte Glied!« Diesen Nachsatz fand Emily ganz besonders schön. Dann weinte sie, mußte aber an die zu erwartende neue Ballrobe denken. Oh, so schön wollte sie aussehen, wie . . .? Nun, wie die schönste Königin oder gar Kaiserin, ja, so schön wollte sie sein. Und ihm sollte das Herz bluten.

Damit meinte sie nun nicht den Baron, ihren zukünftigen Gemahl, sondern den armen Doktor Schlüter, der vorerst wirklich nichts dafür konnte, daß sie augenblicklich so tief unglücklich war.

Jedenfalls wurde am Nachmittag Verlobung gefeiert, und es war der kleinen, temperamentvollen Emily nicht übelzunehmen, daß sie den Baron nicht liebte . . . ein langweiliger und ältlicher Trottel, dem selbst sein fast unerschöpflicher Geldbeutel keinen Reiz verlieh.

Mama, Papa und Tante waren überfließend liebenswürdig, und er lachte zu jedem Wort, das seine kleine Braut sagte. War sie sehr schnippisch, fand er sie zum Küssen, war sie stumm und steif, fand er sie herrlich. Aber jedenfalls war man verlobt und besprach, daß die Verlobung auf dem Neujahrsball im Schloß bekanntgegeben werden sollte, nachdem der Baron, der Kammerherr beim Herzog war, diesem seine Heiratsabsichten unterbreitet hatte.

Dann aber kam das Allerwichtigste . . . die Besprechung mit Madame Trusseur, die sofort und eiligst die beiden Ballroben für die Braut und Brautmutter richten mußte. In diesen Stunden war Emily restlos ausgesöhnt mit ihrer Verlobung, allerdings dachte sie bei jeder Falte, jedem Bändchen, jeder Spitze nur, ob sie auch Doktor Schlüter gefallen würde.

Der große Abend kam heran. Der schöne Lothar stöhnte ein wenig unter dem steifen Hemd und Kragen, aber war sich bewußt, daß der lichtblaue Frack ihn unwiderstehlich machte. Die schönen Locken waren herrlich gekräuselt und frisch gefärbt, damit sich ja kein weißes Härchen hervorwagte.

Mama sah bezaubernd aus in der neuen Robe, deren Rock weit um sie herumstand. Tiefes Rot stand gut zu ihrem Haar, und die silbernen Spitzen waren wirklich mit schwarzem Samtband durchzogen . . . letzter Pariser Modeschrei. Die feinen Filethandschuhe hatten je ein schwarzes Samtschleifchen, und die breiten, mit schwarzer Emaille geschmückten Armreifen kamen herrlich zur Geltung. Mama war mit sich zufrieden und hoffte, mit dieser neuen Robe die Gräfin Hahnau zu schlagen.

Und Emily? Süß sah sie aus, wie ein Traum aus Abendrot und

Himmelblau. Das feine Gesichtchen blaß, die schweren Locken hingen, nur durch ein schmales Samtband gehalten, tief auf den feinen Hals nieder. In der Hand den runden Strauß aus Rosen und Vergißmeinnicht. Unter dem weiten, flatternden Rock kamen die mit blauen Kreuzbändern gehaltenen Tanzschühchen hervor . . . Also . . . Emily war wirklich ein Traum.

Der schöne Papa mußte das Haus früher verlassen, denn aus Rücksicht auf die empfindlichen Roben seiner Damen sollte er zu Fuß zum Schloß gehen und konnte sich nicht gemütlich mit in die Chaise setzen. Darüber brummte er selbstverständlich.

Auf der kurzen Fahrt gab Mama Emily nochmals die letzten Verhaltensmaßregeln. »Also, ich bitte mir aus, daß du sehr bescheiden bist, wenn alle dir gratulieren . . . keine schnippischen Antworten, wie das so deine Art ist, und beim Handkuß bei Ihrer Hoheit verneige dich tief genug. Das letztemal hast du kaum das Knie gebeugt . . . ich war entsetzt, und Tante Laura hat mir nachher die heftigsten Vorwürfe gemacht. Sie verneigt sich immer viel tiefer.«

»Hm . . .« sagte Emily kichernd. »Papa meint, weil man ihr dann besser ins Dekolletè sehen kann.«

»Kind, was soll das, hast du denn gar keinen Ernst?«

»Aber Mama, ich denke, meine Verlobung soll eine vergnügliche Sache sein?«

»Das schon, aber der Anstand verlangt eine gesetzte Haltung von dir, mein Kind.«

»Wünsche dir lieber nicht, Mama, daß ich ernst bin, dann müßte ich weinen . . . und das soll ich doch nicht.« Emily hatte ruhig gesprochen, und sofort faßte ihre Mutter erschrocken nach ihren Händchen, die nur eben ein wenig aus dem weiten bauschigen Radmantel hervorlugten. Emily gab den Druck herzlich zurück: »Keine Angst, Mutti, ich halte schon durch. Ich werde euch doch nicht verlassen. Papas Schulden müssen bezahlt werden.« Emily gebrauchte immer das trauliche »Du«, wenn sie allein mit der Mutter war.

»Oh, Kind . . . ich . . .«

»Nicht weinen, Mama. Du mußt heute abend sehr schön sein, erstens als Brautmutter und zweitens . . . soll die Gräfin Hahnau vielleicht schöner aussehen als du?«

Bald waren sie am Palais angelangt. Diener waren den Ankommenden behilflich, schnell verschwanden die wegen der bitteren Kälte eingehüllten Damen in der Garderobe, die sie nach angemessener Zeit wieder verließen, schön wie Schmetterlinge, die aus der Raupe gekrochen waren, ein Lächeln auf den Gesichtern und mit dem Bewußtsein, daß jede die Schönste sei, selbstverständlich außer Ihrer Hoheit — so vermessen war man wieder nicht.

Papa war erstaunt, als sein kleines Mädel vor ihm stand. Was war doch in den wenigen Wochen für eine kleine Schönheit aus seiner Tochter geworden, oder hatte er vorher nur keinen Blick dafür gehabt? Reizend sah sie aus.

Aber die allgemein herrschende Aufregung ließ ihm keine Zeit, darüber nachzudenken. Er begrüßte den Baron, der blöde lachend herbeieilte, reichte Maria den Arm, und dann erstieg man die breite, durch Kerzen festlich erleuchtete Treppe zu dem großen Empfangssaal.

Die Oberhofmeisterin und ihr Sohn standen am Eingang und begrüßten vorerst die Gäste, bis die Hoheiten und die Prinzen erschienen. Tante Laura, die bei der jungen Prinzeß Reginald Erste Hofdame war, stand auch schon da und hatte ein reichlich gönnerhaftes Lächeln zur Begrüßung, als die Familie sie erblickte. Ihr Werk, daß die beiden Frauen so gut aussahen, auch ihr Werk, daß der schöne Lothar sich spreizen konnte wie ein Pfau. Hätte sie ihn geheiratet, oder vielmehr er sie, wäre es anders mit ihm gekommen — aber diese Maria war eben von jeher eine etwas dumme Person und verstand nicht, diesen Allerweltsmann zu gängeln.

Emily ließ ihre Blicke umherschweifen. Sie suchte fieberhaft . . . und fand »ihn«. Dort drüben stand er, Doktor Schlüter, der Prinzenerzieher. Emilys Herzschlag setzte einen Augenblick aus — und ihm ging es genau so. Wie reizend sie doch aussah, die kleine zarte Emily.

Doktor Schlüter ging Emily und ihrer Familie entgegen. Aber ein leichtes Kopfschütteln Emilys ließ ihn den Schritt verhalten.

Was wollte der widerliche Baron Berger bei ihr? Und was für eine betonte Art war das, sie an seinem Arm zu führen? Robert Schlüter wurde unruhig und wußte nicht, wie er sich verhalten sollte.

Der Abend nahm seinen Verlauf, die Hoheiten eröffneten den Ball, und es war, wie es immer gewesen. Man tanzte, plauderte und wartete auf das große Festessen.

Die Tischordnung war genau vorgeschrieben, es gab kein Wenn und Aber gegen die Anordnungen der Oberhofmeisterin. Für das Eis war als besondere Würze gedacht, daß Hoheit die Verlobung seines »verehrten« Kammerherrn, des Baron Berger, bekanntgab mit der Tochter seines »verehrten« Hofmalers Dorsey, die außerdem auch noch eine Nichte der »verehrten« Gräfin Laura Frankenstein war. Hm . . . so war es vorgesehen, und so wurde es auch erledigt. Emily sah sehr blaß aus und blickte nicht von ihrem Teller hoch, als man auf ihr Wohl trank und sie der Jubel der Glückwünsche umbrauste.

Nur als sie eine tiefe, ach so wohlbekannte Stimme hörte: »Darf auch ich mir erlauben, Ihnen meinen ergebensten Glückwunsch auszusprechen, Fräulein Dorsey«, blickte sie auf, und ein kleines, wehes, verschüchtertes Lächeln lag auf dem süßen Gesichtchen, als sie Doktor Schlüter ansah. »Darf ich ergebenst fragen, ob die verehrte Braut noch einen Tanz für mich übrig hat?«

»Meine Braut . . . leider, äh . . . ich glaube . . .«, wollte der Baron eben dazwischen reden, aber aus ihrer Lethargie sich aufraffend, reichte Emily Robert Schlüter ihre schon dicht besetzte Tanzkarte hin und sagte halblaut: »Den zweiten Walzer nach dem Essen habe ich noch frei!«

Er verbeugte sich vor dem Baron, ergriff das kleine Kärtchen, das ihr an einer goldenen Schnur am Handgelenk gehangen, und kritzelte seinen Namen auf die angegebene Stelle. Dann verbeugte er sich wieder, und ging fort.

Sie sah ihm nach, wurde wieder ruhig und hörte sich geduldig alle witzlosen Bemerkungen ihres Bräutigams an. Aber langsam kam ein leiser Zug des Trotzes in das reizende Gesichtchen, und wer sie kannte, wußte, daß ein Gewitter bevorstand.

»Äh, ein unangenehmer Mensch, dieser Doktor Schlüter . . . Schlüter . . . einfach Schlüter heißt dieser Mensch. Verstehe nicht, wie Hoheit einen Bürgerlichen zum Prinzenerzieher bestimmen konnte.«

»Wahrscheinlich waren die adeligen Bewerber um diesen Posten nicht so klug wie Doktor Schlüter.«

»Das wäre aber doch das kleinere Übel gewesen, Verehrteste, bedenken Sie, Liebste, ein Bürgerlicher unterrichtet die Prinzen.«

Lange und prüfend sah Emily ihn an.

»Mein Herr Bräutigam scheint zu vergessen, daß auch ich bürgerlich bin?«

»Ich — aber, oh — wie können Sie mich so mißverstehen?« Er war untröstlich. »Dorsey . . . ein guter, klangvoller Name, ein Name aus der Zeit der französischen Revolution . . . damals ein edles Geschlecht, die Grafen Dorsey.«

»Hm . . . verhinderte aber nicht, daß sie verdammt dreckig und zu Fuß nach Deutschland gelaufen kamen, als es ihnen drüben in der Nähe der Guillotine zu heiß wurde, und ganz schnell aus dem Grafen D'Orsey ganz gewöhnliche Sterbliche, die Familie Dorsey, wurden. Und damit Sie es gleich wissen, der Vater meines Vaters hat mit alten Kleidern gehandelt, ehe er einen Laden für Stoffe aufmachen konnte . . . Nun, wie ist Ihnen jetzt, verehrter Bräutigam ?«

»Oh . . . Sie belieben zu scherzen . . .«

»Ich beliebe nicht, aber wenn es Ihnen nicht paßt, können Sie gleich erklären, daß Sie sich geirrt haben und nicht daran denken, mich zu heiraten, mir wäre es nur recht so.« Sie funkelte ihn mit ihren wunderhübschen Augen an, und dem Baron schlug wieder die Welle der Verliebtheit über dem etwas verdummten Schädel zusammen. Er ergriff ihre schmale Hand, drückte sie enthusiastisch an seine dicken Lippen und beteuerte seine unwandelbare Liebe.

Emily strich mit der Hand durch die Luft, als wollte sie etwas erledigen, dann richtete sie sich auf, klopfte ein wenig ungeduldig mit den feinen Tanzschühchen auf den Boden und zählte die Sekunden bis zum zweiten Walzer nach Tisch.

Auch diese Wartezeit verstrich. Doktor Schlüter stand vor ihr, verneigte sich und bot ihr wortlos den Arm. Sie ging mit Robert davon, als hätten die kleinen Tanzschühchen Flügel bekommen.

Sie sprachen beide nicht, und er entführte sie ziemlich schnell in der Richtung nach dem stillen, entfernten Wintergarten.

Dort sah er sich erst einen Augenblick prüfend um, so daß sie Zeit hatte, ihren Begleiter von der Seite zu betrachten. Ein schöner Mann war er . . . der gut sitzende braune Frack stand seiner kräftigen Gestalt ausgezeichnet . . . das bartlose Gesicht zeigte markante Züge von besonderer Eigenart.

Kurz entschlossen packte er sie jetzt am Arm, zog sie hinter eine große Palme, faßte sie hart an beiden Schultern und fragte:

»Warum hast du das getan?«

»Oh . . . ich . . . Herr Doktor, ich bitte Sie . . .!«

»Fort mit dem Sie! Jetzt stehe mir Rede . . . wußtest du nicht, daß ich dich liebe? Wie konntest du das tun?«

»O Robert!« Emily schluchzte leise auf und sah ihn flehend an. »Mir blieb keine andere Wahl. Papa hat Schulden, die will der Baron bezahlen, wenn er mein Mann ist. O Robert, hilf mir!«

»Jetzt kann ich dir nicht mehr helfen . . . ich glaubte so fest an unsere Liebe. Fühltest du nicht, daß ich dich liebe?« Wild riß er sie an sich, bedeckte das kleine, süße, blasse Gesichtchen mit leidenschaftlichen Küssen und preßte sie an sich, als wollte er sie nie wieder von sich lassen.

Sie schmiegte sich an ihn und fragte zaghaft: »Kannst du mich nicht heiraten? Könntest du nicht vielleicht Papas Schulden bezahlen? O sieh mal, dann wäre alles so einfach!«

»Ich . . . ein armer Schulmeister, wo soll ich das Geld hernehmen, die Schulden deines leichtsinnigen Vaters zu bezahlen? Erbärmlich von diesem Mann, sein Kind zu verschachern, damit seine Schulden bezahlt werden können.«

Sie legte ihm die Hand auf den Mund. »Nicht schimpfen, Robert, bitte, Papa kann nichts dafür. Sieh mal, er ist nun einmal der schöne Mann, und alle Frauen beten ihn an. Nun ja, ein wenig spielen tut er auch, das wäre ja alles nicht so schlimm, aber nun will Tante Laura nicht mehr helfen, und da muß ich eben —.«

»Du sollst nicht, ich lasse es nicht zu, ich liebe dich!«

»Ich dich auch, Robert. Sei still, tobe nicht herum, das hat keinen Zweck.« Emily lachte fast ein wenig. ». . . ich helfe uns schon . . . mußt nur Geduld haben. Ich hab' es ihnen schon gesagt.«

»Was hast du gesagt, Liebes?« Er war berauscht von ihrem reizenden Wesen und starrte sie verzückt an.

»Daß ich dem Baron bei der ersten passenden Gelegenheit durchbrenne, und ich tue es. — Hab' es schon bei meiner Liebe zu dir geschworen.« Sie schmiegte sich an ihn. »Hörst du . . . nur warten mußt du. Dann mußt du mit mir fliehen, ganz gleich, wohin, in die weite Welt, und da leben wir dann furchtbar glücklich und haben viele Kinder und sind sehr vergnügt.«

Ernst faßte er ihren süßen Kopf, küßte sie auf die zarten Lippen und strich ihr über die feinen, nackten Schultern, die in wunderschönen Linien aus dem breiten Dekolleté hervorsahen.

»Kindskopf . . . lieber . . .« Wild riß er sie wieder an sich.

»So willst du also nicht mit mir fliehen?«

»Aber Liebes, wovon sollen wir denn leben? Wenn ich meinen Posten hier aufgebe, haben wir keine Existenzmöglichkeiten. Ich bin genau so verzweifelt arm wie du.«

»Hm . . . könntest du uns denn nicht irgendwie ernähren? Ich brauche nicht viel. Ein bissel Fleisch und nachmittags ein wenig Kuchen, was kostet das schon? Kleider brauche ich auch keine neuen . . . meine alten gehen noch sehr gut.«

Wortlos preßte Doktor Schlüter Emily wieder an sich, sah über sie hinweg, als wollte er in die Zukunft schauen.

»Wäre es dir gleichgültig, wohin wir gingen?«

»Ganz gleich . . . nur du mußt bei mir sein.«

»Mein Onkel . . . drüben in Florida . . . er lebt schon seit Jahren dort und schreibt oft, daß ich zu ihm kommen und der Alten Welt ade sagen soll.« Er zögerte und fuhr dann fort: »Aber das sind ja Phantastereien, Kind . . . das geht nicht so, wie wir uns das denken.«

»Wenn wir wollen, geht es . . . oh, laß uns doch nach Florida gehen. Wo liegt das eigentlich?«

»Drüben im Süden Nordamerikas, Baumwollplantagen hat mein Onkel dort.«

»Da hättest du doch sicher etwas zu tun bei deinem Onkel. Auf so einer Plantage gibt es bestimmt viel Arbeit. Oh, laß uns doch hingehen.« Sie klammerte sich flehend an ihn an. »Er ist so gräßlich, der Baron, und mir wird richtig übel, wenn ich daran denke, daß er mich küssen könnte.«

»So hat er das noch nicht getan?«

»Nein, was denkst du dir? Ich habe ihm gesagt, er darf mich erst dann küssen, wenn er Papas Schulden bezahlt hat und wir verheiratet sind.« Sie sah ihn spitzbübisch an. »Bin ich nicht klug?«

»Das schon, Liebling, aber dann . . . nachher?« Er hielt sie noch immer fest, so daß das kleine zarte Persönchen fast nach hinten übergebogen wurde und die weite Krinoline sich beiseite schob, die feinen Spitzen und Bänder gedrückt wurden und das schöne runde Blumenbukett völlig verbogen war. Aber sie dachten nicht daran, nur ihre

Liebe sprach, alles andere war wesenlos. »Er hat dann ein Recht auf dich, er — oh, ach, was weißt du kleines Kind davon, was dir bevorsteht!«

Aber wenn er glaubte, Emily würde nun eingeschüchtert sein, irrte er sich. Sie lachte ganz leise auf, zog die feinen Schultern zusammen, hob sich auf die Zehenspitzen und flüsterte ihm ins Ohr: »Liebster, ich laufe ihm ja davon, ehe er recht weiß, daß ich seine Frau bin. Hab's doch geschworen . . . und hab' auch geschworen, daß alle meine Kinder davonlaufen sollen, wenn sie gezwungen werden, gegen ihre Liebe zu heiraten.«

Wild riß er sie wieder an sich, daß sie ganz leise aufstöhnte, aber dazu ein glückliches Gesichtchen zeigte. »Und wie denkst du dir das alles, du kleiner Phantast?«

»Du schreibst sofort deinem Onkel, meldest, daß wir kommen, und sobald ich verheiratet bin, fliehe ich mit dir. Einfacheres gibt es doch nicht.«

»Emily . . . es ist ja Wahnsinn, wenn man dich so reden hört, und doch, Liebes, ich klammere mich an deine Worte. Ich könnte es nicht ertragen, dich in seinen Armen zu wissen.«

»Eine Ohrfeige bekommt er, wenn er mich nur anfaßt«, warf sie schnell dazwischen. Der Ernst, der in ihm war, hatte keinen Raum in ihrem jubelnden Jungmädchenherzen. Sie sah nur strahlende Zukunft und freute sich ein wenig auf den Schabernack, den sie dem verhaßten Bräutigam antun würde.

»Sei es! Ich will alles hinter mich werfen, alles, nur um dich zu retten. Gott wird uns helfen, daß wir nicht untergehen. Aber kannst du in all den kommenden Wochen schweigen, Emily, Komödie spielen?«

O Liebster . . . ich kann schweigen wie ein Grab, und ich freue mich ja so, daß ich nicht seine Frau werden muß.«

»Handeln wir aber nicht sehr gemein gegen ihn? Gegen deine Eltern? — Denk an den Schmerz deiner Mutter, Emily.«

»Wenn sie weiß, daß ich glücklich bin . . . und Papas Schulden bezahlt sind, dann wird alles schon gehen.«

»Aber wenn der Baron nun die Zahlungen wieder zurückzieht?«

»Deine Emily ist klug . . . ich werde verlangen, daß ein Ehevertrag gemacht wird — du, das habe ich neulich in einem himmlischen Roman von Miß Braddon gelesen, da war es ganz so wie bei uns. Laß mich nur machen, ich werde es schon richten. Du hast nur an deinen Onkel zu schreiben und an meinem Hochzeitstag mit einem Wagen in der Nähe unseres Hauses zu warten. Ach so — ein bißchen Geld mußt du aber auch haben.« Sie sah ihn zweifelnd an. »Nicht viel — aber ich glaube, die Schiffskarten, die kosten viel Geld.«

»Und wenn ich mich als Heizer verdingen muß . . . ich werde es schon schaffen.« Er sagte es leise lächelnd.

»Wie romantisch, Liebster!« Aber nun wird es Zeit . . . der Walzer ist bestimmt schon zu Ende. Hoffentlich hat man mich nicht vermißt. Liebster, küß mich noch einmal ganz schnell.«

»Emily — denk immer daran, daß ich dich liebe.« Er küßte sie, dann gingen sie zurück nach dem Festsaal. Und der Himmel hatte ein Einsehen gehabt . . . sie waren nicht vermißt worden.

Nach vier Monaten wurde die Hochzeit von Emily Dorsey und Baron Berger gefeiert, nachdem drei Tage vorher ein wichtiger Vertrag bei dem Hofnotar getätigt worden war. Der Baron, der alles bezaubernd fand an seiner reizenden Braut, hatte auch diese Sache bezaubernd gefunden und unterschrieben, was die kleine Hexe diktierte, nämlich seine Erklärung, daß nach geschlossener Heirat alle die Verpflichtungen, die er auf sich genommen hatte, absolut gültig seien!

Der schöne Lothar stand bei den Verhandlungen ein wenig betreten beiseite — es war nicht ganz einfach, die Tochter gewissermaßen zu verkaufen, damit leichtsinnig gemachte Schulden gedeckt würden. Aber er war weit davon entfernt, Einhalt zu gebieten.

Tante Laura, die selbstverständlich mit dabei war, schüttelte immer wieder den Kopf über »das Kind« . . . was es für Einfälle hatte. Sie hätte in dem Alter bestimmt nicht gewagt, über solche Dinge zu reden, geschweige denn einen Notar zu unterbrechen, wenn er etwas sagte. Nun . . . die modernen Kinder waren schwer zu verstehen, und es war höchste Zeit, daß das »Kind« unter die Haube kam.

Nur Mama hatte ein beklommenes Gefühl bei dem allem. Sie verstand ihr kleines Mädelchen nicht mehr, wie es selbständig seiner Meinung Ausdruck gab und mit gräßlich gescheiten Sachen Bescheid wußte. Wo das Kind das alles her hatte?

Mama fühlte genau, daß Emily nur dem Zwang folgte, sonst würde sie sicherlich den Baron zum Teufel schicken. Mama würde es an ihrer Stelle ja auch tun, aber es mußte nun einmal sein. Wenn nur das Kind nicht in letzter Minute noch eine Dummheit machte! Mama war sich nicht ganz sicher und sah Papa an, was der wohl zu alledem sagte. Aber Papa hatte seine Gedanken nur bei den nun endlich bezahlten Schulden und vielleicht noch ein wenig bei der nächsten Sitzung der schönen Gräfin — und vielleicht auch dabei, daß er eigentlich bald neue Schulden machen könnte, bis er wieder Geld vom Hof bekam für die demnächst abzuliefernden Porträts der fürstlichen Kinder.

Und Emily . . . sie dachte nur das eine: ihre Pflicht erfüllen und dann frei sein!

Tante Laura hatte die Hochzeit prunkvoll ausgerichtet. Die Hoheiten hatten ihr Erscheinen zugesagt, ehe sie nach England fuhren, um dort den Festlichkeiten am Hofe der Königin Viktoria beizuwohnen.

Aber — Gott Lob und Dank — als der Eklat kam, daß die Braut durchgebrannt war, da befanden sich die Hoheiten schon auf dem Weg nach London. Tante Laura dachte nur dies, alles andere war zuerst unfaßbar für sie. Ein unglaubliches Durcheinander, jeder der Hochzeitsgäste hatte eine andere Vermutung. Man tröstete den verzweifelten »jungen« Ehemann, man tröstete den schönen Lothar, der völlig konsterniert war, aber im Unterbewußtsein aufatmend daran dachte, daß laut Vertrag seine Schulden bezahlt waren.

Die Klatschbasen wußten sofort zu vermelden: Der Prinzenerzieher sei gestern plötzlich seines Dienstes enthoben. Sollte es da Zusammenhänge geben?

Nur die Mama war still, hatte sich auf ihr Zimmer zurückgezogen und war für niemand zu sprechen, saß dort oben, einen Brief in der Hand und weinte still vor sich hin. Wieder und wieder mußte sie ihn lesen und konnte den Inhalt nur schwer begreifen.

»Meine liebe Mutter!

Fast weiß ich nicht, wie ich Dich für den Kummer, den ich Dir zufügen muß, um Verzeihung bitten soll, aber es geht nicht anders. Ich hätte es nie über mich gebracht, diesem Mann eine Frau zu sein. Soviel ich konnte, habe ich meine Pflichten gegen Euch erfüllt, aber nun geht es hinaus in die weite Welt, einem Glück entgegen, das ich mir selber erwählt habe. Sorge Dich nicht, Mutter, ein ehrlicher und treuer Mann geht mit mir, und wenn wir drüben in der Neuen Welt Fuß gefaßt haben, dann lasse ich von mir hören. Bis dahin möge der liebe Gott Dich behüten, hab Dank für all Deine Liebe, aber — sei nicht mehr so schwach dem Papa gegenüber, damit nicht neues Unheil über Euch hereinbricht; schick die schöne Gräfin Hahnau fort, sie soll Deinen Frieden nicht mehr stören. Und laß Tante Laura nicht in Deinem Haus regieren.

Behalte mich lieb und denke daran, daß ich sehr, sehr glücklich bin und es mit Gottes Hilfe auch zu bleiben denke.

In dankbarer Liebe und Verehrung — Deine Emily.«

Kein Wort davon, mit wem sie fortgegangen war, kein Wort, wohin, außer der leichten Andeutung von der Neuen Welt. Aber etwas in den Zeilen stimmte sie doch ruhiger, als es die Umstände eigentlich erlaubten, und sie beschloß, zu den Gästen zu gehen und diese zu beschwichtigen.

Als sie unten ankam, war gerade die Polizei erschienen, die ein übereifriger Herr gerufen hatte.

Ohne viel Worte zu verlieren, winkte Mama ab und erklärte, daß sie Bescheid wisse, wo ihr Kind sei, sie wünsche keine Einmischung der Polizei.

Als man in sie drang, zu sagen, was sie wisse, erklärte Mama, die noch nie ein sicheres, energisches Wort gesprochen hatte, das sei eine interne Familienangelegenheit, und so leid es ihr tue, sie müsse die Gäste bitten, das Haus zu verlassen. Lothar und Laura wollten dagegenstimmen, aber wortlos winkte die Mama der kleinen Musikkapelle, daß sie sich entfernen sollte. Bei Hofe war dies das Zeichen zum Abbruch eines Festes.

Dann sprach sie im Herrenzimmer noch einige Zeit mit ihrem fassungslosen Schwiegersohn, der sich nach dieser Unterredung mit verehrungsvollstem Handkuß von Mama verabschiedete.

Tante Laura bekam von Mama den kurzen, aber freundlichen Auftrag, dafür zu sorgen, daß die Dienerschaft die überflüssigen Kerzen löschte, die Speisenvorräte in die Keller räumte und sonst alles Nötige besorgte. Lothar, den völlig erstarrten Lothar, bat Mama, in einer Stunde in ihr Boudoir zu kommen. Weder er noch Laura wagten, den ungewohnten Befehlen von Mama Widerstand zu leisten.

Als Lothar dann bei ihr erschien, saß sie an ihrem kleinen Schreibtisch, angetan mit einem Hausgewand, ohne die lästige Krinoline, und eröffnete dem schönen Papa, daß eine andere Zeit anbräche, sie die Verwaltung des Hauses in die Hand nehmen würde und man sehr sparsam leben müsse, um baldmöglichst dem Baron die Summe zurückzuzahlen, die er hergegeben hatte im Hinblick auf seine Ehe mit Emily.

»Aber — aber«, wollte der Papa entgegnen, doch sie winkte nur mit der Hand und erklärte, daß das Bild für die Gräfin Hahnau fertig sei, morgen abgeliefert und die Hälfte des Honorars sogleich an den Baron gezahlt würde.

»Und das Kind, wie erklärst du dir das?«

»Ist seinen eigenen Weg gegangen und hat damit bewiesen, daß es mehr Charakter besitzt als wir.« Mama weinte nicht, Mama klagte nicht, aber sie nahm das Regiment des Hauses fest in ihre Hände, und bald war es möglich, dem Baron alles zurückzuzahlen, was er für Lothar verauslagt hatte.

Nach einem halben Jahr erhielt Mama einen kurzen, aber sehr lieben Brief von Emily, worin sie bat, daß Mama ihr doch behilflich sein solle, die Scheidung einzuleiten. Über sich und ihr neues Leben könne sie noch nichts melden, aber Briefe erhalte sie unter der Adresse »Frau Berger, Florida, Plantage Hochheim«. Weiter nichts.

Als die Mama darauf zu dem Baron ging und ihm Vorschläge unterbreiten wollte, wurde ihr mitgeteilt, daß er am Tag vorher sehr schwer mit dem Pferd gestürzt sei und die Ärzte ernste Besorgnis hegten.

Nach weiteren zwei Tagen war Emily von Berger Witwe geworden. Aber enterbt hatte sie der Baron — in der Hinsicht wenigstens hatte er endlich einmal so etwas wie Charakter bewiesen.

Mama berichtete ihrem Kind unter der angegebenen Adresse, wie die Dinge stünden, fügte hinzu, daß Emily sich nicht quälen lassen solle, daß die Eltern in der Schuld des verstorbenen Barons stünden. Alles sei vor dessen Tod erledigt, sie flehe ihr Kind an, ausführlichere Berichte zu senden und sie nicht länger in Ungewißheit zu lassen.

Erst nach Monaten erhielt die Mama von der Tochter einen glückstrahlenden Brief, der alles erklärte.

Die kleine Emily war drüben eine reiche, verwöhnte Plantagenprinzessin geworden. Sie und ihr Mann seien von dessen Onkel begeistert aufgenommen worden, sie sei der verwöhnte Liebling des alten Herrn und ihres über alles geliebten Mannes, und es sei wunderbar schön.

Dann kamen in den nachfolgenden Jahren weitere Briefe. Auch sorgenvolle, denn nicht immer strahlte die Sonne des Glückes über dem Leben der kleinen Emily. Sie war Mutter eines Knaben geworden, es gab Sklavenaufstände dort drüben . . . ein Teil der Plantage brannte nieder, und dann kam im Jahre 1861 ein ganz schlimmer Brief: der Krieg zwischen den Süd- und Nordstaaten war ausgebrochen. Abraham Lincolns Saat war aufgegangen. Es war bitter, daß die Gerechtigkeit, die er für die Sklaven forderte, erst viel kostbares Blut verlangte, unendliches Elend überstanden werden mußte bei den Plantagenbesitzern, bis wieder ruhigere Zeiten kamen. Der alte Onkel war dem Ansturm der Aufregungen erlegen. Robert Schlüter kämpfte selbstverständlich an der Seite seiner Gesinnungsgenossen. Emily selber mußte eine abenteuerliche Flucht erleben von Haus und Plantage, nur ihr Kind konnte sie retten und etwas Schmuck. Die freiheitsberauschten Neger hatten auch sie vertrieben, als sie allein auf der Plantage ausgehalten hatte.

Aber Emilys Gottvertrauen hatte auch hier wieder geholfen. Es war ihr gelungen, einen Teil der Sklaven, die sie frei erklärte, zur Vernunft zu bringen. Auf ihrer Plantage wurde zuerst wieder angefangen mit der Arbeit, unter besseren Bedingungen für die Freigelassenen. Und als ihr Mann aus dem Feldzug wiederkam — müde, elend, unter Verlust der linken Hand —, da konnte die kleine tapfere Emily ihm wenigstens ein gepflegtes Heim und eine gut verwaltete Plantage übergeben. Tapfer verbiß sie ihr Entsetzen, als sie ihn als Krüppel vor sich sah, war aber unbeschreiblich selig, ihn überhaupt lebend wiederzusehen.

Die Jahre vergingen. Der schöne Lothar war ein alter Herr geworden, der sich schon lange in das Regiment seiner Frau gefügt hatte. Er freute sich jetzt daran, wenn die einst so gefürchtete Tante Laura sich ebenfalls den klaren und kurzen Bestimmungen seiner Frau fügen mußte und sich nicht mehr so wie einst in alle sie nichts angehenden Dinge des Hauses Dorsey mischen konnte.

Da bekam Mama eines Nachmittags Besuch gemeldet. Ein wenig ärgerlich ging sie in den kleinen Empfangssalon und stand dort einer zierlichen, sehr eleganten Dame gegenüber, die sie in dem Halbdunkel des kleinen Zimmers unmöglich erkennen konnte.

»Mit wem habe ich das Vergnügen?«

Eine kleine Pause, dann sagte die Dame mit einem heimlichen Lachen: »Aber liebe Mama . . . erkennst du dein eigenes Kind nicht wieder?«

Oh — Mama wankten die Knie, und sie mußte sich ganz schnell setzen, fuhr aber sofort erschrocken wieder halb hoch, denn sie hatte das ganze, verzweifelt unbequeme Gebäude ihres Kleides erbarmungslos gequetscht, ohne es wie sonst fein bedachtsam mit einem eleganten Ruck beiseite zu schieben.

»Mama . . . liebe, liebe Mama«, die kleine zarte Emily stand vor der Mama und umarmte sie herzlich und stürmisch.

»Oh, Kind . . . Emily . . . wie ich mich freue!« Und nun drehte Mama die kleine elegante Person zum Licht und sah ihr in das Gesicht. Süß sah sie noch immer aus, wenngleich sie nun fast vierzig Jahre war. Das lustige Gesichtchen mit den wilden schwarzen Locken, die allerdings in einem Bau von Zöpfen und Locken unter einem Unding von Hut gebändigt waren. Mama küßte ihre Tochter wieder und wieder und konnte nicht aufhören, zu fragen, was sie hier in der Heimat wolle, wie lange sie bliebe, wann sie wieder fort müsse, und daß der Papa nicht da sei.

Emily drückte die zitternde Mama in einen Sessel, nahm dann neben ihr Platz, nicht ohne zu bedenken, daß der elegante Fall ihrer bezaubernden hechtgrauen Nachmittagstoilette ungestört bliebe. Mit der alten, bekannten Geste nahm sie den Hut ab, warf ihn hin, wo er liegen wollte, und streichelte die Hände der Mutter.

»Wie freue ich mich, daß du so gut aussiehst . . . und alles hier unverändert ist.« Sie blickte sich um in dem Salon. »Kein Stuhl verrückt, kein Bild verschwunden. Und der Papa — malt er noch fleißig schöne Frauen?« Emily scherzte, damit die Mutter sich fassen konnte. Noch unter Tränen schüttelte diese lächelnd den Kopf.

»Nein ... o nein, er malt nur noch Herrenporträts und Kinderbilder ... oder mal eben eine ganze Familie.«

»Armer Papa, er wird alt, der schöne Papa.«

»Aber du, Kind ... schön bist du geworden, Emily, wunderschön« sagte die Mutter glücklich lächelnd.

»Ich bin glücklich, Mama. Das ist das Rezept für mein gutes Aussehen. Meine beiden Männer, Robert und mein großer Junge, wollten unbedingt die Heimat erleben. Was blieb mir anderes übrig, als sofort mit ihnen die große Reise anzutreten, mein kleines süßes Mädelchen mußte ich einfach mit auf das große Schiff packen, und da sind wir.«

»Was denn, mit dem noch nicht ein Jahr alten Kind hast du diese große Reise gewagt? Mein Himmel, wenn das Kind nun die Bräune bekommen hätte? Das ist unverantwortlich. Ich kann das einfach nicht verstehen!«

»Aber Mama, Delia ist doch dabei, das besagt alles!«

»Delia? ... Wer ist das?«

Statt zu antworten, klatschte Emily in ihre kleinen Händchen, die mit funkelnden Ringen besetzt waren, und die zahllosen feinen Goldreifen an ihren Handgelenken klirrten leise. Die Tür öffnete sich, und fast hätte Mama vor Schreck aufgeschrien, eine riesige weiß gekleidete Negerin trat ein, über das ganze breite Gesicht lachend und vor dem machtvollen Busen ein weißes, duftiges Spitzenbündel tragend, Mamas Enkelchen.

Nun versank vorerst für Mama die übrige Welt, es existierte nur die kleine Roberta, weiter nichts. Emily gab sich damit zufrieden und wanderte langsam durch das Haus. Wie stürmten die Erinnerungen auf sie ein. Da oben ihr kleines Jungmädchenstübchen mit all seinen Falbeln und Rüschen und Bilderchen. Richtig, Emily öffnete den Schrank – da hing es noch, das bezaubernde Ballkleidchen, das sie damals vor vielen Jahren getragen hatte an dem Abend, als sie und Robert ... oh, wie war die Welt damals doch so schön geworden für sie. Ein wenig wehmütig strich Emily über die breite Krinoline, die an der Rückwand des Kleiderschrankes hing – mit weißen Bändern benäht, aus Fischbein ... Oh, wie war es unbequem gewesen, sich mit so einer Glocke zwischen den Möbeln durchzudrängen, ohne einen der vielen unnütz herumstehenden Gegenstände anzustreifen. Wieviel netter war doch jetzt die Mode.

Emily nahm ein kleines Bild ihres Vaters zur Hand und betrachtete es aufmerksam. »Hm . . . das war damals ein schöner Mann? Wie sich doch der Geschmack veränderte. Aber mein Henner sieht seinem Großpapa sehr ähnlich . . .« Dann ging sie ins Atelier. Auch da nichts verändert, nur verstaubt und verblichen kam ihr alles vor. Der hohe Samtvorhang, der von der Decke in dichten, staubfangenden Falten herabhing, war doch damals das Höchste an Pracht und Luxus gewesen und hatte Papas Atelier zu einer Sehenswürdigkeit gemacht.

»Hm . . . hier war es, wo sie mich zwingen wollten . . . Der arme Baron . . . lange hat er den Schmerz, ohne Frau geheiratet zu haben, nicht überstanden. Und die gute Tante Laura, die liebe? Ach, sag doch, Mama«, wandte sie sich an ihre Mutter, die mit beglückter Miene, Roberta auf dem Arm haltend, eintrat, »wo steckt denn die gute Tante Laura?«

»Sie ist mit Hoheit wieder einmal auf Reisen — das ist ihr größtes Glück.«

»Arme Hoheit — mit dieser häßlichen alten Schraube auf Reisen zu sein, brrr! nichts für mich.«

»Kind, du bist wirklich noch die alte, immer spottlustig und so ein bissel . . .«

»Revolutionär, nicht wahr, Mama, das wolltest du doch sagen? Nun, das ist Veranlagung, der gute Papa war auch ein großer Revolutionär, allerdings auf anderem Gebiet.« Emily sah die Mama lächelnd an. »Wir verstehen uns, ich meine bezüglich der Begriffe über eheliche Treue.«

»Kind, man kann nur den Kopf über dich schütteln.« Mama war wirklich ein wenig rot geworden. »Wie sollen denn deine Kinder werden, wenn du solche Ansichten hast?«

»Oh, genau wie ich . . . das sagt Robert auch immer.« Emily hatte sich auf einen kleinen, rundgepufften Hocker gesetzt und spielte mit den an ihm befindlichen verblichenen Troddeln. »Erinnere ich mich recht, Mama, dann bin ich einmal mit diesem Möbel hier umgefallen, als ich zum ersten Mal revoltierte?«

»Stimmt ... an dem Tag, als Papa und Tante Laura dir eröffneten, daß Baron Berger dich heiraten wollte.«

»Hm! Wollen wir nicht lieber sagen, als der moralische Zwang auf mich ausgeübt wurde, ihn zu heiraten? Nun, es sei Tante Laura unvergessen. Ein klein bissel Bitterkeit hege ich auch noch dem schönen Papa gegenüber, aber wer weiß — vielleicht hätte ich sonst niemals den Mut gehabt, mir mein Glück zu verschaffen, wäre niemals mit Robert zusammengekommen. Also — machen wir einen Strich darunter. Aber nun gib Baby wieder an Delia, sie verfolgt mit einer wahren Todesangst alle deine Bewegungen und fürchtet, du läßt Baby fallen. Und wir beide wollen gemütlich plaudern. Ich habe Zeit, bis Robert und Henner mich abholen.«

Mama gab, wenn auch zögernd, der breit lachenden Negerin das kleine Spitzenbündel und sah der wuchtigen Person kopfschüttelnd nach.

Sie plauderten noch lange zusammen, und es dämmerte schon, als Robert und sein großer Sohn bei Mama erschienen.

Ein wenig verlegen war die Mama, so plötzlich einem Schwiegersohn gegenüberzustehen und einem fast erwachsenen Enkel, der sie freundlich lächelnd ansah. Robert Schlüter faßte ihre Rechte mit seiner einen Hand. Der andere Ärmel seines Jacketts war zusammengeheftet, aber er verstand es gut, das Gebrechen zu verbergen.

Stolz sah Emily zu ihrem großen schönen Sohn auf, der das eine Auge zukniff und sie verschmitzt ansah.

»Na, kleine Mama, nun wirst du mich los, und ich werde endlich ein Mann.«

»Bist du das noch nicht?«

»Nein! Solange du mir noch vorschreibst, was ich anziehen soll und wie ich mir den Scheitel bürsten muß, schaut es noch böse aus mit mir.«

»Und dabei lachst du so frech und vergnügt. Weißt ganz genau, daß du die kleine Mama um den Finger wickelst«, sagte Robert.

»Und sie wickelt dich um ihren noch viel kleineren Finger.«

»Frechdachs!« Emily warf ihrem großen Jungen eines der alten, einst so herrlich eleganten Kissen an den Kopf. Mama stand dabei und wußte nicht so recht, was sie aus dem Ton machen sollte, der zwischen diesen Menschen herrschte. Aber ihr strahlendes Glück und die Hochachtung, die diese für einander hatten, machten sie doch wieder sehr glücklich.

Emily hatte gut daran getan, ihr Geschick damals selber in die Hände zu nehmen, besser hätte alle elterliche Sorge ihr nicht helfen können.

IV

Einige Wochen später erfüllte sich Emilys Schwur zum ersten Mal.

Ihr Sohn hatte im Feldzug 1870/71 in einem Quartier eine junge Baronesse kennengelernt, ein schönes Straßburger Mädchen. Dieses Mädchen liebte er und wollte es heiraten, brachte es zu seinen Eltern, nachdem das reizende Geschöpf in Berlin eingetroffen war.

Emily und Robert waren für ein Konzert angezogen, als ihnen gerade der Wagen gemeldet wurde, öffnete Henner stürmisch die Tür des eleganten Vorraumes, der zum Appartement seiner Eltern im »Hotel de Rome« gehörte, und zog eine junge Dame, die leicht verschüchtert war, hinter sich her.

»Mama, Vater, entschuldigt, daß ich euch noch aufhalte, aber Sylvia ist eben angekommen, ihr sollt und müßt sie sehen. Sylvia, das sind meine Eltern! Mutter, dies ist meine Braut.« Weiter sagte er nichts, stellte eben die Eltern vor die vollendete Tatsache.

Einen Augenblick war es still, dann verneigte Schlüter sich artig vor der jungen Dame und wandte sich darauf an seinen Sohn. »Du beliebst uns ein wenig zu überraschen, mein Sohn, und es wird mir nicht ganz leicht, sofort die nötigen Worte zu finden. Mein Fräulein, ich freue mich sehr, Ihre Bekanntschaft zu machen.«

Er begrüßte das junge Mädchen, das ihn errötend ansah. »Es tut mir leid, daß ich Ihnen und meinem Sohn einen schönen Traum zerstören muß, aber — Henner hat Ihnen wohl verschwiegen, daß er sich drüben in unserer Heimat, in Florida, schon verlobt hat.«

Wieder Schweigen — dann sagte Henner, der glühend rot geworden war: »Verzeihung, Papa, aber meine Braut versteht kein Wort Deutsch. Gott sei dank, sage ich jetzt, denn es hätte sie tief verwundet, wären ihr deine Worte verständlich gewesen. Ich liebe Sylvia, und ich werde sie heiraten.«

»So, und Marciella?«

»Verzeihung, Papa, meine Verlobung mit Marciella habt ihr beschlossen, nicht ich. Ich hoffe, daß ihr Sylvia herzlich aufnehmt. Und bedenke, Papa, daß mich keine Macht der Welt davon abbringen wird, sie zu heiraten.« Er stand neben dem hübschen Mädchen, das ein schüchternes Lächeln um den Mund hatte, legte seinen Arm um die schmalen Schultern der kleinen zierlichen Straßburgerin und sah den Vater fast drohend an. »Ich liebe sie — und Marciella liebe ich nicht!«

»Mein lieber Henner, du bringst uns alle in eine sehr häßliche Situation, und es ist mir peinlich, der jungen Dame ablehnend gegenüberstehen zu müssen, aber mein Beschluß steht fest. Versuche ihr schonend beizubringen, daß eure Pläne nicht in die Wirklichkeit umzusetzen sind. Es bleibt bei der Heirat mit Marciella.«

Henner sah den Vater prüfend an. Er kannte ihn genug, um zu wissen, daß es ernst war mit seiner Weigerung. Dann sah er die Mutter an. Fast schien es ihm, als läge ein verstecktes Lächeln auf ihrem Gesicht — so, als warte sie auf etwas, das kommen mußte. Aber sie sagte kein Wort.

Henner legte neuerlich seinen Arm um die Schultern des reizenden jungen Mädchens, küßte es leicht auf die Wange und trat dann auf seinen Vater zu. Nun erhob sich Emily und ging zu Sylvia hin, sie in fließendem Französisch liebenswürdig begrüßend, streichelte ihr mit ihren feinen Fingern das Kinn und sagte: »Still, mein Kind — abwarten! Wollen sehen, was die beiden dort entscheiden. Vor allen Dingen nicht traurig sein und nicht ängstlich.«

Die kleine Französin ergriff die Hand Emilys und küßte sie verehrungsvoll. Dann standen die beiden Frauen nebeneinander und lauschten, mit geteilten Gefühlen, den immer heftiger werdenden Worten der beiden sich so ähnlichen Männer.

»Vater, ich bitte dich zu bedenken, daß drüben in der Heimat die Verlobung, oder wie du die Abmachung zwischen dir und deinem Geschäftsfreund nennen willst, ohne meine Zustimmung getroffen ist; und daß ich eine Heirat mit Marciella, die ich als Jugendfreundin sehr verehre, nur als einen Scherz betrachten kann. Du kannst unmöglich mein Lebensglück deinen Geschäftsverbindungen opfern wollen!«

»Du mußt es mir überlassen, zu beurteilen, was dein Lebensglück ist, mein Sohn. Maricella ist ein schönes Mädchen, ein freundliches Wesen, und sie ist vor allen Dingen sehr reich.«

»Und ihr Vater ist der beste Abnehmer deiner Baumwolle«, warf Henner höhnisch ein.

»Ich muß mir deine spöttischen Zwischenbemerkungen verbitten, mein Sohn.«

Henner trat zu ihm hin, reichte ihm herzlich die Hand und sagte innigst: »Ich bitte dich, Vater, laß es genug sein der Härte. Wir lieben uns! Gib uns deinen Segen, und wir werden dir ewig dankbar sein.«

Schlüter sah seinen Sohn an, dann seine Frau und bemerkte bei ihr ein ihm unverständliches Lächeln. Das brachte ihn erneut auf, und er hieb ärgerlich mit der einen Hand durch die Luft.

»Nichts da . . . es bleibt bei dem, was ich sagte, und nun befreie uns aus der gegenwärtigen Situation, erkläre der jungen Dame, wie unendlich ich es bedauere, sie in eine peinliche Lage bringen zu müssen. Meine Weigerung hat nichts mit ihrer wirklich reizenden Persönlichkeit zu tun — aber es geht nicht.«

»So!« sagte Henner, nachdem er seinen Vater einen Augenblick groß angesehen hatte — »es geht nicht? Nun, ich erkläre dir, daß es doch geht. Wir heiraten, und damit basta! Vergiß nicht, daß ich mündig bin.«

»Zugegeben, vergiß aber auch nicht, daß ich es nicht will und dir einfach deine bisherigen Bezüge sperre. Dann werdet ihr ja sehen, wohin ihr mit eurer großen Liebe kommt. Und damit von mir aus basta!«

Henner überlegte einen Augenblick, sah seine Mutter an, holte tief Atem und sagte ruhig: »Hart auf hart, Vater? Gut — dann erinnere ich dich daran, daß mir seit August 1870 das Vermögen zusteht, das Onkel Hugo mir hinterlassen hat. Es ist nicht groß, an deinen Reichtümern gemessen, aber es wird ausreichen, Sylvia und mich in die Lage zu versetzen, uns eine Existenz zu gründen. Dank — nochmals innigsten Dank dem guten Onkel Hugo, daß er so weit voraussehend war, mir selber Geld zuzusprechen.« Er trat neben das junge Mädchen, legte seinen rechten Arm wie schützend um sie, ergriff mit der linken Hand die Hände seiner Mutter, die er ehrfurchtsvoll küßte, und eilte dann mit der Geliebten zur Tür. »So, Vater, nun verzeih, wenn ich die Veranlassung war, daß ihr ein wenig zu spät in das Konzert kommt, aber wir haben es jetzt selber eilig fortzukommen, hinaus in das Leben, unserer schönen Zukunft entgegen.«

Einen Augenblick war es still in dem Hotelsalon. Robert stand am Fenster und schaute hinunter auf die Straße »Unter den Linden«, aber er nahm den Verkehr der zahlreichen Equipagen nicht wahr, die zu den Theatern und Konzertsälen fuhren — er sah nur das Bild seines trotzigen Jungen vor sich, der ihm Widerstand geleistet hatte. Als er ein Geräusch hinter sich hörte, wandte er sich um.

Emily stand unter der Ecklampe und zog die feinen dänischen Handschuhe von den Händen, legte ihre Schmucksachen ab und sah ihn lächelnd an.

»Was tust du da?«

»Es ist wirklich zu spät geworden für das Konzert, und, ehrlich gesagt, ich habe auch keine Lust mehr, hinzugehen.«

Er trat näher zu ihr, faßte sie an der Schulter und fragte grübelnd: »Und dabei lächelst du? Hast überhaupt die ganze Zeit über gelächelt — Emily, wie soll ich mir das erklären?«

Sie sah zu ihm auf, strich mit ihren feinen Händchen an seinen Schultern entlang, hob sich ein wenig auf die Fußspitzen und fragte ihn leise: »Hast du denn ganz meinen Schwur vergessen . . . damals, als es mir so ging wie eben dem Jungen?«

»Emily . . . du — aber das ist doch Unsinn! Wie konntest du deshalb zu alledem schweigen, wenn der Junge in sein Unglück rennt?«

»So? Bin ich damals vielleicht auch in mein Unglück gerannt?« Sie sah ihn scherzend an.

»Aber Liebes, das war etwas ganz anderes, ich war doch schon ein Mann . . .«

»Unser Junge auch, vergiß das nicht! Er hat es dir eben jetzt bewiesen. Außerdem ist er mein Sohn, und ich mache mir gar keine Gedanken seinetwegen. Er wird sich genauso durchbeißen im Leben, wie ich es tat. Und sei einmal ehrlich, Liebster, soll er sein Leben lang an unserem Rockzipfel hängen und nur das tun, was wir gut für ihn finden? Schluß damit, der Junge muß wissen, was er tut. Eines Tages bekommen wir aus irgendeinem Winkel der Welt einen Brief, und er meldet uns die Geburt seines ersten Kindes. So pflegt das immer zu sein, auch in diesem Fall. Nun fort mit der finsteren Miene. Ich mache den Vorschlag, daß du mich jetzt zu einem sehr netten, gemütlichen Verlobungssouper einladest!«

»Verlobungssouper?«

»Nun ja, wir müssen doch die Verlobung unseres Jungen feiern. Komm, wir gehen zu Poppenberg drüben und sind sehr vergnügt, wie es sich für Schwiegereltern schickt.«

»Aber Emily — leichtsinnig bist du, ich verstehe dich fast nicht.«

»Sei ruhig, er ist mein Sohn — und auch ein bissel der deine, eine ganz gute Mischung, scheint mir. Aber ich freue mich, daß mein Schwur von damals einen solchen Erfolg hatte. Weiter soll es so sein, bei all meinen Nachkommen. Keiner soll heiraten ohne Liebe, keiner gegen seinen Willen, keiner die Hölle eines liebearmen Lebens auf sich nehmen. Alle sollen sie meine Kraft besitzen, sich von Fesseln freizumachen, die ihnen das Glück rauben.«

»Emily, kleine Aufrührerin!« Robert zog sie an sich, er liebte seine kleine süße Frau noch immer, wie am ersten Tag. »Nun fange ich schon selber an, mich als Rabenvater zu sehen. War ich sehr streng?«

Sie schaute ihn lächelnd an, zupfte seine flatternde Krawatte zurecht, streichelte ihm den Backenbart ein wenig und sagte: »Nun, es reichte aus, gerade genug, um ihn zum Mann werden zu lassen. Hat einen ganz erfreulichen Dickschädel, dein Herr Sohn!«

»Bitte — dein Sohn!« wehrte er lächelnd ab.

»Also gut, unser Sohn. Und alles Glück der Erde für die Beiden. Übrigens — sehr hübsch ist sie. Hat mir gut gefallen, die Kleine.«

Nach zwei Jahren traf in Florida bei Emily und Robert ein langer Brief von Henner ein, der sich in Australien eine neue Heimat gegründet hatte. Er meldete die Geburt seiner Tochter, die der verehrten Mutter Emily wie aus dem Gesicht geschnitten sei, und teilte mit, daß es ihm finanziell gutgehe, und er hoffe, bald einmal die Eltern mit seiner Familie besuchen zu können. Von Marciella habe er auf sein Entschuldigungsschreiben einen lieben Brief erhalten, worin sie ihm gemeldet habe, daß sie ihn niemals geheiratet haben würde, da sie schon lange mit Don Fernando drüben in Mexiko verlobt gewesen sei.

Emily reichte ihrem Mann den Brief, und ihr Gesicht zeigte wieder das bewußte Lächeln. Als er gelesen hatte, nickte er ihr zu und sagte, etwas bärbeißig:

»Nun triumphierst du wohl, daß du recht behalten hast, wie?«

»Ein wenig, Robert, nur ein ganz klein wenig.« Sie sah sinnend vor sich hin. »Es hätte auch gar nicht anders sein dürfen. Ganz undenkbar wäre das gewesen. Glücklich sollen alle meine Nachkommen werden durch meinen Schwur — so glücklich, wie ich es geworden bin. Und unsere kleine Roberta, wenn sie erst einmal ein richtiges Menschenkind geworden ist, soll auch glücklich sein und sich wehren, wenn das Leben ihr Unglück aufzwingen will.«

Jahre vergingen, in denen sich Schicksale erfüllten.

Emily und ihr Mann waren gestorben, Roberta schon eine würdige Dame von gut vierzig Jahren. Sie war verheiratet mit Mr. McFairfax, einem englischen Offizier, dem sie nach Indien gefolgt war, wo sie viele glückliche Jahre verlebt hatte.

Von ihrem um so viele Jahre älteren Bruder, der mit seiner Familie in Australien lebte, hatte sie zwar selten, aber nur Gutes gehört.

Außer einigen schweren Erlebnissen bei immer wieder auflodernden Eingeborenenaufständen hatte sich Robertas Leben ohne Tragödien abgespielt. Sie liebte ihren Mann, aber sie brach nicht zusammen, als er ihr bei einem Erholungsurlaub, den sie gemeinsam in London verlebten, genommen wurde. Ihre beiden Kinder, einen Jungen und ein Mädchen, hatte sie in England erziehen lassen. Der Junge wurde nach erfolgtem Studium Arzt in der Industriegegend Englands, und die Tochter, ein schönes junges Mädchen, das Emily hieß, lebte nun mit ihr zusammen. Der Sohn verheiratete sich sehr bald nach Eröffnung seiner Praxis mit einer Deutschen, und sie selber ging mit Emily, die sie nach ihrer Mutter genannt hatte, auf Reisen. Sie konnte sich ein luxuriöses Leben gestatten. Das von ihren Eltern geerbte Vermögen hatte sich noch vergrößert durch eine Erbschaft aus der Familie von McFairfax.

Sie besuchte mit ihrer Tochter alle Luxusorte der Welt und freute sich, wie das schöne Mädchen umschwärmt wurde.

War es ihr selber erspart geblieben, um ihr Lebensglück kämpfen zu müssen, so erfüllte sich an ihrer Tochter wieder einmal der Schwur von Emily Dorsey.

In Baden-Baden lernte die schöne Emily Fairfax einen Deutschen kennen, einen jungen Gelehrten der Chemie. Ein wenig verträumt war er, leistete jedoch schon Beachtenswertes in seinem Beruf. Aber er war nicht der Mann, den sich Roberta für ihre schöne Tochter gedachte hatte, und so verweigerte sie den beiden jungen Menschen ihre Zustimmung.

Wohl keiner, sie selber am wenigsten, hätte es Emily zugetraut, daß sie mit dem Geliebten einfach davonging, ohne sich lange um Wenn und Aber zu kümmern.

Was blieb Roberta anderes übrig, wollte sie einen Skandal vermeiden und nicht für den Rest ihres Lebens einsam bleiben — sie mußte nachgeben; reiste also dem jungen Paare nach, das sich in einer billigen Pension in Berlin eingemietet hatte und nicht wußte, wovon es am nächsten Tag, geschweige denn die kommende Woche, leben sollte. Aber eisenhart war der Schädel Emilys. Es blieb also Roberta gar nichts anderes übrig, als nachzugeben. Insgeheim lächelte sie, wenn sie an die Erzählungen ihrer Mutter aus deren Jugendzeit dachte.

Die Nachkommen der hübschen Emily Dorsey ließen sich eben nicht ohne Liebe vermählen.

In Berlin feierte man Verlobung, und in London wurde die Hochzeit ausgerichtet. Doktor Meinhard erklärte seiner von ihm sehr verehrten Schwiegermama, daß er nie gedenke, nach London zu ziehen. Wolle sie in der Nähe ihrer Tochter sein, müsse sie sich schon entschließen, auch in Deutschland zu leben.

Das war im Jahre 1909. Doktor Meinhard und seine junge Frau bezogen eine hübsche Villa im Grunewald, und als Hochzeitsgeschenk erhielten sie zu ihrer besonderen Freude von Mama ein Auto geschenkt; Mama Roberta war schon der Zeit der Equipagen entwachsen und ging mit der modernen Zeit. Sie kleidete sich sehr elegant und spielte in der Berliner Gesellschaft eine große Rolle, was ihrem Schwiegersohn zunutze kam, denn sie verstand es gut, auf seine Tüchtigkeit aufmerksam zu machen. Etwas, was ihm selber gar nicht lag.

Emily, die junge Frau, fand es nicht ganz einfach, von der Rolle einer verwöhnten und vergötterten jungen Dame in die einer bescheidenen jungen Frau überzugehen. Aber als sie Mutter eines Mädchens wurde, war ihr alles andere unwichtig, und der gute Doktor Meinhard spielte als Papa nur noch eine untergeordnete Rolle in seinem Haus, was ihn dazu veranlaßte, alle Kräfte seinem Beruf zur Verfügung zu stellen. Und sehr bald bekam er eine Professur übertragen.

Das Leben in der Villa ging weiter seinen Gang, man lebte gut, reiste viel, insbesondere Großmama Roberta und Mutti Emily. Baby persönlich machte sich nicht viel daraus, bekam dann immer Bauchweh von der anderen Milch und hatte niemals auf Reisen die rechte Ruhe. Und der Papa blieb ja schließlich auch daheim, da er ja leider arbeiten mußte. Und so beschloß Baby, bei den nächsten Reiseprojekten fürchterlich zu brüllen, so daß Großmama und Mutti wiederum beschlossen, Baby lieber daheim zu lassen. Papa hatte dann auch eine kleine Ablenkung, wenn er aus dem Laboratorium heimkam.

Ende Juni 1914 reisten Großmama und Mutti mit einem lachenden und einem weinenden Auge nach Italien, um alte Bekannte aus England dort zu treffen; auch den Doktoronkel aus England, der immer so eklig dumm »Killekille« bei Baby machte.

Riesenschachteln für Großmamas und Muttis Hüte wurden zuerst einmal in das schmale Schlafwagencoupe verstaut, dann die verschiedenen Taschen, Köfferchen und noch weiteres absolut Unerläßliches, indessen Baby, sich sicher auf dem Arm ihrer Amme fühlend, auf dem übervollen Bahnhof ihren kleinen Privatvergnügungen nachging, die darin bestanden, daß sie an allem herumzerrte, was in den Bereich ihrer kleinen Händchen kam. Alles ging soweit ganz gut, als sie aber plötzlich mit wildentschlossenem Ruck einen wunderbar mit Blumen, Vögeln und Kornähren besäten Damenhut ergriff, da gab es doch eine kleine Katastrophe — und Mutti seufzte erleichtert auf, daß sie sich, wenn auch schweren Herzens, entschlossen hatte, Baby daheim zu lassen. Sanfte Schauer liefen Mutti über den Rücken, wenn sie sich ausmalte, daß Baby vielleicht ihren eigenen, bezaubernden Sommerhut erwischt hätte, der mit einem Berg von duftigem Tüll bedacht war.

Der Zug fuhr also ab, und nicht nur Baby schickte einen kleinen Seufzer gen Himmel, auch der Papa, der außer seinen beruflichen Sorgen auch noch andere hatte. Die drohenden Wolken am politischen Himmel wurden dunkler und schwerer. Die schrecklichen Tage des Serajewo-Mordes hatten schon drohende Blitze über die europäische Welt geschickt und sie elektrisiert.

Aber der Juli, als Papa eifrigst arbeitete und Mama begeisterte Berichte aus Italien schickte, verging zunächst ruhig. Baby freute sich seines kleinen Lebens, wurde nur öfter sehr ärgerlich über die vielen garstigen Mückenstiche, die sie quälten. Und dann konnte sie es nicht leiden, daß die Amme neuerdings immer so viele Zeitungen las — das hatte sie doch früher nie getan. Was stand nur Dummes darin, daß sie nicht mehr für Babys niegestillten Spielhunger Zeit fand, etwas abwesend wieder und wieder vor sich hinmurmelte: »Lieber Gott, das kannst du nicht zulassen, das darf doch nicht kommen.« Dumm so etwas. Und wenn Baby fragte, was nicht kommen sollte, dann drückte die Amme sie wie toll an sich und fing fast an zu weinen. Gar nicht gern mochte Baby das leiden. Auch der Papa wurde gegen Ende des Monats wieder furchtbar ernst, und wenn er Baby streichelte, dann sagte er immer: »Gott soll uns alle behüten!«

Baby fand sich in der Welt nicht mehr zurecht und wurde ebenfalls ein wenig nervös. Aber bei einem kleinen Mädchen, das knapp auf den Tisch schauen kann, nimmt man das noch nicht besonders ernst.

Und dann begann ein ganz furchtbarer Tag. Es kam niemand und brachte Baby sein Breichen . . . alles lief aufgeregt im Haus herum. Papa war erregt und drückte Baby so fest an sich, daß ihr alle kleinen Rippen weh taten. Sie wagte aber doch nicht zu weinen, sondern verhielt sich ganz still in Papas Armen.

Als dann die Amme wieder einmal voller Verzweiflung in das Zimmer kam und erklärte: »Es ist noch immer keine Verbindung mit Italien zu bekommen, auch Telegramme gehen nicht mehr durch. Was sollen wir nur tun, daß wir Nachricht von der gnädigen Frau bekommen?«, da wußte Baby, daß all die Aufregung daher kam, weil Mutti Emily mal wieder nicht geschrieben hatte, und, wie Papa immer scherzend zu Mutti sagte, sie schreibfauler sei als ein Stallknecht.

Dann aber wurde es schrecklich, denn man packte Baby einfach ins Bettchen, gab ihr ein Fläschchen, was schon lange nicht mehr üblich war, drehte das Licht ab, und ganz still wurde es im Haus. In der

Erkenntnis, daß Revoltieren jetzt nicht am Platze sei, schlief Baby auch sanft ein und erwachte erst am Morgen des 2. August 1914.

Kriegserklärung!

Schrecken ohne Ende und unvorstellbar!

Professor Meinhard bekam seine Einberufung für den 6. August, und bis zu diesem Tag hoffte er von Stunde zu Stunde, daß seine Frau zurückkäme. Aber es vergingen zwei Tage, die er vergeblich wartend auf dem Anhalter Bahnhof verbrachte, jeden der unregelmäßig eintreffenden Züge angstvoll ablaufend, ganz gleich, aus welcher Richtung er kam. Nichts von den beiden Damen!

Endlich, morgens am 5. August, lief ein völlig unerwarteter Zug aus Mailand ein, und aus diesem kletterten müde und zerrupft die vor Wochen in strahlender Schönheit abgereisten Damen. Die Hüte hatten sie schief und verbeult auf dem Kopf, die Röcke verrutscht, zerknittert, unsauber. Emilys Bluse war am Ärmel zerrissen, und Mrs. Fairfax hatte keinen Kragen mehr auf ihrem Mantel. Blaß und elend sahen sie aus.

»Oh, Ernst!« Das war vorerst alles, was Emily unter bitteren Tränen sagen konnte. Sie lag an des Gatten Brust, gleichgültig gegen alles nervöse Hasten um sie herum. Aber solche Szenen waren jetzt keine Seltenheit, und Meinhard war es auch ganz gleich, wenn er nur seine Frau wieder im Arm hatte. Aber sehr schnell traten die Sorgen an ihn heran . . . was hatten die Frauen erlebt, was sollte mit seiner Schwiegermutter werden, die Engländerin war?

Zuerst also das Nötigste erzählt . . . die Damen hatten in Italien endlich nach langem Warten in Mailand in diesem Zug zwei Plätze bekommen, und dann war die Fahrt losgegangen. Kreuz und quer war der Zug geleitet worden, hatte immer wieder Truppentransporten Platz machen müssen, und jeden Zug hatte Emily angstvoll angestarrt, fürchtete sie doch, daß ihr Mann schon in einem sein könnte.

Ohne Essen, kaum etwas zu trinken, mußten sie durchhalten, bis sie in Stuttgart waren. Dort wurde ein Speisewagen angehängt, aber eine dünne Tasse Kaffee und eine Scheibe Brot waren alles, was sie hatten ergattern können. Weiter, die Nacht durch, auf harter Bank sitzend, nur mit Männern zusammen im Abteil, die voll tiefer Sorge und Nervosität waren.

Dies alles wurde Ernst Meinhard erregt erzählt, und er konnte vorerst nur trösten.

»Und du mußt auch fort?« Angstvoll sah Emily ihn an.

»Ja, Liebes . . . morgen. Aber nicht weinen. Schau um dich! Alle diese Frauen müssen ihre Männer entbehren. Aber nun wollen wir vorerst sehen, was aus Mama wird.«

»Aus Mama . . .? Wie — wie meinst du das?«

»Wissen Sie schon Bescheid, Schwiegersohn? Ich habe mir gedacht, daß es Schwierigkeiten geben wird. Aber es wird nicht schlimm werden. Mich alte Frau wird man ja wohl nicht internieren?«

»Wir wollen es hoffen, Mama. Ich habe alles versucht, und glaube, es wird gehen.« Ernst nickte ihr tröstend zu und führte die Damen zur rechten Seite.

»Ernst — der Ausgang ist doch links.«

»Schön, aber wir müssen mit Mama noch zur Bahnhofskommandantur. Sie muß erst ihren Paß vorlegen.«

»O Gott . . . sie werden Mama einsperren.« Wild schluchzte Emily auf.

Ernst fragte besorgt: »Wo habt ihr euren Gepäckschein? Das wird auch noch eine Schwierigkeit bedeuten.«

»Darauf sind wir schon vorbereitet und haben nur das Nötigste bei uns — das andere, all die schönen Sachen«, Roberta lächelte bitter, »die Hüte und der unnütze Kram, den haben wir in Mailand auf dem englischen Konsulat gelassen als mein Eigentum. Dort steht alles gut, bis einmal ruhigere Zeiten anbrechen. So, und nun möchte ich vorerst einmal wissen, was aus mir wird.« Roberta war völlig ruhig und beherrscht.

Emily sah ihren Mann ängstlich an und wollte etwas sagen, aber Roberta winkte ab: »Sei ruhig, Kind, was sein muß, wird geschehen — es hat jetzt keinen Zweck, gegen Verordnungen angehen zu wollen. Ich als Ausländerin muß ganz besonders vorsichtig sein.«

Professor Meinhard sah seine Schwiegermutter dankbar an und war froh, daß die kluge Frau keine Schwierigkeiten bereitete.

In der Kommandantur bekamen sie den Bescheid, daß man Roberta vorläufig ihren Paß abnehmen müsse. Man stellte ihr einen Interimsschein aus und gab ihr den Auftrag, sich jeden Tag bei dem der Wohnung zuständigen Polizeibüro zu melden, so wie es jeder Ausländer, der augenblicklich in Deutschland lebte, tun mußte. Den Verhältnissen angepaßt, war man sehr liebenswürdig Roberta gegenüber, und Professor Meinhard konnte nun mit den beiden Frauen nach Hause fahren.

Alles andere, was hinter ihnen lag, wurde von der bevorstehenden Trennung in den Hintergrund gedrängt. Emily konnte sich nicht fassen, daß sie auf diese grauenvolle Weise von ihrem Mann getrennt wurde.

Wie leicht und froh war sie vor Wochen nach Italien gereist, nur von dem Gedanken geführt, sich zu unterhalten und schöne Tage zu verleben. Und auf einmal stand sie dem furchtbarsten Ernst des Lebens gegenüber.

Und Klein-Emily?

Sie war weiterhin ärgerlich, denn nichts wollte augenblicklich in dem sonst so gut geführten Haushalt klappen. Fast jeden Tag mußte sie brüllen, bis man ihr das Griesbreichen brachte, ganz abgesehen davon, daß sie es nicht verstehen konnte, warum Mutti weinte, wo doch Papa nicht gezankt hatte. Auch fand sie in ihrem kleinen Kindergehirn keine Erklärung für das ernste Gesicht der sonst so lustigen Großmama Roberta. Sie versuchte immer wieder zu revoltieren. Sie war durchaus nicht mehr die Hauptperson. Alles drehte sich um Papa, sprach nur von Papa — tagelang, wochenlang, für Monate, nichts anderes wurde gesprochen als von Papa: wie es ihm ginge, ob er nicht bald zurückkäme, ob er gesund sei. Fieberhaft wurde auf Post von Papa gewartet, und Klein-Emily war der Ansicht, daß jetzt wohl der Papa schreibfaul sei »wie ein Stallbursche«, wie er in früheren lustigen Zeiten oft die Mama geneckt hatte.

Die Zeit ging weiter, aus dem Griesbreichen von Klein-Emily wurde Haferbreichen. Das Zwiebäckchen, das sie sonst zu ihrer Milch bekam, gab es nicht mehr. Auch keine braune Butter mehr, die sie so gern mochte über ihr Breichen; keine Schlagsahne — von Schokolade ganz zu schweigen.

War es da ein Wunder, daß Klein-Emily wieder einmal sehr unzufrieden mit dem Stand der Dinge war?

November 1918. Revolution!

Und nun wäre Klein-Emily eigentlich in ihrem Element gewesen, denn sie war ja selber eine kleine Revolutionärin.

Eines Tages spürte sie, daß etwas Erfreuliches vor sich ging. Das ganze Haus war aufgeregt.

Mama, die in den letzten Jahren selten heiter und froh gewesen war, ging durch das Haus und sang vergnügt, Großmama Roberta wurde von ihrer Enkelin dabei ertappt, daß sie lustig vor sich hin pfiff. Das ganze Haus wurde umgestülpt, sauber gemacht, frische Gardinen wurden angebracht, und es war eben so, als sollte ein ganz großes Fest gefeiert werden.

Das mochte Klein-Emily sehr gern, und sie beschloß, der Sache einmal auf den Grund zu gehen. Da sie Großmama Roberta für die Vernünftigste von allen ansah, stieg sie in die obere Etage, um sich mit ihr zu besprechen.

Roberta, eine immer noch sehr gut aussehende Dame mit Haltung und eleganter Figur, stand an ihrem Schreibtisch und blätterte ein wenig versonnen in alten Briefen herum.

»Na, Kleines, hast du nichts zu tun?«

»Doch, doch — aber sag, Omi, was ist eigentlich los? Die da unten sind alle so komisch.«

Roberta sah ihre Enkelin an und lächelte: »Bist doch sonst so gescheit, Klein-Emily, und hörst aufmerksam zu, wenn Erwachsene reden!«

»Soll ich doch nicht, Omi!«

»Richtig! Aber du tust es trotzdem. Hast du nicht gehört, daß der Papa zurückkommt?« Ehe Emily antworten konnte, nahm sie das Kind in ihre Arme und setzte es sich auf den Schoß. »Kannst du gar nicht begreifen, Kind, was das bedeutet?«

Dann griff Roberta nach einer alten, verblichenen Photographie, die eine junge Frau in einer bezaubernden Toilette längst vergangener Tage zeigte. »Sieh dir das einmal an, Kind, das ist meine Mutter!«

»Deine Mutti? Wie putzig die aussieht. So ein ulkiges Kleid!«

»Das mag dir ein wenig merkwürdig erscheinen, Kind, aber damals, als meine Mutter jung war, bedeutete dies eben Eleganz. Genau so wie ich mir einbilde, gut angezogen zu sein, und wie du, kleiner Fratz, glaubst hübsch gekleidet zu sein. Das ist die Mode!«

»Weiß nicht, was das ist!« sagte Emily uninteressiert und spielte mit einem altmodischen Armband, das auf dem Schreibtisch der Großmutter lag.

»Vorsichtig, Kind, nicht zerbrechen, es ist ein Andenken von meiner Mutter. Ist es nicht hübsch?«

»Nö — Muttis Armbänder sind hübscher.«

Lachend sah Roberta ein, daß die ihr wertvollen Erinnerungen dem Kind nichts bedeuten, packte die Dinge schnell zusammen, stellte Klein-Emily auf den Boden und strich ihr über das Haar. »Also Schluß damit, Kleines. Wir haben heute Wichtigeres zu tun, denn Papa kommt.«

»Bringt er mir auch etwas mit?«

»Ich fürchte, nein, Kind«, seufzte Roberta ein wenig.

»Schade, Omi — Omi, ich weiß gar nicht mehr, wie Papa aussieht.«

»Kind, vier Jahre sind eine lange Zeit. Papa war die ganzen Jahre über nicht hier. Aber laß uns nicht zurückdenken, es geht wieder vorwärts! Es ist eigenartig, Kind, wie ähnlich du meiner Mutter siehst«, fügte Roberta nachdenklich hinzu, fast nur für sich. »Dasselbe Gesicht, die nämlichen Augen. Hoffentlich hast du auch ihren Charakter geerbt.«

»Omi, du sprichst heute so komisch mit mir, ich kann das alles nicht verstehen!«

»Sollst du auch nicht, Kind! Sei vergnügt und froh, geh mit deinem Putzi spazieren und freu dich, heute gibt es etwas ganz besonders Gutes zu essen.«

»Au wie fein — was denn, Omi?«

»Ein Hähnchen, ein schönes Brathähnchen!«

Großmutter und Enkelin hatten in der Vorfreude auf diesen Lekkerbissen eine starke, auffallende Ähnlichkeit, und Roberta mußte selber darüber lachen, daß sie, die ihr ganzes Leben hindurch von Luxus umgeben gewesen war, sich so sehr auf den Genuß eines Brathähnchens freute, das zu einem Ereignis wurde.

Nachdem das Kind sie verlassen hatte, hing sie ihren Gedanken nach. Es hatte sie in die Vergangenheit zurückgeführt, als sie die Briefe ihrer Mutter las. Es waren Briefe dabei, die Emily Schlüter vor vielen Jahren aus Florida an ihre eigene Mutter geschrieben hatte, Schilderungen des Krieges zwischen den Yankees und den Südstaaten, Berichte über das grauenvolle Elend dieser Zeit, der Not und Gefahr, in der die zurückgebliebenen Frauen lebten, Schilderungen über den Lebensmittel- und Kleidungsmangel, dem die sonst so reichen Plantagenbesitzer sich hatten unterwerfen müssen.

Diese Berichte hatten für Roberta viel Ähnliches mit den zur Zeit bestehenden Verhältnissen in Deutschland. Die tapferen Frauen hatten damals »Kaffee gebrannt« aus Maiskörnern und ihre Krinolinen mit Druckpapier unterfüttert, damit die abgetragenen Wollstoffe sie besser wärmten. Wenn sie daran dachte, wurde ihr vieles bewußt, was sie und ihre Tochter in den letzten vier Jahren hatten lernen müssen. Praktisch und sparsam sein und in jeder Lage sich zu helfen wissen.

Ganz besonders erschütterte sie ein Brief ihrer Mutter, in dem sie von der Verwundung ihres Mannes, Robert Schlüter, berichtete, der bei dem ordnungslosen Rückzug der Armee seine linke Hand verloren hatte. Waren all diese Briefe nicht so, als wären sie heute geschrieben worden? Dieses restlose Sicheinsetzen all derer, die ihr Vaterland liebten? Waren es nicht dieselben Gefühle, die jetzt die Menschen geleitet hatten?

Dann gab es einen Brief, in dem die Sorge für ihre Kinder Ausdruck fand. Das war schon viele Jahre später, als Emily Schlüter in Deutschland gewesen war. Ihrer Tochter Roberta wegen machte sie sich Sorgen und teilte ihrer Mutter mit, daß es ihr Bemühen sein werde, jedes ihrer Kinder finanziell so zu stellen, daß es einmal sein eigener Herr sein könne.

Roberta dachte nach, überlegte sich die bestehenden Verhältnisse im Haus ihres Schwiegersohnes, wußte, daß die finanzielle Lage augenblicklich durchaus nicht besonders günstig war, zumal man nicht wußte, ob Professor Meinhard seine Stellung in dem Laboratorium wieder aufnehmen würde.

Was sollte also werden? Was sollte mit dem Kind geschehen? Dafür mußte vorerst gesorgt werden!

Das Resultat dieser Erwägungen an dem Freudentag, als Professor Meinhard aus dem Felde zurückkehrte — unverletzt und in leidlicher gesundheitlicher Verfassung —, war, daß Roberta sich nach Besprechung mit einem befreundeten Anwalt entschloß, einen Teil ihres beträchtlichen Vermögens ihrer Tochter und ihrer Enkelin zu überschreiben, und zwar zur freien Verfügung; der Letzteren vom Tag ihrer Großjährigkeit an, selbst wenn sie, die Großmutter, dann noch am Leben sein würde.

Als Roberta von diesem Unternehmen nach Hause zurückkehrte und das Kind ihr im Garten entgegenkam, betrachtete sie es lächelnd und sagte vor sich hin: »So, nun wären alle Vorbedingungen zur Erfüllung von Emily Dorseys Schwur gegeben.«

Klein-Emily sah sie an und sagte etwas schnippisch: »Versteh' ich nicht, Omi!«

»Ist auch noch gar nicht nötig, du kleiner Fratz, die Zeit wird es zeigen!«

V

Viele Jahre später war es soweit, daß auch Emily Meinhard vor die Entscheidung gestellt werden sollte. Aber noch wußte sie es nicht. Von dem Gelesenen tief ergriffen, legte sie die Papiere wieder zusammen und begab sich schnell zur Ruhe.

Am nächsten Morgen suchte sie frühzeitig einen in der Nachbarschaft wohnenden Arzt auf, der ihr das Handgelenk verband, und fuhr dann, wie jeden anderen Morgen, ins Laboratorium. Sie frühstückte nur an Sonn- und Feiertagen mit den Eltern, und so fiel es auch heute nicht auf, daß sie einen Arzt aufsuchte . . . sie hatte beschlossen, den Eltern nichts von dem abendlichen Zwischenfall zu erzählen.

Sie war schon lange bei der Arbeit, als sie bei einem Blick durch das hohe Fenster sah, daß unten in dem kleinen Hof Papa mit dem großen Wagen angekommen war, in Begleitung der Mama und der Großmama.

Was bedeutete das? Sie fühlte sofort, daß irgendwelche neuen Ereignisse bevorstanden, sonst hätte die Mama sich bestimmt nicht bereitgefunden, in das von ihr gemiedene Labor zu kommen.

Das hing sicherlich mit dem zusammen, was sie und Papa betraf. Sie rieb sich ein wenig müde die Augen. Ganz hatte sie den durch den Autounfall verursachten Schock noch nicht überwunden, aber sie war gewohnt, sich zu beherrschen.

Als die drei eintraten, stand sie abwartend da, nachdem die Mutter sie besorgt fragte, was es mit ihrer verbundenen Hand auf sich habe.

Mama ging dann durch den großen Raum und versuchte Interesse zu zeigen. Es hatte den Anschein, als wolle sie eine Aussprache hinauszögern.

Sie machte mehr als einmal ein ängstliches Gesicht, als man ihr erklärte, was in diesem Glas oder in jener Retorte aufgehoben wurde, legte mit einem kleinen Schrei des Entsetzens ihre zum Entzücken gepflegten Hände an die Schläfen und sagte mit einem bewundernden Lächeln: »Was habe ich doch für einen klugen Mann und eine kluge Tochter! Meinst du nicht auch, Mama?«

Großmama Roberta, die noch immer sehr gut aussehende alte Dame, ließ sich an dem Schreibtisch nieder, rauchte eine Zigarette, nickte mit liebenswürdigem Interesse, sah aber ihre Enkelin ununterbrochen mit gespannter Aufmerksamkeit an.

Als Emily das bemerkte, packte sie, ihre alte Taktik befolgend, den Stier bei den Hörnern und sagte kurz, aber nicht unfreundlich, zu den in dem Durcheinander des Labors vor ihr Sitzenden: »Hört mal zu, ihr drei. Ich vermute wohl nicht falsch, wenn ihr irgend etwas ausgeheckt habt, dessen Ausführung mir zugedacht ist. Also nun mal heraus mit der Sprache!«

»Ich bitte dich, Ernst, wie das Kind mit uns redet!« sagte Mama Emily und ließ sich entsetzt in dem Stuhl zurückfallen.

»Du scheinst zu vergessen, daß deine Tochter siebenundzwanzig Jahre alt ist«, warf Großmama Roberta dazwischen. »In meiner Jugend war man in diesen Jahren schon reichlich erwachsen. In der Jugend meiner Mutter war man mit sechsundzwanzig fast eine würdige alte Dame.« Und immer noch hatte Großmama Roberta das erwartungsvolle Lächeln auf ihrem Gesicht.

Emily sah wieder von einem zum andern und bat lächelnd: »Also Papa, alter Kamerad, jetzt hab du einmal Mut und sage mir, was los ist!«

Professor Meinhard sah seine Tochter an, nicht gerade sehr glücklich, und begann zögernd zu erklären: »Ja, also, Kind — die Sache ist die, daß deine Mutter einen Ausweg gefunden hat.«

»Einen Ausweg, der dich und mich betrifft, Papa, damit wir weiterarbeiten können?«

»Ja, Kind!«

»Und was ist das für ein Ausweg?«

»Ein ganz einfacher, schon oft besprochener. Eine längst geplante Angelegenheit — deine Vermählung mit Fredy! Einen Augenblick, bitte, Kind! Ich weiß alles, was du zu entgegnen hast — aber, bitte, laß mich erst ausreden!«

Professor Meinhard holte tief Atem und fuhr dann fort, ohne seine Tochter anzusehen: »Du weißt, daß Onkel Fairfax sehr vermögend ist. Er hat eine gutgehende Praxis drüben in England, und seine Frau hat vor einigen Jahren eine große Erbschaft gemacht. Fredy ist das einzige Kind und es ist selbstverständlich, daß er einmal ihr Erbe wird. Es wäre also im Hinblick auf eine, auch vom Onkel Fairfax gewünschte Vermählung bestimmt möglich, von ihm die erforderlichen Gelder zu bekommen.«

Nach diesen Worten trat eine Pause ein. Keine der drei Frauen sprach ein Wort. Professor Meinhard wußte zunächst auch nichts zu sagen.

Dann holte Emily tief Atem und hob langsam den Blick: »Den Fredy soll ich heiraten? Ein ganzes Leben mit Fredy verbringen, damit wir weiterarbeiten können? — Nein, Papa, der Preis ist mir zu hoch!« Sie sagte das fast lustig, wenngleich sie erregt war; außerdem schmerzte sie ihre verletzte Hand sehr.

Professor Meinhard sah seine Tochter fast ängstlich an. »Emily, du hast aber doch gestern erst gesagt, daß dir jeder Weg recht wäre, der uns zum Ziel brächte!«

»Ja, Papa, das habe ich gesagt, aber was ihr mir da vorschlagt, das ist kein Weg, das ist ein Gang zur Hölle. Ein Weg, der von mir Unausführbares verlangt.«

Mama Emily richtete sich jetzt auf und fragte, fast ein wenig spitz: »Aber du hast doch schon immer erklärt, daß du Fredy sehr gern hättest!«

»Gern haben und heiraten, das ist zweierlei, Mama! Also bitte, jedes weitere Wort ist unnütz.« Sie sagte das bestimmt und fast hart, in einem Ton, der ihren Vater zum Zorn reizte.

»Und wenn ich es von dir verlange — erwarte?«

»Auch dann kann ich dir nur sagen, daß es mir unmöglich ist. Ich liebe Fredy nicht, und ohne Liebe heirate ich nicht!«

Trotz des Ernstes der Situation kam auf das Gesicht der Großmama Roberta ein Lächeln, das sie auch für die nächsten Minuten beibehielt.

»Aber Kind«, sagte Mama Emily, »das alles ist entsetzlich peinlich. Wir haben Fredy gebeten, herzukommen. Was sollen wir ihm denn sagen? Ich war wirklich stolz auf den Ausweg, den ich gefunden hatte, um dir und Papa zu helfen!«

Beinahe weinte Mama Emily. Ihre Tochter trat auf sie zu, legte ihr die Hand tröstend auf die Schulter und sagte: »Es wird und muß anders gehen, Mama — aber so jedenfalls nicht.«

»Und wenn nun Fredy will? Er liebt dich!«

»Der Fredy?« Emily mußte herzlich lachen. In diesem Augenblick öffnete sich die Tür, und Fredy Fairfax kam herein. Er sah noch genau so aus wie vor Jahren, als er die Juristerei an den Nagel hängen wollte, um Goldgräber zu werden.

»Hallo«, rief er, »komme ich noch zurecht?« Liebenswürdig begrüßte er erst die Großmama und dann Emilys Mutter, sah sich um, trat zu Emily hin und sagte, nachdem er ihr herzlich die Hand geschüttelt hatte: »Sei mir nicht böse, Emily, daß ich dich gestern abend versetzt habe. Aber es ging nicht anders. Hat man es dir gesagt?«

»Ja — danke dir, Fredy!«

»Und was wolltest du eigentlich von mir?«

»Das ist schon überholt, Fredy — durch die Ereignisse, die uns jetzt bevorstehen.«

»Richtig! Ich bin ja herbeordert worden! O je. Ihr seht ja alle so feierlich aus! Familientag vielleicht?« Er schüttelte sich komisch. »Brrr — nichts für mich!«

»Für mich auch nicht, Fredy«, sagte Emily kühl lächelnd. »Wir sollen uns heiraten!«

»Ei weh! Sonst weiter nichts?«

»Hm! Nun sage du deine Meinung! Ich habe die meinige schon bekanntgegeben!«

Fredy blieb tatsächlich einen Augenblick der Mund offenstehen, dann sah er alle der Reihe nach an, ließ sich in einen Stuhl fallen und erklärte: »Heiraten? Ich — die Emily? Wer ist denn auf den blödsinnigen Gedanken gekommen? Das ist ja eine ganz absurde Idee!«

Professor Meinard erhob sich und sah seinen Neffen nicht gerade freundlich an: »Mein lieber Junge, du weißt, daß ich deine lustige Art sonst sehr schätze, aber im Augenblick wäre wohl etwas mehr Ernst am Platze. Ich will dir die Sachlage erklären, dann magst du deine Erklärung abgeben.«

Professor Meinhard legte nun methodisch, wie er alles tat, seine finanzielle Lage dar und den gegenwärtigen Stand seiner und Emilys Studien und Arbeiten. Er verabsäumte auch nicht, Fredy in ebenso sachlicher Weise begreiflich zu machen, daß er von Onkel Fairfax die zur Weiterarbeit erforderliche, allerdings beträchtliche Summe zur Verfügung gestellt zu bekommen hoffe — das heißt, nach erfolgter Heirat der beiderseitigen Kinder.

Nach seinen Ausführungen war es einige Minuten still. Emily stand an einen Schrank gelehnt, als sei sie an alledem nicht beteiligt.

»Auf den Schreck hin muß ich mir eine Zigarette anstecken! Die Damen entschuldigen!« war das erste, was Fredy nach einer längeren Pause herausbrachte.

»Gib mir auch eine, Junge«, sagte Großmama Roberta. Und während sie rauchte, dachte sie an die Erzählung ihrer eigenen Mutter, wie damals vor langen, langen Jahren auch eine kleine Emily vor dem Forum der Familie gestanden hatte, und man ihr eine unerwünschte Heirat aufzwingen wollte. Wie so ganz anders mochte damals die Situation gewesen sein und doch ihr wiederum so ähnlich!

Großmama Roberta war sehr gespannt, wie die Sache weitergehen sollte — sie war im Grunde genommen schon sicher, was kommen würde.

Nachdem Fredy einige hastige Züge gemacht hatte, legte er die Zigarette in den Aschenbecher und sagte dann, seine Krawatte ein wenig festziehend: »Kann gar nicht in Frage kommen! Emily ist ein verdammt nettes Mädel, ich habe die größte Hochachtung vor ihr, denn sie weiß eine Menge mehr als ich, der ich es nur mit Ach und Krach bis zum Doktor gebracht habe, aber heiraten — das ist eine andere Sache. Ich liebe Emily nicht, und so gern ich helfen würde — auf die Art nicht!«

Fast wütend erhob Professor Meinard sich und sah Emily und Fredy zornig an: »Ich habe heute nacht mit deinem Vater telefoniert. Er steht ganz auf meiner Seite, wünscht eine Vermählung von euch beiden auch sehr und stellt für seine finanzielle Hilfe die Bedingung eurer Heirat. Muß ich an dein Ehrgefühl appellieren, Emily? Muß ich dich bitten, uns zu helfen? Du weißt, wieviel uns beiden daran liegt, weiterarbeiten zu können!«

Langsam kam Emily wieder näher und sagte bittend: »Papa, ich habe dir gestern doch schon gesagt, wir wollen mein Geld nehmen, um weiterarbeiten zu können!«

»Und ich habe dir erklärt, daß das unmöglich ist.«

»Wie wäre es, verehrter Schwiegersohn, wenn Sie mich um Hilfe bitten würden?« fragte Großmama Roberta.

Energisch hieb der Professor mit der Hand durch die Luft: »Völlig indiskutabel! Vielen Dank für Ihr Anerbieten, aber ich kann es nicht annehmen!«

»Und von mir erwartest du, daß ich mein ganzes Leben für die Arbeit opfere?« fragte Emily sehr bitter. »Dann muß ich dir erklären, Papa, daß mir die Sache das nicht wert ist.«

Entsetzt starrte Professor Meinhard seine Tochter an: »Hast du dir überlegt, was du eben gesagt hast?«

»Ja, Papa — voll und ganz!«

»Dann tut es mir leid, überhaupt mit dir gearbeitet zu haben.«

Einen Augenblick sah Emily ihren Vater fast traurig an. Dann sagte sie leise und zögernd: »So wenig wert war dir meine Hilfe?«

»Wenn du nicht durchhältst als Kamerad, wenn Not am Mann ist, ist deine bisherige Hilfe für mich absolut wertlos gewesen.«

»Du bist hart, Papa, sehr hart. Das soll also heißen, daß du mich hier nicht mehr gebrauchen kannst?«

»Ich könnte nach allem, was soeben war, überhaupt nicht mehr mit dir arbeiten, mein Kind, ganz abgesehen davon, daß ich die Freude an der bewußten Sache verloren habe. Mag sie ruhen bis in alle Ewigkeit — ich rühre nicht mehr daran!«

»Es steht mir als deiner Tochter nicht zu, deine Einstellung zu korrigieren. Aber ich glaube das Recht zu haben, jetzt meinen Anteil an der Arbeit zurückzufordern. Ich werde allein weiterarbeiten und versuchen, zum Ziel zu kommen. Ich weiß, daß ein großer Teil dessen, was wir geschaffen haben, auf mein Konto kommt. Auf den Wegen, die ich bei unserem gemeinsamen Streben begangen habe, gehe ich jetzt weiter. Du hast alles vernichtet, was zwischen uns war. Und nicht nur das, du hast mir die Möglichkeit genommen, hierzubleiben! Verstehst du das, Vater? Ich verlasse dich und Mutter, unser Heim und die gemeinsame Arbeit! Nichts auf der Welt soll mich dazu bringen, einen Mann zu heiraten, den ich nicht liebe. Ich denke so hoch und heilig von der Liebe, daß ich niemals irgendwelcher Gegebenheiten halber eine Ehe schließen würde. Und ich denke, Fredy, wenn wir auch sonst verschiedener Ansicht sind«, fügte sie leise lächelnd hinzu, »jetzt sind wir einig!«

»Voll und ganz, Mädel! Ich mache auch nicht mit! Ich erkläre dir, daß ich jederzeit als Kamerad und Helfer für dich da bin — aber als Ehemann niemals!«

Es war eigenartig zu beobachten, daß die überlegten und ruhigen Worte Emilys ihren Vater nicht zur Vernunft brachten, sondern ihn nur immer mehr zu Widerspruch aufstachelten, so daß er nach den fast heiter gesprochenen Worten Fredys mit der Faust auf eine Tafel schlug und zornig, wie die drei Frauen ihn niemals gesehen hatten, erklärte: »Also gut — hinaus mit dir! Mag es hart sein, kannst du nicht anders, kann ich auch nicht anders. Machen wir einen Strich unter alles Gewesene, und sieh zu, wie du weiterkommst!«

Damit wandte er sich um und verließ das Laboratorium.

Großmama Roberta legte jetzt ihrerseits die Zigarette in den Aschenbecher und hatte fast Mühe, ein Lächeln zu unterdrücken, das eigentlich nicht am Platze war. Sie trat auf Emily zu, stand so zwischen Fredy und ihr, schaute einen nach dem andern an und sagte: »Emilys Schwur — ich habe es mir gedacht —, es hätte gar nicht anders sein können! — Also Kinder, seht zu, wie ihr weiterkommt! Wenn ihr meine Hilfe braucht, wißt ihr, wo ich zu finden bin.«

Jetzt war für Mama Emily der Augenblick gekommen, wo sie weinend und schluchzend alles Geschehene umstürzen wollte. Sie wußte nicht, sollte sie ihrem erzürnten Manne nachlaufen, oder versuchen, Fredy und Emily umzustimmen.

Aber Großmama Roberta hielt ihre angstvoll flatternden Hände fest und sagte, jetzt wirklich lächelnd: »Hast du ganz vergessen, mein Kind, daß du vor reichlich achtundzwanzig Jahren genau so gehandelt hast wie deine Tochter? Denkst du nicht an den Schwur Emily

Dorseys? — Also Kinder, ich habe hier jetzt nichts mehr zu tun und wünsche euch alles Gute! Vergeßt nie, daß ich jederzeit für euch zur Verfügung stehe, aber nur dann, wenn ihr selber mich ruft.«

Damit verließ die Großmama ebenfalls das Laboratorium.

Mama Emily, die ihr Leben lang ein wenig unselbständig gewesen war, sah ein, daß sie im Augenblick auch nichts anderes tun konnte, als fortzugehen. Einen angstvollen Blick noch für ihre Tochter, und dann sagte sie, fast flehend: »Kind, das wirst du mir nicht antun! Du kommst doch wieder zur Vernunft? Vergiß bitte nicht, pünktlich zu Hause zu sein! Du hast genau die gräßliche Angewohnheit wie Papa, immer unpünktlich zu sein.«

Ein kleines Lächeln noch für ihren Neffen, dann ergriff sie Handtasche und Schirm, zog die Handschuhe ein wenig zögernd über, nickte Emily nochmals freundlich zu und ging.

Da standen nun die beiden und sahen sich an. Und keiner wußte, was er zuerst sagen sollte, bis endlich Emily in ein befreiendes Lachen ausbrach.

»So, nun könnte man ja mit Busch sagen: ›Ach, das war mal eine schöne, rührende Familienszene!‹«

»Tja —, und was nun?«

»Wir werden vor allen Dingen erst mal die Koffer packen und abreisen.«

»Originelle Idee! Und wohin?« fragte Fredy und nahm sich wieder eine Zigarette, nachdem er Emily auch eine gereicht hatte.

»Irgendwohin! Dahin, wo ich arbeiten kann!«

»Mädel! Ich habe einen Plan! Du weißt, in mir steckt ein großer Wandertrieb. Die Sehnsucht nach einer Praxis in England ist bei mir noch nicht sehr stark. Ehrlich gesagt — ich möchte mir erst ein bißchen die Welt ansehen! Daß ich ein Phantast bin, das weißt du. — Ich wollte doch mal Goldgräber werden!«

»Hast nun aber leider dein Examen bestanden.«

»Allerdings, das Gotteswunder ist geschehen. Nun höre weiter! Wenn ich schon nicht Goldgräber werden soll, dann will ich mir wenigstens mal den ganzen Zauber ansehen.«

»Das bedeutet also praktisch?«

»Daß ich ein bißchen nach Australien fahre!«

»Gute Idee! Und was willst du dort?«

»Erst einmal die liebe Familie besuchen!«

»Familie?«

»Ja! — Du weißt doch, daß Großmama Robertas Bruder Henner drüben in Melbourne lebt.«

»Richtig, das hatte ich vergessen! Aber was hat dieser Plan mit mir zu tun?«

»Abwarten, Mädchen! Wir wollen praktisch denken. Ich nehme an, du hast ungefähr so viele Barmittel zur Verfügung wie ich. Für eine Luxusreise reichen meine Gelder nicht, das steht fest!«

»Meine würden dafür reichen, aber dann bliebe mir nicht viel mehr übrig. Und du weißt, was ich vorhabe. Außerdem muß ich sagen, Junge, daß ich von einem Luxusdampfer als Arbeitsstätte für mich nicht viel halte!«

»Abwarten, Mädchen! Ich habe einen ganz anderen Gedanken! Wie wäre es, wenn wir mit einem Frachtdampfer reisten?«

»Du, das ist ausgezeichnet!«

»Erstens billiger, zweitens dauert die Reise länger — und drittens hochromantisch! Emily Meinhard als einzige Frau auf einem Australienfahrer — wunderbar — das gäbe direkt einen Romanstoff ab!«

Emily dachte einen Augenblick nach, dann schlug sie in seine dargebotene Rechte ein und sagte mit einem fast leichtsinnigen Lächeln: »Abgemacht! Und ehrlich gesagt — ich bin froh, daß du mir mit diesem Vorschlag andere Entschließungen unmöglich gemacht hast!«

»Wann wäre es dir recht zu reisen?«

»Bald, Fredy, — sehr bald!«

»Und kannst du auch wirklich auf dieser Fahrt arbeiten?«

»Ich werde mir alles Erforderliche dazu verschaffen, wenn ich nicht ununterbrochen seekrank bin, werde ich vorwärtskommen. Soviel traue ich mir zu!«

»Du meinst also nicht, daß dir die Hilfe deines Vaters fehlen wird?«

»Es ist vielleicht nicht schön von mir, Fredy, wenn ich es sage, aber Papa war in der letzten Zeit etwas müde und unfroh geworden. Die Hauptarbeit hatte er mir überlassen.«

»Ganz ehrlich, Emily, ich habe fast so etwas wie Hochachtung vor dir!«

Lächelnd legte sie ihm beide Hände auf die Schultern und sah ihn an: »Und wir zwei sollten heiraten? Armer Fredy, was wäre das geworden?«

»Eines muß ich sagen, Emily: Verdammt hübsch bist du, gar nicht der Typ einer studierenden Frau. Du bist elegant, hast eine gute Figur, ein reizendes Gesicht, — also alles, was einen Mann glücklich machen könnte.«

Sie sah ihn einen Augenblick sinnend an. Dann sagte sie, ein wenig schmerzlich lächelnd: »Einen Mann schon aber nicht dich, mein guter Fredy. Ich habe es nicht eilig, mich zu verlieben, oder gar, mich zu verheiraten, das würde mich nur bei meiner Arbeit stören. So — und nun ist der ganze Kram hier beendet. Ich verlasse heute noch Berlin und erfahre von dir, wo und wann wir uns treffen.«

»Wird es dir nicht sehr schwer, fortzugehen?«

»Dummer Fredy, ich komme doch wieder! Denkst du, ich nehme Papas Rede wörtlich? Laß ein Jahr darüber hingehen, und die Eltern werden ganz anders über die Sache denken. Aber ich bin augenblicklich nicht in der Verfassung, mit den Eltern zu kämpfen. Meine Weigerung ist unabänderlich, und alles andere wird die Zeit lehren.«

Ein fester Handschlag zwischen den beiden, ein nettes Lächeln — und auch sie verließen das Laboratorium, das Schauplatz dieser Familienszene gewesen war.

VI

Emily Meinhard stand am Seitenausgang des Maloja-Palace-Hotels und schnallte sich ihre Skibretter unter. Die Hilfe des Hausdieners lehnte sie als »unsportlich« ab. Aber sie hatte Schwierigkeiten mit der Bindung, die allem Anschein nach etwas verquollen war. Und unwillkürlich entfuhr ihr der Ruf: »Verflixter Kram! Der halbe Vormittag ist vorbei, ehe man überhaupt diese Dinger unter den Füßen hat!«

Da sie sich tief hinuntergebeugt hatte, bemerkte sie nicht, was um sie her vorging. Als sie plötzlich eine sympathische Männerstimme dicht neben sich hörte, sah sie fast erschrocken auf.

Ein gutgewachsener, großer Mann stand bei ihr in sportlichem

Skidreß und sah interessiert zu, wie sie sich mit ihrer Bindung herumplagte.

Sie konnte sein Gesicht nicht erkennen in dem hellen Sonnenlicht. Da sie Hotelbekanntschaften nicht liebte, sagte sie, als er seine Hilfe anbot: »Danke sehr, ich werde allein fertig!«

»Ganz wie Sie wünschen!« Damit entfernte sich der Mann, blieb etwas abseits stehen und beschäftigte sich mit seinen Handschuhen. Sie sah ihm jetzt nach — die Stimme irritierte sie. Aber er wandte ihr den Rücken zu.

Etwas in seiner Haltung erinnerte sie an irgendwen. Ebenso seine Stimme, und beides so stark, daß es ihr immer weniger glücken wollte, den Fehler an ihrer Bindung zu beheben.

Ohne sich umzuwenden, fragte er aus der Entfernung: »Darf ich vielleicht doch helfen?«

»Nein —, danke, es geht!« gab sie kurz zur Antwort. Emily versuchte weiterhin, fertig zu werden. Aber es gelang ihr nicht. Es wollte einfach nicht gehen. Wütend schleuderte sie den einen Schneeschuh von dem Stiefel ab. »Dummes Ding! Dann fahre ich eben nicht!«

»Doch werden Sie fahren!« Er war näher gekommen und die grelle Sonne störte sie jetzt nicht mehr. Sie konnte ihn also sehen. Fast wäre sie vor Schreck auf die Knie gefallen — er, der Unbekannte aus Berlin war es. Jener Mann, der sie nach ihrem Autounfall in seinem Wagen geküßt hatte. Ruhig sagte er jetzt, als wäre es selbstverständlich, daß sie sich hier im Schnee gegenüberstanden: »Ich muß Ihnen doch helfen!«

Ohne auf ihre Entgegnung zu achten, nahm er den weggeschleuderten Schneeschuh auf und brachte mit einem Handgriff die Bindung in Ordnung.

»So, nun können Sie ihn anschnallen! Sehr geschickt scheinen Sie in praktischen Dingen nicht zu sein!«

Es war für Emily immer schwer, Kritik zu ertragen. Und ganz besonders eine von diesem Mann.

»Ich kann mich nicht entsinnen, Sie um eine Beurteilung meiner Fähigkeiten gebeten zu haben.«

»Das nicht!« antwortete er lächelnd. »Ich kenne Sie ja dafür, daß Ihnen eine Bitte überhaupt schwerfällt.«

»Und ich erkläre Ihnen, daß ich keinen Wert auf eine weitere Unterhaltung lege.«

»Unterhaltung nennen Sie das? Ich möchte es mit ›Technischer Nothilfe‹ bezeichnen. Aber ich will Sie nicht länger belästigen — Ski Heil, mein sehr verehrtes Fräulein!« Und damit fuhr er ab.

Sprachlos sah sie ihm nach. Was bedeutete das alles? War es ein lächerlicher Zufall, daß er hier war? Es mußte ein Zufall sein! Also das zweitemal hatte der Zufall sie zusammengeführt.

Obwohl sie ärgerlich war, freute sie dennoch dieses Wiedersehen. Was mochte die nächste Zeit bringen? Fast mit Bedauern mußte sie an die große Fahrt denken, die sie vor sich hatte. Eigentlich ein Blödsinn, die ganze Sache. Sie hätte ebensogut an jedem anderen stillen Ort arbeiten können.

Warum hatte sie sich von Fredy zu dieser Fahrt verleiten lassen? Nun, ein Zurück gab es nicht mehr! Die Schiffskarten waren bereits bezahlt und das große Gepäck schon unterwegs nach Hamburg.

Den Ärger über die Gegebenheiten ließ sie an ihren Stöcken aus, die sie mit unnötiger Gewalt in den Schnee stach, während sie in nicht gerade sehr eleganter Haltung davonsauste.

Sie hatte Maloja-Culm bald erreicht und begann einen wunderbaren Abhang zu ersteigen. Herrliche Sonne und blauer Himmel, ringsum Schnee, wohin man auch blickte — als einziger Farbenfleck drüben am Hotel und oben an der Rodelbahn die weithin leuchtende rotweiße Schweizer Flagge.

Von der Rodelbahn erschallte Geschrei und Gelächter, aber hier, wo sie sich mühsam hinaufarbeitete, war es menschenleer und still.

Sie setzte sich auf einen Schneehügel, um sich ein wenig auszuruhen. Wunderschön war der Rundblick. Links unter ihr das Bergelltal, und rechts Sils Maria. Fast andächtig war ihr zumute angesichts von so viel Schönheit, und sie fühlte sich selber gut, rein und edel angesichts dieser herrlichen Natur.

Aber all das war im Augenblick vergessen, als sie plötzlich wieder neben sich die Stimme hörte: »Gut war der Aufstieg gerade nicht!«

Wie von einer Nadel gestochen fuhr sie herum. Da stand er wieder, hatte ein wirklich aufreizendes Lächeln, so als mokiere er sich ununterbrochen über sie. »Oder ist die verstauchte Hand noch nicht wieder gut?«

Sie überhörte seine Frage und sagte eiskalt: »Ach so — Sie sind Skilehrer! Was nehmen Sie denn für die Stunde?« Sie wollte ihn verletzen.

»Ein Fehlschluß, mein Fräulein! Hätte mich auch nicht getroffen, wenn es wirklich der Fall wäre, denn man verdient sich sein ehrliches Brot als Skilehrer nicht eben leicht. Aber ich glaube, ein bißchen mehr als Sie verstehe ich von der Sache doch. Und ich bin der Ansicht, daß es besser ist zu lernen, als sich einzubilden, alles vortrefflich zu können.«

»Jetzt habe ich es! Sie sind Schullehrer!« erklärte sie spitz.

»Soll mich das wieder treffen? Mache ich wirklich einen so gehetzten Eindruck? Aber jedenfalls fühle ich mich geschmeichelt, daß Sie wenigstens über mich nachgedacht haben. Soweit habe ich es noch nicht gebracht — aber ich werde es einmal versuchen. Sie gestatten, daß auch ich mich ein wenig setze?«

»Bitte! — Über Gottes freie Natur habe ich kein Verfügungsrecht!«

»Sie sind ungemein liebenswürdig!«

»Ich glaube, es geht Sie absolut nichts an, wie ich bin. Wie kommen Sie überhaupt hierher? Sind Sie mir nachgereist?«

Lächelnd wehrte er ab. »Der Zufall hat mir das zweitemal geholfen. Warum aber sind Sie so verändert; freuen Sie sich nicht, mich wiederzusehen? Ich freue mich sogar sehr; ich lebte in der Hoffnung, daß Sie doch liebenswürdig sein könnten. Sie sehen nämlich so aus! Und ich erinnere mich, daß —«

»Da irren Sie sich gewaltig! Ich habe es auch gar nicht nötig, liebenswürdig zu sein! Außerdem bitte ich, sich lieber nicht zu erinnern.«

»Aber ich werde doch ein wenig über Sie nachdenken dürfen. Sie sind aus guter Familie, haben einen sicheren finanziellen Hintergrund, noch gänzlich unverheiratet, auch sonst von keiner Liebe oder Verliebtheit beschwert, sind es aber gewohnt, nur das zu tun, was Ihnen gerade durch den Kopf schießt. Sie sind klug, sehr klug, vielleicht sogar eine Frau, die studiert hat«, fügte er zögernd hinzu, »wenngleich Sie eigentlich viel zu hübsch dazu sind.«

»Vor allen Dingen — ehe Sie weiterreden, lassen Sie sich gesagt sein, daß ich es geschmacklos finde, einer Frau zu sagen, daß sie hübsch ist. Da dürfte ein Mann von Geist andere Worte finden.«

»Zugegeben, aber ich sehe nicht ein, warum ich mit Ihnen so viele Umstände machen soll, da Sie sich keinerlei Umstände mit mir machen! Ich finde Sie reichlich grob, mein Fräulein! Schade, das steht Ihnen nicht. Sie waren in Berlin entschieden freundlicher. Ich freue mich, Sie wiederzusehen; Sie aber sind schlechter Laune.«

Sie lachte spöttisch auf. »Sie gehören anscheinend zu den Männern, die auf der Suche nach dem hold errötenden, tief ergebenen Weibe sind. Ich fürchte, mein Herr, diese Rasse stirbt aus. Sie werden immer mit Ihrer unerfüllten Sehnsucht herumlaufen müssen. Wir Frauen von heute haben es nicht mehr nötig, dem Geschmack der Männer nachzuleben. Wir sind so, wie es uns paßt. Wir wollen ja auch nicht heiraten. Also können wir es uns leisten zu sein, wie es uns angenehm ist, und brauchen uns nicht nach den Männern zu richten.«

Jetzt lachte er herzlich auf: »Es ist furchtbar nett von Ihnen, daß Sie mir eine schöne Rede gehalten haben, aber so genau wollte ich das gar nicht wissen –, ganz abgesehen davon, daß alles, was Sie eben verzapft haben, durchaus nicht originell ist. Wie Sie, sprechen alle Frauen, die sich einbilden, ohne Mann auskommen zu können. Gott sei Dank geht das aber noch nicht so ganz, wie ihr es möchtet!«

»Ich möchte wissen, zu was wir Frauen euch Männer brauchen.«

»Soll ich das wirklich beantworten?« fragte er mit einem amüsierten Lächeln, so daß sie glühend rot wurde. »Wenn ich es Ihnen beantworte, bekomme ich eine Rüge, daß ich unverschämt bin. Also überlegen Sie sich lieber Ihre Frage, oder — soll ich sie beantworten?«

»Ja, bitte! Es kommen ja doch wieder nur Plattheiten heraus!«

Der Unbekannte hatte sich erhoben, stand, die Hände in den Taschen seiner Skihose vergraben, vor ihr und sagte so ganz nebenbei: »Vielleicht überlegen Sie sich einmal, wie eine Familie entstehen soll ohne einen Mann!«

»Unverschämtheit!« rief Emily.

»Sehen Sie — genau, wie ich gesagt habe; aber Sie wollten es ja nicht anders!«

»Außerdem ist es gar nicht wichtig, daß eine Frau ein Kind hat, sie kann auch ohne Kind leben. Wir sind nicht alle dazu da, Kinder in die Welt zu setzen.«

»Irrtum! Großer Irrtum, mein Fräulein! Nur dazu seid ihr da! Und es ist leider ein beklagenswertes Mißverhältnis in der Welt, daß viele Frauen dazu verurteilt sind, entgegen ihrer natürlichen Bestimmung zu leben.«

»Wenn Sie glauben, mir mit diesen Ausführungen zu imponieren, irren Sie sich. Meiner Ansicht nach sind Frauen auch noch zu anderem berufen, als Kinder in die Welt zu setzen. Wir können da verschiedene Beispiele heranziehen, zum Beispiel Madame Curie! Wollen Sie in diesem Fall vielleicht auch die Ansicht vertreten, daß es wichtiger ist, Kinder in die Welt zu setzen, als der Wissenschaft unschätzbare Dienste zu leisten?«

Emily hatte geglaubt, ihren Gegner schachmatt zu setzen. Aber die sofortige Antwort war ein herzliches Lachen.

»Ein Fehlschlag! Sie müssen schon entschuldigen, aber ich muß lachen. Sind sie so wenig orientiert über Madame Curie? Sie hatte zwei Kinder und war eine ausgezeichnete Gattin und Mutter! Gerade das von Ihnen angeführte Beispiel setzt Sie schachmatt.«

Emily war ausgesprochen wütend. Dieser Mann hatte eine unerträgliche Art, sie abzufertigen.

In den letzten Jahren ihrer Tätigkeit hatte sie sich einen gewissen Absolutismus angewöhnt, und kraft dessen, was sie gelernt, wurde dem auch Raum gegeben von ihrer Umgebung. Und so war es heute für sie sehr schwer, die nicht widerlegbaren Entgegnungen hinnehmen zu müssen. Vorerst konnte sie nur einmal die Achseln zucken, wußte nicht, was sie entgegnen sollte. Dann sagte sie möglichst gleichgültig:

»Zugegeben! Aber ich sehe, wir haben ganz verschiedene Ansichten, und eigentlich sind meine Erholungstage nicht dafür gedacht, mich zu zanken.«

»Es ließe sich aus Ihrer Ansicht, daß wir gegensätzliche Naturen sind, eine gewisse Garantie für die Zukunft herauskristallisieren.«

»Nehmen Sie es mir nicht übel, aber Sie sind mir zu gescheit. Das verstehe ich wieder nicht.«

»Ein Sprichwort sagt: ›Gegensätze ziehen sich an‹.«

»Ohne Interesse für mich! Sie sind ein wenig arrogant, mein Herr! Eine Zukunft, die uns beide in sich einschließt, wird es niemals geben — abgesehen davon, daß solche Schlußfolgerungen für einen erwachsenen Mann reichlich phantastisch sind.«

»Also gut, lassen wir dies Thema ruhen. Wollen wir wieder ein wenig arbeiten?«

»Betrachten Sie Skifahren als Arbeit?«

»Zum mindesten als etwas meiner sonstigen Tätigkeit stark Entgegengesetztes und sehr Gesundes.«

»Was haben Sie eigentlich für einen Beruf?« fragte sie kurz.

»Das große Fragezeichen! Ich stelle dieselbe Frage an Sie.«

»Wie kommen Sie auf die Vermutung, daß ich einen Beruf habe?« Emily wurde wieder unsicher.

»Ihr Wesen und Benehmen läßt darauf schließen. Bestimmt, sicher, ein wenig rechthaberisch und — Sie müssen schon entschuldigen — etwas anmaßend. Leider findet man diese Charakterzüge bei berufstätigen Frauen sehr häufig, die weiblichen Charme für unnötig halten.«

»Darauf kann ich Ihnen nur antworten, daß mir selten ein Mann begegnet ist, der ein so ausgeprägtes Talent besaß, mit lächelnder Miene unangenehme Dinge zu sagen.«

»Tut mir aufrichtig leid, das ist wirklich nicht meine Absicht. Aber mir scheint, als seien Sie intelligent genug, daß man mit Ihnen auch ohne gesellschaftliche Komplimente reden kann«, meinte er sachlich.

»Wenn wir Frauen intelligent erscheinen, verlieren wir also den Vorteil, von euch Männern liebenswürdig und zuvorkommend behandelt zu werden?! Wir werden uns über diesen Verlust zu trösten wissen.«

»Sie sind ungerecht! Würde ich mich Ihnen in der üblichen Art und Weise genähert haben, hätte ich bestimmt eine dumme Antwort bekommen. Aber nun seien Sie nett und verraten Sie mir, welchen Beruf Sie ausüben!« bat er lächelnd.

»Wie komme ich dazu, mein Geheimnis preiszugeben?« Sie sah ihn mit einem Lächeln an. »Vielleicht Absicht von mir. Es wäre doch immerhin möglich, daß Sie nach Ergründung dieses Ungewissen jedes Interesse an mir verlieren. Nehmen wir zum Beispiel an, Sie würden von mir hören, daß ich Chemie studiere — Laborantin bin?«

Entsetzt abwehrend hob er beide Hände hoch. »Um Gottes willen nicht! Ein Frauenzimmer, das sich damit befaßt, ist ein erschreckendes Etwas für mich. Ich will nicht leugnen, daß es in diesen beiden

Fächern unbedingt tüchtige Frauen gibt, aber die sehen dann bestimmt nicht so aus wie Sie!«

Emily konnte kaum ein kleines Lächeln verbergen. Sie machte sich an den Senkeln ihrer Sportstiefel zu schaffen, da sie es vermeiden wollte, ihn anzusehen. In dieser gebückten Stellung fragte sie etwas undeutlich: »Wie sehe ich denn aus?«

»Wollen Sie das ganz genau beantwortet haben?«

»Nein, lieber nicht. Das wäre vielleicht nicht ganz ungefährlich. Bleiben wir bei der hohen Wissenschaft. Den Beruf einer Laborantin lehnen Sie also für mich ab?«

»Ganz und gar. Ich habe ein einziges Mal von einer Dame gehört, die diesen Beruf ausübt und trotzdem unerhört gut aussehen soll. Aber ich habe gelinde Zweifel darin gesetzt.«

»Von wem hat man Ihnen das erzählt?« fragte Emily.

»Der Name Professor Meinhard wird für Sie kein Begriff sein, ein bekannter und hervorragender Chemiker. Und eben dessen Tochter, die mit ihm zusammenarbeitet, soll diese erstaunlich hübsche Ausnahme sein.«

Als er diese Worte gesprochen hatte, rutschte Emily tatsächlich vor Überraschung einige Meter nach unten, hatte durch eine plötzliche Bewegung den Halt auf dem glatten Schnee verloren. Nachdem er sie unter viel Lachen und weiterem Rutschen wieder an den Standort zurückgebracht hatte, lachte Emily erst einmal herzlich, so sehr, daß ihr Tränen in die Augen kamen. Und als sie sein etwas verdutztes Gesicht sah, lachte sie noch mehr.

»Entschuldigen Sie, aber Sie sehen nicht sehr geistreich aus.«

»Ich verstehe offen gestanden nicht, worüber Sie so lachen.« Er war jetzt doch ein wenig eingeschnappt.

»Ich muß immer lachen, wenn ich ausrutsche oder beobachte, daß jemand stolpert. Eine schlechte Angewohnheit von mir, daß ich dann immer ›Hoppla‹ rufe. Man macht sich dadurch nicht beliebt, denn jeder Mensch möchte es schamhaft verbergen, wenn er ungeschickt war. So, nun sitze ich wieder fest. Also jetzt weiter in unserem Text. Sie können sich nicht denken, welchen Beruf ich ausübe? Lassen wir die Sache doch ruhen und beschäftigen wir uns ein wenig mit Ihnen«, meinte sie freundlich.

»Gut! Nun raten Sie!«

Emily sah ihn prüfend an. »Ziehen Sie bitte einmal den Handschuh aus!«

»Gern! Glauben Sie an meinen Händen etwas zu erkennen? Das wäre möglich, wenn ich Holzfäller wäre!«

»Vielleicht bekomme ich doch einen Hinweis!«

Lächelnd zeigte er ihr seine Hände. Große, kräftige, braungebrannte Männerhände, gut in der Form.

»Nein, da kann ich wirklich nichts erkennen. Ihre Art läßt eventuell Schlüsse zu, daß Sie Diplomat sind, es wäre auch möglich, Sie als Juristen unterzubringen, allerdings pflegen Juristen einen großen Kult mit Fremdwörtern zu treiben. Oder ein Industrieller?«

Immer wieder schüttelte er den Kopf.

»Es tut mir leid — keiner dieser Berufe trifft zu. Soll ich es Ihnen sagen?«

»Nein, danke! Ich finde es netter, weiterhin im unklaren zu sein. Außerdem — wir werden uns vielleicht noch ein- oder zweimal sehen, wie es eben das Leben in einem Hotel mit sich bringt. Dann reisen Sie ab, oder ich tue es, und man sieht sich niemals wieder. Wozu also in den kurzen Stunden der Bekanntschaft sämtliche Personalien austauschen?«

»Gut! Ich füge mich. Dann wollen wir uns aber jeder einen Namen geben. Es klingt so dumm, wenn Sie sagen ›mein Herr‹ und ich immer ›gnädiges Fräulein‹ sagen muß. Ich werde Sie zuerst taufen, und zwar —« er legte den Kopf ein wenig auf die Seite und sah sie prüfend an: »und zwar taufe ich Sie Katharina.«

»Sehr schöner Name! Das hatte ich nicht erwartet. Es hätte ja auch ebensogut Hulda kommen können.«

»Nein, nein, Katharina ist richtig. Es hat unendlich viele Katharinas gegeben, die verwandte Züge mit Ihnen hatten.«

»Meinen Sie die russischen Katharinen oder die drei Frauen Heinrichs VIII., die so hießen? Oder am Ende gar das Käthchen von Heilbronn? Zu dieser Art gehöre ich am allerwenigsten.«

»Das wollen wir vorerst noch unerörtert lassen. Jetzt bitte ich um meinen Namen!«

Ohne lange zu zögern und zu überlegen, sagte Emily:

»Peter! — Peter der Große, dummer Peter, schwarzer Peter!«

So wie sie vor einigen Minuten gelacht hatte, tat er dies jetzt. »Ausgezeichnet! Sie haben tatsächlich meinen richtigen Namen gefaßt. Ich heiße Peter!«

»Oh! Wie nun — dummer Peter, schwarzer Peter oder großer Peter?«

»Ihnen gegenüber dummer Peter! Ich habe selten eine Frau kennengelernt, die mir mit jedem Wort, das sie sprach, Rätsel aufgab. Ich komme mir bei Ihnen dumm vor. Aber nett ist das, wirklich sehr nett. Bis jetzt habe ich das ganze Maloja entsetzlich langweilig gefunden und mir schon überlegt, wo ich hingehen könnte, bis ich —«

»Warum sprechen Sie nicht weiter?«

»Wir wollten doch nicht die gesamten Personalien austauschen. Die Zukunft interessiert uns nicht.«

»Richtig! Das hatte ich vergessen. Also wollen wir uns auch nicht fragen, wie lange wir noch hierbleiben?«

»Wollen uns auch ohne Abschied trennen?«

»Selbstverständlich! Anders läßt sich das gar nicht machen bei unserem Vorhaben!«

»Aber wir wollen gut Freund sein, solange wir beieinander sind«, bat er eindringlich.

»Da müßte ich erst einmal wissen, wie Sie sich dieses ›gut Freund sein‹ denken?«

»Sie sind sehr vorsichtig, Katharina! Nun, ich denke es mir folgendermaßen: Wir treiben Sport zusammen, trinken nachmittags gemütlich Tee und verbringen auch den Abend gemeinsam.«

»Also wollen wir für den üblichen Hotelklatsch ›die beiden Unzertrennlichen‹ werden?«

»Sie wollen mir doch nicht sagen, daß Sie sich um müßigen Hotelklatsch kümmern?«

»In der Beziehung, dummer Peter, bin ich ganz und gar Weib. Solange der Klatsch neidvollen Inhalts ist, stört er mich nicht. Wird er aber gehässig, ist er mir lästig.«

»Dann wäre es also meine Pflicht, unser Zusammensein so zu gestalten, daß die Klatschbasen vor Neid bersten?« fragte er lächelnd. »Nun müssen Sie mir aber näher erklären, was den Neid dieser Klatschbasen erregt.«

»Das ist leicht gesagt! Diese Art von Frauen werden immer neidisch, wenn man von einem gutaussehenden Mann hofiert wird.«

»Oh, da sind wir schon wieder ein ganzes Stück vorwärts gekommen. Ich habe also die Pflicht, sehr nett zu Ihnen zu sein. Wollen Sie, bitte, einmal dort nach rechts sehen, da kommen einige Gäste des Hotels. Ich fange also jetzt gleich damit an.«

Ehe sie noch etwas sagen konnte, hatte er ihre beiden Hände ergriffen, drehte sie leicht herum, küßte die inneren Handflächen und sah sie lächelnd an. »Ich muß gestehen, es schafft mir sehr viel Freude, Ihnen den Hof zu machen.«

Emily hatte einen puterroten Kopf bekommen, und trotz ihrer sonst sehr sicheren Art fiel ihr Gruß den Hotelgästen gegenüber etwas unsicher aus. Nachdem diese außer Hörweite waren, sagte sie, indem sie sich langsam erhob: »Das kann ja reizend werden. Ich fürchte, ich habe mich da auf ein Gebiet begeben, das nicht ganz gefahrlos ist.«

Auch er war aufgestanden, trat zu ihr und sagte fast ein wenig spöttisch: »Wie würden Sie es nennen, wenn ich Ihnen jetzt Ihre reichlich mit Schnee bedeckte Rückfront abklopfte? Kommt das mit unter die Rubrik ›hofieren‹ oder ist das einfache Menschenpflicht?«

»Um es ganz klar auszudrücken«, antwortete sie lachend: »Wenn Sie es mit dem Handschuh tun, ist es reine Menschenpflicht, tun Sie es aber mit Ihren Händen — dann lasse ich es mir überhaupt nicht gefallen.« Sie wollte ihm ausweichen, aber schon rutschte sie wieder auf dem von den Sonnenstrahlen abgetauten Schneehang haltlos ihm entgegen und lag für einen Augenblick fest an seiner Brust. »Oh — Verzeihung!«

Er hielt sie fest, sehr fest sogar. Und dachte nicht einmal daran, sie sofort wieder freizugeben.

»Warum entschuldigen Sie sich wegen etwas, das mir ein unendliches Vergnügen bereitet? Wo bleibt Ihr Selbstbewußtsein, Katharina?«

Errötend beugte sie den Kopf nach hinten, damit er nicht so dicht an seiner Schulter lag: »Mir scheint doch, die ganze Sache wird gefährlich.«

»Wenn Sie das Schönste, was es auf Erden gibt, als eine Gefahr betrachten! Ich fürchte, es ist schon gefährlich! Und nicht erst seit jetzt.«

Sie legte ihre Bretter so zurecht, daß sie sie wieder anschnallen konnte. »Erwarten Sie eigentlich von mir, daß ich frage, was Sie für das Schönste auf Erden halten? Nein, dummer Peter, ich frage nicht!«

»Schade, ich hätte Ihnen gern einen Vortrag darüber gehalten!«

»Der Worte sind genug gewechselt, nun laßt uns endlich Taten sehen«, sagte sie.

»Was meinen Sie jetzt mit diesem Zitat? In welcher Beziehung wollen Sie Taten sehen?«

»Ach so, das war eben nicht ganz passend. Ich meinte selbstverständlich auf dem Gebiet des Skilaufens!«

»Selbstverständlich! Anders hatte ich das auch gar nicht aufgefaßt.«

»Sie haben ein seltenes Talent, einen Menschen aufs Glatteis zu führen, dummer Peter!«

»Ich will hoffen, daß Sie mein Talent auch noch auf anderen Gebieten anerkennen werden.«

»Sie scheinen sich dem Wahn hinzugeben, daß uns noch Wochen des Zusammenseins bevorstehen. Irrtum, dummer Peter! Meine Ferientage sind kurz bemessen!«

»Die meinen auch! Und eben deshalb!«

»Was — Wie meinen Sie das?«

»Ich werde mich hüten, darauf zu antworten. Wohin wollen Sie jetzt?«

Emily sah auf ihre Armbanduhr und sagte, nachdem sie sich den Schal fest um den Hals gebunden hatte: »Ich mache den Vorschlag, daß wir jetzt bis Maloja-Culm fahren, dort ein Glas Milch trinken — wenigstens ich — und dann zurück ins Hotel, da es bald Lunchzeit ist.«

»Und das weitere Programm für den Tag?«

»Das überlasse ich Ihnen. Ich habe ja Ferien!«

»Ich eigentlich auch, aber diese Arbeit will ich gern auf mich nehmen. Nach dem Lunch eine Stunde Ruhe auf der Sonnenveranda, dann noch eine Stunde Sport, umziehen, Tee und dann kommt das Schönste vom Tag.«

»Und das ist?«

»Der Abend — der keine Zeitbegrenzung hat.«

»Das wollen wir dahingestellt sein lassen. Jedenfalls jetzt geht es zurück in die Zivilisation!«

»Fanden Sie uns beide unzivilisiert?«

»Nicht gerade das, aber so ganz richtig ist auch nicht alles!«

Der Tag verlief genau so, wie Peter es vorgeschlagen hatte. Kurz vor dem Diner wartete er im Abendanzug in der großen Halle des Hotels auf Emily, und es durchfuhr ihn beinahe schon freudiger Schreck, als er sie aus dem Fahrstuhl treten sah. Schon am Nachmittag in dem einfachen Sportdreß hatte sie ihm gut gefallen, aber jetzt, in einem raffiniert schlichten, schwarzen Abendkleid, kam ihre entzückende Persönlichkeit voll zur Geltung. Er hatte nicht gedacht, daß sie von so bezaubernder Weiblichkeit sein könnte. Das Sportkostüm hatte ihrer Erscheinung immerhin etwas stark Sachliches gegeben, jetzt sah er, daß sie eine schöne Frau war. Die dunklen, lebendigen, braunen Augen standen im bezaubernden Gegensatz zu ihrem schönen blonden Haar, das schlicht und natürlich frisiert war.

Auch Emily war über die Veränderung seiner Erscheinung erstaunt. Der Mann sah gut aus — elegant und absolut männlich.

Er ging schnell auf sie zu und begrüßte sie. »Ich bin überrascht, Katharina!«

»Worüber, dummer Peter? Weil ich pünktlich bin?«

»Auch, wenngleich eine kluge Frau immer pünktlich ist, eben weil sie klug ist. Aber Sie sind schön, Katharina!«

»Hatten wir nicht eigentlich abgemacht, daß Sie mir keine Schmeicheleien sagen sollten?«

»Irrtum, Katharina. Es gehört doch zu meinen Verpflichtungen, Ihnen den Hof zu machen. Und es ist keine Schmeichelei, wenn ich feststelle, daß Sie schön sind. Ich sage doch auch: die Hotelhalle ist schön — die Landschaft ist herrlich! — warum soll ich da nicht sagen, daß Katharina schön ist?«

»Katharina hat Hunger! Das erscheint mir im Augenblick wichtiger«, wehrte sie lächelnd ab.

»Hunger?« fragte er, »habe ich wirklich Hunger gehört?«

»Ja! Richtigen Hunger! Aber ehrlich gesagt — auf einen Teller Rindfleisch mit Nudeln. Dieses ewige englische Roastbeef mit grünen Bohnen und geschmacklosem Fisch in irgendeiner pikanten Soße habe ich satt!«

»Katharina, Sie sind herrlich! Mir geht es genau so! Aber was tun?

Wenn wir dem Chef des Speisesaals unsere Wünsche eingestehen, werden wir, glaube ich, aus diesem Hotel gewiesen!«

»Dann wollen wir lieber diese wilden Wünsche begraben!«

Der Abend verlief sehr angeregt, und selbstverständlich befaßte der Hotelklatsch sich sofort mit beiden. Wie konnte es die junge Dame wagen, sich mit diesem unverheirateten Mann an einen Tisch zu setzen? Nun, man würde ja sehen, was daraus entstand!

Nach dem Diner wurde Emily ein soeben eingetroffenes Telegramm ausgehändigt.

Peter gab ihr durch betonte Interesselosigkeit Gelegenheit, sich mit dessen Inhalt zu beschäftigen, aber er beobachtete sie trotz alledem sehr scharf. Es war ein langes Telegramm. Nachdenklich faltete Emily es zusammen und steckte es in ihre kleine Handtasche.

»Darf ich fragen, ob es eine unangenehme Nachricht war, Katharina?«

»Nein — absolut nicht! Nur meine Dispositionen muß ich ein wenig ändern.«

»Früher oder später abreisen?«

»Leider früher!«

Emily war beinahe ärgerlich über den Inhalt des Telegramms. Der Frachtdampfer, mit dem Fredy und sie die Reise antreten wollten, fuhr schon vier Tage früher von Hamburg ab, als sie geglaubt hatten.

»Soll ich es mir nun als ein Plus anrechnen, daß Sie bedauern, früher fort zu müssen?«

Sie sah ihn einen Augenblick lächelnd an und sagte dann: »Es tut mir leid, von Maloja fort zu müssen, ich bin gern hier!«

»Das hat also nichts mit mir zu tun?«

»Der dumme Peter ist unangebracht neugierig!«

Die Hausgäste hatten nach dem Diner in der Hotelhalle Platz genommen, teils an kleinen Tischen, teils hatten sich Bridgepartien zusammengefunden, es war so voll, daß es schwer wurde, miteinander zu reden, ohne am Nebentisch gehört zu werden.

»Sehr lange halte ich es hier nicht aus, Katharina, das sage ich Ihnen gleich!«

»Sie meinen —?«

»Ja! Ich möchte mit Katharina ein Wort sprechen, das nicht am

Nebentisch gehört wird, und ich habe schon einen Plan. Haben Sie Mut?«

»Ich denke — ja«, antwortete sie lächelnd. »Ich muß allerdings erst wissen, was Sie planen.«

»Etwas ganz Romantisches! Eine nächtliche Schlittenfahrt!«

»Oh!« sagte sie ein wenig unsicher.

»Also wirklich keinen Mut?«

»Doch! — Doch, ich habe Mut!«

»Dann wollen wir die Sache in die Tat umsetzen. Entschuldigen Sie mich einen Augenblick!« Er ging zum Portier, verhandelte einige Minuten mit ihm und kam zurück. »Alles erledigt, Katharina! Jetzt heißt es nur, sich warm anzuziehen.«

»Ich bin gleich wieder unten!«

»Und freuen Sie sich?«

»Ja — ich freue mich!«

Lächelnd eilte sie nach dem Fahrstuhl, und bald darauf erschien sie wieder, in einen dicken Pelzmantel eingehüllt, eine Mütze auf dem Kopf, und angetan mit warmen Handschuhen. Stolz, allen prüfenden und mißbilligenden Blicken der Hotelklatschbasen zum Trotz, ging sie durch die Halle und wurde draußen in der Veranda von Peter in Empfang genommen. Bald saßen sie beide wohlverpackt in dem Schlitten.

Schön war die Fahrt — wunderschön! Heller Mondschein und ein fast warmer, milder Wind.

Zuerst war es zwischen ihnen ein wenig still, dann ergriff er ihre Rechte, zog den dicken Handschuh ab und drückte sie an seine Lippen: »Ich bin glücklich, Katharina!«

»Glücklich? Ist das nicht ein großes Wort für die kleinen Gefühle, die Sie im Augenblick hegen?«

»Kleine Gefühle? Wie meinen Sie das?«

»Nun, dummer Peter! Für so ein bißchen Verliebtheit soll man nicht das Wort ›glücklich‹ gebrauchen. Dazu geht alles zu schnell vorüber.«

»Sie anerkennen also nur dauernde Empfindungen als Glück? Da gehen unsere Ansichten auseinander. Ich kann eine Sekunde genau so glücklich sein wie einen ganzen Tag. Und außerdem, große Katharina, ich bin nicht verliebt!«

»Nicht einmal das, dummer Peter?« fragte sie lächelnd.

»Sie wollen mich mit Absicht nicht verstehen, Katharina. Ich liebe Sie! Darüber bin ich mir heute nachmittag klargeworden!«

»Das ist schnell gegangen! Liebe auf den ersten Blick?«

»Nein, auf den dritten Blick!«

»Wie teilen Sie das ein?«

»Erster Blick: Interesse, zweiter Blick: Konstatierung der reizvollen Erscheinung, dritter Blick: Liebe!«

»Erwarten Sie nun bei mir die gleiche Reihenfolge?«

»Sie sind ein Eisblock, Katharina! Ich fürchte, Sie sind überhaupt großer Gefühle nicht fähig. Um so bedauerlicher für mich.«

»Dummer Peter! Geschieht Ihnen ganz recht. Sie wissen genau, daß der morgige Tag uns trennen wird für alle Zeit — es kann ebensogut übermorgen sein —, aber jedenfalls kurz bemessen ist die Zeit unseres Zusammenseins. Und da wollen Sie sich die paar netten Stunden mit Gefühlsbelastung verderben?«

»Da haben wir den Beweis«, sagte er fast ärgerlich. »Eine Frau, die eine Situation und Gefühle sezieren kann wie ein Anatom, ist unfähig, tief zu empfinden. Aber noch vertraue ich dem Zufall, er wird mir schon helfen.«

»Vielleicht aber kann ich für meine Zukunft keine Gefühlsbelastung gebrauchen, denn ich muß arbeiten, schwer arbeiten!«

»Das mag ich nicht hören, Katharina. Frauen wie Sie sind dazu geschaffen, zu lieben, aber nicht zu arbeiten.« Im Überschwang der Gefühle legte er seinen Arm um sie, zog sie fest an sich und küßte sie.

Still hielt Emily, rührte sich nicht und gönnte sich Minuten des seligen und beglückten Empfindens, genau wie damals. Sie erwiderte sogar seinen Kuß. Fester zog er sie an sich, seine linke Hand strich ihr sacht über Arm und Schulter. Dicht an ihrem Ohr flüsterte er:

»Katharina, wir kennen uns kaum, wissen nicht, wann und ob wir uns jemals wiedersehen werden — aber ich liebe dich! Es ist nicht meine Art, mich Hals über Kopf zu verlieben, dann wäre ich vielleicht schon längst verheiratet. Aber etwas an dir hat mich so gefesselt, daß ich nicht mehr fähig bin, meine Gefühle zu beherrschen. Ganz möchte ich dich mein nennen — für immer!«

Leise, um ihn nicht zu verletzen, wehrte sie ihn ab und sagte mit einem schmerzlichen Lächeln: »Nichts Unmögliches erwarten, dummer Peter! Es tut weh, wenn man verzichten muß. Zufrieden sein mit dem, was möglich ist. So! Und nun ganz ehrlich, dummer Peter — ich friere!«

»Ich habe es ja gesagt! Ein Eisklumpen ist diese Frau! Während ich vor Liebe, Begehren und Sehnsucht glühe, frieren Sie!«

Emily hatte für sich und ihn die Situation gerettet und sagte nun: »Ich kann mir doch nicht wegen Ihres Liebesglühens einen Schnupfen holen. Ich sehe fürchterlich aus, wenn ich einen Schnupfen habe. Bin zu eitel dazu, Peter. Ich möchte nicht mit tränenden Augen und glühendroter Nase vor Ihre kritischen Blicke treten müssen! Oder vielleicht wieder so zerzaust aussehen wie damals nach dem Autounfall?«

»Das ist doch ganz egal! Eine Frau wie du ist immer schön!«

»Peter? Wir sind noch nicht per du — und außerdem eine verschnupfte Frau ist niemals eine Schönheit!«

Aufseufzend gab er dem Kutscher die Weisung, wieder nach dem Hotel zurückzufahren. Die Stimmung war ihm gründlich verdorben, und ungerecht, wie jeder Mann, machte er sie dafür verantwortlich.

Aber als er ihr, im Hotel angekommen, am Fahrstuhl gute Nacht sagte, übermannte ihn wieder die Liebe. Sie sah unbeschreiblich reizend aus in ihrer Verwirrung, und sein Herz hätte wirklich aus Stein sein müssen, wäre ihm die Liebe nicht über dem Kopf zusammengeschlagen.

VII

Am nächsten Morgen war Emily abgereist. Peter glaubte seinen Ohren nicht zu trauen, als er vom Portier die Nachricht erhielt. Es war ihm unfaßbar, daß sie keine Zeile für ihn zurückgelassen hatte. Nichts — tatsächlich wie ein Schemen war sie durch einen Tag seines Lebens gegangen, hatte nichts hinterlassen als eine große Leere und die Erbitterung über verschwendete große und gute Gefühle.

Auf seine Fragen konnte der Portier ihm nur mitteilen, daß die junge Dame, die schon bei ihrer Ankunft darum gebeten hatte, ohne

Namensnennung geführt zu werden, mit der strikten Anordnung abgereist sei, keine Auskunft über sie und ihr Reiseziel zu geben.

Emily saß währenddessen in dem kleinen, altmodischen Postschlitten, der hinunter in das Bergelltal fuhr, und weinte, weinte, daß sie mit tränenden Augen und feuerroter Nase in der Tat so aussah, als hätte sie einen fürchterlichen Schnupfen.

Sie hatte sich selber diesen kurzen, energischen Entschluß abgerungen. Vor ihrem Gewissen gehörte sie sich nicht selber — noch nicht! Eine noch unfertige Arbeit mußte von ihr erledigt werden. Da durften Gefühle, die sie von dieser ablenken konnten, nicht mitsprechen. Also mußte jeder Gedanke an den dummen Peter, an den großen Peter, gestrichen werden.

Fast empfand sie es als einen Segen, daß Fredy sie einige Tage früher nach Hamburg beorderte, denn der Verzicht auf Glück und Liebe wurde einer Frau wie Emily leichter möglich durch Pflichterfüllung.

Aber sie weinte und weinte und war nichts als ein verliebtes Mädel. Sie weinte nicht nur aus Sehnsucht, sondern auch aus Mitleid mit sich selber. Und ein Taschentuch wurde naß, und das zweite wurde naß, und ein drittes hatte sie nicht zur Hand. Und das brachte sie wieder zur Vernunft. Denn es war immerhin ein schwieriges Problem, Tränen und eine gereizte Nase abzutrocknen, wenn man nicht wußte, womit.

Fast mußte sie lächeln, wenn sie daran dachte, daß sie bei der Arbeit im Laboratorium, wenn es heiß herging und für nichts Zeit war, die putzbedürftige Nase an dem Ärmel ihres Laborkittels entlang gestrichen hatte. Weniger schön als praktisch war das gewesen. Jetzt allerdings war die Sache schwieriger, denn das Fell ihres Pelzmantels war doch nicht ganz geeignet, diesem Zweck zu dienen.

Im Tal angekommen, fuhr sie mit einem Autobus weiter nach Ciavenna, wo sie mit einigem Umsteigen den Mailand-Brenner-Expreß erreichte.

Ironie des Schicksals war es, daß sie und Peter in dem gleichen Zug nach Berlin zurückfuhren, gleichzeitig in Berlin den Bahnhof verließen und sogar dicht hintereinander mit einer Autodroschke dem Westen zufuhren. Sie waren aber beide derart mit ärgerlicher Enttäuschung und sehnsuchtsvollen Gefühlen beschäftigt, daß sie sich weder umsahen noch aufschauten.

Ein wunderschönes Erlebnis war blitzschnell an ihnen vorübergegangen und hatte ein Gefühl schmerzlicher Leere hinterlassen.

Drei Tage später nahm Fredy Emily in Hamburg in Empfang und führte sie zum Petersen-Kai, wo der große Australiendampfer lag.

Ein schönes Schiff — 16 000 Tonnen groß, schmuck und sauber, mit einigen gut eingerichteten Passagierkabinen.

Was Emily im ersten Augenblick irritierte, war die malaiische Besatzung des Schiffes und ihr Fuß stockte mitten auf dem Fallreep. »Ist es kein deutsches Schiff, Fredy?«

»Aber nein, Mädchen! Das ist ein Engländer. Du meinst wegen der Besatzung? Die ist ausgezeichnet. Seit wann bist du denn ängstlich? So kenne ich dich gar nicht! Ich muß überhaupt sagen, Emily, du gefällst mir nicht!«

»Ich habe einen schweren Schnupfen gehabt, Fredy, deshalb sehe ich ein bißchen angegriffen aus. Die Seeluft wird mir guttun. Hast du übrigens noch etwas von Papa gehört?«

»Nein. Zeus sitzt drohend in den Wolken. Laß ihn ruhig sitzen, Emily! Wenn wir zurückkommen, ist alles vorbei, und du bringst hoffentlich die fertige Arbeit mit nach Hause. Dann ist sowieso jeder Ärger aus der Welt geschafft, und wir können vergnügt und froh heiraten, wen wir wollen.«

»Guter Fredy, willst du mich trösten?«

»Dich? Uns!«

»Brauchst du denn auch Trost, Fredy?«

»Na und ob — ich bin doch verliebt!« fügte er hinzu, als wollte er Emily für dieses unbequeme Gefühl verantwortlich machen.

»Fredy«, sagte sie erstaunt, »du bist verliebt? Junge, muß das entsetzlich sein!«

»Nicht mal. Es könnte sehr schön sein, aber ich weiß nicht, wo sie ist!«

»Wer denn?«

»Na sie — das Mädchen, das ich liebe!«

»Entschuldige, das verstehe ich nicht. Du mußt doch wissen, in wen du verliebt bist, und wo sie ist.«

»Kluge Emily! Du kannst vielleicht ein Serum gegen Seuchen finden, aber in der Liebe weißt du nicht Bescheid.«

»So? Nun, du mußt es ja wissen«, sagte Emily. Dann aber fuhr sie fort: »Also nun beichte! Was ist geschehen? Wir haben noch Zeit, ehe wir an Deck gehen?«

»Ja, fast eine Stunde!«

»Dann wäre es mir lieb, Fredy, wenn wir diese Stunde noch auf Gottes Erdboden verbringen würden. Gehen wir spazieren, und dabei erzählst du mir von deinem neuesten Unglück.«

Fredy gab einem der Malaien-Stewards das kleine Handgepäck, und ging dann mit Emily auf der sonnigen Kaimauer auf und ab, so, daß sie in der Zwischenzeit die wenigen an Bord gehenden Passagiere nicht bemerkten.

»Also paß auf! Vor acht Tagen bin ich nochmals nach London geflogen, um mich von Mama zu verabschieden. Seine Majestät, der Herr Papa, war mir nicht so wichtig, ihm bin ich aus dem Weg gegangen. Aber Mama wollte ich noch mal sehen. Sie erwartete mich auf dem Flugplatz. Ein wenig entfernt von meinem Flugzeug stand eines bereit nach Belgien. Und wir gingen an den Passagieren dieses Flugzeuges vorbei. Da ich von der Sonne geblendet war, konnte ich es nicht vermeiden, daß ich mit meinem Handkoffer entgegenkommende Passagiere anstieß. Plötzlich hörte ich einen in fremdländischem Deutsch hervorgestoßenen zornigen Ausruf. Erschrocken wandte ich mich um und bemerkte, daß ich ein junges Mädchen mit meinem Handkoffer belästigt hatte. Du, ich kann dir sagen, ein Satan war das, ein Teufel, ein Biest! Wie eine kleine Furie stand sie da und zischte mich an. Dabei rieb sie sich ihr rechtes Schienbein. ›Trottel‹, rief sie, ›paß doch auf, Lümmel! Ist der Flugplatz nicht groß genug?‹ Was konnte ich tun? Sie hatte recht, und ich war schuldig. Ich bat also höflich um Entschuldigung, sprach auch deutsch. Aber auf meine Entschuldigung antwortete sie mir in einem so grauenvollen Pidgin-Englisch, daß ich einen Augenblick glaubte, ich hätte eine Südseeinsulanerin vor mir. Aber sie war so hübsch, daß ein derartiger Verdacht sinnlos war. Stell dir vor: ein Figürchen zart, schlank, elegant, ein braungebranntes mageres Gesichtchen, mit großen blauen Augen, umrahmt von wilden, dichten schwarzen Lokken, sportlich angezogen mit Hosen und Blusenhemd. Ehe ich meine Entschuldigung fertiggestammelt hatte, stampfte sie einfach mit dem Fuß auf, wandte mir den Rücken und winkte mit einer befehlsgewohnten Geste einer Frau zu, die den Eindruck eines Mischlings machte. Ergeben und eifrig watschelte diese dickliche Frau hinter ihr her, und beide verschwanden in das nach Brüssel bestimmte Flugzeug.«

Fredy machte eine erwartungsvolle Pause.

»Ist das die ganze Tragödie, Fredy?« fragte Emily lächelnd.

»Ja! Das ist alles!«

»Und auf diesen kurzen Blick hin, diese eine Szene hin, bist du nun verliebt?«

»Rettungslos! Wäre Mama nicht bei mir gewesen, glaube mir, Emily, ich wäre sofort in das Flugzeug gestiegen. So ein kleines Biest! Backpfeifen hätte ich sie mögen!«

»Das nennst du Liebe, Fredy?«

»Eben dafür hätte ich sie backpfeifen mögen. Bis jetzt habe ich mich wohl gefühlt, da mir jedes Frauenzimmer gleichgültig gewesen ist. Und jetzt sitze ich da mit der großen Liebe im Herzen und komme mir vor, als wenn ich mir den Magen verdorben hätte. Ein herrlicher Zustand!«

»Armer Fredy! Aber trösten wir uns! Mir geht es genau so!«

»Was denn, Mädel? Hast du Kummer?«

»Gehabt, Fredy!« sagte sie mit einem müden Lächeln. »Es ist schon überstanden!«

»Mädchen! Emily! Muß ich mir Sorgen machen?«

»Nein, Fredy, nicht mehr! Aber was machen wir nun mit dir?«

»Mit mir? Ich habe mir wenigstens einen Anhalt verschafft, um nachzuforschen.«

»So? Hast du etwas erfahren?«

»Ich habe mich auf dem Büro des Flugplatzes erkundigt, wer die junge Dame wäre und welches ihr Reiseziel sei!«

»Und was hat man dir gesagt?«

»Ihr Name ist Lola van Beeten. Das Reiseziel war Brüssel. Nationalität: Holländerin. Das war alles, was ich in Erfahrung bringen konnte.«

»Viel kannst du damit nicht anfangen.«

»Nein, zumal nicht, da wir jetzt in die Wildnis reisen. Aber ich muß dir ehrlich gestehen, Emily, ich bin rasend verliebt. Die Kleine war zu süß!«

»Armer Fredy, aber sehr tief geht mein Mitleid mit dir nicht, ich befinde mich ja in ähnlicher Lage wie du!«

Fredy sah sie von der Seite an: »Kamst mir gleich ein wenig komisch vor, Emily! Sitzt es sehr fest?«

»Dazu will ich es gar nicht erst kommen lassen. Erzählen kann ich es dir nicht, mußt mir deswegen nicht böse sein.«

Er legte seine Hand auf ihre Schulter und schlug, da sie erregt war, ein anderes Thema an.

»Deine Koffer mit all dem unheimlich interessanten Krimskrams für deine Arbeit sind schon an Bord. Ich habe den Steward angewiesen, deine Sachen vorerst nicht auszupacken. Ich glaube, es ist richtiger, du tust das selber. Ich bin nun neugierig, mit was für Passagieren wir für die Reise vom Schicksal zusammengewürfelt werden. Hoffentlich sind es erträgliche Menschen. Der Kapitän jedenfalls ist nett, und der ganze Kahn macht einen fabelhaft sauberen Eindruck. Tut es dir übrigens leid, Emily, daß wir reisen?«

»Was bezweckst du mit der Frage, Fredy?« Sie sah ihn lächelnd an.

»Nun ja, ich meine wegen deines Erlebnisses?«

»Im Gegenteil, Fredy. Je größer die Entfernung zwischen dem Erlebnis und mir, um so besser ist es.«

Im Grand-Hotel in Brüssel läutete es Sturm aus dem Zimmer Nummer zweihundertundsechzehn. Dem Personal war dieses Sturmläuten von den letzten vier Tagen her schon reichlich bekannt, und das Zimmermädchen beeilte sich daher auch nicht sonderlich. Ehe sie das Zimmer betrat, schaltete sie die Kontrollampe aus, trat dann auf die energische und ungeduldige Aufforderung ein, und wurde geschickt, um nach Post zu fragen.

In dem großen, mit etwas verblichener Hotelpracht ausgestatteten Zimmer lief ein kleines, schlankes weibliches Wesen aufgeregt hin und her. In der Ecke am Fenster saß ruhig und ungerührt ob dieses Sturmes eine dicke, in die Breite gegangene Halbblutfrau.

»Sei doch ruhig, Liebling — geduldig, mein Herzchen! Der Papa wird schon schreiben!«

»Und wenn er nicht schreibt?«

»Dann, wir können ja immer noch wieder nach Hause reisen«, sagte die dicke Mila mit einem schlauen Augenblinzeln. »Das Schiff geht ja erst übermorgen.«

»Und wir kommen dann als die Blamierten wieder zurück. Nein, das mache ich nicht!«

»Täubchen, Liebes, sei doch vernünftig! Es ist so kalt hier, und Mila friert, Mila hat ganz blaue Fingernägel — häßliches Europa! Mila möchte wieder zurück in die warme Sonne.«

»Mila ist ein Feigling! Ich hätte wirklich lieber Pat mitnehmen sollen als dich!«

»Täubchen, Pat friert genau wie Mila.«

»Weil du frierst, kann ich mich doch nicht in lebenslängliche Gefangenschaft begeben.«

»Liebling, beruhige dich. Papa wollte doch weiter nichts von dir, als daß du Mr. Blackford heiraten solltest!«

»Und nennst du das keine Gefangenschaft? Ich soll diesen gräßlichen alten Mann heiraten, nur weil er reich ist? Nein, und nochmals nein! Mein Kopf ist genau so hart wie der von Papa. Wenn meine süße Mutter noch lebte, wäre man nie auf den Gedanken gekommen, mich mit diesem gräßlichen Engländer verheiraten zu wollen.« Wütend stampfte sie mit dem Fuß auf und setzte ihren letzten Worten nochmals hinzu:

»Ich tue es nicht!«

»Aber Täubchen, wie wollen wir den Papa versöhnen? Hals über Kopf sind wir abgereist von der Farm. Außer Pat weiß niemand, wo wir sind. Was soll geschehen, wenn wir heimkommen? Unser Geld geht zu Ende — wir nicht mehr viel haben!«

»Dann borgen wir! Die Tochter von Mijnheer van Beeten wird ja wohl Geld bekommen, soviel sie braucht«, war die trotzige Antwort. Das kleine, zierliche, von Fredy treffend beschriebene Persönchen stemmte die Hände in die schmale Taille und sah die dicke, angst- und frostzitternde Mila an: »Sei nicht so feige! Du wirst schon nicht verhungern. Wenn Papa bis morgen nicht geschrieben hat, müssen wir eben zurück, wenn ich es auch nicht gern tue. Aber zu Felix gehe ich nicht wieder, das sage ich dir. Dann fahren wir lieber zu Urgroßpapa, obwohl der schon uralt ist, neunzig Jahre. Aber er wird mich verstehen und muß mir helfen.«

Milas dickes Gesicht strahlte auf: »Oh, Täubchen, sehr gut das sein, schnell wir zu Mr. Schlüter fahren!«

»Erst wird morgen noch abgewartet, Papa muß mir schreiben. Er muß mir verzeihen und von dem dummen Gedanken loskommen, mich mit diesem gräßlichen Kerl zu verheiraten. Pat wird ihm schon gehörig Angst machen, was aus uns geworden ist.« Sie lachte leise auf und fuhr dann fort: »Pat kann wundervoll lügen, er wird dem Papa die gräßlichsten Bilder vormalen, was uns alles passiert sein könnte. Aber gut so! Geschieht Papa ganz recht! Hast du schon nach der Post geklingelt?«

»Täubchen, Herzchen, vor einer Viertelstunde haben wir nach der Post geklingelt, es kann noch nicht wieder welche gekommen sein.«

»Ich habe aber gesagt, du sollst nach der Post klingeln. Tue es also augenblicklich!«

Die dicke Mila watschelte ergeben durch das große Zimmer und läutete von neuem Sturm.

Und als dann das Zimmermädchen wieder erschien, erklang die sich immer wiederholende Frage:

»Ist noch keine Post gekommen für mich?«

»Ich werde sofort nachfragen! Aber da der Portier weiß, daß Mademoiselle darauf wartet, würde er sie sofort heraufsenden.«

»Sie sollen mir nicht mit Ermahnungen kommen, das bin ich nicht gewöhnt. Tun Sie, was ich Ihnen sage, und zwar sofort!« schimpfte der kleine Satan los und warf zur Bekräftigung hinter dem Zimmermädchen ein großes Kissen her, das sich beim Schließen der Tür einklemmte, so daß das Zimmermädchen nochmals öffnen mußte, um das Hindernis zu beseitigen.

Bei dieser Gelegenheit hatte eine auf dem Korridor vorübergehende Dame die Möglichkeit, in das Zimmer hineinzusehen und einen Blick auf Lola van Beeten zu werfen. Unwillkürlich blieb sie mit einem Ausruf des Erstaunens stehen, schrak aber dann zurück, als der kleine Teufel nun wütend die Tür zuschlug. Das Zimmermädchen stand einen Augenblick ratlos da, dann bemerkte es die Dame und entschuldigte sich:

»Pardon, Madame, daß ich Sie nicht gesehen habe, aber . . .«

Lachend winkte die alte Dame ab und sagte: »Scheint ein etwas schwieriger Gast zu sein, diese junge Dame dort drinnen?«

Lebhaft erhob die kleine Belgierin ihre Hände und jammerte: »Oh, so schlimm, Madame, so ungeduldig! Alle fünf Minuten muß man laufen und rennen.«

»Können Sie mir den Namen der jungen Dame sagen, Mademoiselle?«

»Gewiß, Madame! Lola van Beeten heißt sie; ist in Begleitung einer eingeborenen Dienerin angekommen. Sie war schon vor einiger Zeit hier, indessen nach London geflogen, und ist jetzt zurückgekommen. Sie scheint ungeduldig auf Nachrichten aus Australien zu warten.«

»Australien? Lola van Beeten?« wiederholte die Dame überlegend. »Das wäre doch wirklich ein lächerlicher Zufall! Aber ich muß dem nachforschen! Haben Sie Mut, Mademoiselle?« wandte sie sich nochmals an das Mädchen.

»Ich denke doch, Madame! Womit kann ich dienen?«

»Indem Sie noch einmal in diese Höhle des Schreckens zurückgehen«, erklärte die alte Dame lächelnd, während sie auf die Tür des Zimmers Nummer zweihundertundsechzehn deutete, »und Fräulein van Beeten sagen, daß eine alte Dame sie sprechen möchte!«

»Ich werde es tun, Madame, aber ich fürchte . . .«

»Nun, wir wollen es versuchen, vielleicht haben wir Glück!«

Nach einigen Minuten kam das Mädchen zurück und zuckte die Achseln: »Sie will nicht! Sie hat erklärt, der Besuch eines alten Weibes interessiere sie nicht. Pardon, Madame, aber ich wiederhole wörtlich!«

»Danke Ihnen, mein Kind, ich werde es nun selber versuchen. Mir scheint, die kleine Wilde ist sehr ungezogen. Dann wird es ihr guttun, ein wenig zurechtgestutzt zu werden.«

Es war Mrs. Roberta Fairfax, die das sagte. Nach der unerwarteten Abreise Emilys und ihres englischen Enkels hatte sie die Meinhardsche Villa verlassen, da sie es dort ziemlich langweilig fand. Die beiden jungen Leute fehlten ihr, und so hatte sie sich, alter Gewohnheit nachgehend, wieder auf Reisen begeben. Über Brüssel, das sie von jeher sehr geliebt hatte, wollte sie weiter nach Paris!

Ohne nach kurzem Anklopfen zu warten, öffnete sie die Tür und stand lächelnd da, als die kleine Lola wütend auf sie zukam.

»Was wollen Sie? Ich habe doch erklärt, daß ich kein altes Weib sehen will!«

Wie eine kleine Furie stand das süße Persönchen vor Roberta, indessen Mila, die in der Eintretenden die vornehme Frau erkannt hatte, in einem artigen Knicks niedersank.

»Sie sind ungezogen, mein liebes Kind, sehr ungezogen. Aber ich bleibe trotzdem hier!«

»Das ist mein Zimmer! Hier haben Sie nichts zu suchen!«

»Vielleicht interessiert es mich, einmal festzustellen, wie weit die Ungezogenheit eines jungen Mädchens einer alten Dame gegenüber gehen kann.«

Lola wurde ein wenig rot, stampfte nach alter, lieber Gewohnheit mit dem Fuß auf und brummte dann vor sich hin: »Sie sind gar keine alte Dame!«

»So? Bisher habe ich immer geglaubt, eine Dame zu sein?«

»Das mögen Sie schon sein, aber alt sind Sie nicht! Alte Weiber sehen ganz anders aus, so wie Mila, die ist ein altes fettes Weib, aber daran ist sie selber schuld, denn sie ißt ununterbrochen Süßigkeiten. Hol einen Stuhl für die Dame, Mila!«

»Es würde mir besser gefallen, wenn Sie selber für meine Gemütlichkeit sorgten«, erklärte Roberta und setzte sich in einen Sessel. »Können Sie nicht etwas liebenswürdiger mit mir sprechen? Ich habe einige Fragen an Sie, mein Kind!«

Lola wurde immer verlegener und, da sie sich nicht zu helfen wußte, durchaus nicht ruhiger.

»Hat der Papa Sie vielleicht geschickt? Dann melden Sie ihm nur sofort, daß ich nicht daran denke, Mr. Blackford zu heiraten!«

Roberta sah die kleine Wilde lächelnd an und sagte dann, fast unwillkürlich: »Es stimmt! Ganz sicher stimmt es! Diese Bemerkung eben war der Schlußpunkt!«

»Ich verstehe nicht, was Sie reden, verehrte Dame!«

»Kommen Sie einmal her, liebes Kind, und setzen Sie sich sehr artig neben mich hin. Nein, nein, nicht rauchen, das tun wir nachher. Jetzt hören Sie erst einmal zu!«

Zwangsläufig mußte Lola tun, was Roberta verlangte. Die bestimmte Art der alten Dame ließ kein Wenn und Aber zu. »Ihre Familie lebt in Australien?«

»Ja, — die Eltern, die Großeltern und Urgroßvater! Aber ich habe eigentlich keine Eltern mehr und auch keine Großeltern. Mutti ist tot — und Großmutter auch! Nur Papa und der alte Mr. Schlüter leben noch.«

Roberta bekam vor Erregung ein gerötetes Gesicht, erfaßte die Hände des jungen Mädchens und sagte: »Hast du gar keine weiblichen Verwandten?«

»Doch! In England! Da ist noch eine Tante. Zu der wollte ich jetzt, aber Mrs. Fairfax war verreist.«

Jetzt mußte Roberta lächeln und sagte langsam und deutlich: »So, Kind! Nun sehe ich klar! Weißt du, wer ich bin?«

»Selbstverständlich nicht!« kam die kurze Antwort.

»Deine Großtante bin ich! Das will ich dir schnell erklären. Ich bin die sehr viel jüngere Schwester von Mr. Schlüter. Hast du nie davon gehört, daß dein Urgroßvater Verwandte in Europa hat?«

»Nein, niemals! Papa sagt immer, Verwandte sind lästiger als Fliegen!«

»Da muß dein Papa ein sehr netter Mensch sein!«

»Oh, im großen ganzen ist Felix sehr nett. Aber seitdem er die verflixte Idee mit der Heirat im Kopfe hat, ist es aus mit ihm. Wir waren früher die besten Freunde. Ich mochte Felix gern, aber jetzt nicht mehr. Außerdem ist er auch böse mit mir.«

»Felix ist dein Papa?«

»Ja!«

»Und deine Mutter ist gestorben?«

Da konnte Lola als Antwort nur nicken. Wenn sie von der geliebten Mutter sprach, kamen ihr Tränen in die Augen.

Roberta legte die Hände auf die Schultern des jungen Mädchens und sagte tröstend: »Armer kleiner Spatz! Und nun bist du ganz allein in Europa? Was willst du eigentlich hier?«

Zweifelnd sah das junge Mädchen sie an und fragte: »Sind Sie wirklich meine Tante, und bestimmt nicht von Papa geschickt?«

»Nein, Kind, ich versichere, daß ich nur durch Zufall hier vorbeigekommen bin und dich an deiner Ähnlichkeit mit meiner Mutter erkannt habe. Du bist eine wiederauferstandene Emily Dorsey.«

»Das verstehe ich wirklich nicht«, sagte die Kleine kopfschüttelnd.

»Das wirst du noch verstehen. Aber jetzt erzähle mir vorerst ausführlich, wie es um dich steht.«

Die ruhige Art Robertas erschloß ihr das Vertrauen des jungen

Mädchens, und wie ein Wasserfall ergoß sich ihre Erzählung über sie, unterstützt von den temperamentvollen und anklagenden Zwischenrufen der nun ebenfalls aufgeregten dicken Mila.

Einige Zeit ließ Roberta dies alles über sich ergehen. Dann aber hob sie lächelnd beide Hände und sagte: »Erbarmen — jetzt kann ich nichts mehr verstehen! Milas Kauderwelsch fasse ich sowieso kaum. Es ist zu lange her, daß ich Pidgin-Englisch gesprochen habe. Mir scheint, daß der langen Rede kurzer Sinn der ist, daß du dich weigerst, einen Mann zu heiraten, den du nicht liebst!«

»Weiß nicht, was Liebe ist! Ich mag ihn einfach nicht, diesen alten gräßlichen Kerl! Und das muß Felix einsehen. Er hat meine Mutti doch geheiratet, weil er sie furchtbar gern mochte! Und Mutti hat damals, ehe sie den Papa heiratete, auch erst einen großen Kampf bestehen müssen, weil sie einen Australier heiraten sollte, den sie nicht mochte! Warum macht Papa es nun ebenso mit mir, wie man es früher mit der Mama gemacht hat?«

Nach diesen Worten war es einen Augenblick still, dann sagte Roberta lächelnd, indem sie ihren Arm um die Schultern des jungen Mädchens legte: »Emilys Schwur! Also auch hier hat er sich bewährt!«

Lola sah Roberta fragend an, schüttelte das Köpfchen und meinte zweifelnd: »Das verstehe ich nicht!«

Jetzt erzählte Roberta ihr die Geschichte von der Urahne Emily und deren Forderung an das Schicksal, daß keines ihrer Kinder und Nachkommen eine Ehe ohne Liebe eingehen sollte. Dann berührte sie noch die jüngsten Begebenheiten aus dem Laboratorium des Professor Meinhard.

»Siehst du, Kind, so ist durch all die Jahre der Schwur von Emily Dorsey wieder und wieder bestätigt worden. Auch an dir. Und nun laß uns besprechen, was mit dir werden soll! Du kannst unmöglich wie ein Zigeuner durch die Welt reisen. Ich werde mich jetzt um dich kümmern, immerhin bin ich deine Großtante. Fredy und Emily, von denen ich dir gerade eben erzählte, sind Vetter und Base von dir.«

»Wie lustig, jetzt habe ich auf einmal einen Haufen gräßliche Verwandte. Nun bin ich bloß gespannt, ob Felix recht hat, daß sie lästiger sind als Fliegen!«

»Bestimmt, Kind, ganz bestimmt, das mußt du doch schon an mir merken!«

»Ach so! Ich glaube wirklich, ich bin furchtbar ungezogen!«

»Es reicht, das muß ich ehrlich sagen, Kind. Aber das wird im Laufe der Zeit besser werden. Zunächst müssen wir überlegen, was aus und mit dir werden soll. Hab keine Angst«, wehrte sie einen Einwurf Lolas ab, »ich will dich nicht beeinflussen. Die Nachkommen Emily Dorseys müssen immer tun, was sie selber für richtig halten. Aber besprechen können wir doch, was nun geschehen muß.«

»Bist wirklich ein verflixt vernünftiges Frauenzimmer, Großtante!« erklärte Lola restlos anerkennend. »Sollte Felix doch nicht recht haben?«

»Möglich! Warum soll er sich nicht irren, der gute Felix? Also, was tust du nun, wenn von Papa keine Nachricht kommt?«

Ehe Lola antworten konnte, warf Mila aufgeregt dazwischen: »Dann wir heim müssen! Sofort heim! Wir hier frieren – arme Mila kalt, und wir Schiffskarten haben!«

»Das wären immerhin Argumente, mit denen man rechnen muß«, sagte Roberta lächelnd. »Für welches Schiff habt ihr Karten?«

»Für die ›Melbourne‹«, warf Lola dazwischen. »Ich mag mit keinem Passagierdampfer fahren. Die Menschen sind gräßlich affig auf so einem Schiff und ziehen sich den ganzen Tag um. Auf der Herfahrt war eine Dame an Bord, die hat sich jeden Tag sechsmal umgezogen. So ein Blödsinn! Ich glaube, Felix würde in die Luft gehen, wenn ich das machte! Er schimpft schon immer, wenn Mila von mir verlangt, daß ich zum Abendessen die Reithosen ausziehen soll.«

Roberta sah die über das ganze Gesicht grinsende Mila an und sagte anerkennend: »Nun, sie scheint wirklich die einzige zu sein, die ein wenig Überlegung hat bei euch daheim. Wie ist es denn nun, wenn du nach Sydney fährst? Hast du dafür auch keine Kleider?«

»Wenn ich zu Mr. Schlüter fahre? Aber Großtante, Mr. Schlüter hat doch auch immer Reithosen an.«

»Der schöne Henner?« sagte Roberta halblaut vor sich hin. »Ich kann mir nicht vorstellen, wie er aussieht als alter Mann.«

Lustig sprang Lola von ihrem Sessel auf, stellte sich in gebückter Stellung vor Roberta auf und kopierte durch Geste und Sprache einen uralten, von Rheuma krummgezogenen Mann.

»So sieht er aus, genau so! Und wenn er wütend wird, spricht er französisch! Er hat mir einmal erzählt, daß er mit einer Französin verheiratet gewesen ist und sie, wenn sie sich zankten, französisch gesprochen haben. So tut er es heute noch!«

Sinnend lauschte Roberta diesen Worten. Wie war es doch eigenartig, von all dem Vergangenen wieder zu hören. Alles, was ihr die Eltern über ihren um so viel älteren Bruder erzählt, was er ihr selber in späteren Jahren berichtet hatte, stand ihr wieder nahe. Sie wehrte aber die Gedanken ab, denn sie fühlte, daß Wirklichkeit erst einmal diese kleine Halbwilde wieder auf den Weg der Vernunft bringen müßte. »Wann geht das Schiff, mit dem ihr fahren wollt?«

»In zwei Tagen, Missis«, antwortete Mila aufgeregt. »Es fahren ab von Deutschland.«

»Hamburg oder Bremen?« fragte Roberta.

»Hamburg!« antwortete Lola. »Es ist ein australisches Schiff. Und du meinst wirklich, Großtante, ich soll reumütig zu Felix zurück? Das ist doch charakterlos! Und wenn Felix dann wieder mit dem verflixten Blödsinn anfängt?«

»Das wird er nicht tun, Kind, ich werde sofort an deinen Vater schreiben. Mein Brief kommt früher an, als du mit deinem Frachtdampfer. Offen gestanden ist mir der Gedanke, daß du junges Ding mit einem solchen Schiff fährst, nicht gerade sehr sympathisch. Trotzdem halte ich es aber für richtig, daß du wieder nach Hause zurückkehrst.«

»Kannst du nicht mitkommen, Großtante?«

»Oh, um Gottes willen nicht, Kind! Ich bin von jeher ein Feind von abenteuerlichen Dingen gewesen. Laß mich hier. Aber wir wollen die zwei Tage bis zu eurer Abfahrt noch nett miteinander verleben!«

»Großtante, darauf freue ich mich mächtig. Es ist reichlich langweilig, immer nur mit Mila zu reden, die weiter nichts zu sagen weiß als ›ich haben kalt, Täubchen‹, ›ich haben Hunger, Herzchen‹!«

Lola hatte ein fabelhaftes Nachahmungstalent, und so gut sie ihren alten Urahn versinnbildlicht hatte, kopierte sie jetzt die frierende, jammernde und watschelnde Mila.

»Ich möchte wissen, Kind, ob du mich auch so gut nachmachen kannst?«

»Du bist eine Dame! Eine Dame kann ich nicht nachspielen! Eine Dame ist etwas Unheimliches für mich! Mutti hat immer gejammert, sie wüßte nicht, wie jemals eine Dame aus mir werden sollte, wenn ich von Felix wie ein Junge erzogen würde. Findest du, daß ich mich schlecht benehme?«

Lächelnd packte Roberta sie an den dichten Locken und sagte tröstend: »Sehr gut gerade nicht, wenigstens nicht für unsere europäischen Begriffe, aber es wird schon werden. Wenn erst einmal die Notwendigkeit an dich herantritt, mein Kind, benimmst du dich von selber richtig!«

»Das verstehe ich wieder nicht, aber ich mag es auch gar nicht verstehen. Wenn Felix etwas sagt, was ich nicht begreife, erkläre ich ihm immer, er soll nicht solchen Blödsinn reden. Aber so etwas darf ich wohl nicht zu dir sagen?«

»Dein guter Vater scheint ein fabelhaftes Talent zu haben, ein junges Mädchen zu erziehen. Vielleicht wollte er dich deshalb verheiraten? Beschreibe mir doch einmal Mr. Blackford!«

Einen Augenblick überlegte Lola angestrengt; dann veränderte sie durch Geste und Haltung wieder ihr ganzes kleines Persönchen, und es gelang ihr tatsächlich, einen hochbeinigen, langweiligen alten Herrn vorzuspielen. »So sieht er aus, Großtante, genau so! Und dazu noch rote Haare, die schon stellenweise weiß werden, und ganz helle, dumme, wässerige Augen. Nun bitte ich dich, — so etwas soll ich heiraten!«

»Man möchte annehmen, daß dein Vater keinen Adonis für dich ausgesucht hat.«

»Was ist ein Adonis?« fragte Lola wißbegierig.

»Es ist etwas schwer, dir das zu erklären, mein Kind. Dein Urgroßvater Schlüter war einmal ein Adonis, ein schöner Mann, den die Frauen liebten.«

»Na, davon merkt man heute nichts mehr. Nur eitel ist Mr. Schlüter manchmal noch mächtig. Er will nämlich nicht merken lassen, daß er keine Zähne mehr hat, und deshalb hat er immer eine Pfeife im Munde und murmelt und brummt jedes Wort durch diese Pfeife. Und wenn er lachen muß, Großtante, dreht er sich herum, damit man nicht sieht, daß er keinen Zahn mehr hat. Aber ich habe es doch einmal gesehen. Er mußte niesen. Ganz laut schrie er ›hatschi‹.

Dabei fiel ihm die Pfeife herunter, und er mußte den Mund aufmachen. Als er sich wieder erholt hatte, fragte er mich sofort bissig und böse: ›Hast du etwas gesehen?‹ Ich wußte schon, was er meinte, und habe nur den Kopf geschüttelt. Dann hat er gebrummt: ›Sind alle noch da, — ich habe sie alle zweiunddreißig noch.‹ Dann hat er die Pfeife zwischen die Lippen gesteckt, und es war wieder wie vorher.«

Roberta mußte bei der Erzählung der Kleinen herzlich lachen und konnte sich ihren einst so schönen Bruder kaum vorstellen. Er mußte wohl ein schweres und hartes Leben hinter sich haben, denn die zwanzig Jahre Unterschied zwischen ihr und ihm waren doch nicht so erheblich, wenn sie bedachte, daß sie selber noch eine sehr gute Figur machte. Auch ihre Mutter, die schöne Emily Dorsey, war mit reichlich fünfzig Jahren noch eine gutaussehende Frau gewesen.

Sie verlebte mit Lola die nächsten Tage, konnte jedoch, ihrer Verabredung halber, das Kind nicht nach Hamburg bringen. Aber einen langen und ausführlichen Brief hatte sie an Lolas Vater und gleichzeitig an ihren Bruder geschrieben, mit der Bitte, das Kind nicht mit unerwünschten Heiratsplänen zu quälen. Sie verfehlte nicht, ausdrücklich darauf hinzuweisen, daß sowohl in ihrer Familie als auch in der australischen Linie der Schlüter der sogenannte Schwur Emily Dorseys wirksam geblieben sei.

Verhältnismäßig brav und geduldig ließ Lola sich mit Mila nach Hamburg schicken und gelobte, vernünftig zu sein und brav zu ihrem Vater zurückzukehren.

»Du mußt aber Felix ausdrücklich schreiben, daß ich Blackford nicht heirate. Er soll mir ja nicht wieder damit kommen!«

»Ohne Sorge, Kind, das habe ich Papa schon mitgeteilt. Und nun versprich, sehr vernünftig zu sein. Gib bitte diesen Brief dem Kapitän; ich werde mich vor der Abfahrt des Schiffes telegraphisch erkundigen, ob du gut an Bord gekommen bist. Und wenn ihr in Indien anlegt, Kind, in Bombay, dann grüße Indien von mir. Ich habe lange Jahre dort gelebt und war damals sehr glücklich.«

»Willst du nicht doch mitkommen, Großtante?«

»Ausgeschlossen, — so jung bin ich nicht mehr. Laß mich auf dem Kontinent, da fühle ich mich behaglicher. Es fällt mir schon schwer, wenn ich nach England muß.«

»Fliegen mußt du, Großtante, das ist herrlich! Mila hat allerdings fürchterlich gejammert, als wir von London nach hier geflogen sind, aber ich finde es wundervoll. Du, sag mal, Großtante, sind alle Engländer ungezogen?«

»Wie meinst du das, Kind?«

»Oh, nur so! Da war in London am Flughafen einer, der war gräßlich ungezogen, hat mir seinen Koffer gegen das Schienbein gehauen und sich nicht einmal richtig entschuldigt!«

»Um so bedauerlicher, wenn es ein jüngerer Mann war.«

»Hm — es war ein jüngerer! Ich hätte ihm am liebsten auch einen Koffer an die Schienbeine geworfen. Ein freches Gesicht hatte der. Und unverschämt gelacht hat er.«

Roberta dachte bei sich, daß der von Lola kritisierte junge Mann immerhin einigen Eindruck auf sie gemacht haben müsse. Aber sie hielt es für klüger, nicht weiter darüber zu sprechen.

Der Abschied von der reizenden Lola fiel ihr wirklich nicht leicht; sie hätte das Kind gern bei sich behalten, tröstete sich aber, daß das Schicksal sie vielleicht wieder einmal mit dem jungen Mädchen zusammenführen würde. Zudem machte Mila den Eindruck absoluter Pflichttreue und Fürsorglichkeit, und Roberta hielt Lola bei der dicken Alten für gut aufgehoben.

VIII

Es war für Doktor Peter Schwarzenberger durchaus nicht leicht, Haltung zu bewahren, als man ihm im »Maloja Palace« mitteilte, daß »Katharina« abgereist sei. Maßlos enttäuscht war er. Warum mußten wahre Gefühle eines Mannes immer von Frauen verletzt werden?

Doktor Schwarzenberger fand in seiner augenblicklichen Stimmung keine befriedigende Antwort auf diese Frage, ging nur wütend in sein Zimmer zurück, packte die Koffer und verließ Maloja fluchtartig, als wären die Blattern ausgebrochen. Sein Reiseziel war Berlin. Und dann saß er während der langen Fahrt wie ein böser, drohender Gott in seinem Abteil.

Er hatte eine wahnsinnige Wut auf Menschen, die vergnügt waren.

Egoistisch, wie alle unglücklich Liebenden, erwartete er von der Mitwelt, daß sie genau so litt wie er.

In Berlin angekommen, begab er sich zu seiner Junggesellenwohnung, die in ihrem Aussehen ganz und gar zu seiner Stimmung paßte. Da er eine große Orientreise vor sich hatte, war die Wohnung für »lange Abwesenheit« hergerichtet, Teppiche zusammengerollt, Portieren eingemottet, die Möbel zusammengerückt — mit einem Wort —, es war ungemütlich.

Es blieb ihm tatsächlich nichts anderes übrig, als eilends diese Stätte des Grauens zu verlassen und sich in die gastlichen Räume eines Hotels zu begeben. Beinahe fluchtartig verließ er das Haus; atmete erst wieder auf, als er mit seinem Gepäck, das der Hausmeister die Treppen hinuntergeschafft hatte, in einem Taxi saß.

»Vergiften könnte ich dieses Geschöpf«, schalt er vor sich hin. »Sie hat mich aus meiner Ruhe gebracht! Jetzt fliegen mir die Hände, und ich bin nervös wie ein hysterisches Weib. Nein, nicht ich bin es. Sie ... dieses Weib, sie ist hysterisch! Wer weiß, wofür es gut ist, daß der Fall erledigt ist. Schade um jede edle Regung, die man an eine solche Frau verschwendet.«

In dem Hotel ärgerte er sich darüber, in einem völlig unpersönlichen Zimmer zu sein, daß er gezwungen war, Koffer auszupacken und — schlimmer noch — sie wieder einpacken zu müssen.

»Das habe ich nötig«, war das Sanfteste, was er vor sich hin brummte.

Geschlafen hat Peter in dieser Nacht selbstverständlich nicht, dazu war er viel zu wütend, enttäuscht und schmerzlich bewegt. Aber es war etwas von einem Gefühl der Befriedigung in ihm, daß er fähig war, um ein gefühlloses Weib zu leiden.

Ein Glück, daß es am Morgen noch allerlei zu erledigen gab, und über den Nachmittag half ihm eine Besprechung mit einem Kollegen hinweg.

Mit dem Nachtzug verließ er Berlin, um in Cherbourg sein Schiff zu erreichen.

Peter Schwarzenberger war Arzt, Bakteriologe, und hatte als junger Mediziner eine Studienreise zu den Philippinen unternommen. Fünf Jahre war er dort geblieben, war dann aber wieder nach Deutschland zurückgekehrt.

Während dieses langen Aufenthaltes in Ostasien hatte er sich mit dem Studium der verschiedenen Tropenkrankheiten befaßt, aber erkennen müssen, daß die ärztliche Kunst ihrem Wüten noch ziemlich machtlos gegenüberstand.

Kein Wunder daher, daß er aufhorchte, als er Kunde erhielt von den sehr beachtlichen Arbeiten Professor Meinhards und dessen Tochter, die sich bemühten, ein Heilserum gegen eine der gefürchtetsten dieser Krankheiten zu entdecken.

Peter Schwarzenberger sah dieses Unterfangen allerdings als utopisch an. Nach allem, was er beobachtet und erlebt hatte, waren die Tropenkrankheiten am wirksamsten mit einer vernünftigen Hygiene zu bekämpfen, genau wie manche Krankheiten in zivilisierten Gegenden auch. Er war sich dessen wohlbewußt, daß das gerade in den in Frage stehenden Gegenden einer Sisyphusarbeit gleichkam, und darum manches Jahr vergehen würde, bis die Menschheit nicht mehr unter der Geißel ihrer schlimmsten Feinde zu leiden brauchte.

Er hatte sich vorgenommen, die kleinen malaiischen Südseeinseln aufzusuchen, um neue Studien zu betreiben. Vielleicht, daß es ihm dort unten gelang, etwas zu finden, was ihm Erfolg bringen würde.

In den Jahren seines Aufenthaltes in den Tropen hatte er zuviel Elend gesehen, als daß es ihn nicht immer wieder angespornt hätte, den dortigen Menschen vielleicht ein Retter und Helfer sein zu dürfen.

Um sich die Fahrt nicht allzu teuer werden zu lassen, hatte er sich entschlossen, Kajüte auf einem australischen Frachtdampfer zu belegen, der an den ins Auge gefaßten Inseln anlegte. Da ihm jedoch die Abfahrt von Hamburg und die Reise nach London und durch den Ärmelkanal zeitraubend und uninteressant war, hatte er sich entschlossen, erst in Cherbourg an Bord zu gehen.

Emily und Fredy fanden es an der Zeit, Schiffsplanken unter die Füße zu bekommen. Emily war erstaunt, wie nett und sauber ihre Kajüte war, und entdeckte, daß sogar ein Badezimmer vorhanden war. Sie fand sich auch sehr bald damit ab, daß es an Bord der »Melbourne« keine Stewardeß, sondern nur Stewards gab, freundlich grinsende Malaien.

Der die Kajüten bedienende Malaie sprach englisch, somit war die

Grundbedingung für eine Verständigung vorhanden und für gute Bedienung.

Das erste, was Emily tat, war, daß sie ihr »Handwerkszeug« unterbrachte, und zwar so, daß sie auch bei Seegang arbeiten konnte. Wenn es stürmte, würde sie allerdings manches unterlassen müssen, aber wenn sie nicht gerade seekrank wurde, sollte sie am Lesen nichts hindern.

Als der Gong zur ersten Mahlzeit ertönte, war sie noch längst nicht fertig mit ihren Vorbereitungen, machte sich aber schnell ein wenig zurecht und ging auf die Suche nach dem Speisesaal.

Es war ein netter, freundlicher Raum, in der Mitte ein großer, länglicher Tisch, hübsch gedeckt. Blumen und bequeme Sessel fehlten nicht. Alles machte den besten Eindruck, war sauber und behaglich.

Vorerst war noch niemand anwesend. Emily wußte nicht so recht, was sie mit sich anfangen sollte, und betrachtete daher die Bilder und Kupferstiche, die allesamt Schiffsmodelle der verschiedensten Zeitalter darstellten. Sie schrak auf, als sie eine etwas gutturale Stimme sagen hörte:

»Du kommen hier herein, Kind, hier Salon sein, wo Mr. Kapitän essen!«

Eine weibliche Stimme! Interessiert wandte Emily sich herum und stand einer malaiischen Dienerin und einer kleinen, zierlichen Weißen gegenüber, die sie genauso anstaunten. Einen Augenblick war Emily unsicher, wie sie sprechen sollte, und entschloß sich dann, es zunächst einmal mit Deutsch zu versuchen. Und sie hatte Erfolg damit, als sie sagte: »Ich freue mich sehr, daß ich nicht das einzige weibliche Wesen an Bord bin. Das wird wohl auch Ihnen lieb sein?«

Die kleine Lola van Beeten nahm sich zusammen, nickte mit dem hübschen Kopf und sagte: »O ja, ich bin auch sehr froh! Ich hatte schon Angst, es wären nur gräßliche Männer auf dem Schiff. Ich heiße Lola van Beeten — und Sie?«

»Emily Meinhard, liebes Fräulein!«

»Sie müssen nicht Fräulein zu mir sagen — ich bin noch gar nicht erwachsen und keine Dame. Ich will auch keine sein.«

Emily lachte, erfaßte dann die kleine Hand des zierlichen Persönchens und meinte tröstend: »Ich nehme an, Sie werden Ihre Gründe dafür haben, nichts anderes sein zu wollen, als was Sie scheinen!«

»Und wie erscheine ich Ihnen denn?«

»Als ein kleiner Wildfang, — wie ein junges Fohlen!«

»Nun ja, ungefähr so wird es wohl mit mir sein, wenigstens hat auch Großtante mir das in den letzten Tagen gesagt.«

»Sie sind allein an Bord?«

»Ja, — nur Mila ist bei mir! Großtante meinte, das genüge! Ich bin ja schließlich auch allein mit Mila nach Europa gereist, warum soll ich da nicht wieder allein zurückfahren?«

»Richtig! Dagegen läßt sich nichts einwenden, wenn es auch etwas ungewöhnlich ist, daß ein junges Mädchen eine so große Reise allein unternimmt.«

»Sie sind aber doch auch auf dem Schiff?«

»Richtig — aber ich bin kein junges Mädchen mehr.«

»Was sind Sie denn?«

»Nun, — ich glaube, ich bin schon etwas erwachsener als Sie!«

»Aber hübsch sind Sie, sehr hübsch!« erklärte Lola impulsiv.

»Oh«, sagte Emily lächelnd, »wie nett, ich kann Ihnen das Kompliment zurückgeben.«

»Wie meinen Sie das?«

»Sie sind auch sehr hübsch! Oder wissen Sie das nicht?«

»Mila sagt immer, ich sei ein Engel! Felix behauptet von mir, ich sei ein Satan, und Großtante hat immer gesagt, ich käme ihr vor wie eine wilde Rose!«

»Eine hübsche Charakterisierung, die Ihre Umgebung für Sie hat. Ihrer Äußerung nach ist Felix wohl Ihr Bruder? Brüder pflegen dergleichen liebenswürdige Bemerkungen für ihre Schwestern zu machen.«

»Nein«, sagte Lola lachend. »Felix ist der Papa!«

»Ach so, Felix ist der Papa. Ich möchte einmal erleben, was mein Papa gesagt hätte, wenn ich ihn kurzweg beim Vornamen genannt hätte, das wäre schwer möglich gewesen, obgleich ich sehr kameradschaftlich mit ihm gestanden habe.«

»Lebt er nicht mehr?«

»Warum?«

»Weil Sie von Ihrem Vater sprechen, als wäre er tot!«

Emily errötete unwillkürlich und sagte dann ziemlich hastig: »O nein, Gott sei dank, Papa lebt! Aber wir sind ein wenig . . .«

Verständnisinnig nickte Lola mit dem Kopfe und sagte klar und sachlich: »Verknurrt! Weiß Bescheid! Bin ich mit Felix auch. Macht aber nichts, wird wieder gut!«

Jetzt mußte Emily wirklich lachen und legte ihre Hand leicht auf die Schulter des jungen Mädchens: »Da wir uns beim ersten Kennenlernen so gut verstehen, hoffe ich, daß es während der Reise so bleiben wird. Ich freue mich wirklich von Herzen, Sie kennengelernt zu haben.«

Sie standen beide an dem einen Kajütenfenster, und das Licht der Lampe fiel voll auf sie.

Der Unterschied ihrer Erscheinungen war sehr reizvoll. Emilys gepflegte Weiblichkeit bildete einen interessanten Gegensatz zu dem rassigen, fast jungenhaften Figürchen und dem lebensprühenden Gesichtchen dieser kleinen Halbwilden. Und doch war in beider Gesicht ein leiser Zug von Ähnlichkeit, den man nicht fassen und nicht erklären konnte, der aber gleichwohl nicht zu leugnen war.

Lola fühlte sich herrlich geborgen neben dieser ruhigen Frau. Und sehr von oben herab sagte sie jetzt zu Mila, die sie bisher nicht von ihrer Seite gelassen hatte: »Du kannst nun gehen, ich brauche dich nicht mehr!«

»Du Kind nicht allein sein sollen«, jammerte diese, »mir das haben Großtante anbefohlen!«

Lola stampfte mit dem Fuß auf und wollte gerade in ihrer gewohnten Art loswettern, da legte Emily ruhig die Hand auf ihre Schultern und sagte freundlich lächelnd zu der Malaiin: »Sie können wirklich unbesorgt sein — ich passe schon auf!«

Die Alte verneigte sich vor Emily und sah sie strahlend an: »Mila jetzt gehen, Sie sprechen wie Großtante, und da sein ich sehr beruhigt!« verbeugte sich noch einmal tief und verließ den Speiseraum.

Kaum hatte sich die Schlagtür hinter der dicken Mila geschlossen, als sie wieder aufgerissen wurde und Fredy hereinkam, entsetzt zurücktaumelte und hörbar mit seinem blonden Schädel gegen die noch hin und her pendelnde Eingangstür schlug.

»Au — zum Donnerwetter! Verflixter Kram! Ich bin sprachlos!«

»Wenn du sprachlos bist, mein lieber Fredy, weiß ich nicht, warum du herumfluchst wie ein Stallknecht!« gab Emily ihm lächelnd zur Antwort. »Was bringt dich so aus der Fassung?«

»Einen Augenblick mal, Emily! Ist das etwas richtig Lebendiges, was da neben dir steht? Oder narrt mich meine Phantasie?«

»Das lebt, Fredy! Ist ein wirklicher Mensch! Sieh ihn dir einmal näher an, es lohnt sich!«

»Ich weiß, ich weiß! Weiß ganz genau, wie sie aussieht! Sie ist es — der Satan vom Flugplatz, weißt du?«

»Lieber Himmel, Fredy — was soll nun werden?« sagte Emily und verfolgte gespannt, was jetzt kam.

Sie hatte den heftigen Ruck in dem kleinen Figürchen wohl gespürt, als Fredy eingetreten war, und glaubte die Kleine schon genügend zu kennen, um sich auf einen amüsanten Zwischenfall vorbereiten zu müssen.

»Das ist doch . . .« murmelte Lola vor sich hin, »dieser Flegel, dieser unverschämte Junge, der mir den Koffer gegen das Schienbein gerannt hat?«

»Hallo!« sagte Fredy, »wir kennen uns doch?« Damit kam er näher auf die Kleine zu.

»Bleiben Sie, wo Sie sind, ich will nichts mit Ihnen zu tun haben«, wurde ihm sofort zur Antwort, »Sie sind ein flegelhafter Mensch und wissen nicht, wie Sie sich einer Dame gegenüber zu benehmen haben.«

Unwillkürlich blieb Fredy zerknirscht in einiger Entfernung stehen, so daß Emily beinahe Mitleid mit ihm hatte. Sie beugte sich zu der Kleinen hin und flüsterte ihr zu: »Ich denke, Sie wollen keine Dame sein?«

»Ach so, richtig! Dann hat er mich eigentlich nicht beleidigt?«

»Nein, — finde ich nicht. Wie wäre es, wenn Sie ihn freundlich begrüßen würden?«

»Aber wenn er wieder ungezogen ist?«

»Dann werde ich ihn zur Ordnung rufen«, tröstete Emily. »Fredy, zeige dich von deiner nettesten Seite! Ich möchte dir sagen, daß wir zwei schon gute Freundinnen sind.«

Fredy stand ein wenig verlegen da und wußte nicht, was er sagen und tun sollte, reichte der kleinen Lola seine Riesenhand, in die sie, noch ein wenig unsicher, die ihre legte, die fast darin verschwand.

»Freuen Sie sich nicht ein wenig, daß wir uns wiedersehen?« fragte er fast schüchtern.

Wild schüttelte sie den Kopf und erklärte: »Ich muß mir das erst noch sehr überlegen. Das kommt ganz darauf an, wie wir uns verstehen.«

»Ich hoffe, gut, kleine Freundin!« sagte Emily lächelnd. »Und du, Fredy, was meinst du?«

Fredy sah Emily unsicher an und erklärte: »Ich fürchte, Emily, du mußt vorerst vergessen, was ich dir vorhin auf der Kaimauer erzählt habe.«

Emily nickte ihm verständnisvoll zu. »Ich verstehe, Fredy — ich kann dir zu deiner Beruhigung sagen, daß ich nichts mehr davon weiß.«

»Dann ist es gut, dann können wir jetzt zur Tagesordnung übergehen.«

Nachdem sie einige Worte gesprochen hatten, erschien der Kapitän, ein netter, älterer Herr, mit einer gewissen, bürgerlichen Gemütlichkeit, der seine Bordgäste nochmals auf das liebenswürdigste begrüßte. Dann kamen noch der Erste Offizier und der Steuermann, die an dem Offizierstisch speisten, und man setzte sich zu Tisch.

Die Unterhaltung war durchaus nicht langweilig. Die gut geschulten malaiischen Stewards verrichteten ihre Arbeit hervorragend, und der Koch hatte wirklich Erfreuliches geleistet.

»Ich hoffe, meine Damen, und Sie, Mr. Fairfax, daß Sie sich auf meinem Schiff wohl fühlen werden. Wir sind nun für sieben bis acht Wochen aufeinander angewiesen und müssen uns jeder Mühe geben, damit diese Zeit angenehm sein wird. Ich sage das nicht nur so nebenhin, sondern aus meinen Erfahrungen heraus. Habe oft beobachtet, daß unter den wenigen Passagieren, die ich an Bord habe, leicht eine starke Gereiztheit auftritt in den Wochen des engen Zusammenlebens, zumal, wenn wir nach Süden kommen, das veränderte Klima mitwirkt, und die Eintönigkeit des Bordlebens den Passagieren auf die Nerven geht.«

»Da brauchen Sie bei mir keine Befürchtungen zu hegen, Herr Kapitän, ich habe Arbeit mit, viel Arbeit«, sagte Emily zuversichtlich.

»Ich weiß«, antwortete der Kapitän. »Habe schon gehört, welch eine gelehrte Dame wir an Bord haben. Es wird Sie interessieren, daß in Cherbourg ein Arzt an Bord kommt!«

»Der Schiffsarzt?« fragte Emily.

»Nein, — ein Passagier, den wir nach den Saiho-Inseln bringen. Ein Deutscher.«

»Das ist wirklich sehr interessant, zumal für mich, denn dann wird es mir gewiß nicht an gelehrter Unterhaltung mangeln.«

»Also brauche ich mir Ihretwegen keine Sorgen zu machen«, sagte der Kapitän. »Was fangen wir aber mit dem kleinen Fräulein an? Bordspiele und passende Gesellschaft wie auf Passagierdampfern haben wir nicht.«

»Auch kein Kinderzimmer?« warf Fredy dazwischen mit dem unschuldigsten Gesicht.

Der Kapitän wehrte lächelnd ab: »Aber, wo denken Sie hin, Mr. Fairfax! Miß Lola ist doch eine junge Dame!«

»Kaum auf den Tisch sehen kann sie, und wir müssen versuchen, im nächsten Hafen noch einige Spielsachen einzukaufen!«

Jetzt war Lola reif für die Antwort und sagte kurz und ohne die Stimme zu erheben: »Dann vergessen Sie, bitte, auch nicht, im nächsten Hafen sich ein Buch zu besorgen, aus dem Sie lernen können, wie man sich Damen gegenüber benimmt!«

»Oh!« sagte Fredy lachend, »Sie sind schlagfertig! Das wird nett! Jetzt brauchen wir kein Kinderzimmer mehr, Kapitän. Um uns zwei brauchen Sie sich keine Sorgen zu machen. Wir werden uns die ganze Zeit über zanken, dann haben wir bestimmt keine Langeweile, werden nicht nervös und machen uns bei den anderen Fahrgästen nicht unbeliebt. Kommen außer dem deutschen Arzt noch andere Passagiere an Bord? Ich habe festgestellt, daß neben der meinen noch zwei Kabinen frei sind.«

»Kabine 6 ist für Doktor Schwarzenberger und Kabine 7 für einen Griechen belegt, der in Lissabon zu uns stößt.«

»Dann sind wir ja reichlich international. Zwei Deutsche, ein Engländer, eine kleine Halbwilde —«

»Womit Sie mich meinen«, unterbrach Lola Fredy, »ich bin Holländerin!«

Dankend verneigte Fredy sich und fuhr dann weiter fort: »Eine Holländerin, — Sie selber, Herr Kapitän?«

»Bin australischer Engländer —«

»Dazu kommt also noch der Grieche! Nun fehlt uns nur noch ein Lappländer!«

Lächelnd wehrte der Kapitän ab. »Mein Haus ist voll, ich kann keine Passagiere mehr gebrauchen!«

»Warum fahren Sie eigentlich mit malaiischer Besatzung, Herr Kapitän?« fragte Emily interessiert.

»Das findet seine Begründung in dem langen Aufenthalt im tropischen Klima. Der größere Teil unserer Fahrt verläuft unterhalb des Äquators, und meine Reederei hat die Beobachtung gemacht, daß wir mit malaiischer Besatzung besser fahren als mit einer europäischen. Die Malaien sind ungewöhnlich ausdauernd, fleißig und arbeitsam!«

»Es mutete mich, ehrlich gesagt, fremd an, Herr Kapitän, aber jetzt bin ich schon daran gewöhnt!«

»Das ist mir angenehm zu hören, zumal wir keine Stewardeß an Bord haben; aber vielleicht ist Fräulein van Beeten so liebenswürdig und stellt Ihnen ihre Dienerin zur Verfügung?«

»Das ist selbstverständlich!« sagte Lola erfreut. »Mila weiß sowieso nicht, was sie vor Langeweile anfangen soll.«

»Ich bin zwar wenig an persönliche Bedienung gewöhnt«, warf Emily ein, »aber immerhin gibt es verschiedenes, das man am liebsten von weiblicher Hand erledigen läßt. Also wäre auch diese Schwierigkeit aus der Welt geschafft, Herr Kapitän!«

»Ich möchte Sie noch darum ersuchen, sich mit allen Wünschen sofort an mich selber zu wenden, damit keine Unzufriedenheit entsteht, die sich ungünstig auf die Stimmung auswirken könnte!«, war die fast ernste Antwort.

»Sie scheinen ja wirklich Angst zu haben, Herr Kapitän, daß wir schlechte Laune bekommen?« warf Fredy ein.

»Wegen schlechter Laune habe ich keine Befürchtungen, Mr. Fairfax, aber Gereiztheit bei Passagieren auf Tropenreisen ist nicht ganz ungefährlich. Ich merke es an mir selber, daß ich bei bevorstehendem Taifun zu großer Nervosität neige, kenne aber schon den Zustand bei mir. Das ist etwas Ähnliches wie mit der Föhnstimmung in Berggegenden.«

»Herr Kapitän, ich glaube, für mich und meine Nerven garantieren zu können«, erklärte Emily lächelnd. »Ich habe überhaupt noch nicht gemerkt, daß ich Nerven habe!«

»Na, na, Emily, — möchte dich nur an die kleine Szene im Laboratorium deines Vaters erinnern und an deine Stimmung, mit der du aus Maloja gekommen bist. Das war Föhnstimmung, verlaß dich darauf! Wir wollen also die guten Lehren des Herrn Kapitän nicht in den Wind oder in den Föhn schlagen, sondern sie uns zu Herzen nehmen. Es wäre bedauerlich, würde man sich gegenseitig das Leben schwermachen.«

Der Kapitän wünschte, das Thema zu wechseln und sagte zu Emily: »Darf ich mir die Frage erlauben, was Sie als junge Dame dazu veranlaßt hat, die lange Reise mit meinem Schiff zu machen?«

»Da müssen Sie nicht fragen, *was* mich dazu veranlaßt hat, Herr Kapitän«, antwortete Emily lächelnd, »sondern *wer* es getan hat! Fredy hat mich dazu veranlaßt. Er will einmal eine Seereise machen, um sich auf eine romantische Zukunft vorzubereiten, will ein wenig Goldgräber spielen, und dazu paßte ihm die Überfahrt mit einem Luxusdampfer nicht. Da ich gerade beschäftigungslos war, hat er mich als Kindermädchen engagiert.«

Über diesen Satz mußte Lola lachen und erklärte ein wenig spitz: »Ist auch sehr notwendig, daß dieser junge Mann ein Kindermädchen hat!«

»Das war wohl Öl auf Ihre Lampe?« fragte Fredy, wandte sich dem Kapitän zu und sagte: »Es ist tatsächlich so, Kapitän! Ich habe die trockene Juristerei satt und will einmal sehen, wie man in Australien als Goldgräber lebt.«

»Und wenn Sie das festgestellt haben, dann wollen Sie befriedigt wieder in die Zivilisation zurückkehren?«

»Ich stelle mir das ungefähr so vor wie einen Sommeraufenthalt an der Meeresküste«, fuhr Fredy fast naiv fort.

»Dann kann ich Ihnen nur raten, sich gar nicht erst danach umzusehen, wie Goldgräber leben, wenn man das überhaupt ein Leben nennen kann, da Sie sich allem Anschein nach das so vorstellen, wie Sie es in Abenteuerromanen gelesen haben. Australien ist zwar nicht mehr der weiße Fleck auf der Landkarte, doch gibt es noch unendlich große Strecken Landes, die unerforscht und voller Gefahren sind und immer wieder von goldsuchenden Abenteurern durchwandert werden. Es ist in der letzten Zeit wenig Gold bei uns gefunden worden, und die große Schar der Glücksucher hat sich so ziemlich verlaufen. Ich würde Ihnen raten, sich lieber anderes und Beachtlicheres in Australien anzusehen, als sich unter den Abschaum der Menschheit zu begeben.«

»Es ist mir lieb, Herr Kapitän, daß Sie so ehrlich mit meinem Vetter sprechen. Ich selber kann ihm seine romantischen Ideen leider nicht ausreden.«

»Interessieren Sie sich doch für die wirklich fabelhaften Farmen südlich von Sydney, die zumeist Holländern gehören. Baumwolle, Tabak und Gummi — darauf richtet man jetzt das Hauptaugenmerk.«

»Wir bauen Baumwolle und haben sechstausend Schafe!« erklärte Lola sachlich dazu.

»Also eine kleine Baumwollprinzessin? Schau mal an, Emily, es wird immer romantischer!«

»Was daran romantisch sein soll, möchte ich wissen. Heiß ist es bei uns, und schwere Arbeit gibt es; obendrein bös entzündete Finger in der Pflückzeit! Da würde Ihnen die Romantik vergehen, Mr. Fairfax«, erklärte Lola. »Unsere Malaien müssen diese Arbeit erst lernen. Mit Negern hat Felix schlechte Erfahrungen gemacht. Wir haben oft zu kalte Nächte dort bei uns, sie werden alle lungenkrank.«

»Himmel, wie vernünftig das Kind spricht!«

»Fredy, ich bitte dich wirklich, einen anderen Ton anzuschlagen«, sagte Emily halblaut zu ihm.

»Denke nicht daran, die Kleine wird geärgert, bis sie wütend wird.«

»Du weißt, um was uns der Kapitän gebeten hat. Also, bitte, sabotiere sein Vorhaben nicht.«

Fredy nickte ihr beruhigend zu, dachte aber nicht daran, seinen Ton Lola gegenüber zu ändern.

»Da Sie von Baumwolle sprechen«, mischte Emily sich jetzt in das Gespräch, »kann ich berichten, daß meine Urgroßmutter in Florida auf einer Baumwollfarm gelebt hat.«

»Sind die Farmen noch in dem Besitz Ihrer Familie?« interessierte sich der Kapitän.

»Das nicht mehr! Man hat ein Aktienunternehmen daraus gemacht, weil niemand mehr da war, die Sache zu leiten.«

»In den Südstaaten liegt auch ein schweres Stück Geschichte! Ich kann mich erinnern, in alten Schiffspapieren interessante Berichte gefunden zu haben über unerhört keck ausgeführte Kaperfahrten aus der Zeit, als sich mutige Seeleute fanden, die den völlig blockierten Südstaaten Lebensmittel und andere Konterbande zuführten. Derartige alte Seeberichte sind oft spannender zu lesen als ein Roman.«

»In unseren Familienpapieren befinden sich ebenfalls Briefe aus der schwierigen Zeit der Südstaaten. Unsere Urgroßmutter mußte damals den Krieg der Konföderierten gegen die Yankees mit all seinen Schrecken, Gefahren und Entbehrungen erleben. Es ist für uns Menschen von heute kaum faßbar, was man damals ertragen hat.«

»Haben Sie den Weltkrieg vergessen, Fräulein Meinhard?« fragte der Kapitän.

»Nicht vergessen, Herr Kapitän, aber ich war noch zu jung, um alles begreifen zu können. Ich kann mich nur noch lebhaft an den Tag erinnern, an dem mein Vater aus dem Felde zurückkam, und ich will es ganz ehrlich eingestehen, daß mich weniger sein Wiederkommen erregte, als die Tatsache, daß es als Festessen ein gebratenes Hähnchen gab. Das war das wirklich große Ereignis für mich!«

Man lachte herzlich, und jeder gab Erinnerungen an diese Zeit der Nöte zum besten. Fredy hatte damals in England auch mancherlei entbehren müssen, was in seinem Jungenleben sonst eine Selbstverständlichkeit gewesen war.

Lola lauschte dem allen ganz still, denn sie wußte nicht, was Krieg, Elend und Entbehrungen waren.

So verging der erste Abend an Bord angeregt, und jeder fühlte sich dank der liebenswürdigen Art des Kapitäns gut untergebracht.

Wenn Emily bei Betreten des Schiffes fast etwas wie Reue empfunden und sich enttäuscht gefühlt hatte, so war sie jetzt mit allem voll ausgesöhnt.

IX

Die »Melbourne« hatte in Cherbourg angelegt, einem häßlichen, uninteressanten Industriehafen, und es verlockte Emily nicht, deswegen ihre Arbeit zu unterbrechen. Sie verzichtete darauf, gleich Fredy und Lola neugierig an der Reling zu stehen, um zu beobachten, wer und was an Bord kam.

Fredy war gespannt auf den neuen Passagier. Der Mann sah gut aus, schien sehr liebenswürdig zu sein, und vor allen Dingen wirkte er nicht allzu gelehrt. Davor hatte Fredy ein wenig Angst gehabt. Nun aber freute er sich auf ein Männergespräch mit dem neuen Passagier, denn der Kapitän und die Offiziere hatten nicht viel Zeit, sich ihm zu widmen. So wurde es ihm abends manchmal langweilig, zumal Emily sich wenig sehen ließ.

Der Kapitän empfing den Passagier auf dem Oberdeck, begrüßte ihn liebenswürdig und stellte ihn Lola und Fredy vor, die selbstverständlich ihre Neugierde nicht beherrschen konnten und hinzugetreten waren.

»Herr Doktor, ich bin froh, daß Sie da sind. Endlich noch ein Mann! Es herrscht eine furchtbare Weiberwirtschaft an Bord!«

»Das setzt mich in Erstaunen, Mr. Fairfax! Für gewöhnlich pflegen weibliche Passagiere auf einem solchen Schiff eine Seltenheit zu sein!«

»Wir haben sogar zwei Exemplare an Bord, Herr Doktor. Dieses hier ist das eine —«, damit stellte er Lola vor Doktor Schwarzenberger hin, »ganz niedlich, nicht wahr, aber ein kleiner Satan, kann ich Ihnen sagen!«

Lola schüttelte wütend seine Hand von ihrer Schulter und warf schlagfertig dazwischen: »Damit meint er sich selber, Herr Doktor — er ist einer! Nicht ich! Und Sie können versichert sein, daß man sich nicht eine Stunde mit diesem Menschen unterhalten kann, ohne sich mit ihm zu zanken!«

»Dann wird es uns nicht langweilig werden, Fräulein van Beeten! Das ist auch ein Vorteil!«

»Ehe ich Sie in Ihre Kabine lasse, Herr Doktor«, warf Fredy etwas ängstlich ein, »sagen Sie mir, bitte, ob Sie auch die Absicht haben, den ganzen Tag zu studieren?«

»Auch? Wie meinen Sie das, Mr. Fairfax? Wer studiert hier noch an Bord?«

»Das andere weibliche Wesen, Herr Doktor!«

»Eine gelehrte Frau? Um Himmels willen, ich steige wieder aus«, rief Peter Schwarzenberger entsetzt. »Die ganze Fahrt eine gelehrte Frau neben mir, die mich dauernd ausfragen wird? Nein —, ich steige aus.« Lachend wandte er sich dem Fallreep zu, aber Fredy hielt ihn am Mantel fest und deutete auf das Wasser hinunter: »Zu spät, wir fahren schon!«

»Wo bin ich hingeraten? Was studiert denn dieses Wesen?«

»Chemie! Eine Kanone auf dem Gebiet!«

»Ich bin ein geschlagener Mann! Nichts auf der Welt hasse ich so sehr, wie studierende Frauen. Sie sieht selbstverständlich dementsprechend aus, nicht wahr?«

Fredy setzte eine Leichenbittermiene auf, legte die Hände auf den Magen und antwortete im Ton eines Predigers: »Das weiß Gott, verehrter Doktor, eine Heuschrecke ist sie. Auf der Mopsnase eine große, schwarz umränderte Brille, das Haar mit Spucke zu einem anmutsvollen Knoten auf dem Hinterkopf zusammengedreht, große, breit ausgetretene Latschen. Schuhgröße Nummer zweiundvierzig. Die bezaubernde Gestalt eingehüllt in ein form- und faltenloses grauenvolles Etwas. In den ungepflegten großen Händen einen abgebrochenen Bleistift, mit dem sie ihrem Gegenüber in belehrender Weise auf die Brust tippt.«

»Allmächtiger! So habe ich sie mir gedacht! Und warum wird so etwas nicht erschossen?«

»Edler Menschenfreund — so etwas will auch leben!«

»Das schon, aber doch nicht gerade auf der ›Melbourne‹, wenn ich an Bord bin.«

»Sie sind auch ein Weiberfeind, Herr Doktor?« fragte Fredy grinsend und freute sich schon auf das erste Zusammentreffen zwischen Emily und Doktor Schwarzenberger.

Lola, die immer Vergnügen an einem kleinen Schabernack hatte, war selbstverständlich still gewesen und sofort einig mit Fredy, wenn es galt, eine Dummheit anzustellen.

»Oh, so schlimm ist sie, Herr Doktor! Immer kommandiert und erzieht sie uns. Wenn man lacht, sieht sie uns an, als wollte sie uns erdolchen. Mr. Fairfax und ich warten sehnsüchtig auf den ersten Haifisch, um sie diesem als schwer verdaulichen Fraß vorzuwerfen.«

»Da scheine ich in eine nette Gesellschaft geraten zu sein! Aber Scherz beiseite, Mr. Fairfax, im nächsten Hafen steige ich wieder aus!«

»Zeigen Sie doch ein wenig, daß Sie ein Mann sind, Herr Doktor! Helfen Sie uns lieber, dieses Ungetüm zu bekämpfen!«

»Derartigen weiblichen Wesen gegenüber bin ich feige. Ich bin auf den Universitäten solchen Frauen aus dem Weg gegangen. Nur ein einziges Mal habe ich von einer studierenden Frau gehört, die es fertigbringen soll, elegante Dame und zugleich Wissenschaftlerin zu sein. Übrigens eine Deutsche. Ein Fräulein Meinhard —«

Diese Worte hatten den Erfolg, daß Fredy und Lola in ein herzliches Lachen ausbrachen, so daß Peter sie erstaunt ansah.

»Habe ich etwas Dummes gesagt, das Sie beide so sehr erheitert?«

»Das nicht, Herr Doktor, aber wir freuen uns!«

»Auf was, wenn ich fragen darf?«

»Auf das Abendbrot!«

»Ach so — Sie sind hungrig! Das kann ich verstehen. Ich werde mich bemühen, möglichst pünktlich zur Mahlzeit zu kommen. Darf ich mich jetzt verabschieden?«

Eine kleine Verbeugung, ein kameradschaftliches Lächeln, und Schwarzenberger folgte dem Steward nach seiner Kabine.

Auch Peter war überrascht über die Bequemlichkeit und Gepflegtheit des Schiffes und der Passagierkabinen. Er fand sie bedeutend geräumiger als Kajüten auf einem Luxusdampfer, und er war fast schon wieder völlig mit seinem Schicksal ausgesöhnt, ja es überkam ihn sogar Reiselust, die ihm in den letzten Tagen abhanden gekommen war.

»Na, dann wollen wir uns mal häuslich einrichten. Da ist ja sogar etwas Ähnliches wie ein Bücherschrank! Hinein also mit allem, was zum Studieren mitgenommen ist! So! Und nun weiter! Schuhe, Kleider, Mäntel und Hüte in der altgewohnten Ordnung, daß man es auch bei stürmischer See ohne langes Suchen finden kann. Peter Schwarzenberger, ich muß dir ein Lob zuteil werden lassen. Ordnung herrscht in deiner Kabine, der Steward wird sich freuen, wenig zu tun zu haben.«

Dann ging Peter daran, sich umzuziehen, seinen äußeren Menschen in möglichst annehmbare Form zu bringen und war damit gerade fertig, als der Gong zur Abendmahlzeit rief.

Fredy und Lola waren nach der Begrüßung Peters zu Emily geeilt, die in dem Aufenthaltsraum saß und arbeitete. Wie Wilde brachen sie in den kleinen Salon ein, und einer gönnte dem anderen nicht das erste Wort. Aber da sie beide ununterbrochen lachten, konnte Emily unmöglich herausbekommen, was man ihr eigentlich erzählen wollte.

Lächelnd hob sie die Hand und sagte beschwichtigend: »Soviel habe ich bis jetzt wenigstens begriffen, daß der neue Passagier angekommen ist!«

»Ja! Und stell dir vor, ein ungemein vernünftiges Haus. Sieht gut aus, scheint kein Spielverderber zu sein und freut sich mächtig darauf, dich kennenzulernen!«

»Mich? Warum freut er sich gerade auf mich?«

»Wir haben dich in den glühendsten Farben geschildert, und nun ist er scharf darauf, deine Bekanntschaft zu machen.«

Emily sah Lola und Fredy prüfend an und meinte dann: »Ich fürchte, ihr habt wieder eine Dummheit ausgeheckt. Jedenfalls ist es aber erfreulich zu hören, daß dieser Herr euren Beifall gefunden hat. Ich fürchtete schon, wir würden einen unangenehmen Reisegenossen bekommen.«

»Es ist noch nicht aller Tage Abend, Miß Meinhard. Vergessen Sie ganz, daß in Lissabon wieder ein Passagier an Bord kommt? Der kann uns in der Hinsicht noch entschädigen!« meinte Lola besorgt.

»Dann können wir es auch nicht ändern. Geben wir uns aber der Hoffnung hin, daß er, da er ein Grieche ist, die sprichwörtliche Schönheit der Griechen versinnbildlicht.«

»Donnerwetter, Emily, hast du das wieder mal fein gesagt! Du drückst dich immer ungemein gewählt aus, da komme ich mir wie ein Bauer vor.«

Emily legte ihre Bücher zusammen und meinte: »Es hat keinen Zweck mehr zu arbeiten. Wo ihr zwei auftaucht, ist es vorbei mit der Ruhe.«

»Außerdem wird es Zeit, daß wir uns umziehen«, sagte Lola und lachte dabei.

»Warum lacht ihr eigentlich? Sehe ich so komisch aus?«

»O nein, absolut nicht«, erklärte Fredy eifrig, »aber wir freuen uns!«

»Worauf bitte, ihr Gauner?«

»Auf das Abendbrot!«

»So? Habt ihr vielleicht schon in der Kombüse nachgeforscht, was man uns heute abend vorsetzen wird?«

»Haifischflossen gebacken mit Seetangpüree gibt es heute abend«, sagte Lola und hüpfte wie ein Kind von einem Bein auf das andere.

»Wie ungemein passend! Aber ehrlich gesagt, Kartoffelsuppe und Brühwürstchen wären mir lieber!«

»Hm, Emily, hör auf, das kann ich nicht hören. Du weißt, daß ich solchen Gerichten gegenüber schwach bin«, jammerte Fredy.

Dann stoben sie alle auseinander, da schon das erste Gongzeichen zu hören war.

In ihrer Kabine legte Emily ihre Bücher beiseite, brachte ihre Frisur in Ordnung, zog sich schnell um, warf noch einen Blick in den Spiegel, dann noch ein wenig Puder — einen Strich mit dem Lippenstift und schon war sie fertig.

Als sie ihre Kabine verließ, riß ein Luftzug ihr die Tür aus der Hand, so daß sie heftig gegen die Wand schlug. Im selben Moment hörte sie den leisen Schmerzensruf einer Männerstimme. Ohne feststellen zu können, was sie angerichtet hatte, sagte sie entschuldigend: »Verzeihen Sie, bitte!«; bemühte sich, dann die Tür zu schließen, lehnte aber im selben Augenblick kraftlos an der Wand und starrte den neuen Passagier an.

»Katharina!?«

Da stand er — leibhaftig und greifbar vor ihr. Der Peter!

Immer größer wurden ihre Augen, wild klopfte ihr Herz, als sie den Mann, den sie in ihrem Leben nie wiederzusehen geglaubt hatte, vor sich stehen sah.

»Peter?« Leise und zaghaft sprach sie den Namen aus.

Schon war er neben ihr, faßte ihre Hände und drückte sie an seine Brust.

»Du — dich wiederzusehen! Katharina! Begreifst du das? Freust du dich? Lieber Himmel, wie bin ich dir dankbar!«

Verwirrt löste sie sich von ihm, strich mit einer verlorenen Geste über das Haar und sagte unsicher, wie es sonst nicht ihre Art war: »Wie kommen Sie hierher?«

»Ist das nicht gleichgültig?« antwortete er erfreut. »Ich bin da — du bist da! Was braucht es weiter? Das Schicksal hat es noch einmal gut mit uns gemeint, Katharina!«

Sie wußte nicht, was sie antworten sollte. Blitzschnell fuhren ihr alle Möglichkeiten durch den Kopf, daß sie es Fredy gegenüber niemals eingestehen würde, daß dieser Mann — nun ja —, daß dieser Mann ihr großes Erlebnis sei. Alles wurde von ihr erwogen, aber ehe sie sich mit allem im reinen war, ergriff sie seine Hand, sah ihn bittend an und sagte weich und bestimmt: »Ich bitte Sie, Peter, so geht es nicht! Es ist an Bord unmöglich, daß wir so miteinander reden, wie vor wenigen Tagen in Maloja. Wir müssen es der Zeit und den Gelegenheiten überlassen, langsam gut Freund zu werden. Sie werden mich verstehen, wenn ich Ihnen erkläre, daß mein Vetter an Bord ist. Fredy würde mich unausgesetzt mit Fragen quälen und — ehrlich gesagt, Peter, das ertrüge ich nicht! Fügen Sie sich schnell meiner Bitte und —«

Er sah sie einen Augenblick ruhig an, dann sagte er leise: »Unter einer Bedingung, Katharina!«

»Und die wäre?«

»Daß wir jeden Augenblick, den wir beide allein sind, wieder die alten sind.«

Hastig, denn sie hörte Stimmen näherkommen, nickte Emily ihm zu. »Ja, Peter, das soll gelten. Aber, bitte, verlassen Sie mich jetzt!«

Ohne sich weiter um sie zu kümmern, machte er auf dem Absatz kehrt und schlug die Richtung nach dem Speisesaal ein.

Noch einen Augenblick verharrte Emily, bis sie fühlte, ruhig zu sein. Dann ging auch sie weiter und betrat gleichzeitig mit dem Kapitän den Speiseraum.

Sie war der Vorsehung aufrichtig dankbar, daß sie die erste Begegnung mit Peter schon hinter sich hatte. Denn sie traute weder sich noch ihm so viel Beherrschung zu, daß man ihnen nicht angemerkt hätte, wie es um sie beide stand.

Lola und Fredy standen wie Max und Moritz beiseite und freuten sich auf den Augenblick, da Doktor Schwarzenberger Emily Meinhard kennenlernen würde. Aber sie wurden enttäuscht. Wenngleich Peter bei der Nennung ihres Namens sie doppelt interessiert ansah, ließ er sich sonst kein Erstaunen anmerken, begrüßte sie artig und zuvorkommend, wie es sein mußte, und flüsterte nur, als man sich zu Tisch setzte, den beiden zu: »Ihre Beschreibung war gut. Die Frau sieht wirklich unmöglich aus!« Reichlich enttäuscht sahen die beiden sich an. Man hatte sie um einen schönen Spaß gebracht.

Das Gespräch bei Tisch drehte sich in der Hauptsache um die

Ähnlichkeit der beiden Berufe Emilys und Peters, und sie erkannten mit Erstaunen, wieviel auch der Kapitän von Medizin verstand. Auf die Frage, wie das käme, erklärte er: »Der Not gehorchend, Miß Meinhard! Sie dürfen nicht vergessen, wie oft wir auf See in die Lage kommen, selber Arzt sein zu müssen, und wie notwendig es ist, wenigstens ein bißchen davon zu wissen. Aber ich glaube, ich könnte von Ihnen beiden noch viel lernen. Sie, Herr Doktor, sind Bakteriologe?«

»Ganz recht, Herr Kapitän, und es sind besonders die Tropenkrankheiten, für die ich mich interessiere. Ich beschäftige mich in der Hauptsache mit Ansteckungsgefahr und Ansteckungsverhütung!«

»Da können Sie sich große Verdienste erwerben, Herr Doktor. Die Europäer haben keine Ahnung davon, wie stark zum Beispiel die Lepra immer noch in den Südseegebieten verbreitet ist. Lepra ist eine Geißel dieser Länder wie die Schlafkrankheit für Zentralafrika!«

Fredy sah während dieser Worte seine Cousine an, wußte er doch, welches ihr Arbeitsgebiet war, aber er fühlte sich nicht veranlaßt, darüber zu sprechen, solange sie selber das nicht erwähnte. Fredy war ein sehr scharfer Beobachter, und so entging es ihm nicht, daß während der allgemeinen Unterhaltung öfter ein merkwürdig warmer und bewundernder Blick Peter Schwarzenbergers Emily traf. Er bemerkte auch, daß diese rot wurde, wenn sie einmal einen solchen Blick erhaschte, sonst aber in keiner Weise reagierte. Fredy gab sich seiner alten Leidenschaft hin, zu kombinieren. Aber was er sich auch dachte, immer wieder mußte er es verwerfen, erinnerte er sich doch an die schmerzlichen verzichtbetonten Worte, die Emily bei der Abfahrt in Hamburg geäußert hatte. Daß aber zwischen beiden Menschen etwas Besonderes war und bestand, das war nicht zu verkennen, er hatte schließlich Augen im Kopf!

Die nächsten Tage verliefen ruhig, ohne sonderliche Ereignisse. In der Biskaya war es stürmisch, aber noch befand sich keiner der Passagiere in den Krallen der Seekrankheit. Die »Melbourne« legte in Lissabon an, nahm nochmals Kohlen ein und erhielt den letzten Passagier — Antony Satoni!

Eine eigenartige Erscheinung! Ein Mann von außerordentlich schöner Gestalt, fast so, als wäre eines der altgriechischen Kunstwerke lebendig geworden. Und doch störte die Schönheit dieses Mannes ein häßlicher, oft gemeiner Zug, der um den Mund lag. Die blauen Augen, die im Gegensatz zu dem glatten schwarzen Haar besonders wirkten, verrieten trotz allen Leuchtens und Strahlens Bosheit und niedrige Gesinnung. Er war gut gekleidet, seine prachtvolle Gestalt sah in den modischen Kleidern ebenso gut aus, wie man sich denken konnte, daß er die griechische Chlamys mit Anmut hätte tragen können.

Emily und die anderen standen über die Reling gebeugt und beobachteten die Ankunft Antony Satonis.

Sie war die erste, die ihrer Bewunderung ungeschmälert Ausdruck gab. »Meint man nicht, ein Gott Griechenlands käme dort an?«

»Zugegeben, Emily, der Mann ist schön, eine schöne Bestie! Ich kann euch schon jetzt erklären, daß ich mir ein Vergnügen daraus machen würde, diesen Griechengott einmal handfest zu verprügeln. Ich habe das Gefühl, daß mir das unendlich wohltun würde.«

»Fredy!« ermahnte Emily ihn, »bitte, keine so wilden Wünsche hegen. Du erinnerst dich der ermahnenden Worte des Kapitäns, daß wir bemüht sein sollen, Ruhe und Frieden an Bord zu halten!«

»Emily, du redest immer wie ein Professor!«

»Es dürfte wohl nicht außerhalb des Bereichs der Möglichkeit liegen, daß Fräulein Meinhard es eines Tages wirklich zum Professor brächte«, sagte Peter leise anzüglich.

Aber Emily, die es sich zum Prinzip gemacht hatte, sich von Peter nicht aus der Ruhe bringen zu lassen, hob nur leicht abwehrend die Hand und sagte: »Ausgeschlossen! Ich verzichte auf jeden Titel und bin zufrieden mit einer zum guten Ende geführten Arbeit!«

»Und ich erkläre, daß ich schreien würde wie ein Kind im Finstern, wenn ich mich in Miß Emilys Büchern zurechtfinden sollte«, gab Lola als Schlußwort von sich. »Ich will euch etwas sagen«, fuhr sie fort, »der Mann da unten stört die ganze Gemütlichkeit an Bord.«

»Das wäre aber doch nur unsere Schuld, Fräulein van Beeten, wenn wir uns stören ließen«, meinte Peter. »Ich bin froh, daß ich in den illustren Kreis aufgenommen worden bin. Es hätte mir ja auch passieren können, daß Sie mich als ›gräßlich‹ bezeichnet hätten.«
»Sie sind, Gott sei Dank, kein schöner Mann. Schöne Männer sind immer furchtbar!«

»Und was sagen Sie dazu, Fräulein Meinhard?«

Emily fühlte sehr wohl, daß er sie wieder zu einer persönlichen Bemerkung reizen wollte. Sie sah ihn kühl lächelnd an und erklärte, indem sie sich langsam herumwandte: »Gegen die vorgefaßte Meinung meines Vetters und Lolas kann ich unmöglich an. Was hätte es mir genutzt, wenn ich Sie abgelehnt hätte? Die zwei dort kamen schon zu mir, kaum, daß Sie an Bord waren, um mir zu erklären, daß sie voll und ganz mit Ihnen einverstanden seien.«

»Also überrumpelt worden?« fragte Peter lächelnd.

»Die beste Strategie, die es geben kann, und die auch Sie gern und oft ausüben!«

Von den anderen unbemerkt, konnte er für einen Augenblick Emilys Rechte erhaschen und sie an seine Lippen drücken.

Fast ärgerlich riß sie die Hand zurück, denn es wäre ihr entsetzlich peinlich gewesen, hätten Fredy oder Lola etwas bemerkt.

Die Mittagsmahlzeit war die erste, die Herr Antony Satoni an Bord einnahm. Er sprach ein wunderbares Französisch und Englisch, machte überhaupt den Eindruck eines sehr gebildeten Menschen, schien belesen und auf vielen Gebieten bewandert zu sein, hatte aber eine unnachahmliche Art, Auskünften und Fragen über sich und seine Reise aus dem Weg zu gehen.

Es entging Emily nicht, daß auch der Kapitän keine sonderliche Sympathie für diesen Passagier hegte. Und es kam etwas wie Unruhe über sie, sobald sie den Augen des Griechen begegnete. Sie konnte sich gut denken, daß eine Frau, deren Nerven und Willen wenig fest waren, dem Einfluß dieses Mannes erliegen würde.

Sie war daher kühler und ablehnender gegen ihn, als es vielleicht die vorhandene Passagiergemeinschaft für die Dauer der Reise erforderte.

Aber eigenartig war es, daß während dieser Mahlzeit die Unterhaltung nicht so angeregt und persönlich war, wie bisher. Es hatte fast den Anschein, als halte jeder, sogar Lola, mit einer persönlichen Bemerkung zurück. Fredy versuchte unter dem Tisch Lola mit dem Fuß anzustoßen, und sie gab dieses Warnungssignal kräftig zurück. Dann warf Fredy seine Serviette zu Boden und hatte dadurch Gelegenheit, sich beim Aufheben dicht zu Lola zu beugen. Dabei bemerkte er: »Den Kerl verhau' ich noch!«

»Und dabei helfe ich«, flüsterte Lola zurück.

Ihre gemeinsame Antipathie schuf eine geschlossene Front, und darüber vergaßen sie, daß sie sich eigentlich im Kriegszustand befanden. Die sonst so gemütliche Plauderstunde nach dem Essen, bei gutem Wetter an Deck, bei ungünstiger Witterung in dem kleinen Salon des Kapitäns, wurde heute von Emily bald abgebrochen. Sie wollte sich erst einmal darüber klarwerden, warum der Grieche so beunruhigend auf sie wirkte.

Sie saß grübelnd in ihrer Kabine und schalt sich selber aus. Ich bin doch sonst nicht hysterisch? Was ist denn eigentlich los mit mir? Aber mir wäre wohler, wäre dieser Mann nicht an Bord gekommen. Warum ist er verschwiegen über sich selber und scheut doch nicht davor zurück, uns alle auszufragen? Emily beschloß, mit dem Kapitän diesen Fall zu besprechen. Der alte Herr würde die nötige Überlegenheit mit Abgeklärtheit haben, sie zu beruhigen. Nachdem sie diesen Entschluß gefaßt, machte sie sich an ihre Arbeit, die für sie größere Bedeutung bekommen hatte als bisher, weil Peter Schwarzenberger sich auf dem gleichen Gebiete betätigte wie sie selber. Sie hatte sich schon mit ihm über Fachdinge unterhalten, und sie hatten sich mit Berichten über ihre Beobachtungen mehr helfen können, als wochenlange Arbeit das vermocht hätte.

Emily arbeitete an der Erforschung von Tropenseuchen, während er sich die Aufgabe gestellt hatte, die Ansteckungsgefahr und die der Übertragung zu beseitigen. So zogen sie, im Grunde genommen, an ein und demselben Strang, um das erhoffte Ziel zu erreichen.

War es Bestimmung, daß der Mann — der erste Mann, der in Emilys Leben eine Rolle spielte — von dem gleichen Streben erfüllt war wie sie selber? War es Bestimmung, daß nun anderes größeren Raum in ihrem Herzen einnahm als das, was bisher ihr höchstes Gut gewesen war, ihre Arbeit?

Ähnliches bewegte auch Peter, der ständig zwischen dem Gefühl des Beglücktseins und Unruhe hin und her geworfen wurde. Er war froh darüber, »Katharina« wiedergefunden zu haben, und trotz Kühle und Ablehnung dennoch deutlich spürte, sie stehe auch heute noch genau so zu ihm wie an jenem kurzen, aber unvergeßlichen Tag in Maloja. Unruhig aber machte ihn sein Wissen um das Gefährliche der Arbeit, die sie ständig unter den Händen hatte.

Es konnte geschehen, daß er mitten in der Nacht in Schweiß gebadet aufschrak, weil er geträumt hatte, sie habe sich infiziert. Denn es war ihm bekannt, daß sie sich mit Bazillenkulturen befaßte, und er wußte daher, daß sie ständig in Gefahr für Leben und Gesundheit schwebte.

Frauen sollten sich, seiner Meinung nach, überhaupt nicht mit derartigen Dingen befassen. Und doch mußte er zugeben, daß das Studium Emily nichts von ihrer bezaubernden Weiblichkeit genommen hatte. Sie war ungemein bescheiden in der Bekundung ihres Wissens, zeigte nie die üble Angewohnheit, sich mit dem, was sie ganz oder halb wußte, zu brüsten. Eine bewunderungswürdige Tugend an ihr! Auch konnte sie so jugendlich vergnügt und lustig sein, daß er es kaum glauben mochte, eine studierende Frau vor sich zu haben. Der Charme Emilys und ihre Schönheit nahmen ihn gefangen, und er sehnte den Tag herbei, da er sie wieder einmal, wie damals in Maloja, im Arm halten konnte und ihr gestehen, wie heiß er sie liebte.

Auch ihm war der neue Passagier, der schöne Grieche, sehr unangenehm. Es war unbewußte Abwehr gegen diesen Menschen in ihm, gegen ein Wesen, das eben durch seine fast unvorstellbare Schönheit alles Menschliche in gewissem Sinne eingebüßt hatte. Und er hatte erkannt, daß dieser von der Natur so vollendet geschaffene Mensch kein guter Mensch war.

X

Die nächsten Tage verliefen verhältnismäßig ruhig, ohne besondere Zwischenfälle. Zudem war die Fahrt durch das Mittelmeer von günstigem Wetter beeinflußt.

Aber jetzt stand die Fahrt durch die Glutregion des Roten Meeres nahe bevor.

Fredy stöhnte im voraus, wenn er sich ausmalte, wie heiß es sein würde, und er erwog, was man alles als unnützen Kleiderballast von sich tun könnte. Er hatte einmal gehört, daß die Eskimos im Sommer, um der oft unglaublichen Wärme der nordischen Breiten widerstehen zu können, nur ihre fettigen Pelze umgekehrt anlegten und sich alsdann höchst behaglich fühlten. Allein es erschien ihm immerhin zweifelhaft, ob sich das auch der sengenden Temperatur des Roten Meeres gegenüber bewähren würde.

Darum beschloß er, in Port Said nochmals an Land zu gehen und nach einem Herrenartikelgeschäft Ausschau zu halten. Es gelang ihm jedoch nicht, Emily, Lola oder gar Peter zu bewegen, sich ihm anzuschließen.

Apathisch lagen die drei auf der Schattenseite des Decks, ohne sich durch das lärmende, monotone Geräusch des Kohlenbunkers stören zu lassen.

Fredy erklärte: »Ohne mich! Ich habe genug von dem Krach, und will sehen, ob ich etwas für die Abkühlung meines inneren und äußeren Menschen tun kann.«

Er begab sich zum Obersteward, ließ sich mit allen erforderlichen Papieren ausrüsten und dann nach der Stadt hinüberrudern.

»Na, schön ist Port Said ja gerade nicht, elegant auch nicht, aber dreckig und verkommen. Ob ich hier das finde, was ich suche, ist mir zweifelhaft.«

Vorerst einmal setzte Fredy sich auf einen wackligen Stuhl eines französischen Kaffeehauses, ließ sich eisgekühlte Limonade bringen und versuchte dann mit nicht gerade erstklassigem Französisch, Orientierung zu bekommen, um sich in dem Straßengewirr einigermaßen zurechtfinden zu können. Ein oft schreiend und zudringlich angebotenes Taxi lehnte er ab, er wollte »Land und Leute« studieren. Nachdem er bezahlt hatte, ging er, den leichten Sommerhut in das Genick geschoben, die Hände in den Hosentaschen vergraben, nicht gerade lustvoll durch die Straßen und bedauerte es, die »Melbourne« überhaupt verlassen zu haben.

Das Schaufenster eines kleinen Juwelenladens interessierte ihn plötzlich, als er unter den vielen ausliegenden Zigarettendosen eine gesehen hatte, die ein wenig anständiges Frauenbild auf dem Deckel zeigte. Fredy mußte grinsen; ob er das Ding vielleicht kaufte und dem guten Doktor mitnahm?

Als er sich dies überlegte, entdeckte er durch eine Spiegelung in dem finsteren Laden zufällig das Gesicht des schönen Griechen, der mit einem dicken, alten Orientalen eifrig verhandelte.

Das interessierte ihn. Was hatte Satoni in diesem Laden zu suchen?

Ob man vielleicht —?

Kaum gedacht, schon ausgeführt. Fredy fühlte Detektivinstinkte in sich erwachen.

Suchend schaute er sich um und fand dicht neben dem Laden eine kleine Tür, die schief in den Angeln hing, kaputt und schmutzig wie alles hier. Ein Blick überzeugte ihn, daß diese Tür in das Innere des Hauses führen mußte. Vielleicht hatte er Glück? Er drückte auf die Klinke, und diese gab nach.

Jetzt stand er in einem unsauberen Hausgang. Aber er fand nichts, was einer Tür ähnlich gesehen hätte und wollte gerade wieder zurückgehen, als er murmelnde Stimmen vernahm. Es wurde französisch gesprochen, kein gepflegtes, elegantes Französisch, aber immerhin — er verstand es und erkannte auch sofort die etwas ölige, sanfte Stimme des Griechen.

Fredy spitzte die Ohren wie ein Jagdhund, fühlte mit den Fingern an der Wand entlang, gewissermaßen dem Ton folgend, und entdeckte eine Ritze in der schadhaften Holzwand.

Jetzt hatte sein Auge sich auch schon an die Dunkelheit gewöhnt, und er sah in den Laden hinein, vor dessen Schaufenster er eben selber gestanden hatte, und sah die beiden, die er von draußen beobachtet hatte.

Fredy fieberte. Das war so recht eine Situation nach seinem Geschmack. Die Helden sämtlicher Detektivromane, die er in seinem Junggesellendasein verschlungen hatte, tauchten vor seinem geistigen Auge auf.

Sehr zuvorkommend und sanft sprachen die beiden dort drinnen nicht miteinander, der eine warf dem anderen vor, der größte Gauner des Orients zu sein. Wenn Fredy im Grunde auch nichts dagegen einzuwenden hatte, daß man den schönen Griechen einen Gauner nannte, wunderte er sich doch darüber, daß die beiden so unvorsichtig laut waren.

Plötzlich aber ging es wie ein Ruck durch Fredy, und fast wäre er mit der Stirn gegen die Holzwand gerannt. Aber gerade noch konnte er alles Geräusch vermeiden. Was hörte er da?

»Es bleibt dabei, wie ich gesagt habe! Du bringst das Platin nach Sydney! Und Allah wird dich strafen, wenn du ein Atom davon für dich behältst. Deine Prozente wird man dir drüben auszahlen. Aber glaube nicht, du verdammter Grieche, daß du der Strafe entgehst, wenn du das Platin nicht ablieferst!«

Der Orientale zeigte ihm einen auf seiner schmutzigen Hand liegenden, ziemlich sauber beschnittenen Platinbarren, der fast wie Silber aussah und einen beträchtlichen Wert haben mochte. Als der Grieche nach ihm fassen wollte, schlug der fette Orientale ihm auf die Hand und sagte hämisch lachend: »Finger von dem Zeug, das brennt. Pack es nicht mit deinen Gaunerpfoten an.« Dann hüllte er das Metall liebevoll in weiches Seidenpapier und Watte und dann in einen Bogen blauen Papiers.

»Ich verbitte mir deine Verdächtigungen, du dreckiger Bazarhund. Bis jetzt habe ich noch immer alles zur Zufriedenheit erledigt. Brauche mir deine Verdächtigungen nicht gefallen zu lassen. Woher stammt die Sache? Handelt es sich wieder um Raubmord?«

»Halt dein ungewaschenes Maul! So etwas erwähnt man nicht einmal unter vier Augen. Die Sachen stammen von einem ganz ehrlichen Diebstahl!«

»Wieviel Prozent bekomme ich?«

»Wenn alles glatt geht, dein übliches Fünftel. Wie bist du untergebracht auf dem Schiff?«

»Ich denke gut! Es sind nur zwei Verrückte darauf, die studieren, wie man Lepra bekommen kann.«

»Allah soll sie ihnen so bald wie möglich schicken«, sagte der fette Orientale fromm.

»Dir wünsche ich dasselbe!« antwortete der Grieche.

»Und wer ist sonst noch an Bord?«

»Ein Engländer, ein junger Windhund, der nicht wichtig zu nehmen ist, aber sehr neugierig zu sein scheint, und ein kleines Farmermädel aus Australien. Das ist alles! Aber die deutsche Frau an Bord ist ein verdammt schönes Weib.«

»Laß dir niemals einfallen, eine Liebelei anzufangen, während du arbeitest. Kannst du dir nicht leisten, verstanden?«

»Das mußt du schon mir überlassen, du räudiger Hund!«

»Das soll Allah dir anrechnen«, wurde dem Griechen zur Antwort.

»Und jetzt scher dich fort, ich bin froh, wenn ich deine verdammte Fratze nicht mehr sehen muß. Es ist mir unverständlich, wie Allah einen so gemeinen Menschen, wie du es bist, mit solcher Schönheit ausstatten konnte!«

Der Grieche hatte sich erhoben, reckte seine prachtvolle Gestalt und sagte mit zynischem Lächeln: »Ein kleiner Scherz der Natur! Ich finde es jedenfalls angenehmer, als mit einer weithin erkennbaren Gaunerphysiognomie herumlaufen zu müssen wie du, alter Schurke.« Damit schlug er dem fetten Orientalen jovial auf die Schulter und fuhr fort: »So, jetzt gib mir den Kram her, damit ich ihn verstauen kann.«

»Zur Vorsicht brauche ich dich nicht zu ermahnen, du weißt, was für dich und uns auf dem Spiel steht, wenn man dich ertappt. Du mußt die Geschichte verdammt vorsichtig durch die Zollrevision bringen. Die Engländer in Singapore sind ganz verfluchte Schweinehunde und machen uns neuerdings das Leben wieder sehr schwer.«

»Ohne Sorge, ich bringe es schon durch. Du weißt ja, wie ich es das letztemal angefangen habe.«

»Es ist fraglich, ob dir das jedesmal glückt. Es war eine Unverschämtheit von dir, die ungefaßten Steine in das Gepäck einer englischen Dame zu schmuggeln und sie ihr dann an Land wieder zu rauben. Du bist ein unergründlicher Höllenhund.«

Der Grieche lachte über diese Bezeichnung, als hätte man ihm das schmeichelhafteste Kompliment gemacht.

Fredy wagte kaum zu atmen. Er strengte seine Augen an, damit ihm nichts entginge. Durch den schmalen Ritz in der Holzwand konnte er nicht alles sehen, was drüben vorging, aber jetzt gewahrte er doch, daß der Grieche ein etwa faustgroßes Päckchen, das in blaues Papier gehüllt war, in die Rocktasche steckte. War dessen Inhalt Platin, so hatte er ein Vermögen in Händen, ein unrechtmäßig erworbenes Vermögen, das ... Fredy mochte nicht zu Ende denken, was ihm soeben durch den Kopf schoß.

Für ihn kam es im Augenblick darauf an, sein Versteck so schnell und geräuschlos wie möglich zu verlassen. Das gelang ihm auch, und so war er schon ein gutes Stück von dem Laden des Orientalen entfernt, als Satoni diesen verließ.

Wie von ungefähr begegnete er dem schönen Mann, begrüßte ihn, wie sich eben Passagiere begrüßen, und folgte dann dessen liebenswürdiger Einladung, mit ihm noch einen echten türkischen Kaffee zu trinken. Er wisse ein Lokal, wo er am besten in ganz Port Said bereitet würde.

Es war ein eigenes Gefühl für Fredy, diesem Mann jetzt wieder gegenüberzustehen, seit er wußte, daß er nichts war als ein Hochstapler, ein Hehler!

Was sollte er aber tun? Wie sich verhalten? War es seine Pflicht, alles sofort dem Kapitän zu melden, oder klüger, seinerseits den Griechen zu beobachten? Es dürfte schwer werden, hier im Hafen den Mann der irdischen Gerechtigkeit zu übergeben, und außerdem: wußte er denn, ob jener nicht Mittel und Wege fand, seine Unschuld zu beweisen?

Wie nun, wenn dieser gewissenlose Kerl den Spieß umdrehte und ihn einer Verfehlung verdächtigte, so daß man ihn zurückhalten würde und nicht weiterfahren ließe mit der »Melbourne«? — Das ging also nicht, und er entschloß sich nach blitzschnellem Überlegen, vorerst den Dingen ihren Lauf zu lassen.

Genau so bestrickend liebenswürdig wie der Grieche war auch er und lud seinerseits den schönen Mann zu einem Gin ein. Aber merkwürdig — genau wie an Bord, lehnte Satoni auch hier jeden Alkoholgenuß ab. Das Warum war Fredy jetzt klar. Der Mann wußte genau, daß in seiner Nüchternheit seine Sicherheit lag.

Nachdem sie eine Stunde verplaudert hatten, in der es Fredy schwer wurde, sich der Liebenswürdigkeit des anderen zu verschließen, verließen sie das kleine Café, und der Grieche war Fredy behilflich, seine Einkäufe zu tätigen, da er bedeutend sprachgewandter war als dieser.

Als beide mit einem Taxi zum Hafen zurückfuhren, geschah etwas Seltsames:

Dem schönen Griechen entfiel aus seiner Rocktasche das bewußte Päckchen, und als Fredy es in einem unbeherrschten Moment anstarrte, hob der Grieche es lächelnd auf, wickelte es auseinander und zeigte Fredy, der sich nur mühsam zurückhalten konnte, dessen Inhalt.

Eine wunderhübsche, aus Rosenholz geschnitzte Zigarettendose, die weich in Watte und Seidenpapier eingehüllt war.

Einen Augenblick war Fredy verblüfft und war nahe daran, sich zu fragen, ob er wache oder träume. Das war doch unmöglich? Er wußte genau, was er gesehen hatte. Das faustgroße, in blaues Papier eingehüllte, ziemlich schwere Päckchen! Und er wußte ebenso genau, was er auf seinem Lauscherposten gehört hatte!

Fast hätte er sich in seinem Erstaunen verraten, konnte es kaum über sich bringen, das hübsche Etui gebührend zu bewundern.

»Ich sammle derartige Dinge«, sagte der Grieche liebenswürdig, »und versäume es niemals, hier in Port Said bei einem alten, mir bekannten Händler irgendeine hübsche Rosenholzschnitzerei einzukaufen.«

Fredy wußte nicht, was er sagen sollte. Fast schien es ihm, als wären die Worte des Griechen etwas anzüglich ausgesprochen, und doch war es ausgeschlossen, daß Satoni wußte, daß er ihn beobachtet hatte. Er hielt es für das klügste, vorerst außer einem liebenswürdig bewundernden Lächeln nichts weiter zu äußern.

Fredys Trachten und Sinnen stand danach, festzustellen, ob der Grieche noch ein zweites derartiges Päckchen bei sich trug. Aber so intensiv er auch nachdachte, er fand keinen Ausweg.

Erst, als beide von dem Boot aus wieder das Fallreep der »Melbourne« bestiegen, zuckte ihm ein Gedanke blitzartig durch den Kopf, den er auch im selben Augenblick zur Ausführung brachte. Mit betonter Ungeschicklichkeit rutschte er aus und riß seinen Begleiter, der sich zwar an dem Geländer festhielt, mit hinunter in das Wasser.

Appetitlich war das Bad in dem schmutzigen Hafenwasser bestimmt nicht, aber wenn Fredy glaubte, der Grieche sei jetzt wütend, hatte er sich geirrt.

Mit kräftigen Schwimmstößen wieder zum Schiff zurückkommend, rief der schöne Mann herzlich lachend aus: »Armer Mr. Fairfax, Sie sehen nicht gut aus! Ihr weißer Anzug wird das schwer büßen müssen.«

Fredy tobte. Denn als er gerade antworten wollte, schwamm ihm langsam, aber unabwendbar, eine schmutzige, halbverfaulte Bananenschale in den weitgeöffneten Mund.

»Pfui Teufel! Das hat mir noch gefehlt!« rief er und spuckte nach allen Seiten. »So ein Dreckwasser!« Dann war auch er am Fallreep angelangt, und mit Hilfe der grinsenden malaiischen Stewards erklommen beide das Schiff.

Der Grieche war nicht beleidigt, verärgert oder unruhig, ließ sich mit Seelenruhe den völlig durchnäßten Anzug von den Stewards herunterziehen und stand in der nassen, festanklebenden Unterkleidung da. Er bot einen wunderschönen Anblick, dieser herrlich gewachsene Mann. Aber seine Schönheit machte keinen Eindruck auf Fredy, er wollte nur beobachten, ob der Grieche nervös wurde, wenn man seine Sachen auswrang.

Aber mit pomadiger Ruhe setzte Satoni sich auf die Brüstung und beobachtete lachend den wütenden Fredy.

»Das haben Sie gut gemacht, Mr. Fairfax, ich bin erfrischt aus diesem Schmutzwasser hervorgegangen. Aber Sie selber sehen mir ein wenig mitgenommen aus! Hat das Wasser nicht gut geschmeckt?«

»Nee, mein Lieber, verdammt ölig, das können Sie mir glauben. Aber nun wollen wir uns schnell umziehen, damit die Damen uns nicht in diesem Zustand überraschen. Dann haben wir obendrein noch Spott zu unserem Pech. Ich kann mir vorstellen, wie Lola vor Vergnügen quietschen würde, wenn sie mich jetzt sähe!« brummte er wütend vor sich hin, ließ aber den Steward nicht aus den Augen, der die nassen Kleider des Griechen über dem Arm trug.

Wie konnte er feststellen, ob das gesuchte Päckchen sich darin befand?

Kurz entschlossen zog er seinen Rock aus, was durchaus nicht ganz einfach war, denn die Sachen klebten wie festgeleimt an seinem Körper, und warf sein Jackett dem Steward mit über den Arm, faßte aber im selben Augenblick wieder zu, als wollte er etwas aus der Tasche nehmen, und riß dadurch alles von dem Arm des Stewards herunter.

So, — da lag das nun, zu einem nassen Klumpen geballt, vor seinen Füßen! —

Mit gutgespielter, unbeherrschter Wut trampelte er auf den nassen Kleidungsstücken herum.

Ein helles, vergnügtes Lachen des Griechen war die Antwort. »Sind Sie Kaffeenigger geworden, Mr. Fairfax?«

»Nein, — wieso?«

»So wie Sie auf den Sachen herumtrampeln, stampfen die Neger auf den Farmen die reifen Kaffeefrüchte aus!«

»Viel Vergnügen dazu«, brummte Fredy mißgelaunt, denn er hatte keinen harten Gegenstand unter seinen Füßen spüren können. Er fing langsam an, sich für hysterisch zu halten. Vielleicht hatte er alles, was den Griechen betraf, infolge der scheußlichen Hitze drüben in der Stadt nur geträumt? Es war doch unmöglich, daß dieser sich seines Schatzes hatte entledigen können, solange er ihn unter den Augen gehabt hatte.

Wo aber war das blaue Päckchen?

Das andere, was der Grieche im Auto gezeigt hatte, war sicherlich nur ein irreführendes Duplikat!

Was bedeutet dies alles? Hegte der Grieche Verdacht, daß er erkannt sei und beobachtet wurde? Fredy wußte genau, daß er verdammt auf seiner Hut sein mußte.

Somit blieb ihm nichts übrig, als gute Miene zum bösen Spiel zu machen. Erst als er wieder frisch und sauber vor dem Spiegel stand, bemerkte er, daß ihm ein anderer Steward behilflich gewesen war als sonst. Er erkundigte sich, wo der ihn sonst bedienende Malaie sei, und erhielt die wie immer von freundlichem Grinsen begleitete Antwort:

»Darmo krank sein — schlimmes Hand haben.«

»Weiß der Kapitän Bescheid?«

»Mr. Kapitän noch nicht wissen. Mr. Kapitän immer bös sein, wenn Kohlen gebunkert.«

Die Nachricht über die Erkrankung Darmos interessierte Fredy nicht besonders, zumal Ersatz für dessen Arbeitsleistung da war. Er ging, Emily zu suchen, und fand sie mit Doktor Schwarzenberger und Lola zusammen in einer sich etwas mühsam hinschleppenden Unterhaltung.

»Hallo, Fredy!«

»Hallo, Lola! Ihr habt's gut, das laß ich mir gefallen!« Müde setzte Fredy sich auf einen Stuhl und zeigte ein verdrießliches Gesicht.

»Und warum bist du so goldiger Laune, Fredy?« fragte Emily lächelnd.

»Wahrscheinlich habe ich mich geärgert!«

»Über uns?« fragte Peter.

»Nee, über den schönen Griechenjüngling.«

»Wo steckt er denn?« fragte Peter.

»War auch an Land, Einkäufe machen.«

»Bist du nicht recht gesprächig, Fredy?«

»Ihr seid ja auch mundfaul, also laßt mir meine Ruhe, ich habe bis jetzt schwer gearbeitet!«

»Wieso? Hast du Kohlen gebunkert?«

»Witzig, kleine Lola. Von meinen Sorgen haben Sie, dummes Kind, nicht die geringste Ahnung. Übrigens, Doktor, der eine Steward ist krank.«

»Wissen Sie Näheres darüber?« fragte Peter sofort interessiert.

»Das nicht! — Ich hörte es nur vorhin beim Umkleiden. Und ich glaube, mit diesem Bericht sind sämtliche interessanten Neuigkeiten erledigt. Ich muß gestehen«, fügte er hinzu und wischte sich mit einem Taschentuch die feuchte Stirn ab, »ich wäre froh, wenn dieser Kahn endlich weiterfahren wollte und ein kühler Luftzug zu verspüren wäre.«

»Geduld, mein Liebling — wir werden bald die Anker lichten, nur wirst du vergeblich auf den kühlen Luftzug warten. Herr Doktor hat uns geschildert, wie angenehm heiß eine Fahrt durch das Rote Meer ist. Ich glaube, es steht uns noch allerhand bevor!« sagte Emily leicht ängstlich.

»Lieber Himmel, und ich vertrage Hitze so schlecht!«

»Dann verstehe ich nicht, Mr. Fairfax, wie Sie je darauf verfallen konnten, Goldgräber werden zu wollen. Glauben Sie vielleicht, daß Sie bei der Beschäftigung frieren? Es sei denn, Sie verlegen Ihr Tätigkeitsfeld nach Klondyke. Da allerdings würde es Ihnen wohl ein wenig zu kalt werden. Man erzählt sich von dreißig Grad unter Null als allgemein übliche Temperatur.«

»Danke — auch nichts für mich!«

Die Unterhaltung schleppte sich noch eine Weile hin. Sie wurde erst lebhafter an Bord, als das Schiff wieder fuhr.

Fredy hatte es sich zur Pflicht gemacht, den Griechen nicht aus den Augen zu lassen, wußte aber nicht, daß es ihm entgangen war, daß kurz vor der Abfahrt von Port Said ein umfangreiches Paket für Antony Satori abgeliefert worden war, das dieser hocherfreut in Empfang genommen hatte, und, nach kurzem Aufenthalt in seiner Kabine, mit einer schönen orientalischen Holzschnitzerei bei dem Kapitän erschien, um seinen Einkauf in Port Said zu zeigen. Wenngleich der Kapitän für derartige Dinge wenig Interesse hatte, blieb er doch der Liebenswürdige, und äußerte dem Griechen gegenüber sein

Gefallen an der Holzschnitzerei, die dieser dann, noch immer strahlend vor Besitzerstolz, wieder in seine Kabine zurückbrachte.

Zwei Tage nach der Abfahrt von Port Said ließ der Kapitän Doktor Schwarzenberger frühzeitig zu sich bitten.

Peter war darüber erstaunt, wußte nicht, was der alte Herr von ihm wollte, begab sich aber gleichwohl sofort zu ihm.

»Mein lieber Herr Doktor, so leid es mir tut, muß ich Sie bitten, mir Ihre Dienste zur Verfügung zu stellen. Einer meiner Stewards ist allem Anschein nach schwer erkrankt. Das ist sehr unangenehm und setzt mich in eine gewisse Verlegenheit, denn wenn es angeht, möchte ich es vermeiden, einen nicht vorgesehenen Hafen anzulaufen.«

»Es ist selbstverständlich, Herr Kapitän, daß ich helfe, wo ich kann. Liegt der Kranke unten in dem Mannschaftsraum?«

»Nein, wir haben ihn schon gesondert untergebracht.«

»Na, dann wollen wir mal sofort nachsehen!«

Peter ging, von dem Kapitän begleitet, nach der kleinen, abseits im Zwischendeck untergebrachten Krankenkabine. Es war alles sauber und freundlich in diesem Raum hergerichtet und auch genügend Licht, so daß Peter sofort an die Untersuchung des Patienten gehen konnte.

Auf seine Fragen, was diesem fehle, konnte weder der Kapitän noch der Patient selber genaue Auskunft geben. Es erwies sich jedoch, daß er stark fieberte und Schwindelanfälle hatte. Auffällig war die große Müdigkeit des Kranken und daß dessen rechte Hand eine rötliche Schwellung aufwies.

Peter stellte eine leichte Blutvergiftung fest, hervorgerufen durch eine Wunde an dem Zeigefinger der geschwollenen Hand des Stewards.

Er verordnete kühlende Umschläge, gab ihm eine Penicillinspritze und verließ dann mit dem Kapitän die Kabine.

»Lieber Doktor, sind Sie Ihrer Diagnose sicher?« fragte der Kapitän fast ängstlich.

»Ganz sicher, Herr Kapitän, selbstverständlich noch nicht. Ich hoffe, daß ich bei meiner Ansicht bleiben kann. Aber wollen Sie mir bitte mitteilen, was Sie an diesem Fall so ungewöhnlich beunruhigt? Auf Ihren vielen Seereisen sind Ihnen doch sicherlich schon öfter Stewards und Matrosen erkrankt.«

»Das schon, verehrter Doktor, aber ehrlich gesagt, mir gefällt die Geschichte nicht!«

»Würden Sie mir Ihren Verdacht mitteilen?«

Der Kapitän sah sich vorsichtig um, ob kein Lauscher in der Nähe sei, und sagte dann ernst: »Ich fürchtete schon, daß wir die gelbe Flagge hissen müßten!«

Peter taumelte fast einen Schritt zurück.

»Herr Kapitän, wie soll ich das verstehen?«

»Wir wollen nicht weiter darüber sprechen, es hat keinen Zweck, daß ich Sie unsicher mache. Ich bitte Sie aber inständig, den Patienten strengstens unter Bewachung zu halten.«

»Das ist selbstverständlich, da der Mensch Fieber hat. Schon das allein genügt, ihn zu einem bettlägerigen und pflegebedürftigen Kranken zu machen.«

Dann ging Peter wieder in seine Kabine zurück und dachte nach über das, was der Kapitän gesagt hatte, und was er von dem Zustand des Patienten hielt.

Und plötzlich fuhr ihm ein eisiger Schreck durch das Gebein. Entsetzt sprang er auf, suchte unter seinen Büchern ein bestimmtes Werk hervor, und durchblätterte es in atemloser Hast, bis er gefunden, was er suchte. Fieberhaft erregt las er die aufgeschlagenen Seiten durch und sank dann wie ermattet zusammen.

»Es stimmt! Allmächtiger Gott — es könnte stimmen! Was nun?«

Es dauerte eine Stunde, bis Peter soweit ruhig war, daß er sich zutraute, zu den anderen Passagieren zu gehen. Aber erst dann, nachdem er seine Hände sorgfälig desinfiziert hatte.

Er kam zu spät zum zweiten Frühstück und mußte sich hänseln lassen, daß er nicht nur das erste, sondern auch das zweite Frühstück verschlafen habe. Er ließ diese Angriffe ruhig über sich ergehen, hatte aber nicht, wie sonst, eine schlagfertige Antwort bereit.

Emily verfolgte ihn aufmerksam mit ihren Blicken; sie fühlte, daß ihn irgend etwas beunruhigte, glaubte aber kein Recht zu haben, ihn nach dem Grund seiner Erregung zu fragen.

Nach der Mahlzeit bat er Emily um eine Unterredung. Und als Fredy und Lola sich mit dazu setzen wollten, sie wußten vor Langeweile und Hitze nicht, was sie mit sich anfangen sollten, winkte Peter lächelnd ab und erklärte: »Jetzt können wir euch nicht gebrauchen, wir möchten wissenschaftliche Dinge besprechen, und das langweilt euch doch nur!«

»Puh! Um Gottes willen, Fredy, retten wir uns! Bei der Hitze auch noch Wissenschaft? Auch der Kapitän ist heute ekliger Laune und hat es mir streng untersagt, auf die anderen Decks zu gehen. Ich finde es unten auf den Ladedecks aber viel interessanter als hier oben.«

Peter hatte nur die letzten Worte gehört und sagte zustimmend: »Die Anordnung des Herrn Kapitän ist strikt zu befolgen!«

»Und aus welchem Grund?« fragte Fredy.

»Höchst einfach, mein lieber Fairfax, bei dieser Hitze kann man nie wissen, welche Krankheiten bei den Malaien auftreten.«

»Stimmt!« pflichtete Lola bei und sah sich ein wenig unlustig in dem Kreis um. »Ich suche mir jetzt den schönen Griechen und spiele mit ihm Shuffelbord!«

»Die richtige Gesellschaft für Sie!« sagte Fredy, »aber nicht ohne mich, dann komme ich mit. Wenngleich ich es für Irrsinn erkläre, sich bei dieser Hitze freiwillig zu bewegen. Aber was tut man nicht, um kleine Kinder zu beschäftigen?«

Wie eine getreue Kindermuhme trottete Fredy hinter Lola her, und Emily und Peter hörten nach kurzer Zeit die vergnügten Stimmen der drei jungen Leute.

Nun erwartete Emily, daß Peter anfangen würde zu sprechen. Da er aber nachdenklich dem Rauch seiner Zigarette nachsah, ergriff sie die Initiative und fragte: »Was wollen Sie mit mir besprechen, Peter?«

Er sah sie einen Augenblick an, faßte dann ihre Rechte und sagte, merkwürdig ernst: »Ich habe Sorgen, Katharina — große Sorgen!«

»Kann ich Ihnen helfen?« gab sie zurück.

»Ja — und nein! Ich weiß es noch nicht. Aber ich habe das Gefühl, daß alles Bestimmung ist, so wie es kommt.«

»Sie sprechen in Rätseln, Peter!«

»Die ich Ihnen sogleich lösen werde. Ich hoffe, Sie haben starke Nerven und werden das, was ich Ihnen jetzt sage, mit Beherrschung aufnehmen.«

»Ich will mir Mühe geben, Peter, versuchen Sie es also. Im großen und ganzen kann ich von mir sagen, daß ich die Nerven nicht so leicht verliere.«

»Zuerst muß ich mich selber Lügen strafen. Können Sie sich noch daran erinnern, daß ich in dem sauberen, kühlen, in Schnee eingehüllten Maloja erklärte, studierende Frauen seien mir ein Greuel?«

»O ja, Peter«, erwiderte sie lächelnd, »daran erinnere ich mich ganz genau. Auch, daß Sie mir berichteten, es gäbe nur eine studierende Frau, die es verstände, trotz Studiums gut auszusehen.«

»Ja«, sagte er mit einem leichten Lächeln, »ohne es zu wissen, habe ich damals von Ihnen gesprochen. Heute weiß ich, daß Sie eine sehr kluge Frau sind, und ich bin froh darüber, daß dem so ist, denn ich habe eine schwere Frage an Sie.«

»Sie werden seltsam ernst und eindringlich! Fast macht es mir Sorge!«

»Es ist am besten, ich sage Ihnen ohne Umschweife, um was es sich handelt.« Er holte tief Atem, warf dann seine halb abgerauchte Zigarette über Bord, faßte wiederum ihre Hand und sah ihr fest in die Augen: »Also — jetzt Mut, Kamerad!«

»Ich denke, ich bin mutig«, sagte sie mit einem kleinen Lächeln, wenngleich ihr das Herz vor Erregung schlug.

»Sie wissen, daß einer der Stewards erkrankt ist. Ich war heute morgen mit dem Kapitän bei ihm und habe ihn untersucht.«

»Und der Befund?«

»Meine anfängliche Annahme war: eine leichte Blutvergiftung mit obligater Fiebererscheinung, und ich will eingestehen, daß mich erst ein von dem Kapitän geäußerter Verdacht dazu brachte, an meiner Diagnose zu zweifeln. Der Kapitän hegte Furcht, daß wir die gelbe Flagge hissen müßten.«

Wenngleich Emily bis in die Fußspitzen erschrak, ließ sie sich keine Angst anmerken.

»Wenn es der Fall wäre, großer Peter, könnten wir es auch nicht ändern.«

»So tapfer?«

»Dem Unabwendbaren gegenüber das klügste! Aber, bitte, nun weiter mit Ihrem Bericht!«

»Kurz und gut — oder vielmehr nicht gut, sondern erschreckenderweise fürchte ich —«

Es war, als zögere er, das betreffende Wort auszusprechen, und da nahm sie es ihm in großer Kameradschaftlichkeit aus dem Munde

und sagte ruhig, als handle es sich um eine Alltäglichkeit: »Lepra?«
Er antwortete nicht, sondern nickte nur mit dem Kopf.

»Sind Sie sich dessen schon sicher?«

Langsam hob er wieder den Kopf und sah sie an: »Wenn ich mir ganz sicher wäre, hätte ich es nicht nötig, Sie um Ihre Hilfe zu bitten.«

»Soll ich eine mikroskopische Untersuchung machen?«

»Es ist wundervoll, Katharina, wie Sie mich sofort verstehen, ohne daß ich reden muß!«

»Lassen Sie uns gleich an die Arbeit gehen, Peter! Je schneller wir Klarheit haben, um so besser für uns alle.«

»Und glauben Sie, daß Ihr Befund verläßlich sein wird?«

»Ich denke doch. Wenn ich nicht dafür garantieren könnte, wäre ja alles, was ich bisher erstrebt und getan, zwecklos gewesen.«

»Wann wollen Sie an die Arbeit gehen?«

»Sobald Sie mir das dafür benötigte Material bringen.«

»Können Sie in der Nacht arbeiten?«

»Besser als am Tag, Peter, zumal es jetzt in der Nacht kühler ist. Erschweren würde mir meine Arbeit nur hoher Seegang, und das ist wohl vorerst nicht zu befürchten.«

Ohne große Worte trennten beide sich, sahen sich noch einmal in die Augen und hatten das wunderbare Gefühl innigen Verbundenseins.

Dann war Emily allein und versank in tiefes Sinnen. Wenn Peter, was sie durchaus nicht bezweifelte, mit seiner Diagnose recht hatte, hieß das Quarantäne, und eine solche konnte, zumal wenn es sich um einen Leprafall handelt, sich über Monate ausdehnen.

Und das bedeutete: Geächtet sein, ausgestoßen aus der Gemeinschaft von Menschen; in ewiger Angst leben müssen und geschüttelt werden von unvorstellbarem Ekel.

Alles das stand ihnen, die sich auf der »Melbourne« befanden, bevor. Und was weiter dann?

Die Gefahr einer Ansteckung war für Europäer sehr gering. Davor brauchte man sich kaum zu fürchten. Das hatte die Wissenschaft längst festgestellt. Aber all das andere, was geschehen konnte, in einer Zeit dauernder Beschäftigungslosigkeit, das war im Augenblick nicht zu übersehen.

Sie und Lola waren, Mila ausgenommen, die einzigen weiblichen Wesen an Bord. Und die Alte, ihrer Rasse wegen, nicht gefeit vor Ansteckung. So fühlte man sich zumindest nicht behaglich in ihrer Nähe.

Dazu die malaiische Besatzung.

Der Kapitän nicht mehr der Jüngste. Steuermann und Erster Offizier eben auch nur Männer.

Fredy und er, Peter.

Allein das peinlichste von allem war für sie die Anwesenheit Satonis. Denn sie hatte in den letzten Tagen feststellen müssen, daß er ihr in anderer Weise begegnete als bisher. Er bekundete ein Interesse an ihrer Person, das ihr ebenso unerwünscht wie unangenehm war.

Würde es ihr — zumal in Monaten, wie sie ihnen allen bevorstanden — möglich sein, ihn so weit in Schranken zu halten, daß weder Peter noch Fredy aufmerksam wurden?

Wie niederdrückend der Gedanke an das alles! Am liebsten hätte Emily laut aufgeschluchzt. Aber tapfer riß sie sich zusammen und gönnte sich keine Minute des Grübelns und Nachdenkens.

Sie stand entschlossen auf und begab sich zu Peters Kabine. Er verfügte über verschiedene fachwissenschaftliche Werke. Vielleicht fand sie in diesen etwas, das sie im Augenblick besonders interessierte.

Sie nahm einige Bücher aus dem Regal und schlug sie auf. Sie hatte sie mitnehmen wollen in ihr kleines Reich, aber sie begann, von dem, was sie fand, gefesselt, schon hier zu lesen.

Darüber verging, ohne daß sie sich dessen bewußt wurde, die Zeit, und Peter trat herein.

»Nun, Emily, haben Sie sich alles überlegt? Fürchten Sie sich vor der nächsten Zeit?«

»Was nützt es uns? Damit müssen wir uns abfinden! Es ist gut, daß wir beide an Bord sind. Es kann dadurch vielleicht weiteres Unglück verhütet werden. Erkannte Gefahr ist nur noch halbe Gefahr!«

»Ehrlich gesagt — ich bin sehr nervös! Wir müssen die anderen unterrichten. Wenn wir in Quarantäne kommen, die gelbe Flagge gehißt wird, muß das Leben an Bord von Grund aus geändert werden.«

»Seien wir ein wenig leichtsinnig, Peter! Das soll nicht unsere Sorge sein! Dafür ist der Kapitän da! Peter, sind Sie gar — mutlos, energielos?«

»Verzeihen Sie! Ich kann es mir nur so erklären, daß das Klima daran schuld ist. Es spricht mit, daß ich nicht allein dieser Katastrophe gegenüberstehe, sondern auch Ihretwegen besorgt sein muß.«

»Um mich machen Sie sich keine Sorge, Peter! Ich bin es gewohnt, mich mit gefährlichen Dingen zu befassen. Und jetzt bitte ich Sie, Kamerad: tapfer sein, es hilft doch nichts! Das wichtigste ist, daß Sie mir Material bringen für die Untersuchung. Es besteht ja noch immer eine kleine Hoffnung, daß Ihre Diagnose falsch ist. Ich weiß, daß Ihnen noch nie ein Leprafall vorgekommen ist. Und dieser Zweifel gibt uns immerhin eine gewisse Hoffnung.«

»Emily, ich bewundere Sie!«

»So?« fragte sie lachend. »Sie bewundern eine studierende Frau? Und wenn ich nun ein Wesen wäre, häßlich, unscheinbar, mit einer Brille auf der roten Nase, würde mich dann der große Peter auch bewundern?«

»Ja, Emily! Denn jetzt bewundere ich nicht die schöne Frau, sondern den klaren, klugen Kopf!«

»Danke, Peter! Das Kompliment freut mich mehr, als alle bisher ausgesprochenen.«

»Ich erkläre freimütig, bisher töricht und einseitig gewesen zu sein. Auch der Frau steht das Recht zu, sich einem Studium zu widmen.«

»Peter, lassen Sie das ja nicht vor Ihren großen Kollegen laut werden, die ertragen uns wohl, geben uns aber keine volle Daseinsberechtigung!«

»Dann werde ich von jetzt ab dafür einstehen, daß der studierenden Frau das gleiche Recht wird wie dem studierenden Mann, und daß die Erschwerungen, die es bis jetzt noch für sie gab, beseitigt werden.«

»Schön gesprochen, Peter — wunderschön. Noch klingt dies alles ein wenig wie ein Märchen. Aber wir haben keine Zeit dafür. Jetzt müssen wir real denken. Und das heißt im Augenblick, alles für eine mikroskopische Untersuchung vorbereiten. Darum leben Sie wohl und — auf Wiedersehen! Ich hoffe, Sie werden mir bald das bringen, was ich brauche.«

Sie nickte ihm freundlich zu, belud sich mit den Büchern und öffnete, da sie beide Hände voll hatte, mit dem Ellbogen die Kabinentür.

Als sie diese mit dem rechten Fuß hinter sich zumachte, sah sie sich plötzlich dem Griechen gegenüber.

»Darf ich Ihnen behilflich sein, Fräulein Meinhard?«

Damit wollte er ihr abnehmen, womit sie sich belastet hatte.

»Sie kommen aus der Kabine des Herrn Doktor? Sicherlich zusammen gearbeitet, nicht wahr?« Er sah sie dreist an, und Emily hätte ihm am liebsten alles, was sie in Händen hielt, an den Kopf geworfen. Aber das mußte sie sich leider versagen.

»Ja. Allerdings! Wir haben gearbeitet. Das ist für Sie vielleicht ein unfaßbarer Begriff, denn Sie scheinen sehr gut ohne Arbeit auskommen zu können.«

»Spitzfindigkeiten aus dem Mund schöner Frauen treffen mich nicht. Sie wissen zweifelsohne, daß Sie schön sind.«

»Ich habe Sie schon einmal darum ersucht, Herr Satoni, mir derartiges nicht zu sagen. Es interessiert mich nicht, sondern ist mir lästig.«

»Das mag Ihnen ein Mann glauben, der die Frauen nicht kennt. Ich weiß Bescheid.« Er vertrat ihr noch immer den Weg und lehnte lässig an der Wand des schmalen Kabinenganges. »Aber all Ihr betonter Stolz und Ihre Ablehnung werden Ihnen nichts nützen, schöne Frau! Eines Tages erreiche ich doch mein Ziel!«

»Sie scheinen anzunehmen, daß Ihr Ziel mich interessiert. Wollen Sie mir, bitte, jetzt den Weg freigeben? Ich nehme nicht an, daß Ihnen daran liegt, daß ich Hilfe herbeirufe?«

»Ihren Vetter Fredy vielleicht? Der hat allerdings ein großes Talent, sich in die Angelegenheiten anderer Menschen zu mischen«, sagte er anzüglich, Emily wußte nicht, was sie aus dieser Bemerkung machen sollte.

Aber sie ließ sie auf sich beruhen, stampfte leicht mit dem Fuß auf und sagte kühl: »Machen Sie sich nicht lächerlich und halten Sie mich nicht von der Arbeit ab.«

»Finden Sie es so lächerlich, wenn ich in Sie verliebt bin?« fragte er in seiner unverschämt ruhigen Art.

»Das ist mir vollkommen gleichgültig. Ich lege auch keinen Wert darauf, es zu wissen.«

Sie versuchte, ihn mit dem Ellbogen beiseitezuschieben, aber bevor ihr das gelang, hatte er sie im Nacken gepackt, drückte blitzschnell seine Lippen auf ihren Hals und ehe sie einen Laut von sich geben konnte, war er lachend verschwunden.

Einen Augenblick war Emily ratlos und wußte nicht, was sie tun sollte. Aber Tränen der Wut kamen ihr in die Augen. So unfaßbar schön dieser Mann war, erregte es dennoch ihren Ekel, seine Lippen auf ihrer Haut gefühlt zu haben. Sie lief in ihre Kabine, stellte alles hastig ab, nahm dann ein sehr scharfes Antiseptikum und rieb sich den Hals ab: »Pfui Teufel! So ein ekelhafter Kerl. Aber das klügste wird sein, ich halte den Mund, denn wenn ich etwas sage, gibt es nur einen furchtbaren Krach unter den Männern, und das muß unbedingt vermieden werden.«

In der auf diesen Tag folgenden Nacht begann sie mit der längere Zeit in Anspruch nehmenden Arbeit, die ihr von Peter übergebenen Hautabstriche der Wunde des malaiischen Stewards einer genauen Prüfung zu unterziehen.

Nach einer kurzen Unterredung zwischen Peter, Emily und dem Kapitän waren alle drei zu der Überzeugung gekommen, daß es das klügste sei, sich vorerst von jedem Hafen fernzuhalten und nicht in Aden anzulegen. Die Löschung der an Bord befindlichen Ladung mußte verschoben werden, bis man Genaues wußte. Der Kapitän machte den Vorschlag, die »Melbourne« zunächst in der Nähe einer vorgelagerten Insel der Sokatagruppe stillzulegen. War man sich über alles klargeworden, dann blieb immer noch genug Zeit zum Handeln.

So glaubte der Kapitän es verantworten zu können, wenn er vorerst von dem Hissen der gelben Flagge absah.

Nun aber standen die drei vor der schwierigsten Aufgabe, die anderen Passagiere zu unterrichten.

Emily machte den beiden Herren den Vorschlag, ihr das zu überlassen. Sie glaubte, daß sie am leichtesten die Form finden würde, alles in ruhiger Weise mitzuteilen. Sie kam mit dieser Bitte Peter und dem Kapitän entgegen, ja es schien ihr fast, als atmeten die beiden Herren befreit auf.

»Es kann für uns eine monatelange Verzögerung der Reise bedeuten, darüber sind Sie sich wohl klar, Fräulein Meinhard?«

»Ich persönlich habe nichts zu versäumen, mein Vetter befindet sich gleich mir auf einer Erholungsreise; arbeiten kann ich überall.«

»Ich glaube, daß es auch Fräulein van Beeten nicht sehr eilig hat. Und das beruhigt mich. Nur wie es um Herrn Satoni steht, weiß ich nicht, denn die Geschäfte dieses Herrn und der Zweck seiner Reise sind mir unbekannt. Wenn Sie die Passagiere unterrichtet haben, halte ich es für meine Pflicht, ermahnende Worte an alle zu richten, denn wir gehen einer sehr schweren Zeit entgegen. Das soll nicht bedeuten, daß wir hungern und dursten müssen, sondern viel Schlimmeres — daß wir alle für unbegrenzte Zeit aufeinander angewiesen sind.«

»Machen Sie sich solcher Selbstverständlichkeiten wegen keine Sorgen, Herr Kapitän. Wir sind schließlich doch erwachsene Menschen!« warf Peter ein.

»Erwachsene Menschen, die aber durch diesen unglückseligen Zufall in ein fremdes Klima und in fremde Verhältnisse gezwungen sind. Das dürfen wir nicht vergessen. Ich hoffe aber, daß, wenn Sie mir beistehen, alles gut ausgehen wird.«

XI

Fredy und Lola fanden es ihrem eigenen Ausspruch nach »riesig blöde« auf der »Melbourne«. Es war einfach gar nichts los, und sie freuten sich schon, daß das Schiff in zwei Tagen in Aden anlegen würde. Sie ahnten nicht, welches Damoklesschwert über ihren Häuptern schwebte.

Die drückende Hitze hatte ein wenig nachgelassen, und eine leichte Brise aus Süden war aufgekommen.

Lola und Fredy hockten beide an der vordersten Spitze des Schiffes, um diese kaum wahrnehmbare Abkühlung aus erster Hand zu bekommen. In der Hauptsache taten sie weiter nichts als gähnen und ab und an einmal unlustig das rechte Bein über das linke, und dann wieder das linke über das rechte zu legen. Diese Tätigkeit füllte sie aus, war sehr anstrengend und zeitraubend — aber auch interessant, denn wenn die Reihenfolge nicht eingehalten wurde, schwebten auf einmal beide Beine in der Luft, und das war entschieden originell und grenzte beinahe an Gymnastik.

Als Fredy die Reihenfolge wieder in Ordnung gebracht hatte, drehte er sich auf dem Bauch herum, stöhnte, gähnte und sagte: »Furchtbar blöde!«

»Sie?«

»Was?«

»Blöde!«

»Nein, ich meine das Schiff, die ganze Reise. Man hätte vielleicht doch klüger getan, mit einem Passagierdampfer zu fahren, da passiert doch ab und an etwas, — es gibt ein bißchen Bordklatsch und Flirt!«

»Flirt? Wozu?« fragte Lola schnippisch.

»Um die Zeit totzuschlagen, mein Goldkind!«

»Das können Sie hier doch auch!«

»Möchte wissen, mit wem?«

»Flegel!«

»Womit Sie mich meinen, Liebling! Warum?«

»Bin ich nicht da? Kann man mit mir nicht flirten?«

Halb drehte Fredy sich wieder herum, nahm die Zigarette aus dem Munde und sah Lola, die wirklich wütend zu sein schien, gemütlich lächelnd an: »Nein«, sagte er ziemlich pomadig, »das kann man nicht.«

»Und warum nicht, bitte?«

»Weil ich — ach, das geht Sie gar nichts an!«

»Pfui, Sie sind feige!«

»Feige? Ich? Wie kommen Sie denn auf *die* Idee?«

»Weil Sie Ihren angefangenen Satz nicht zu Ende sprechen!«

»Übernehmen Sie die Verantwortung, wenn ich weiterrede?«

»Ich verstehe nicht, was Sie meinen«, sagte die kleine Lola etwas unsicher, »Sie sind doch erwachsen genug, die Verantwortung für Ihre Worte allein tragen zu können!«

»Nein, dazu bin ich nicht erwachsen genug. Also — soll ich es sagen?«

Lola hatte ein rotes Köpfchen bekommen und schüttelte es so heftig, daß ihr die Locken ganz wirr um den Kopf standen: »Nein, das interessiert mich jetzt nicht mehr. Ich finde die ganze Unterhaltung furchtbar dumm. Hoffentlich kommt Herr Satoni bald wieder!«

»Herr Satoni? Was haben Sie sich für diesen schönen Mann zu interessieren? Für Ihr Interesse an männlichen Passagieren genüge ich vollkommen, mein liebes Kind! Das ist kein Mann, für den sich ein anständiges Mädel interessiert, verstanden? Ich habe Ihnen das schon einmal gesagt.«

»Und ich habe Ihnen schon einmal geantwortet, daß ich tun und lassen kann, was ich will!« antwortete sie trotzig.

»Das können Sie nicht! Sie sind ein ganz unvernünftiges kleines Krott, und es ist mir unfaßbar, daß man Sie allein auf eine so große Reise schicken konnte. Entweder ist Ihr Herr Papa ein Rabenvater, oder er hat keine Ahnung davon, welchen Gefahren Sie ausgesetzt sind.«

»Als wenn ich Großtante Roberta sprechen hörte«, sagte die Kleine schnippisch.

Bei der Nennung dieses Namens richtete Fredy sich auf und sagte interessiert: »*Wie* heißt Ihre Großtante?«

»Roberta!« antwortete sie. »Und dann glaube ich noch Fairfax, — genau so wie Sie. Aber —«, fügte sie tröstend hinzu, »das ist ja in England ein ebenso häufig vorkommender Name wie in Deutschland Schulze und Müller.«

Fredy hatte sich völlig aufgerichtet und sah sie mit neuem Interesse an. »Nein, nein, Kind, das ist nicht so ganz einfach. Es mag viele Fairfax geben, aber es gibt nur eine Roberta Fairfax, die dem Alter nach Ihre Großtante sein könnte.« Er schlug sich lachend auf das Knie und fuhr fort: »Paß auf, Lola, ich lach' mich kaputt. Du wirst gleich einen großen Spaß erleben.«

»Vor allem möchte ich erleben, daß Sie mich nicht du nennen, ich bin eine Dame!«

»Ja, ja, ich weiß, eine ganz große Dame!« tröstete er sie sofort. »Aber es ist trotzdem so. Und ich bleibe jetzt bei dem ›Du‹, das gehört sich von nun an so!«

»Haben Sie vielleicht einen kleinen Sonnenstich bekommen, Mr. Fairfax?«

»Nein, das nicht«, antwortete er ungedulgig, »aber Familienzuwachs!«

»Wie, bitte?«

»Es ist eben ein kleines süßes Kind vom Himmel gefallen, direkt in den Schoß seiner liebenden Verwandten. Jetzt mußt du mir aber mal einige Fragen beantworten. Der Papa lebt in Australien?«

»Ja — selbstverständlich, wo denn sonst? Das ist doch nichts Neues?« gab Lola ruppig zur Antwort.

»Und deine Mama war eine geborene Brown?«

»Das stimmt auch!«

»Deine Großmama war eine geborene Schlüter?«

»Stimmt ebenfalls«, antwortete Lola fast erschrocken. »Aber woher wissen Sie das alles?«

»Hurra, — ich hab' es! Wir sind Cousin und Cousine, und ich habe jetzt das vollste Recht, dir einen wunderschönen, verwandtschaftlichen Kuß geben zu dürfen, denn — höre und staune: deine Großtante Roberta, eigentlich deine Urgroßtante, ist meine Großmama!«

»Dann ist Mr. Fairfax, bei dem ich in England zu Besuch war, Ihr — —?«

»Mein Vater! Nun sieh einmal an, Kind! Ist die Welt nicht ein Dorf?« Im Überschwang seiner Freude packte er die Kleine und wollte sie küssen, aber das war bei Lola noch nicht beschlossen. Sie wich geschickt aus und gab ihm einen Stoß vor den Magen, so daß er sich etwas plötzlich auf die Schiffsplanken setzte, was, wenn man ein leichtes Leinenhöschen anhat, durchaus nicht zu den Annehmlichkeiten des Lebens gehört. Und es war Fredy nicht übelzunehmen, daß er vor sich hin fluchte.

»Dämliches Gör«, war das Sanfteste, was er von sich gab. Dann erhob er sich mühsam, nicht gerade sehr graziös, aber immerhin, er stand doch wieder auf seinen Füßen und überlegte, wie er am besten die kleine Lola einfangen könnte.

Aber wie ein flinkes Äffchen hatte sie eines der Rettungsboote erklommen, hockte nun auf der Persenning des Bootes und schaukelte darauf hin und her.

»Runterkommen — Sofort runterkommen! Es ist strengstens verboten, die Rettungsboote zu betreten, außer im Gefahrfall!«

»Ist mir egal, ich sitze jetzt hier und denke nicht daran, eher wieder herauszukommen, bis Sie mir geschworen haben, den Unsinn mit dem verwandtschaftlichen Kuß zu lassen.«

Auch Fredy versuchte, den Rand des Bootes zu erreichen, aber der kleine Teufel setzte dieses in schlingernde Bewegung, so daß er, der nicht so gewandt war wie die Kleine, es nicht wagte, ihr nachzuklettern.

»Satan — willst du dich endlich ruhig verhalten?«

»Denke nicht daran! Erst versprechen!«

»Na gut. Aber du wirst mich eines Tages noch auf den Knien um einen Kuß anflehen!«

»Wenn Ihnen nur bis dahin nicht die Zeit lang wird, Mr. Fairfax.«

»Hier gibt es keinen Mr. Fairfax mehr für dich, ich bin Fredy, dein heißgeliebter, angebeteter Vetter Fredy! Und das Netteste weißt du überhaupt noch nicht.«

Neugierde war Lolas schwache Seite, und damit lockte er sie wieder von ihrem Hochsitz herunter. Er stand da und wartete auf eine passende Gelegenheit, die sich sehr bald ergab. Als die Kleine rückwärts herabkletterte, hatte er sie gepackt, an sich gedrückt und hielt sie mit seinen starken Armen fest umklammert.

»Loslassen! Sofort loslassen!«

»Wenn es mir paßt! Und es paßt mir im Augenblick noch nicht«, sagte er gemütsruhig. Aber schon hatte sie ihm mit aller Kraft eine Ohrfeige gegeben, so daß ihm tatsächlich die Tränen in die Augen traten und er sie wider Willen plötzlich freigab.

»Sind doch ein Flegel!« schnauzte sie ihn an.

»Und du eine Canaille!« gab er zurück. »Ich sage es sofort Emily, die wird dir schon den Kopf zurechtsetzen. Vielleicht wirst du dir darüber klar, daß Emily nun auch deine Cousine ist. Ich werde ihr auf der Stelle berichten, was du für ein Biest bist.«

Gemütsruhig spielte Lola mit ihrem Schal und meinte: »Das wird sie wohl schon längst wissen!«

»Bist wohl gar noch stolz darauf, wie?«

»Ich kann mich nicht anders machen als ich bin, und wenn es Ihnen nicht paßt, brauchen Sie ja nicht mit mir zu reden!«

»Du sollst jetzt endlich du zu mir sagen, wie sich das unter anständigen Verwandten gehört!«

»Es stimmt«, sagte sie jubelnd, »es stimmt, was Felix immer sagt: Verwandte sind lästiger als Fliegen!«

»Ein wahres Wort, was dein gramgebeugter Vater da ausgesprochen hat. Nur scheinst du ganz zu vergessen, daß er dich damit gemeint hat.« Sprach es, drehte sich auf dem Absatz herum und ließ die verblüffte Lola stehen. Dann suchte er Emily auf.

Als er bei ihr eintrat, schaute sie von dem Mikroskop auf, nahm die Brille ab, die sie bei dieser Arbeit benötigte und sagte, als käme sie aus einer anderen Welt: »Du bist es, Fredy? Was hast du denn auf dem Herzen?«

Fredy setzte sich halb auf die Kante ihres Arbeitstisches und sah sie lachend an. »Wir haben ein Kind bekommen!«

»Was redest du wieder für Blödsinn? Wer soll hier an Bord ein Kind bekommen? Stell die Naturgeschichte nicht auf den Kopf. Bei Mila ist die Sache ausgeschlossen, und du willst doch hoffentlich nicht bezüglich meiner und Lolas einen solchen Verdacht äußern?«

»Es ist aber so, Emily. Wir haben ein Kind bekommen, wir, die Dorsey-Schlüterschen Erben!«

»Ehrlich gesagt, Fredy, ich habe den Kopf so voll, daß es mir schwer wird, mich mit deinem Blödsinn zu beschäftigen. Wenn du wüßtest —« Aber schon schwieg sie wieder, denn sie wußte nicht, ob es verfrüht sei, Fredy von den letzten Begebenheiten zu unterrichten.

Ungerührt sagte er lächelnd: »Ach, und wenn *du* wüßtest? Weißt du, wer Lola van Beeten ist?«

»Ich weiß darüber nicht mehr und nicht weniger als du und wir alle an Bord! Was für Neuigkeiten hast du denn wieder entdeckt?«

»Also stell dir vor, Emily, sie gehört zu den Nachkommen des alten Henner Schlüter drüben in Australien.«

»Nein«, sagte Emily überrascht, »ist das wirklich so? Du, das freut mich aber. Man sieht doch einmal wieder, wie klein die Welt ist. Es freut mich ganz besonders, denn es wird mir nun auch leichter —.« Sie zögerte und sah Fredy dann sehr ernst an. »Sag einmal, Junge, kann man mit dir vernünftig sprechen?«

»Ich denke, Mädchen! Versuch es einmal! Man sollte annehmen, daß Charakterähnlichkeiten bei uns vorliegen. Du siehst verflixt ernst aus, Mädel, was hast du?« Er beugte sich nach vorn, faßte ihre eine Hand und sagte: »Der Grieche? Ist dir der Bursche zu nahe gekommen?«

»Was bringt dich auf die Vermutung, Fredy?«

»Ich habe meine Beobachtungen gemacht. Ist es der Fall?«

»Nein, Fredy! Und ehrlich gesagt, es wäre mir wohler, wäre es nur das!«

»Na also, dann mal raus mit der Katze aus dem Sack.«

Möglichst ruhig und ohne sich ihre Erregung anmerken zu lassen, berichtete Emily, was sich zugetragen hatte, von den Verdachtsmomenten der Erkrankung des Stewards und, daß sie gerade damit beschäftigt sei, die wissenschaftliche Bestätigung für die Diagnose Peter Schwarzenbergers zu erlangen.

Nachdem sie ihren Bericht beendet hatte, sah sie ihn an und sagte: »So, Fredy, nun sag, was du von der ganzen Sache hältst.«

Zuerst wußte er wirklich nicht, was er sagen sollte, zündete sich eine Zigarette an, machte nachdenklich einige Züge und sagte dann, genau so ruhig wie Emily: »Das ist eine schöne Schweinerei! Es kann dir und mir ja gleichgültig sein, ob wir acht oder zwanzig Wochen auf diesem Schiff sind, aber die Begleitumstände sind nicht gerade erfreulich. Was soll nun geschehen?«

»Wir haben mit dem Kapitän noch keine endgültigen Beschlüsse gefaßt, da wir erst das Resultat meiner Untersuchung abwarten wollen.«

»Und besteht Gefahr für uns?«

»Fredy — für uns nicht, aber für alle Malaien. Lolas Mila ist genauso in Gefahr wie die gesamte Besatzung. Und vor allen Dingen — wir müssen in Quarantäne!«

»Was sagt Doktor Schwarzenberger zu der Sache?«

Emily sah ihn an, dann erhob sie sich und ging auf und ab, soweit der beschränkte Raum der Kabine das gestattete.

»Fredy, da muß ich dir noch etwas eingestehen!«

Er sah sie freundlich an: »Du liebst ihn, Emily! Denkst du denn, Mädchen, ich habe keine Augen im Kopf? Und ich freue mich! Er ist ein anständiger Kerl!«

»Ja, Fredy, ich liebe ihn! Aber nicht erst, seitdem er hier an Bord ist!«

Nun berichtete sie von ihrer Begegnung mit Peter in Maloja. Nachdem sie geendet hatte, schwieg Fredy. Dann sagte er ernster, als es sonst seine Gepflogenheit war:

»Ist das nicht wirklich ein märchenhaftes Zusammentreffen, daß du und ich, die wir gewissermaßen Opfer von Emily Dorseys Schwur sind, beide hier an Bord die Menschen vorfinden müssen, die unser Lebensglück bedeuten?«

»Bestimmung, Fredy. Bestimmung ist es auch, daß dieses Unglück hier an Bord geschehen ist! Bestimmung, daß meine Arbeiten und die Peters sich nahe berühren, so daß ich ihm helfen kann.«

»Und wann glaubst du, mit deiner Arbeit fertig zu sein?«

»Ich denke, daß ich frühestens morgen abend soweit bin.«

»Wäre es nicht geraten, mit der Benachrichtigung der anderen bis dahin zu warten?«

»Vielleicht hast du recht – aber ich bitte dich, gib dich keinen trügerischen Hoffnungen hin. Ich bin auf das Schlimmste gefaßt.«

Fredy pfiff leise durch die Zähne. Dann sagte er: »Emily, wir leben zur Zeit in keinem für uns normalen Klima. Hältst du es wirklich für ausgeschlossen, daß Schwarzenberger ein Irrtum unterlaufen sein könnte?«

»Fredy, es läßt sich nicht ausdenken, wie schön es wäre, wenn du mit dieser Vermutung recht hättest. Aber tu mir den Gefallen, lasse mich jetzt weiterarbeiten, und sage der kleinen Lola, daß wir sie mit gebührender Feierlichkeit heute bei dem Diner in den Kreis unserer Familie aufnehmen werden.«

»Oh, fein, Emily, das ist ein Grund zum Trinken!«

»Vor allen Dingen eine Veranlassung, auf andere Gedanken zu kommen, Fredy, das ist das erfreulichste dabei.«

Am Spätnachmittag, als Emily Peter bei dem Kranken wußte, begab auch sie sich nach der Kabine, um zu hören, wie der Zustand des Patienten sei.

Als sie um die Ecke des Kabineneinganges bog, stand sie plötzlich wieder dem schönen Griechen gegenüber. Lächelnd, unglaublich frech und aufdringlich stand er breitbeinig da und gedachte nicht, ihr Platz zu machen.

»Bitte, lassen Sie mich vorbei, Herr Satoni!«

»Ich denke nicht daran, bin ja viel zu froh, Sie endlich wieder einmal zu sehen. Wo stecken Sie denn die ganze Zeit? Und was bedeutet dieser gräßliche weiße Kittel, den Sie anhaben?«

»Ich habe gearbeitet und im Augenblick wirklich keine Neigung, mich mit Ihnen zu unterhalten!«

»Auch nicht, wenn wir ein Thema finden würden, das Sie interessiert?«

»Im Augenblick tut das nur meine Arbeit, und der stehen Sie sehr fern!«

»Sie sind ein verdammt eiskaltes Frauenzimmer. Aber gerade deshalb reizen Sie mich!«

»Sie werden unverschämt und setzen mich in die peinliche Lage, dem Kapitän von Ihrem Betragen Mitteilung zu machen. Was das für Sie bedeuten würde, dürfte Ihnen wohl bekannt sein.«

»Das werden Sie hübsch unterlassen. Sie müssen nicht denken, daß ich keine Möglichkeiten habe, Sie zum Schweigen zu bringen!«

»Soll das eine Drohung sein?«

»Fassen Sie es auf, wie Sie wollen, jedenfalls hat mir diese trockene Unterhaltung lange genug gedauert, und ich will jetzt nichts anderes, als Sie küssen.«

»Wagen Sie es nicht, mir zu nahe zu kommen! Ich warne Sie!«

»Wollen Sie mir vielleicht sagen, daß Sie einen anderen Mann lieben? Das weiß ich schon! Aber gerade deshalb — nur das Verbotene reizt mich, und das verschaffe ich mir.«

Er kam immer dichter an sie heran, und Emily überlegte fieberhaft, was sie tun sollte. Sie wußte genau, wenn sie ihm von dem Verhängnis sprach, das über ihnen allen schwebte, würde er feige zusammenzucken und keinen anderen Gedanken mehr haben, als wie er sein armseliges Leben retten könnte. Aber sie war sich nicht klar darüber, ob es klug sei, ihn zum Mitwisser dessen zu machen, was ihnen allen vielleicht bevorstand.

In den Augenblicken dieser Überlegung war sie weniger wachsam, und plötzlich fühlte sie, daß er sie mit seinen kräftigen Fäusten gepackt hatte und gegen die Kabinenwand drückte. Dann legte er blitzschnell seine Hand auf ihren Mund, so daß sie nicht reden konnte. Immer dichter kam ihr sein Gesicht, leidenschaftlich drückte er sie an sich und flüsterte:

»So! Nun können Sie schreien! Um Hilfe rufen! Aber ich werde endlich zu meinem Ziel kommen!«

Seine Augen hatten in diesem Augenblick alles Gemeine und Widerwärtige verloren. Und wäre Emily nicht so erregt gewesen, hätte sie große, reine Liebe darin erkennen müssen. Aber ein Gefühl des Ekels hielt sie gefangen. Dazu kam die irrsinnige Hitze, die in dem Kabinengang herrschte, die Überanstrengung der nächtlichen Arbeit und die Erregung über all das, was in den letzten Stunden geschehen war. Sie fühlte eine Ohnmacht, war nicht fähig, sich zu wehren. Sie hatte später niemals sagen können, ob er es gewagt, sie zu küssen oder nicht.

Nach ihr unbekannter Zeit wurde ihr Kopf wieder klar, und da stand der Grieche neben ihr, sie nur noch leicht mit der Hand stützend. Das erste Wort, was sie fand, zischte sie ihm entgegen: »Schuft!«

Fast war es ein Lächeln, das er sehen ließ, er zuckte die Achseln und erklärte: »Das ist kein neuer Ehrentitel für mich! Habe ich schon oft gehört! Aber in diesem Falle stimmt es nicht! Mir wäre wohler, hätte ich mich als Schuft benommen! Aber das können Sie ja nicht verstehen! Was wißt ihr alle von einem Menschen, wie ich es bin? Verfluchen könnte ich die ganze Reise! Aber wissen sollen Sie, daß ich Sie liebe! Verstehen Sie das? Ich liebe Sie! Und das bedeutet für mich — ach, wie soll ich Ihnen das erklären? Ich will hoffen, daß ich Sie niemals wiedersehe, wenn ich dieses Schiff verlasse! Gefühle, die Sie in mir erweckt haben, sind Gift für mich und meine Art. Ballast! Unnützer Ballast!«

Nach diesen letzten Worten ergriff er ihre Hand, zog sie an seine Lippen, küßte sie ehrfurchtsvoll und verließ sie mit einer kurzen Verbeugung.

Emily sah ihm sprachlos nach. Sie wußte nicht, was sie aus alledem machen sollte. So widerlich er ihr war trotz seiner Schönheit, hatte er ihr jetzt dennoch etwas wie Achtung abgerungen.

Sie begab sich in ihre Kabine, ohne in die des Kranken eingetreten zu sein. Es währte nicht lange, da erschien Peter bei ihr, der sich in ihrem Waschbecken sofort die Hände gründlich abseifte. Dann nahm er sie in seine Arme, küßte sie und sagte, als sei alles schon klar zwischen ihnen:

»Du siehst müde aus, Emily! Wird nicht doch alles zuviel für dich?«

»Was hilft es, Peter, es muß doch sein! Nur diese Hitze ist fürchterlich! Ich denke an Maloja, an den schönen kühlen Schnee!« Sie standen beide eng umschlungen am Kabinenfenster, damit der schwache Luftzug ihnen die heiße Stirn kühle.

»Bist du gar nicht froh, hier zu sein? In Maloja wärst du doch allein!«

»Hast schon recht, Peter! Ich bin heute nicht ganz normal! Lege, bitte, nicht jedes Wort, das ich sage, auf die Goldwaage. Mir geht so vieles im Kopfe herum.«

»Laß jetzt alles das! Wir sind so selten allein, und du weißt doch, wie sehr ich dich liebe.«

Er umschlang sie, küßte sie leidenschaftlich und immer leidenschaftlicher, so daß sie sich seiner kaum noch erwehren konnte.

Endlich gelang es ihr, sich von ihm freizumachen. Sich das ein wenig zerzauste Haar glattstreichend, trat sie an ihren Arbeitstisch.

Um Peter auf andere Gedanken zu bringen, fragte sie: »Und dein Patient?«

»Unverändert«, antwortete er.

»Gehst du jetzt zum Kapitän und erstattest Bericht?«

»Über den Patienten oder über den kleinen Unglücksfall?« fragte er lächelnd.

Lächelnd und tapfer gab sie zur Antwort: »Meinetwegen über beides, dummer Peter!«

»Und wie steht es mit deiner Arbeit?«

»Ich werde noch heute nacht fertig!«

»Willst du wieder die Nacht durch arbeiten?«

»Ja, Peter, das muß ich!«

»Und darf ich bei dir sein?«

»Nein, dann kann ich nicht arbeiten!«

»Soll das heißen —?!«

»Ja! Das soll heißen, daß deine Nähe mich unruhig macht. Bist du nun zufrieden?«

»Ja, jetzt bin ich zufrieden.« Er nahm sie einen Augenblick fest in seine Arme, küßte sie und verließ dann die Kabine, begab sich zum Kapitän und hatte mit diesem eine kurze Unterredung.

Zum Abendessen trafen sich die Passagiere wie üblich im Speisesaal, und nachdem das Essen aufgetragen war, gab der Kapitän den bedienenden Stewards ein Zeichen, sich zu entfernen. Nachdem die Tür sich hinter diesen geschlossen, erhob der alte Herr sich und sagte:

»Meine verehrten Passagiere! Ich bin in die peinliche Lage versetzt, Ihnen mitteilen zu müssen, daß die bisher glatte Fahrt der ›Melbourne‹ eine Unterbrechung erleiden muß. Ich will mich kurz fassen, denn es hat keinen Zweck, lange um die Tatsachen herumzureden —

wir müssen im nächsten Hafen in Quarantäne gehen, wir haben einen Seuchenfall an Bord!«

Diese Nachricht bedeutete nur noch für Satoni und Lola eine Neuigkeit. Und wie diese von beiden aufgenommen wurde, war bezeichnend für deren Charakter.

Lola fand es keineswegs notwendig, sich über diesen Fall zu erregen, sondern fragte kurz und sachlich, als gehöre es zu den Alltäglichkeiten: »Lepra oder Pest?«

Diese unumwunden ausgesprochene Frage setzte sogar den Kapitän in Verlegenheit. Er sah das kleine Persönchen fast wie ein Wunder an und fragte zurück: »Sind Sie denn gar nicht erschrocken, Kind?«

»Warum? Das ist bei uns etwas Alltägliches! Wenn Felix sich da jedesmal aufregen wollte, wenn einer der Arbeiter krank wird, hätten wir viel zu tun.«

Peter, Emily und der Kapitän sahen sich an. Und Fredy war wahnsinnig stolz. Aber es blieb ihm kaum Zeit, seinen Empfindungen nachzuhängen, denn der schöne Grieche wurde ausfallend in seiner Angst: »Was? Was sagen Sie da? Quarantäne? Man ist auf diesem verfluchten Kahn seines Lebens nicht sicher? Das ist ja unerhört! Ich werde mich beschweren. Das kommt davon, wenn man sich darauf einläßt, mit solchem verfluchten Malaienpack zu fahren. Welches ist der nächste Hafen? Ich verlasse sofort das Schiff und verlange, daß Sie dafür sorgen, daß ich nicht mit unter die Quarantäne komme!«

Peter wollte dem Griechen antworten, aber der Kapitän bedeutete ihm mit der Hand, daß er schweigen solle und sagte ruhig, aber sehr bestimmt: »Wenn Sie versuchen, mir Schwierigkeiten zu machen, muß ich Sie in die Gefangenenzelle sperren!«

»Das ist eine Unverschämtheit«, antwortete der Grieche. »Wie können Sie sich erlauben, so mit einem Passagier zu sprechen?«

»Was ich mir erlauben darf und was nicht, weiß ich selber. Aber Sie wissen vielleicht nicht, daß Sie sich allen Anordnungen des Kapitäns widerspruchslos zu fügen haben. Das ist Seegesetz, und es steht Ihnen nicht an, sich dagegen aufzulehnen.«

In maßloser, unbeherrschter Wut wollte der Grieche mit geballter Faust auf den Kapitän losgehen, aber Fredy, der alles beobachtet hatte, stellte ihm ein Bein, so daß er zur Seite taumelte.

»So, mein Lieber! Nun sind wir wieder gemütlich! Wollen Sie uns die Situation noch schwerer machen, als sie es sowieso schon ist? Würde es Ihnen Spaß machen, in der Gefangenenzelle zu logieren? Ich kann Ihnen garantieren, daß es mir großes Vergnügen machen würde, Sie darin sitzen zu sehen. Vielleicht dauert es überhaupt nicht mehr lange, daß Sie in so was dauernd Quartier bekommen.«

Fredy hatte nur für Satoni verständlich gesprochen.

»Was wollen Sie damit sagen?« fuhr der Grieche auf und funkelte Fredy böse an.

»Lassen wir das vorerst noch unerörtert!« Dann wandte er sich den anderen zu und sagte in möglichst leichtem Tonfall, damit die Stimmung wieder besser wurde: »So, Herr Kapitän, nun sind wir ja alle über den Schreck hinweg; jetzt könnten wir eigentlich unseren Mokka trinken!«

Der alte Herr sah ihn dankbar an und sagte aufatmend: »Ich bin froh, daß Sie meine Hiobspost verhältnismäßig ruhig hinnehmen. Glauben Sie mir, es ist keine leichte Sache, in Quarantäne zu liegen. Ich habe es schon einmal durchmachen müssen, als ich vor Hawaii in Cholera-Quarantäne lag. Es ist verdammt schwer, die Besatzung in Raison zu halten, und ich hoffe, daß Sie mir alle dabei behilflich sein werden. Jetzt bitte ich Sie, Herr Doktor, uns alle noch einmal darüber zu beruhigen, daß für uns Europäer keine direkte Ansteckungsgefahr besteht.«

Peter sah Emily an, und diese nickte ihm zu.

»Ich will ehrlich sein, Herr Kapitän. Wenn Sie selber nicht die Befürchtung ausgesprochen hätten, wie es vielleicht um den erkrankten Steward stände, wäre ich wohl nicht gleich zu der Diagnose gekommen. Es besteht gottlob immerhin noch eine schwache Möglichkeit, daß ich mich geirrt habe. Wir werden völlige Aufklärung Fräulein Meinhard zu verdanken haben, sobald diese mit ihren Untersuchungen zu Ende ist. Ich selber bin im Augenblick außerstande, uns Gewißheit zu verschaffen, denn ich habe weder ein Mikroskop noch sonst etwas bei mir, das nötig ist, den Fall bakteriologisch zu untersuchen. Wir müssen es daher als ein unerhörtes Glück betrachten, daß Fräulein Meinhard ihr gesamtes wissenschaftliches Rüstzeug an Bord hat.«

»Ja, ja, — studierende Frauen sind ab und zu doch zu etwas nütze«, warf Fredy ein, »wenngleich einem leise Schauer über den Rücken laufen, sobald man von ihnen spricht.« Bei diesen Worten sah er Peter lächelnd an, und dieser gab ihm, froh darüber, daß wieder ein leichterer Ton herrschte, einen kleinen, kameradschaftlichen Rippenstoß.

»Sie sollen recht haben, Mr. Fairfax, ich erkläre mich geschlagen und werde nie wieder ein mißachtendes Wort über wissenschaftliche Arbeiten einer Frau aussprechen. Aber nun wollen wir die Sache weiter durchsprechen. Wann werden wir im nächsten Hafen sein?«

»Da wir den Umweg über die Sokotagruppe nehmen, dürfte es noch zwei Tage dauern«, antwortete der Kapitän. »Sind Sie bis dahin fertig, Fräulein Meinhard?«

»Ich denke, schon diese Nacht fertig zu werden.«

»Was glauben Sie, Herr Kapitän, wie lange man das Schiff in Quarantäne halten wird und wie die Sache sich überhaupt abspielt?« fragte Fredy.

»Das geht alles seinen durch Seegesetze und Seegerichte geregelten Gang. Ich muß den Fall der nächsten Hafenpolizeistation melden, ganz gleich, welcher Nationalität. Dann kommt der Quarantänearzt an Bord, nimmt den Patienten mit sich, und wir kommen für die Dauer der voraussichtlichen Inkubation in Quarantäne.«

»Verzeihung, Herr Kapitän, das ist mir zu gelehrt. Was versteht man unter Inkubation?«

»Die Zeit der Neuansteckung. Also müssen wir, sachlich gesprochen, bei ungünstigem Entscheid so lange festliegen, bis bei einem anderen von der malaiischen Besatzung eine neue Erkrankung zutage tritt.«

»Und diese Inkubationszeit beträgt bei Lepra zehn Monate bis zwei Jahre«, erklärte Peter sehr langsam.

»Das ist ja reizend!« entfuhr es Fredy. »Das dürfte uns doch ein bißchen langweilig werden. Läßt sich gar nichts dagegen machen?«

»Ich sagte Ihnen ja: bei einem ungünstigen Entscheid. Es ist jedoch möglich, daß man uns auf direkte Tour zum Heimathafen freigibt. Das würde bedeuten, daß wir, ohne in anderen Häfen anlegen zu dürfen, nach Sydney fahren können.«

»Das ist selbstverständlich ausgeschlossen«, erklärte der Grieche. »Sie wissen, daß ich in Singapore an Land will.«

»Ihre Einwürfe haben keinen Zweck, Herr Satoni. Sie müssen sich genau den Gesetzen fügen wie wir alle, und werden klug daran tun, unsere Lage nicht noch zu erschweren.«

Der Grieche kaute einen Augenblick an seiner Oberlippe herum, dann fragte er ein wenig hastig: »Stehen die Sokota-Inseln nicht unter französischer Oberhoheit?«

»Ja, allerdings! Warum interessiert Sie das?«

»Dann sind wir also der Unannehmlichkeit einer nochmaligen Zollkontrolle ausgesetzt?« fragte er kurz zurück.

»Selbstverständlich, jedes unter Quarantäne liegende Schiff wird nochmals durchsucht. Aber Ihre Paß- und Gepäckkontrolle war ja in Ordnung. Ich verstehe nicht, was Sie beunruhigt.«

»Selbstverständlich beunruhigt mich dabei nichts. Ich habe nur eine Abneigung gegen Zollbeamte.«

Diese kurzen Worte waren für Fredy interessant, während die anderen nicht weiter darauf achteten.

Emily hatte sich währenddessen mit Lola in eine Ecke zurückgezogen und mit ihr herzliche Worte verwandtschaftlicher Begrüßung gewechselt. Jetzt aber störte der Kapitän die beiden Frauen und fragte Lola: »Sagen Sie, Fräulein van Beeten, haben Sie daheim auf der Farm schon einmal einen Aussatzkranken gesehen?«

»Aber gewiß. Felix hat sogar eine Krankenstation eingerichtet, damit die armen Kerle untergebracht sind und versorgt werden. Ich gehe von Zeit zu Zeit hin und schaue nach, ob Ordnung herrscht.« Das sagte Lola mit so gleichgültiger Miene, als erzählte sie von einem Spaziergang. Und die anderen Erwachsenen starrten sie an, als wüßten sie nicht, was sie dazu sagen sollten.

»Und fürchtest du dich dabei gar nicht?« fragte Fredy völlig erstaunt.

»Warum denn? Für uns besteht doch keine Ansteckungsgefahr! Schön ist der Anblick der Kranken nicht. Aber ich bin das seit meiner Jugend gewöhnt — und Felix auch!«

Emily hatte fieberhaft nachgedacht und entschloß sich, jetzt über etwas zu sprechen, was sie an sich noch nicht für ganz spruchreif hielt.

»Darf ich einen Vorschlag machen?«

»Selbstverständlich, Fräulein Meinhard! Wir alle müssen versuchen, unsere Lage möglichst zu erleichtern«, sagte der Kapitän liebenswürdig.

»Wie wäre es, wenn wir Lola den Patienten zeigen würden?«

Emily sah Peter bittend an.

»Du mußt das nicht falsch verstehen, Peter. Es ist durchaus keine Kritik an deiner Diagnose. Aber oft schon hat die nüchterne Praxis die Wissenschaft Lügen gestraft.«

»Ich bin nicht beleidigt. Ich muß gestehen, daß mir bei meinem früheren Aufenthalt in den Tropen noch kein Leprafall untergekommen ist. Pest, Cholera, Schlafkrankheit, Malaria, alles habe ich behandelt, aber noch keinen frischen Leprafall kennengelernt.«

Lola war aufgestanden, legte ihre Serviette auf den Tisch und sagte: »Na, dann los, will mir den Burschen gleich mal ansehen! Aber wehe euch, wenn wir uns umsonst geängstigt haben!«

Fast erstaunt sahen alle auf das kleine sichere Wesen hin.

»Glaubst du wirklich, uns sagen zu können, wie es um den Patienten steht?«

»Wenn er Lepra hat, kann ich euch das ganz bestimmt sagen. Fehlt ihm etwas anderes, werde ich es nicht wissen!«

Auf Bitten des Kapitäns blieben Emily, Fredy und der Grieche in dem kleinen Salon zurück, während er und Peter Lola nach der Krankenkabine begleiteten.

Dort angekommen, trat die kleine Lola an das Bett des erkrankten Stewards, nickte ihm kurz zu, sagte einige rasche Worte auf malaiisch, wobei dieser erfreut lächelte. Dann faßte sie ohne Furcht und Ekel nach der geschwollenen roten Hand, drehte sie hin und her und sagte dann wieder in rasend schnellen Worten etwas zu dem Malaien, der nun schüchtern ihre Fragen beantwortete. Dann nahm Lola ein nasses Handtuch, das auf einem Stuhl lag und mit dem die fieberheiße Stirn des Patienten gekühlt werden sollte, und schlug es kurz und energisch dem Leprakranken um den Kopf.

Peter und der Kapitän waren sprachlos.

Aber Lola ließ sich nicht beirren, und merkwürdigerweise hielt der Malaie still, als handle es sich um eine wohlverdiente Strafe, die er hinnehmen müßte. Dann drehte Lola sich auf dem Absatz herum und wollte die Kabine verlassen.

»Ja — aber, um alles in der Welt, was bedeutet das?«

»Hat keine Lepra! Eine Art Blutvergiftung. Der Schurke hat zuviel Towkromu gefressen«, sagte sie kurz und bündig.

»Was? Was soll das?«

»Sie können ohne Sorge sein, Herr Kapitän. Der ist nicht leprakrank. Den Magen hat er sich verdorben und die Hand ist ihm angeschwollen von dem verdammten Sauzeug.«

»Ich stehe vor einem Rätsel«, sagte Peter, noch völlig benommen.

»Das können Sie auch nicht wissen, Herr Doktor«, sagte Lola beruhigend. »Dieses Sauzeug, das die Maleien in unvernünftigen Mengen kauen, ist eine Art Rauschgift, etwas, das an kurzen, niedrigen Sträuchern wächst. Sie ernten die verdorrenden Blüten ab, die an der Sonne durchgetrocknet werden, und dann kauen sie diese Krümel, tagelang, wochenlang, verderben sich damit die Zähne und den Magen und bekommen meistens geschwollene Gliedmaßen. Der Saft dieser ausgekauten Blüten versetzt sie in eine Art Rauschzustand. Es ist ihnen ganz gleichgültig, ob sie davon todkrank werden. Felix hat deswegen einmal einen Boy verprügelt, bis er nicht mehr laufen konnte. Und was war der Erfolg? Er hat sich mit krummgeschlagenen Gliedern zu dem nächsten Strauch bringen lassen und hat wieder angefangen.«

»Das ist eine Sache, von der ich noch nie gehört habe«, sagte der Kapitän, während Peter interessiert die geschwollene, stark gerötete Hand des Malaien betrachtete, die fast so aussah, als wolle sich die Haut in Fetzen von ihr ablösen. Solche kleine, abgestorbene Hautfetzen hatte er auch Emily zur mikroskopischen Untersuchung gebracht in der Annahme, es handele sich um Lepraerscheinungen.

»Verstehen Sie malaiisch, Herr Kapitän?«

»Ein wenig, ja, Fräulein van Beeten. Aber nicht, wenn Sie so rasend schnell sprechen wie vorhin, da komme ich nicht mit.«

»Also gut, ich werde ganz langsam mit dem Steward sprechen, damit Sie seine Antwort verstehen können.« Und wieder sprach Lola auf den verlegen grinsenden Patienten ein, dem sie nun sagte: »Du verfluchter Schweinehund, gesteh ein, daß du Towkromu gekaut hast.« Als wollte man ihm mit einer glühenden Zange sämtliche Zähne ausreißen, stöhnte der Patient, drehte und wand sich in seinem Bett hin und her und sah Lola hilfeflehend an. »Los, so rede endlich, oder — beim Teufel, dir soll Schlimmeres geschehen!«

Dann endlich entschloß der Steward sich, einzugestehen, daß er schon seit vier Tagen dieses Giftzeug in Unmengen geschluckt hatte, obwohl er genau wußte, daß er danach erkranken würde.

Der Kapitän wußte nicht, sollte er erleichtert auflachen oder in maßloser Wut den Steward bestrafen. Er beschloß jedoch, sich der Bitte Lolas zu fügen, die mit einer wunderbaren Ruhe erklärte:

»Der findet seine Strafe sowieso, Herr Kapitän. Wenn er jetzt aufhört, dieses Sauzeug zu kauen, dann wird ihm erst einmal für acht Tage speiübel, und er bekommt einen irrsinnigen Durst, den kein Wasser der Welt löschen kann. Das Fieber wird steigen, und er wird alle Sünden, die er auf dem Gewissen hat, bei lebendigem Leib abbüßen — und das geschieht ihm recht. Haben Sie Mitleid mit einem Opiumraucher?«

»Bei Gott nicht!« antwortete der Kapitän.

»Na also, Sie brauchen den gar nicht zu strafen.«

Dann ging sie wieder zu dem Malaien und herrschte ihn an: »Raus aus dem Bett und an deine Arbeit! Das könnte dir gefallen, hier den Kranken zu spielen und dich pflegen zu lassen!«

Hurtiger, als er je einem Befehl des Kapitäns nachgekommen war, führte der Steward die Anordnung der kleinen energischen Person aus, warf die Decke von sich und rannte, als wäre der Teufel hinter ihm her, zur Kabine hinaus und hinunter ins Mannschaftslogis.

Und nun standen Peter und der Kapitän da, wußten nicht, was sie sagen, was sie tun sollten, und waren fast beschämt, daß sie so Schlimmes, Furchtbares als Möglichkeit ins Auge gefaßt hatten und nun von dieser kleinen Person eines Besseren belehrt worden waren. Sie hatten aber so viel Charakter, sich dessen nicht zu schämen, sondern empfanden nur Erleichterung.

Der Kapitän packte Lola in seiner Freude mit seinen kräftigen Händen am Kopf und drückte diesen an seine Brust.

»Mädel, Sie wissen ja nicht, wie mir zumute ist! Wie einem, der zum Tod verurteilt war und noch in letzter Minute begnadigt wird. Ich kann euch unmöglich die Schrecken einer Quarantäne in den Tropen schildern! Nervenzerrüttend, aufreizend, demoralisierend. Mädel, kann es Ihnen nie genug danken. Ich möchte mich jetzt fast ausschelten, daß ich uns alle in diese Angst versetzt habe.«

»Wenn Sie sich anklagen, Herr Kapitän, müssen Sie mich mitanklagen. Denn ich, der Mann der Wissenschaft, hätte wissen müssen, wie die Dinge stehen.«

»Trotzdem aber wollen wir zu unserer völligen Beruhigung noch das endgültige Resultat von Fräulein Meinhards Untersuchungen abwarten!«

»Wenngleich das gar nicht mehr notwendig ist, wird es nichts schaden, wenn Emily uns das auch noch bestätigt«, sagte die kleine Lola. Für sie war der Vorfall erledigt, und sie fing schon wieder an, sich zu langweilen.

In den Speisesaal zurückgekehrt, berichtete der Kapitän, ohne sich und seinen Irrtum zu beschönigen, wie der Fall lag. Und sichtbar war das befreite Aufatmen bei Emily. Sie ging zu Peter, legte ihm die Hand auf die Schulter und sagte: »Peter, wie schön ist es, daß all unsere Sorge umsonst war.«

»Ganz von ihr befreit fühle ich mich noch nicht, Emily«, antwortete er leise.

Der Grieche gab sich jetzt die denkbar größte Mühe, sein schlechtes Benehmen durch betonte Liebenswürdigkeit wieder wettzumachen.

Und auch der Kapitän hielt es für das klügste, den gewohnten gesellschaftlich-liebenswürdigen Ton anzuschlagen, fand sogar Worte der Entschuldigung für seine und des Griechen Nervosität.

»Wir wollen das Vergangene auf sich beruhen lassen, Herr Satoni! Solche Eröffnungen können nervös machen.«

»Selbstverständlich, Herr Kapitän, und ich bitte auch meinerseits um Entschuldigung für mein Betragen.«

So bezaubernd schön dieser Mann jetzt wieder in seiner Liebenswürdigkeit war, konnte Fredy dennoch die Sehnsucht kaum bezwingen, ihn krumm und lahm zu boxen. Er hatte zuviel gehört und gesehen, um nicht weiterhin Verdacht gegen ihn zu hegen. Ihm sollte der schöne Griechengott keinen Sand in die Augen streuen!

»Nachdem sich die Wogen unserer allseitigen Erregung gelegt haben, möchte ich mir erlauben, Sie alle zu einem Glas Sekt einzuladen«, sagte der Kapitän. »Ich hoffe, Sie werden mir das nicht abschlagen.«

»Wie dürften wir das, Herr Kapitän, haben Sie doch nur im Bewußtsein Ihrer Pflicht gehandelt!« sagte Emily liebenswürdig.

Der alte Herr küßte ihr die Hand und erwiderte: »Für diese Ehrenrettung meinen Dank! Und ich bitte Sie, trotz alledem noch weiterhin an der Beruhigung unserer Nerven zu arbeiten, damit wir ganz sicher gehen.«

»Das ist selbstverständlich«, sagte Emily. »Aber auch ich neige fast schon hundertprozentig zu der Diagnose unserer kleinen Lola. Die Praxis schlägt die Wissenschaft oftmals aus dem Felde, und wir strecken dann, wie in diesem Fall, nur zu gern die Waffen.«

»Schön hast du das gesagt, Emily. Du kommst dir nun wohl mächtig wichtig vor, kleine Lola?« fuhr Fredy fort.

»Wichtig? Warum? Ich sehe zu Hause bei Felix noch ganz andere Dinge. Was meinst du, wie es bei uns zugeht zur Zeit der Schafschur, wenn fast alle Leute an den fürchterlichsten Hautvergiftungen leiden, weil sie in ihrer Nachlässigkeit die Vorsichtsmaßregeln außer acht lassen, die Vater angeordnet hat.«

»Das interessiert mich, Fräulein van Beeten. Was sind das für Krankheitsfälle, von denen Sie da sprechen?«

Während der Kapitän dem Steward Auftrag gab, Sekt herbeizubringen und einige Süßigkeiten für die Damen, erzählte Lola in ihrer bildhaften Art von den Tagen der Schafschur auf einer der Farmen ihres Vaters. Keiner beobachtete, daß Satoni ihr besonders interessiert zuhörte und daß er ab und zu verstohlen lächelte.

»Sie müssen sich vorstellen, daß die Schafscherer am Tag eine große Anzahl von Tieren mit der Hand scheren müssen. Erstens bekommen sie schwere Entzündungen an den Handgelenken, denn die Scheren, die sie benutzen, sind meistens in grauenvollem Zustand, und sie können sich nicht an die neuartigen Instrumente gewöhnen, die Vater angeschafft hat. Das schlimmste sind die eiternden Wunden, die sie an den Beinen bekommen, denn sie haben die üble Angewohnheit, die Tiere nicht in ein Gestell zu pressen während der Schur, sondern sie einfach zwischen ihre Beine zu klemmen. Beim ersten Schaf geht es gut, bei dem zweiten auch — das zehnte und zwölfte Tier hat aber bestimmt schon die Hosenbeine des Arbeiters durchgescheuert, und nun reibt die frisch geschorene Haut der sich wie wahnsinnig gebärdenden Schafe die nackte Menschenhaut auf. Sauber sind die Leute nicht, das brauche ich nicht zu betonen. Und es ist allgemein üblich, daß nach der Schur die Hälfte der Scherer auf

Krankenstation müssen. Handgroße, böse eiternde Wunden haben sie dann an den Beinen und bekommen schlimmes Fieber. Sie finden es aber herrlich, krank geworden zu sein, denn nun werden sie auf Kosten des Farmers wochenlang verpflegt. Und das ist es, was sie bezwecken. Es gibt kein Mittel, diese Menschen zur Vernunft zu bringen. Mein Vater hat sich schon seit Jahr und Tag in sein Schicksal ergeben. Wenn ich in die Krankenstation komme, gibt es allerdings Heulen und Zähneklappern, denn von mir bekommen sie keine sanfte Pflege. Rizinusöl, das ist meine Hauptmedizin«, und bei diesen Worten grinste Lola ganz teuflisch. »Das hilft am besten, glauben Sie mir. Dann macht ihnen das Kranksein absolut keinen Spaß mehr. Außerdem scheint es mir so, als wäre Rizinusöl wirklich ein probates Mittel bei Infektionskrankheiten.«

»Sie haben da etwas durchaus Richtiges erkannt!« sagte Peter anerkennend. »Es würde jetzt zu weit führen, wollte ich Ihnen einen Vortrag darüber halten, daß man Hautwunden mittels geregelter Verdauung sehr erfolgreich behandeln kann. Aber es ist tatsächlich so!«

Die Herren mußten herzlich lachen, und somit hatte alles eine heitere Wendung genommen, und der so schreckhaft begonnene Abend verlief beruhigend für alle.

In der Nacht, die diesem Abend folgte, kam Emily zu einem endgültigen und — was sie erhofft hatte — zu einem befreienden Resultat. Denn es stellte sich heraus, daß alles tatsächlich nur auf eine krankhaft verstärkte Pigmentverhärtung der Haut hindeutete, ganz gewiß aber keine Leprabazillen vorhanden waren.

Es war früh am Morgen; die aufgehende Sonne warf ihr Purpurlicht auf das regungslos daliegende Meer, als Emily sich von ihrem Platze erhob.

Tief aufatmend trat sie an die weitoffenstehende Luke ihrer Kabine und war so voll innerlicher Freude, daß sie vorerst nicht wußte, was sie tun sollte. Alles Schwere war gegenstandslos geworden, alle Sorgen vergessen, und das Leben lag unbeschwert vor ihnen. Und jetzt erst, da sie ihre Arbeit geleistet und erkannt, daß keine Gefahr vorhanden war, wurde sie sich der Größe und Stärke ihrer Liebe bewußt, gönnte sie es sich, glücklich zu sein. Der Vorsehung dankbar, die ihr den Mann, den sie liebte, auf diesem Schiff wieder in den Weg geführt hatte.

Peinlich ordentlich wie sie war, räumte sie alles beiseite, was sie zur Arbeit benötigt hatte, und ließ nur das zurück, was Peter nachprüfen sollte. Dann ging sie ins Badezimmer, um sich durch ein kühles Bad zu erfrischen.

Sie hatte geglaubt, noch alles an Bord wäre in tiefster Ruhe, aber die strahlende Mila war schon da, um ihr behilflich zu sein.

»Guten Morgen, Mila! Schon so frühzeitig zur Stelle?«

»Ich nicht haben geschlafen — ich haben gewacht, weil Missis wachen. Ich nicht schlafen, wenn weiße Missis arbeiten. Das sich nicht gehören für mich!«

»Gute Mila! Ehrlich gestanden, ich bin froh, daß ich Sie habe. Ich bin sehr müde und freue mich, jetzt ein wenig von Ihnen verwöhnt zu werden.«

»Das ich tun, Missis, sehr gern, denn Missis seien gut gegen Kind, und das machen Milas Herz froh!«

»Hat Ihnen Miß Lola davon berichtet, daß wir verwandt sind?«

»Ja, Missis, mir das haben das Kind erzählt, und mir haben das Kind erklärt, daß Missis auch Kind sein von die Dame aus Brüssel.«

»So ist es! Ich freue mich darüber, Lola ist ein lieber kleiner Kerl. Glauben Sie, daß der Papa Miß Lola noch Schwierigkeiten machen wird?«

»Mila das nicht glauben! Felix nicht sein können wirklich böse. Er nur können fluchen und schimpfen ganz furchtbar, aber er dann sein wieder gut.«

Während sie Emily mit dem großen Badetuch eifrig frottierte, sagte Emily, die mit dem Gähnen kämpfen mußte: »Nun, dann können wir ja auch in diesem Punkt der Zukunft mit Ruhe entgegensehen, und mir scheint, daß alle Schwierigkeiten restlos beseitigt sind.«

Emily legte sich auf ihr Lager und war nach einigen Minuten, während welcher Mila noch aufräumte, sanft entschlummert.

Aber Emily irrte sich, wenn sie glaubte, daß alle Schwierigkeiten schon vorüber wären.

Noch war der schöne Grieche an Bord.

Fredy hatte die Nacht nicht zum Schlafen benutzt, sondern beschlossen, zu ergründen, was es mit dem Griechen auf sich habe.

Eine kurze Äußerung Emilys hatte ihn aufgeklärt, daß es eine Kontroverse zwischen ihr und Satoni gegeben habe. Es war Fredy klar, daß es noch öfter dazu kommen könnte, er hatte das Gefühl, daß der Grieche gewissenlos war und für sie alle eine Gefahr bedeutete. Fredy spürte an sich selber, wie überreizt und nervös ihn die Tropen machten.

»Den Tropenkoller bekomme ich, ganz bestimmt. Aber ehe ich den an einem anständigen Mitmenschen auslasse, soll ihn der schöne Grieche spüren. Bei dem ist bestimmt etwas faul!«

Bei der kleinen von dem Kapitän veranstalteten Feier hatte Satoni dem Alkohol sehr stark zugesprochen, so daß er in fast betrunkenem Zustande von dem Steward zu Bett gebracht werden mußte. Das war ein peinlicher Abschluß des Abends, aber es paßte in Fredys Plan. Er hatte es sich in den Kopf gesetzt, sich in dieser Nacht für die Kabine des schönen Griechen etwas mehr zu interessieren, als man es sonst im allgemeinen für die seiner Mitpassagiere tat.

Vor allem lag Fredy daran, die Papiere des Griechen einer Prüfung zu unterziehen. Der Verdacht, Satori sei nur ein Hehler von Juwelen, ließ sich kaum mehr aufrechterhalten. Aber er konnte von einem gewissen Mißtrauen dennoch nicht loskommen.

Nachdem alles an Bord zur Ruhe gegangen war, verließ Fredy vorsichtig seine Kabine und ging hinüber zu der des andern, innige Gebete zum Himmel schickend, Satoni möchte zu betrunken gewesen sein, um hinter dem Steward die Tür abzuschließen.

Fredys Flehen war erhört worden. Die Tür ließ sich leicht öffnen, und trotz der sanften, an die Schiffswand schlagenden Wellen vernahm er deutlich das etwas weniger sanfte Schnarchen des von den Geistern des Weines Bezwungenen.

›Na‹, sagte Fredy bei sich, ›dann können wir ja mal an die Arbeit gehen. Sehr ordentlich sieht es bei dem Burschen nicht gerade aus. Aber ich nehme an, daß er, wie alle nur oberflächlich von der Kultur beleckten Menschen, seine Papiere im Nachttisch aufbewahren wird.‹

Fredy öffnete vorsichtig das in der dämmrigen Kabine erkenntliche, in halber Höhe angebrachte Nachtkästchen, zog es leise auf und durchstöberte dessen Inhalt.

Was er fand, befriedigte ihn durchaus nicht. Denn es kam nichts anderes als leere Hüllen von Schlafmitteln, Streichhölzer, Zigaretten und ein kleiner Browning zum Vorschein, der aber nicht einmal geladen war.

›Das war ein Fehlgriff. Müssen also weiter suchen!‹

Fredy bewegte sich wie ein gelernter Dieb, vermied jedes Geräusch und war doch imstande, sich mit den anderen Kästen und Fächern der Kabine zu beschäftigen.

Dabei kam ihm zwischen der Wäsche des Griechen die schöne orientalische Holzschnitzerei in die Finger, die ein nacktes Weib darstellte. Sie gefiel Fredy ausnehmend gut, und er nahm die Figur mit einem bewundernden Lächeln in die Hand. Aber fast hätte er sie im selben Augenblick fallen lassen, denn sie war unheimlich schwer. Die Figur war nicht höher als der Unterarm eines Menschen, hatte aber ein Gewicht, das nicht mit Größe und Material in Einklang zu bringen war.

Donnerwetter! dachte Fredy verwundert, da stimmt etwas nicht! So ein Holzding kann doch nicht so schwer sein?

Er legte die Figur wieder zurück, suchte nach seiner Taschenlampe, die er bis jetzt nicht benutzt hatte, verstellte mit seiner eigenen Gestalt den Lichtschein für den Schlafenden und untersuchte vorsichtig die Holzfigur. Er entdeckte, daß sich in dem Boden des Podestes dieser Schnitzerei ein kleines Fach befand.

»Aha!« murmelte Fredy durch die Zähne, »ein Geheimfach! Und was mag darin sein — das Platin?«

Er griff nach seinem Taschenmesser und wollte sich eben daran machen, den doppelten Boden aus dem Postament der Holzschnitzerei herauszunehmen, als er hinter sich die eiskalte Stimme des Griechen vernahm: »Sie können sich die Arbeit sparen — selbstverständlich ist das Platin darin. Und es zeugt nicht gerade von großer Intelligenz, daß Sie es jetzt erst finden.«

Ohne erregt oder erschrocken zu sein, drehte Fredy sich herum, lehnte sich an den Schrank und sagte, so, als säßen sie beide bei einer gemütlichen Tasse Tee: »Sie vergessen, Verehrtester, daß ich noch gar nicht danach gesucht habe. Das tue ich erst heute, seitdem Sie die große Dummheit begangen haben. Aber ich bitte Sie, bleiben Sie hübsch ruhig liegen und rühren Sie sich nicht.«

»Darf ich wenigstens Licht machen?« fragte der Grieche zurück.

»Wenn Sie sich im Dunkeln fürchten, bitte schön — ich sehe genug! Seien Sie also vernünftig, ich habe eine Waffe in der Hand!«

»Vermutlich meinen verrosteten Browning? Er wird Ihnen wenig nützen, ich betrachte ihn nur als eine kleine Aufmerksamkeit für Leute, die sich unangebracht für mich interessieren. Den richtigen habe ich hier in der Hand.«

»Den Sie aber nicht gebrauchen werden, verehrter Herr Satoni!«

»Das wollen wir noch nicht als sicher hinstellen, mein lieber Mr. Fairfax, das kommt ganz auf Ihr Benehmen an.«

»Ich habe bis jetzt immer geglaubt, mich gut zu benehmen, Herr Satoni, und bin daher erstaunt, daß Sie Zweifel in mein gutes Benehmen setzen.«

»Dazu bin ich leider gezwungen, denn ich bin mir noch nicht klar darüber, wie Sie meine Aufforderung auffassen werden!«

»Welche Aufforderung, bitte?«

»Sofort durch einen Sprung über Bord das Schiff zu verlassen!«

»Ich glaube, Verehrtester, Sie sind leicht verrückt geworden?«

»Ich glaube, Mr. Fairfax, es bleibt mir keine andere Wahl. Was kümmern Sie sich um Angelegenheiten anderer Menschen?«

Einen Augenblick sah Fredy seinen Gegner erstaunt an, dann fragte er: »Sie wissen also —?«

»Selbstverständlich weiß ich! Glauben Sie, ich hätte Sie in Port Said nicht gesehen? Man geht etwas vorsichtiger zu Werke, wenn man einen Verbrecher ertappen will. Aber nun genug des Austausches der Höflichkeitsphrasen, und raus mit Ihnen!«

»Gern, sehr gern!«

»Nein, nein, nicht durch die Tür — durch das Fenster, bitte! Für wie blöd halten Sie mich eigentlich? Glauben Sie, ich warte hier seelenruhig, bis Sie den Kapitän holen und ihm freundlichst erzählen, daß ich ein Platinschmuggler bin? Sie naives Flaschenkind!«

»Die Sache mit dem Sprung durch das Fenster müssen Sie sich aus dem Kopf schlagen, es sei denn, Sie begleiten mich! Bei dem ausgeprägten Schönheitssinn der Haifische hätte ich dann eventuell die Chance, daß Sie zuerst gefressen werden.«

Während er das sagte, dachte Fredy fieberhaft darüber nach, wie er den Kopf aus der Schlinge ziehen könnte. Es war ein peinliches Gefühl, einen Revolver auf sich gerichtet zu wissen, um so mehr, als er sich sagen mußte, daß der von der auf dem Boden liegenden Taschenlampe ausgehende Schein dem andern ein sicheres Zielen ermöglichte.

Was aber beginnen? Es ging nicht an, eine Ewigkeit hier zu stehen.

Auf einmal schoß ein Gedanke durch Fredys Stirn, und kaum gefaßt, wurde er schon zur Ausführung gebracht.

Er fing einfach an zu schreien, schrie, als würde er bei lebendigem Leibe geröstet.

»Ruhe — zum Donnerwetter!« zischte der Grieche ihn an, »wollen Sie das ganze Schiff rebellisch machen?«

Aber Fredy schrie weiter, hatte sich dabei auf die Erde geworfen und deckte mit seinem Körper die Taschenlampe. Und während er ununterbrochen die unglaublichsten Töne von sich gab, rutschte er immer näher nach der Tür hin. Fast hatte er sie erreicht, als sie von außen geöffnet wurde, und der Erste Offizier mit maßlos erstauntem Gesicht auf der Schwelle stand.

»Was gibt es denn hier? Das hört sich ja an, als würde einer geschlachtet?«

Langsam, aber sichtlich erleichtert, richtete Fredy sich auf, stellte sich neben den Offizier und sagte lachend: »Einen Schwips! Wir beide haben einen fürchterlichen Schwips! Und dieser gemeine Kerl dort im Bett hat mich gekitzelt. Das kann ich nicht vertragen, da brülle ich einfach los!«

»Da muß man ja den Herrn Kapitän bitten, Ihnen beiden am Abend nur noch Milch servieren zu lassen«, sagte der Offizier lachend. »Also dann gute Nacht, meine Herren! Ich brauche mir wohl dann weiter keine Sorgen um Sie zu machen?«

»Setzen Sie bitte Ihrer Liebenswürdigkeit die Krone auf und schikken Sie uns noch etwas Trinkbares«, bat Fredy und drehte dabei sämtliches Licht in der Kabine an. Nachdem die Tür geschlossen war, ging er, vergnügt lächelnd, als wäre nichts gewesen, auf den völlig erstarrten Griechen zu und nahm ihm die Schußwaffe aus der Hand. »So, Liebling! Weg mit dem gefährlichen Dings! Und nun wollen wir miteinander plaudern.«

»Warum haben Sie das getan?«

»Was? Daß ich Ihnen das Schießding wegnahm?«

»Nein — warum haben Sie mich geschont?«

»Ach so, Sie sind verwundert, daß ich keinen Krach geschlagen habe? Schöner Mann, das wäre dumm gewesen! Ich hoffe, anders mit Ihnen zum Ziel zu kommen! Vielleicht gelingt es mir, einen leidlich anständigen Menschen aus Ihnen zu machen! Sie haben die Wahl, entweder den Rest der Reise als Gefangener zu fahren und in Sydney an die Hafenpolizei ausgeliefert zu werden, oder — als Vergnügungsreisender an Land zu gehen!«

»Mir wäre letzteres, offen gestanden, lieber«, sagte der Grieche jetzt gleichfalls lächelnd, und fragte: »Wie wäre das denn zu erreichen?«

»Indem Sie noch heute nacht den Kapitän davon verständigen, daß wir zwei durch einen Zufall den Platinfund in der Holzskulptur entdeckt haben.«

»Und die praktische Folgerung?«

»Das Platin wird der Polizei abgeliefert, es ist dann deren Sache, festzustellen, wer das Platin in die Holzfigur hineingeschmuggelt hat. Sie sind nicht schuldig einer Zollhintergehung, und können mit einem wunderbaren, schneeweißen Gewissensvorhemdchen Ihre Tage beschließen. Es wäre meine Schuldigkeit, Sie der Behörde zu überliefern, aber ich spiele nicht gern Richter und Ankläger. Vielleicht haben wir Glück, und Sie fangen doch noch ein anständiges Leben an. Mann — mit Ihrem Aussehen —, Ihnen steht doch die Welt offen! Ist es Ihnen vielleicht bekannt, daß es so etwas wie Arbeit gibt? Haben Sie schon einmal davon gehört?«

»Ich erinnere mich ganz dunkel«, gab der Grieche lächelnd zur Antwort.

»Dann werde ich Ihnen öfter davon erzählen. Vielleicht finden Sie wieder Geschmack daran. Und nun stehen Sie auf und ziehen Sie sich an, damit wir zum Kapitän gehen können!«

Fredys Anständigkeit hatte den Griechen beeindruckt und Reste der besseren Einsicht bei ihm zutage gefördert. Es geschah, wie Fredy es vorgeschlagen. Der Kapitän fluchte selbstverständlich, daß gerade auf seinem Kahn wieder einmal so ein verdammter Metallschmuggel in Szene gesetzt worden sei und einer seiner Passagiere mit in diesen Skandal hineinverwickelt werden sollte.

Fredy mußte sich beherrschen, nicht hellauf zu lachen, als er das sanft beleidigte und biedere Gesicht Satonis beobachtete.

Es war morgens gegen neun Uhr, als an Peters Kabinentür geklopft wurde.

Als er hastig öffnete, sah er Emily vor sich stehen, müde, blaß, abgespannt, aber mit einem ganz sonderbaren Lächeln auf dem schönen Gesicht.

»Du —?!«

»Dummer Peter — schwarzer Peter!«

»Was willst du damit sagen?«

»Komm doch, bitte, zu mir herüber, ich muß dir etwas zeigen.«

»Einen Augenblick, ich bin sofort bei dir!«

Emily ging wieder zurück in ihre Kabine und trat zu dem Tisch hin, auf dem das Mikroskop angeschraubt war.

Nach ein paar Minuten kam Peter herein.

»Was ist? Bist du fertig? Bist du zu einem Resultat gekommen?«

»Ja, Peter! Daß unser Patient nicht an Lepra erkrankt ist, darüber sind wir uns nun restlos klar, wenngleich die Symptome darauf hindeuten: knotenartige Schwellungen auf dem Handrücken, bewegte Fieberkurve, Appetitlosigkeit und schnelle Zunahme der Geschwulst. Stimmt alles für den Befund der Lepra, besonders für den Fall einer frischen Inkubation. Aber wir sind durch Lola einen anderen Weg geführt worden, und die mikroskopische Untersuchung hat ein negatives Resultat ergeben.«

Er ging auf sie zu, packte sie an den Schultern und schüttelte sie in seiner Freude ein wenig. Dann sagte er beinahe verstimmt: »Wie konnte ich nur zu einer derartigen Fehldiagnose kommen!«

»Armer Peter, du tust mir leid!«

»Und dabei strahlst du über das ganze Gesicht?«

»Ja, Peter, denn ich bin unendlich froh für uns alle. Und außerdem — ich habe einen großen Entschluß gefaßt. Ich gebe alles auf, womit ich mich bisher befaßt, wonach ich bisher gestrebt. Ich bin mutlos geworden. Mutlos, weil auch ich mich irren kann. Nachtwandlerische Sicherheit hat man nur, solange man einer Gefahr nicht in das grauenvolle Gesicht gestarrt hat.«

»So ernst, Liebste?«

»Ja, Peter! Und ich denke, du wirst mich verstehen.«

»So wunderbar schön es war, daß du helfen konntest — ich könnte es auch nicht mehr ertragen, dich weiterhin mit so gefährlichen Dingen beschäftigt zu wissen. Wird es dir schwer, auf deinen Beruf zu verzichten, wenn ich dich darum bitte?«

Ein weiches Lächeln lag auf ihrem Gesicht, sie neigte den Kopf und legte ihn an seine Schulter; flüsternd fragte sie ihn nun: »Und was bietest du mir als Entgelt für den Verzicht?«

»Mich!«

»Ist das nicht zuviel?«

»Nein! Ich weiß, daß ich dir viel nehme, also muß ich dir auch alles geben!« Bei diesen Worten schloß er sie fest in seine Arme und küßte sie auf die müden und doch glückstrahlenden Augen. »Ich liebe dich! Sag es mir auch, ich will es von dir hören!«

»Daß ich dich liebe, Peter, das mußt du doch fühlen.« Sie legte die Arme um seinen Hals und küßte ihn innig. »Ich bin so froh, Peter, daß all das Schlimme von uns genommen ist. Ich bin so gern glücklich, Peter!«

»Und ich liebe dich! Ich kann es mir nicht denken, was aus mir geworden wäre, hätte ich dich nicht wiedergefunden! — Wenn mir nicht der Zufall dreimal geholfen hätte, dich zu finden —«

»Armer Peter! Eines Tages wäre ich wieder zu dir gekommen!«

»Wieviel tausend Zufälligkeiten wären aber notwendig gewesen, bis wir uns wiedergesehen hätten? So ist es besser, und ich bin froh, dich in meinen Armen zu halten.«

Er küßte sie heiß, sich an ihrer Schönheit freuend, und Emily wußte sich nichts Herrlicheres, als von seinen Armen liebend umfangen zu sein. Sie gehörten einander, alles andere wurde ihnen unwichtig.

XII

Da Emily und Peter am Vormittag ungewöhnlich spät sichtbar wurden, frühstückten Fredy und Lola allein, denn der Grieche zeigte nach seiner Wandlung in einen anständigen Menschen keine sonderliche Lust nach dem gewohnten Tee mit Toast und Butter, sondern hatte sich wieder in sein Bett gelegt und überdachte seine nächste Zukunft als anständiger Mensch und Bürger.

Lola war nicht eben guter Laune, gab sich keine Mühe, das zu verbergen, und antwortete Fredy nur kurz und knapp auf seine wiederholten Fragen.

»Schlechte Laune, verehrte Farmerprinzessin?«

»Selbstverständlich! Oder soll ich etwa nicht schlechter Laune sein? Auf einmal ist es aus mit der schönen, gewohnten Ordnung hier an Bord. Es langweilt mich, mit dir allein zu frühstücken! Verwandte sind lästiger als Fliegen!«

»Du hast dir wohl noch nicht überlegt, daß auch du eine lästige Fliege bist?«

»Wie, bitte?«

»Du bist doch meine Verwandte! Warum sollen nur *deine* Verwandten lästige Fliegen sein? Schwiegervater hat ganz recht mit seiner Bemerkung, und man muß trachten, den unhaltbaren Zustand möglichst schnell aus der Welt zu schaffen.«

»Schwiegervater? Von wem redest du eigentlich?«

»Von Felix, Liebling!« antwortete Fredy unwandelbar freundlich.

»Felix? Der ist doch kein Schwiegervater?«

»Doch — meiner!«

Lola sah Fredy einen Augenblick starr an und fragte dann: »Soll das witzig sein?«

»Nee, im Gegenteil, tragisch! Ich verliere sie!«

»Wen verlierst du?«

»Meine kostbare Freiheit!«

»Du warst schon geistreicher!« Lola stand auf und wollte den Speiseraum verlassen.

»Nicht davonlaufen, ich habe dir noch eine Menge Wichtiges zu erzählen! Weißt du das Neueste?«

»Nein! Was ist denn schon wieder los?«

»Ich liebe dich!«

»So?« antwortete sie völlig uninteressiert.

»Setzt dich das nicht in Erstaunen?«

»Absolut nicht! Kann ich jetzt gehen?«

»Nein — zum Donnerwetter! Jetzt fang ich aber wirklich an und werde wütend! Bist du ein solcher Eisklumpen oder tust du nur so? Ich habe dir gesagt, daß ich dich liebe!«

»Nun ja — was ist schon dabei? Ich habe es vernommen, und damit ist die Sache für mich erledigt! Es wird dich ebensowenig interessieren, daß ich dich liebe! Das ist doch die einfachste Sache von der Welt! Wir werden eben zu Felix gehen und ihm sagen, daß wir uns heiraten, dann wird er den dummen Plan mit diesem gräßlichen Mr. Blackford fallen lassen, und du kannst mit dem nächsten Schiff wieder nach Europa fahren.«

Fredy traten tatsächlich die Augen aus dem Kopf. Er glaubte, nicht richtig gehört zu haben.

»Was hast du da eben gesagt? Ich finde keine Worte!«

»Warum? Willst du mich nicht heiraten?« Das kleine Persönchen stand mit zornig funkelnden Augen vor ihm und trommelte mit den Fäusten auf seinem Brustkasten herum. »Du bist ein Flegel, wenn du mich nicht heiratest, das habe ich dir schon einmal gesagt.«

Jetzt fing er an, langsam seinen Humor wiederzufinden. Er faßte ihre kleinen Fäuste, drückte sie fest zusammen und sagte dann halblaut: »Und wenn ich nun nicht will?«

»Du mußt! Denn du liebst mich, du hast es eben gesagt!«

Er bog sich ein wenig zurück und sah sie lächelnd an: »Zum mindestens ist unsere Verlobung originell, das steht fest! Und wie denkst du dir den weiteren Verlauf?«

»Das sagte ich ja schon! Mit dem nächsten Schiff kannst du wieder nach Europa fahren. Ich bleibe bei Felix.«

»Hast du schon einmal in der Bibel gelesen?«

»Selbstverständlich, jeden Abend. Darauf achtet Mila, daß ich das nie versäume!«

»Dann ist dir vielleicht auch ein Satz bekannt: Das Weib soll dem Manne anhangen und Vater und Mutter verlassen!«

»Das sollte mir einfallen! Bei Felix weiß ich wenigstens, was ich habe. Ich kann doch nicht mit einem wildfremden Mann nach Europa reisen?«

Jetzt mußte Fredy herzlich lachen und packte das kleine, widerstrebende Persönchen, hob es hoch wie eine Feder und drückte es an sich.

»Du — rede nicht solchen Unsinn! Laß dich küssen! Alles andere ist im Augenblick gleichgültig! Nein, nein, mir nicht schon wieder eine Ohrfeige geben! So haben wir nicht gewettet! Zarte, anschmiegende Weiblichkeit, das ist jetzt deine Welle!«

Sie wollte sich sträuben, antworten, aber er verschloß ihr den Mund mit Küssen, und schließlich ergab die kleine Halbwilde sich in ihr Schicksal.

Die »Melbourne« näherte sich dem Hafen von Sydney, und die wenigen Passagiere des Frachtdampfers hätten nicht mehr sagen können, welches Ereignis während der Fahrt das aufregendste gewesen war.

Antony Satoni wäre sicher die Antwort schuldig geblieben. Denn das wirklich große Erlebnis für ihn war seine Liebe zu Emily Meinhard. Es war diesem klassisch schönen Mann noch nie begegnet, daß eine Frau seinen Werbungen widerstanden hatte. Aber da er in den letzten Tagen Gelegenheit gehabt hatte, das Glück zwischen Emily und Schwarzenberger zu beobachten, war er sich völlig klar darüber, wie aussichtslos die seine war. Er war ein Hasardeur — mißglücktes Spiel mußte abgetan sein.

Der Kapitän hatte für seine wenigen Passagiere eine reizende Abschiedsfeier veranstaltet und seiner Freude darüber Ausdruck gegeben, daß Amor so erfolgreich auf seiner »Melbourne« gearbeitet habe. Er hoffte, sagte er, daß die beiden Paare, die sich auf seinem Schiff gefunden hätten, glücklich, froh und zufrieden fürs Leben sein möchten.

Als er diese schöne Rede gehalten hatte und ihm alle dafür dankten, malträtierte Lola mit den Zähnchen ihre Unterlippe. Der glückstrahlende Fredy legte seinen Arm um ihre schmalen Schultern und fragte in fast väterlichem Ton: »Schlecht gelaunt, Liebling?«

Ein kurzer Ruck der schmalen Schultern, und seine Hand sank herab.

»Blödsinn, die ganze Verloberei! Fürs Leben verbunden sein — so eine Verrücktheit! Du bildest dir hoffentlich nicht ein, daß ich mein ganzes Leben mit dir zu verbringen gedenke?«

Fredy sah sie einen Augenblick ein wenig verdutzt an und fragte dann fast schüchtern: »Ich habe mir immer eingebildet, du liebtest mich.«

»Das schon, aber deshalb brauche ich doch nicht mein Leben mit dir zu verbringen! Ich soll wohl vor Langeweile sterben! Vielleicht bildest du dir gar ein, ich reise mit dir in dein langweiliges England? Das schlag dir aus dem Kopf — ich bleibe bei Felix!«

Fredy hatte das Gefühl, daß er mit Worten bei seiner aufsässigen kleinen Braut im Augenblick nicht viel erreichen konnte. Er klopfte also Lola beruhigend auf die Schulter und sagte ohne Erregung: »Na schön, Liebling, ganz wie du willst!«

»Wie bitte?« fragte sie erstaunt.

»Ich sagte eben, ganz wie du willst! Du mußt bestimmen!« Damit ließ er sie stehen und ging zu den anderen.

Das paßte aber dem kleinen Satan durchaus nicht, und wütend stampfte sie mit dem Fuß auf.

»Flegel, unverschämter Flegel! Ich habe es ja gleich gewußt, er ist und bleibt ein Flegel. Ich denke nicht daran, ihn zu heiraten! Soll machen, was er will, aber ich heirate ihn nicht!«

Emily spürte sehr wohl, daß es einen kleinen Krach zwischen dem Brautpaar gegeben hatte, tat aber so, als bemerke sie nichts, fand jedoch Gelegenheit, Fredy nach dem Grund der Verstimmung zu fragen. Und als er ihr erklärte, wie Lola sich die spätere Ehe dachte, mußten sie beide herzlich lachen.

»Ich fürchte, du wirst es nicht ganz leicht haben mit der Kleinen«, sagte Emily.

Fredy blinzelte ein wenig und sagte dann anerkennend: »Es sind nicht alle Menschen so ausgeglichen und abgeschliffen wie du, Emily. Ich könnte Schwarzenberger fast beneiden, daß du ihn liebst, ganz abgesehen davon, daß du ein ganz verflixt schönes Frauenzimmer bist!«

»Du machst mir Komplimente, Fredy! Das ist das erstemal! Ich finde dich aber auch nett, Fredy, sehr nett sogar!«

»So? Und warum hast du dann abgelehnt, mich zu nehmen?«

»Vielleicht, weil ich dich zu nett finde. Den Mann, den man heiratet, darf man nicht ›nett‹ finden. Den ›findet‹ man überhaupt nicht. Er ist da, man sieht ihn, und man weiß: dieser oder keiner!«

»Und was rätst du mir, mit meinem kleinen Satan anzufangen?«

»Ehrlich gesagt, Fredy, gar nichts! Laufen lassen! Dieses Temperament muß sich erst ausrasen. Du wirst ja sehen, wie die Einstellung deines zukünftigen Schwiegervaters ist. Ist er seiner Tochter ähnlich, dürftest du es mit beiden nicht ganz leicht haben.«

»Und was, Emily, wenn Felix erklärt, er denke nicht daran, mir seine Einzige zu geben?«

»Dann, Fredy, bleibt dir nichts anderes übrig, als deine Braut zu rauben«, antwortete Emily lächelnd. »Du bist nach Australien gereist, um auf Abenteuer auszugehen. Du wolltest doch Gold suchen. Laß den Plan fallen und versuch es einmal mit Brautraub!«

»Ich glaube, Emily, du machst dich über mich lustig. Du hast es ja leicht! Dein Peter ist ein vernünftiger Mensch und froh, daß er dich hat; es gibt bei euch keine Komplikationen.«

»Im Augenblick nicht, oder noch nicht, Fredy, darin hast du recht«, antwortete Emily ernst. »Aber sie werden auch bei uns nicht ausbleiben, verlaß dich darauf! Die Geschehnisse während der letzten Wochen haben mich gelehrt, auf Unerwartetes vorbereitet zu sein!«

»Hallo, Emily, bist du mißgestimmt?«

»Nein, das nicht, Fredy! Aber müde bin ich, sehr, sehr müde! Jetzt, da die Überfahrt vorbei ist, kommen die Nachwirkungen der Anstrengungen erst bei mir zutage. Und außerdem — ich bin froh, wenn wir endlich allein sind!«

»Allein? Wie meinst du das?«

Langsam ließ Emily den Blick ihrer schönen klaren Augen hinüber zu dem Griechen wandern.

»Ach so, du meinst, es wird Zeit, daß wir diesen Adonis loswerden?«

»Ja, Fredy! Er beunruhigt mich. Ich erwarte jeden Augenblick, daß es einen Zusammenstoß zwischen ihm und Peter gibt. Wahrscheinlich ist es das, was mich mißgestimmt macht.«

»Das ist morgen früh zu Ende, Emily. Wir gehen dann alle an Land und werden den schönen Griechen voraussichtlich niemals wiedersehen. Auch ich lege keinen sonderlichen Wert auf seine weitere Gesellschaft!«

»Es fällt mir auf, Fredy, daß Satoni in der letzten Zeit gerade zu dir besonders nett ist!«

»Um bei der griechischen Welle zu bleiben — denke bitte an die Geschichte des Dornenausziehers. Auch der böse wilde Löwe folgte dem nackten Knaben dankbar auf Schritt und Tritt, als der ihm einen Dorn aus der Tatze gezogen hatte.«

»Du bedienst dich eines eigenartigen Vergleiches. Kannst und willst du mir das Nähere erklären?«

»Nein, Mädchen! Das kann ich nicht.«

»Du wirst deine Gründe dafür haben.«

»Allerdings. Und es ist durchaus nicht nötig, daß du alles weißt, was den Griechen betrifft. Aber sag, Emily, welche Pläne hast du für die nächste Zukunft? Es ist doch alles anders geworden, als wir zwei es vorhatten. Wir wollten unseren Eltern beweisen, daß wir nicht ohne Liebe heiraten, daß man uns nicht wie Kinder behandeln könnte. Wir wollten uns ein wenig Australien ansehen. Was nun?«

»Ja — was nun?« sagte Emily lächelnd. »Weder du noch ich sind Herren unserer Entschließungen! Um uns unsere Freiheit zu bewahren, unternahmen wir diese Reise und verlassen das Schiff als gefesselte Sklaven!«

»Schön hast du das gesagt, Emily. Aber seien wir ehrlich, diese Art Fesseln tragen wir beide gern. Du hast deinen Peter lieb und ich meinen kleinen Satan. Ich bin nur noch unsicher, wie ich dieses wilde Füllen am besten zahm bekomme.«

»Laß dir doch von ihrem Vater das Rezept geben!«

Lachend winkte Fredy ab und sagte: »Du scheinst zu vergessen, daß sie dem durchgebrannt ist. Mir scheint, Schwiegervater Felix hat auch kein großes Talent, mit diesem Satan fertig zu werden.«

»Fredy, wir müssen alles der nächsten Zukunft überlassen. Aber du fügst dich meinem Vorschlag, daß wir morgen alle zusammen den alten Henner Schlüter aufsuchen!«

»Den Senior unserer Familie! Selbstverständlich, das soll unser erster Gang sein. Es wird eigenartig für uns werden, den alten Herrn zu sehen und zu sprechen, diesen lebenden Zeugen längst entschwundener Zeiten.«

»Der Bruder unserer Großmutter! Es ist wirklich seltsam, Fredy, daß im Grunde der von unserer Urgroßmutter Emily Dorsey vor vielen Jahren abgelegte ›Schwur‹ — keiner ihrer Nachkommen solle ohne Liebe heiraten — uns alle zusammengeführt hat. Und es ist nicht minder merkwürdig, daß dieser Schwur bis heute seine Kraft und Wirkung behalten hat. Meine Mutter, die Verwandten der kleinen Lola, du und ich — und der alte Henner Schlüter, wir alle haben eine Ehe ohne Liebe abgelehnt!«

»Einer von uns sollte die Geschichte unserer Familie schreiben, ich glaube, das wäre ganz interessant. Denn was Großmutter Roberta uns oft erzählt hat von den Erlebnissen der schönen Emily Dorsey, von Henner Schlüter, und dann ihre eigenen in Indien, das alles müßte ein ungewöhnlich spannendes Buch ergeben.«

»Wäre das nicht eine Aufgabe für dich, Fredy?«

»Um Gottes willen — für mich? Ich brülle schon Hilfe, wenn ich nur eine Postkarte schreiben muß!«

»Aber du brauchst jetzt doch eigentlich eine Beschäftigung, lieber Junge! Dein juristisches Examen, das du bestanden hast, nützt dir hier absolut nichts. Worauf willst du denn überhaupt deinen Hausstand gründen?«

»Mein Gott, Emily, kommst du mit schwerem Geschütz! Ich werde es der Zeit überlassen, vielleicht finde ich so viel Gold, daß ich in einem Jahre nicht mehr weiß, wohin mit all dem Reichtum. Vielleicht stellt mich aber auch mein Schwiegervater als Schafhüter ein. Ich lasse mich treiben und rege mich nicht auf. Das nötige Kleingeld für die nächsten Jahre habe ich. Also, was soll ich mir den Kopf schwermachen?«

»Und Arbeit? Kannst du ohne Arbeit leben?«

»Noch geht es ganz gut — aber ich glaube, in nächster Zeit muß ich wieder mal arbeiten«, sagte er vergnügt lächelnd.

»Ohne Arbeit ist das Leben nur halb.« Sie sah ungewöhnlich ernst aus. »Fredy, du willst dich von den Verhältnissen treiben lassen. Ich glaube, uns wird es ähnlich ergehen, denn ich weiß im Augenblick nicht, womit ich meinen künftigen Tagen Inhalt geben soll.«

Er sah sie groß an. »Wie soll ich das verstehen?«

»Ich habe«, nahm sie wiederum das Wort, »den Entschluß gefaßt, meinen Beruf, dem bisher mein Streben galt, fallen zu lassen. Ich habe es Peter bereits gesagt. Das sei ihm sehr lieb, hat er mir geantwortet, er sähe es nicht gern, befaßte ich mich mit Dingen, die — nun sagen wir — keineswegs ungefährlich sind.«

»Womit er durchaus recht hat.«

Sie ließ einen Seufzer hören. »Der Entschluß ist mir nicht leicht geworden. Denn ich liebte meinen Beruf, und die Jahre, die ich mit meinem Vater zusammen gearbeitet habe, gehören mit zu den glücklichsten für mich.«

Du wirst bestimmt wieder ein Arbeitsfeld finden, das deinem Mann zusagt und dich ausfüllt. Ich finde auch das Spezialgebiet deines Mannes wahnsinnig. Er soll wieder nach Europa zurückgehen und dort Feld-, Wald- und Wiesenarzt werden. Was muß er Tropenkrankheiten zu ergründen suchen?«

»Wenn alle Menschen so denken wollten, Fredy, käme die Wissenschaft nicht voran. Aber wir wollen uns das Herz nicht unnötig schwer machen, es wird sich schon alles entwickeln!« fügte sie hinzu.

Am nächsten Vormittag machte die »Melbourne« in Sydney fest, nachdem die Paß- und Quarantänekontrolle erledigt war.

Kaum hatte das Schiff angelegt, da kam ein älterer Mann, groß, breitschulterig, stark, mit verwaschenem Blondhaar, bekleidet mit einem unförmigen weißen Tropenanzug, an Bord.

Fredy, der mit Lola über der Reling hing, deutete mit dem Finger auf ihn hin und sagte:

»Das ist ja eine ulkige Type!«

Groß und ernst sah Lola ihn an und sagte sehr von oben herab: »Das ist Felix!«

»Oh, Verzeihung, ich meine, er sieht gut aus!« versuchte Fredy sich zu verbessern.

»Nein, er sieht nicht gut aus! Er sieht unmöglich aus! Aber so sieht er immer aus. Und schon Mama hat immer gesagt, daß er eine komische Figur sei.«

»Und was hat Felix darauf geantwortet?«

»Es sei ihm völlig gleichgültig, wie er aussähe, wenn er sich nur wohl fühle. Aber es ist wieder ein Beweis, was für ein Flegel du bist, daß du über Felix lachst.« Und damit ließ sie ihn stehen.

Fredy wußte nicht, was er sagen sollte, hielt es aber für das klügste, vorerst einmal hinter seiner mehr als energischen Braut herzugehen.

Je näher er an Felix herankam, der schon mit seinen Riesenarmen sein kleines, zierliches Mädelchen an die mächtige Brust drückte, hatte er das Gefühl, daß er diesen Mann schätzen würde. Es war etwas in dem Gesicht, das unbedingt anzog.

In einem für Fredy unverständlichen Kauderwelsch unterhielten sich Vater und Tochter und unterbrachen diese Unterhaltung gelegentlich nur dadurch, daß sie sich gegenseitig mit den geballten Fäusten in höchster Liebe boxten. Keiner blieb einen Schlag schuldig.

Zwischendurch wieder riß der große Mann das Mädchen an sich und drückte es, daß es ganz leise aufstöhnte.

Fredy trat zu van Beeten hin, grüßte und sagte: »Fredy Fairfax ist mein Name. Und ich will es gleich eingestehen: Ich habe die Absicht, Ihr Schwiegersohn zu werden.«

Weit riß der Riesenmann seine Augen auf. »Was reden Sie da? Satan, was sagst du dazu?«

Lola sah den Vater an, sah Fredy an, und sagte dann überlegend: »Gewissermaßen hat er recht, Felix! Es tut mir leid, aber es ist so! Ich werde ihn heiraten, und dann schicken wir ihn ganz schnell wieder nach Europa zurück!«

»So! Ist ja sehr nett! Und warum willst du dann heiraten?«

»Damit du dir den verdammten Blödsinn mit Mr. Blackford aus dem Kopf schlägst!«

»Dafür hat Blackford selber gesorgt«, war die brummige Antwort. »Er ist verheiratet!«

»Das geschieht ihm recht«, sagte Lola befriedigt. »Aber dann können wir den dort gleich wieder wegschicken.« Damit deutete sie auf Fredy.

»Ich weiß nicht, Mädel — ich glaube, du benimmst dich wieder einmal sehr schlecht«, sagte der Riese zweifelnd. »So kann man es nun doch nicht machen. Vor allen Dingen einmal — guten Tag, Mr. Fairfax!« Damit reichte er Fredy seine mächtige Tatze, und obwohl Fredy nicht schwach war, traten ihm doch bei deren schmerzhaftem Druck Tränen in die Augen. Aber er hielt tapfer durch und gab den Händedruck kräftig zurück.

»Guten Tag, Mr. van Beeten! Es tut mir leid, aber es ist so! Ich bin Ihr Schwiegersohn! Außerdem gehöre ich sowieso zur Familie!«

Bei diesen Worten klammerte Lola sich an die Rockaufschläge ihres Vaters und turnte daran herum, als wäre der alte Herr ein Turngerät.

»Höre nicht auf ihn, Felix! Höre nicht zu, was er sagt! Eine lästige Fliege — Verwandtschaft!«

»Halt den Mund, Satan! Du sollst nicht immer dazwischenreden, wenn Erwachsene miteinander sprechen. Reden Sie jetzt, junger Mann!«

»Es ist, wie ich sagte, verehrter Mr. van Beeten. Ich bin ein Mitglied der in Europa lebenden Verwandtschaft von Henner Schlüter. Dessen zwanzig Jahre jüngere Schwester ist meine Großmutter. Wir haben diesen Verwandtschaftsgrad allerdings erst während der Überfahrt entdeckt. Ich will eingestehen, daß ich Lola schon vorher gern gemocht habe. Aber glauben Sie mir, Mr. van Beeten, es ist keine reine Freude, mit dieser holden Jungfrau verlobt zu sein. Und wenn Sie mir nicht helfen, läuft die ganze Karre schief!«

Im nächsten Moment wich Fredy entsetzt zurück, denn was aus dem hochgewölbten Brustkasten des Riesenmannes erklang, dieses saftige, kräftige Lachen, wirkte aus der Nähe beinahe erschreckend.

»So! Also Angst haben Sie auch vor der? Na, da kann ich mich ja trösten! Aber vielleicht haben wir zwei Männer genügend Kraft, um diesen Satan zu bändigen? Wollen wir es versuchen, Mr. Fairfax?«

»Wenn Sie es mit mir versuchen wollen, Mr. van Beeten, dann bin ich sehr froh darüber. Es bliebe nun nur noch übrig, die Hauptperson zu befragen.«

Soviel sie sich aber alle beide auch umschauten, Lola war nicht mehr zu entdecken. Sie mochten schreien, pfeifen, der Satan war verschwunden. Und er blieb es.

Fredy wollte sich darüber aufregen, allein Mr. van Beeten behielt seine volle Ruhe. Mit der ausgeglichenen Pomadigkeit der holländischen Rasse stand er Gegebenem unerschüttert gegenüber und sagte nur immer wieder: »Die finden wir in Goschogana, also brauchen wir uns nicht den Kopf zu zerbrechen!«

»Aber — wenn ihr nun —«

»Etwas passiert? Dem Satan passiert nichts! Und wen haben wir denn dort? Das Gesicht kommt mit bekannt vor.« Damit deutete er auf Emily, die in einiger Entfernung mit Peter stand. »Wer ist das dort? Das Gesicht muß ich kennen.«

»Auch Verwandtschaft, Mr. van Beeten! — Familienähnlichkeit! Es ist meine Cousine Emily Meinhard!«

»Das ist mal komisch! Dasselbe Gesicht, sofern man davon sprechen kann, daß ein alter zahnloser Mann einem jungen, verdammt hübschen Frauenzimmer ähnlich sieht!«

Emily war näher gekommen und begrüßte den Vater der kleinen Lola, der sich herzlich freute, in diesem schönen, interessanten Mädchen ein Familienmitglied kennenzulernen.

Fredy sah ihn bei der Begrüßung lächend von der Seite an und fragte: »Na, ich denke, Verwandte sind lästiger als Fliegen, Mr. van Beeten?«

Lachend winkte der Riese ab und legte seine Hand auf Emilys Schulter, die unter deren Druck fast zusammenbrach.

»Solche Verwandte nicht! Das ist ein verdammt feiner Kerl, die Frau, das sehe ich gleich!«

»So! Und ich?« fragte Fredy fast beleidigt.

»Schwiegersohn, vorerst tun Sie mir noch leid, aber lästig sind auch Sie nicht! Und wer ist das? Der gefällt mir auch gut!« Damit deutete der Riese auf Peter.

»Auch Verwandtschaft!« sagte Fredy fast seufzend, »wenigstens zukünftige!«

Peter und van Beeten begrüßten einander.

Dann sagte dieser, die Augen umherschweifen lassend: »Das Gesicht dort gefällt mir nicht, kommt mir aber auch ein wenig bekannt vor.«

Damit meinte er den Griechen, der abseits stand und so tat, als interessierten ihn die anderen nicht.

»Seien Sie ohne Sorge, Mr. van Beeten«, sagte Emily halblaut, »dieser Herr gehört nicht zur Familie. Aber ich glaube, daß wir uns von ihm verabschieden müssen, ehe wir von Bord gehen.«

Sie trat auf Satoni zu, reichte ihm die Hand und sagte freundlich: »Ich möchte Ihnen Lebewohl sagen, Herr Satoni. Unsere Wege gehen auseinander. Ich wünsche Ihnen alles Gute für die Zukunft!«

Groß sah Satoni sie an. Und wieder bemerkte sie in seinen Augen etwas wie Schmerz. Aber ehe sie das richtig erfassen konnte, war wieder der unverschämte Ausdruck in ihnen, so daß sie glaubte, sich getäuscht zu haben.

Hastig und in der ihm eigenen, überheblichen Art verabschiedete er sich von ihr, kommandierte die Stewards eine Weile hin und her und war nach einigen Minuten verschwunden.

Emily wurde von allen Seiten mit Fragen bestürmt, wohin sie zuerst zu gehen gedenke. Fredy fürchtete, daß sie sich von ihm trennen würde; Peter sah es als selbstverständlich an, daß sie bei ihm blieb, und van Beeten wünschte, daß sie ihm als Gast auf seine Farm Goschogana folge.

Lächelnd schüttelte sie zu allem den Kopf und sah Peter groß an. Und dieser nickte, als hätte er ihre stumme Frage verstanden. Er legte seinen Arm in den ihren und sagte, nur ihr verständlich: »Das ist selbstverständlich unser erster Gang!«

Ohne weiter darüber zu sprechen, wußten sie, daß sie sich so schnell wie möglich zum Deutschen Konsulat begeben würden, um ihre Trauung vollziehen zu lassen. Es war ihnen beiden klar, daß unter den gegebenen Umständen dies das einzig Richtige sei, für ihn wie für sie.

Fredy sah Emily von der Seite an und sagte ein wenig zögernd: »Emily, du bist mir unheimlich! Mädchen, ich habe das Gefühl, du verläßt mich!«

Sie nickte und sagte: »Ich glaube, Fredy, du brauchst jetzt kein Kindermädchen mehr. Du bist schließlich Bräutigam, und dein Schwiegervater dürfte zur Beaufsichtigung für dich genügen.«

»Trotzdem finde ich es gefühlsroh von dir, mich in diesem fremden Weltteil allein zu lassen. Kann man wissen, was mir hier alles bevorsteht? Wo liegt eigentlich Goschogana, verehrter Schwiegervater?«

Gelassen deutete van Beeten mit dem Daumen über seine Schulter. »Irgendwo dahinten!«

»Aha, nun weiß ich es ganz genau! Und wie weit ist das bis dahin?«

»Sechzehn Stunden mit der Bahn, vier Stunden mit dem Auto und noch sieben Stunden im Planwagen.«

Fredy traten vor Schreck die Augen aus dem Kopf, und er sagte ganz klein und bescheiden: »Oh, das ist weiter nicht schlimm! Das ist ja direkt nebenan!«

»Armer Fredy, wohin wirst du verschleppt!« lachte Emily.

»Jetzt hast du Mitleid mit mir, nicht wahr, und läßt mich trotzdem allein!«

»Fredy, ich verspreche dir, ehe ich nach Europa zurückfahre, hole ich dich ab!«

»Dein Ehrenwort!«

»Peter Schwarzenberger und Frau geben ihr Ehrenwort!« warf Peter lächelnd dazwischen.

»Ach so — das habt ihr vor? Na, nun wird mir alles klar! Das wird interessant werden — Hochzeitsreise durch Australien!«

»Ich nehme Sie gleichfalls beim Wort, Emily Meinhard, daß Sie nach Goschogana kommen!« warf der Riese dazwischen.

»Wir werden es bestimmt halten, dieses Wort! Wir wollen Ihnen einmal beweisen, daß Verwandte lästige Fliegen sind!« antwortete Emily lächelnd.

»Laß dir aber den Weg genau beschreiben, Emily, mir scheint, die Sache ist nicht ganz einfach«, sagte Fredy unsicher und schob seine Mütze auf dem Kopf hin und her. »Verflixt, mir scheint, ich komme in das Abenteuerleben schneller hinein, als ich mir das gedacht habe. Wann fahren wir ab, verehrter Schwiegervater?«

»Bald! Den Mittagszug erreichen wir nicht mehr, aber Lola hat ihn noch erreicht!«

»Lola?«

»Nun ja — die ist schon über alle Berge!« sagte der Riese lachend, »dafür kenne ich meinen Satan! Alles anders machen als normale Menschen!«

»Und ihr Gepäck?« fragte Fredy besorgt.

»Solche Kleinigkeiten sind dem Satan von Goschogana ganz gleichgültig. Außerdem ist Mila bei ihr und jede Sorge überflüssig. Was haben Sie für Pläne, Herr Doktor?« wandte sich van Beeten dann an Peter.

»Zuerst wollen wir heiraten, und dann habe ich eine ganz phantastische Idee! Wir werden uns ein Auto kaufen, eine kleine Expedition ausrüsten und zuerst nach Adelaide fahren, um von dort nach dem Eriesee vorzudringen. Es soll von da aus die Möglichkeit geben, in noch völlig unerforschtes Gebiet vorzustoßen. Das reizt uns beide.«

»Das ist ein sehr gewagtes Unterfangen, Herr Doktor! Sie kommen da in eine der verrufensten Gegenden von Australien, wo der Abschaum der Menschheit nach Gold gräbt. Ob es klug ist, eine schöne Frau dorthin mitzunehmen, weiß ich nicht, aber Sie müssen ja wissen, was Sie tun.«

»Ich traue mir zu, alle Gefahren von meiner Frau fernhalten zu können«, sagte Peter ruhig. »Das soll durchaus nicht eingebildet klingen, aber wir sind schließlich Menschen der Wissenschaft und keine Abenteurer. Welchen Weg nach Goschogana empfehlen Sie uns?«

»Das wird eine ziemlich schwierige Sache sein. Goschogana hat als nächste Bahnstation Charleville, doch wie Sie vom Eriesee aus dorthin kommen, das mag der Himmel wissen, aber nicht ich. Es ist eine bekannte Tatsache, daß wir Farmer immer nur ein und denselben Weg gehen: von Sydney nach der Farm, von der Farm nach Sydney. Was rechts und links, oben und unten liegt, kümmert uns nicht. Das dürfen Sie nicht interesselos nennen, Sie müssen das verstehen lernen. Unser Leben hier unten ist zu schwierig und unberechenbar, als daß man jemals Pläne schmieden könnte. Ich habe nie die Absicht gehabt, eine Schaffarm zu gründen, dachte niemals daran, Weizen und Baumwolle anzubauen. Man wird hier getrieben, einesteils von den Möglichkeiten, andernteils von den Unmöglichkeiten, die fast noch stärker sind als die ersteren. Ich bin ein schwerreicher Mann, das kann ich ohne Übertreibung sagen, aber ich habe keine Gelegenheit, mir und den Meinen außer etwas Behaglichkeit im Haus und zahlreicher Bedienung irgendwelchen Luxus zu leisten. Nicht einmal ein Auto können wir uns halten, denn die Wege in der Umgebung der Farm spotten jeder Beschreibung. Wie zu Großmutters Zeiten müssen wir uns heute noch zu Pferd oder mit dem Wagen bis zu der nächsten Landstraße vorwärtsbewegen.«

Ein wenig lächelnd sah Peter zu Fredy hinüber und sagte: »Und in eine so gottverlassene Gegend wollen Sie unseren Fredy Fairfax verschleppen?«

»Der muß mit! Der Junge gefällt mir, paßt in unsere Gegend und unser Leben! Den laß ich jetzt nicht wieder los!« antwortete van Beeten lachend und schlug dabei Fredy mit aller Macht auf die Schultern, so daß dieser wie ein schlechtgefüllter Mehlsack in sich zusammensank.

»Welches Geschick ist da über mir?« fragte er verzweifelt.

»Die sorgende Hand deines Schwiegervaters!« wurde ihm die lachende Antwort.

»Das kann ja reizend werden! Findest du nicht auch, Emily, daß ich mir eine wunderbare Familie ausgesucht habe? Ich bin verlobt, die Braut ist mir durchgegangen; ich habe einen Schwiegervater, und der schlägt mich aus lauter Liebe zu Brei, verschleppt mich in wüste Urwaldgegenden, liefert mich den wilden Tieren aus und sieht lachend zu, wie Pumas und Giraffen mich auffressen.«

»Ich fürchte, Schwiegersohn, du hast keine Ahnung, welch ein sanftes Vieh eine Giraffe ist. Das hat eine Schnauze weich wie Samt und keilt aus lauter Zuneigung höchstens einmal derartig mit den großen Hufen aus, daß man die Knochen einzeln zusammensuchen muß. Aber was die Hauptsache ist: In Australien gibt es weder Pumas noch Giraffen, und die anderen wilden Tiere sind — sechzehn- bis achtzehntausend wollige, mollige, dicke Schafe. Und davor hat er Angst!« sagte er lachend zu Emily.

»Kein Erbarmen, Mr. van Beeten! Er wollte Goldgräber werden. Jetzt wird ihm etwas Romantisches geboten, nun soll er es auch ertragen. Er hätte ja ruhig und behaglich eine juristische Praxis eröffnen können, aber nein, er wollte Romantik erleben!«

»Eigentlich, Emily, ist mein Bedarf an Romantik durch die Geschehnisse während der Überfahrt gedeckt. Und ich hätte vorübergehend gegen ein gutbürgerliches Spießerdasein nichts einzuwenden.«

»Du bist feige, Fredy!« Emily zupfte ihn lachend an den Haaren und deutete dann vom Schiff hinunter zum Kai, wo der Grieche eben in ein elegantes Taxi einstieg.

»Eine erledigte Sache, der schöne Grieche — hoffentlich sehen wir ihn niemals wieder!«

Nach einer Stunde hatten Emily, Peter und Fredy die »Melbourne verlassen, und van Beeten führte sie ins Palace-Hotel, wartete dort, bis sie sich umgezogen hatten, und fuhr mit ihnen zu Henner Schlüter, der in einer alten, aber feudalen Vorstadtstraße wohnte, immer noch in dem Haus, das er sich kaufte, als er vor vielen, vielen Jahren mit seiner kleinen französischen Frau in das damals noch verhältnismäßig unbedeutende Sydney eingewandert war.

Henner Schlüter — seinerzeit kaum dreiundzwanzig Jahre alt — hatte dieses Haus in Erinnerung an sein väterliches in Florida umgebaut und damit den Stil der Südstaaten nach Australien gebracht. Und genau wie damals lebte dieser jetzt einsame alte Mann, und nichts war in seiner Umgebung verändert seit dem Tag, an dem seine Frau von ihm gegangen war.

Ein Original war er geworden, der einst so schöne Henner Schlüter, ein alter, alles besserwissender, brummiger, zahnloser Mann, dessen Äußeres auf ein Leben voll schwerer Arbeit schließen ließ. Aber war er gut gelaunt, so sah man in seinen noch immer klaren und frischen Augen große Güte. Auch die Lebhaftigkeit, die er von seiner bezaubernden Mutter geerbt hatte, kam dann wieder zutage.

Emily, Fredy und Peter standen staunend in dieser fremden Umgebung und glaubten sich wirklich in die Vergangenheit versetzt. Die Negerinnen, die im Haus bedienten, waren genau so gekleidet, wie es zur viktorianischen Zeit in guten Farmerhäusern Sitte gewesen war. Ein dickes weißes Tuch um den Kopf geschlungen, so daß keines der schwarzen Haare zu sehen war, den mächtigen Oberkörper in eine enge Taille gepreßt und weite weiße, bauschige Röcke.

Auch Henner Schlüter selber, der in der kleinen Halle seines Hauses die Gäste empfing, war in seinem Anzug absolut altmodisch.

Van Beeten begrüßte ihn und sagte, nachdem er dem alten Herrn die Hand geschüttelt hatte: »Ich bringe dir hier Verwandtschaft, Großvater!«

»Verwandtschaft? Woher? Ich kenne niemanden davon.«

»Sie kommen aus Europa!«

»Europa? Von der Roberta?«

Jetzt hielt es Emily für angebracht, sich einzumischen: »Ja, verehrter Großonkel; Ihre Schwester Roberta ist unsere Großmutter! Ich stamme aus dem nach Deutschland ausgewanderten Zweig der Familie, und dieser junge Mann hier, Fredy Fairfax, aus der englischen Linie.«

»Und der da in der Mitte?« Damit deutete Henner Schlüter mit seinem Stock auf Peter.

»Das ist noch kein Verwandter, der will es erst werden«, warf van Beeten lächelnd dazwischen. »Er will Emily heiraten!«

»Emily heißt du — wie meine Mutter, wie meine wunderschöne Mutter?« Prüfend sah der alte Mann Emily an. »Zum Teufel, siehst ihr ja ähnlich, genau wie die Lola, der verflixte Satan! Und bist doch eine ganz andere Frau als meine Mutter! Die war halb so groß wie du, kleiner noch als Lola, und hatte uns alle trotzdem unter der Fuchtel, den Vater, mich, die Sklaven, alle mußten wir tun, was sie wollte!« Der alte Mann kicherte vor sich hin bei seinen Erinnerungen, schüttelte den Kopf und sagte, fast abwesend: »Wie lange ist das her?« Dann raffte er sich nach einer kleinen Pause zusammen und meinte liebenswürdig: »Also ihr seid Verwandte? Hm . . . was fangen wir nun mit denen an?« fragte er van Beeten.

»Fredy Fairfax geht mit mir nach Goschogana, und die beiden dort —«, damit deutete er auf Peter und Emily, »wollen sich Land und Leute ansehen!«

»Nutzlos — uninteressant. Sind alles Abenteurer und Emporkömmlinge! Keine guten Familien mehr hier, alle ausgestorben!« sagte der alte Herr.

»Wir interessieren uns nicht für die europäischen Auswandererfamilien, sondern für die Eingeborenen!« antwortete Peter artig.

»Ach so — die Wilden wollt ihr studieren? Na, da werdet ihr euer blaues Wunder erleben. Entweder fressen sie euch auf, oder ihr bekommt sie überhaupt nicht zu Gesicht. Die wollen sich nämlich nicht studieren lassen. Kommt ihnen ja nicht etwa mit dem Christentum, das können sie nicht gebrauchen. Ebensowenig wie die verdammte Bagage, die Goldsucher!«

»Ich bin Arzt. Von diesem Gesichtspunkt aus interessiert mich alles!« gab Peter zurück.

»Arzt? Doktor? Menschenschinder? Schade, Sie hatten mir eigentlich gefallen!«

»Sie müssen schlechte Erfahrungen gemacht haben mit Männern meines Berufes«, sagte Peter lachend.

»Hören Sie auf — den letzten habe ich vor vierzig Jahren hinausgeworfen, der taugte nichts!«

»Und doch war dieser Arzt ein Zeitgenosse Virchows!«

»Mit mir müssen Sie von keinen gelehrten Sachen sprechen. Wir wollen uns von Schafen unterhalten, von Weizen, Baumwolle — viel was anderes verstehe ich nicht. Vielleicht noch, wie man es anfängt, sich gute Arbeiter aus den Zuchthäusern zu holen. Das war eine Kunst, mein Lieber, die richtigen Halunken zu erwischen. Aber das war einmal! Haben andere Zeiten! Man sagt, sie seien besser, aber ich finde das nicht. Wo ist denn eigentlich der kleine Satan? War lange nicht mehr bei mir«, wandte er sich an van Beeten.

Der große Mann war ein wenig verlegen um eine Antwort.

Lachend winkte der alte Herr ab und fuhr fort: »Ja, ja, kann's mir schon denken. Ist wieder mal durchgebrannt, was? Na, das liegt bei uns in der Familie! Die dort auch« — dabei deutete er lächelnd auf ein großes Gemälde, das eine bezaubernde Frau in dem Kostüm der sechziger Jahre darstellte. »Das ist sie, die schöne Emily Dorsey, meine Mutter! Ihr kennt ja sicher alle ihre Geschichte. Wie ist es denn bei euch in Europa? Steht ihr auch unter Emilys Schwur?« fragte er lächelnd und sah alle an, fast ein wenig verschmitzt, als wüßte er schon die Antwort.

»Ja, Onkel — deshalb sind wir hier! Der Fredy und ich sollten uns heiraten, aber wir beide haben nein gesagt und sind lieber auf und davon gegangen!«

»Sehr richtig! Sehr richtig! So habe ich es auch gemacht! Und nun hast du dir einen anderen Mann gesucht — und der da? Was tat er?« fragte der alte Herr und deutete jetzt mit seinem Stock auf Fredy.

»Hat sich auch etwas anderes gesucht!« antwortete Fredy lächelnd. »Ich habe mich in die Lola verliebt, und die will ich heiraten!«

»Viel Vergnügen!« schmunzelte Henner Schlüter und nickte mit dem Kopf. »Es wird Zeit, daß die mal an die Kandare kommt! Der eigene Vater kann ja nichts erreichen bei ihr! Brauchst dich gar nicht zu verteidigen, van Beeten, ich weiß ganz genau, daß du dem Satan gegenüber machtlos bist!«

Emily, Fredy und Peter dachten noch lange Zeit an diesen reizend verbrachten Nachmittag bei dem Senior der Familie Schlüter-Dorsey.

XIII

Van Beeten und Fredy hatten ihre Abreise nach Goschogana noch um zwei Tage verschoben, um der Vermählung von Emily und Peter beizuwohnen auf dem deutschen Konsulat. Dann gab es noch ein kleines Essen im Palace-Hotel, und in der Nacht fuhren van Beeten und Fredy dann in das Innere des Landes.

Emily und Peter, beide erfüllt von unendlichem Glücksgefühl, gönnten sich einige Tage der Ruhe und Erholung, sahen sich die interessante, ganz europäisch wirkende Stadt Sydney an, machten mit dem neuerstandenen Auto Ausflüge in die nähere Umgebung und legten sich dann, nachdem sie mit Fachleuten gesprochen hatten, die Route für eine Reise zurecht, die ungefähr vier bis fünf Monate in Anspruch nehmen sollte. Es wurde ausgeklügelt, wie man am besten verschiedene Apparate, und was sonst für wissenschaftliche Arbeiten nötig war, in dem Wagen unterbringen konnte. Sie beide beschränkten sich für ihren eigenen Bedarf auf das äußerste, kleideten sich praktisch ein, ließen ihr übriges Gepäck in der Obhut des Deutschen Konsulates zurück und fuhren eines Morgens voller Tatkraft und Wissensdurst in die unbekannte Ferne, hinauf zum Eriesee.

Zuerst ging die Fahrt wunderbar vonstatten, Peter und Emily lösten sich am Steuer ab und nahmen all das Neue, das sich ihnen bot, mit Interesse auf.

Je weiter sie nach Norden fuhren, um so drückender wurde die Hitze, und Emily litt sehr unter der schweren trockenen Luft. Sie hatten sich eine ungünstige Zeit ausgesucht, denn es dauerte noch Wochen bis zur Regenzeit. Selten nur kamen sie zu kleinen Eukalyptushainen, die schattenspendend um noch reichlich gefüllte Wasserlöcher lagen.

Emily hatte sich einen Fotoapparat gekauft und machte von dem Wagen aus Aufnahmen. Es war nicht schwer, die merkwürdig zahmen Tiere der Wildnis aufzunehmen. Eine besonders gute Aufnahme war ihr gelungen von einer Herde springender Känguruhs.

Wenig Menschen waren zu sehen. Von der letzten Bahnstrecke aus waren sie bei kleinen Stationen auf unglaublich verkommene Eingeborene gestoßen, die in Fetzen europäischer Kleidung eingehüllt waren, elende Menschenwracks, von Syphilis und Alkohol zerfressen.

Emily dachte mit Schaudern daran, wie wahr es sei, daß europäische Kultur den Urvölkern nur Verderben bringt. Je weiter sie in das Innere des Landes vordrangen, um so gesünder erschienen die wenigen Menschen, die ihnen begegneten.

Noch kam man ihnen im allgemeinen freundlich entgegen, denn selbst in diesen Bezirken waren Europäer und Autos keine Seltenheit mehr.

Sogar das in das Auto eingebaute Radio erregte bei einem Stamm, in dessen Dorf sie übernachteten, kein Aufsehen.

In dem gleichen Dorf hatte auch Emily ein amüsantes Erlebnis, denn eine der Negerinnen strickte einen Jumper. Emily glaubte ihren Augen nicht zu trauen, aber es war dennoch so. Wenngleich die Wolle dreckig und fettig war und die Nadeln verbogen und verrostet — das Wunder blieb: die australische Buschnegerin strickte einen

Jumper! Es war für Emily interessant, nachzuforschen, wie dieses Wunder zustande gekommen war. Mit Pidgin-Englisch verständigte sie sich einigermaßen mit der Künstlerin, und erfuhr, daß diese einstmals in einer Farmerstation gewesen war und diesen herrlichen Besitz, die Wolle und die Stricknadeln, aus der Glanzperiode ihres Lebens mit zurück in den Busch gebracht hatte.

Mit Geschenken beladen — was diese Armen Geschenke nannten — verließen sie nach drei Tagen die Niederlassung.

Man warnte Peter vor der Weiterfahrt, da er jetzt in wasserarme Zonen käme. Es sehe schlimm darin aus, da der Regen im vorigen Jahre ausgeblieben sei. Zudem rieten die Wilden, die in dem schlimmen Ruf standen, noch Kopfjäger zu sein, sich vor den Goldgräbern zu hüten, die einige hundert Kilometer im Busch in einer Station hausten.

»Ist bezeichnend, Emily, daß die Wilden uns vor ihnen warnen! Ich möchte am liebsten diese Niederlassung umgehen.«

»Du hast recht, Peter, aber vergiß nicht, daß wir auf Wasser und zugleich auf Benzin angewiesen sind. Wir können also nicht tagelang im Busch herumfahren, wir müssen sehen, daß wir den Anschluß an Menschen behalten.«

»Bist du bange, Emily?« fragte er und sah sie groß an.

»Aber Peter, womit habe ich das verdient?« gab sie lächelnd zurück.

»Sehe ich so aus?«

»Nein, im Gegenteil, du siehst sehr tapfer aus. Ganz anders als damals in Maloja! Eine ganz andere Frau bist du geworden. Ich liebe dich, Emily!«

»Ich dich auch, Peter, aber trotzdem mußt du aufpassen, daß wir nicht vom Weg abkommen!« fügte sie lächelnd hinzu und legte ihre Hand ein wenig helfend auf das Steuerrad.

»Ich weiß, du liebst keine Komplimente, aber wem soll ich denn sagen, daß ich eine schöne Frau habe? Es ist doch niemand hier!«

»Dann behalte es für dich, Peter! Es braucht ja keiner zu wissen. Und gar so schön, Peter, bin ich jetzt wirklich nicht. Damals — in der Schweiz, in Maloja, im Schnee —«

»Hast du wieder Sehnsucht nach dem Schnee, Emily?« unterbrach er sie fast ängstlich.

»Nein, Peter!« gab sie zögernd zurück. »Oder — doch, ja! Ich möchte im Schnee sein, in weißem, kühlem, reinem Schnee!«

»Und allein? Oder mit mir?«

»Allein, Peter«, sagte sie lachend. »Ganz allein! So wie damals, ehe wir uns kennenlernten!«

»Möchtest also deinen Ehemann einfach beiseitestellen?«

»Ja, Peter. Ich möchte mal wieder wissen, wie es ist, Emily Meinhard zu sein.«

»Und wieder nur nach deinem Dickkopf leben, nicht wahr?«

»Hm . . . Peter, müßte das schön sein!«

»Geht aber nicht mehr — jetzt bist du gefesselt — meine Sklavin! Mußt mir gehorchen!«

»Da muß ich lachen, Peter, du redest Unsinn. Du hast einen Sonnenstich!«

»Sage nur noch, daß ich einen Tropenkoller habe.«

»Der wird schon noch kommen, Peter! Und jetzt gib mir eine Zigarette!«

»Sollst du haben, Emily, wenn ich es auch nicht gern sehe, daß du soviel rauchst!«

»Peter — sei nicht brummig, ich kann hier mitten im australischen Busch doch keine Schokolade essen. Und etwas muß man haben, um die Zeit totzuschlagen!«

»Sieh mal an, du langweilst dich also? Dann mach mal schnell eine Aufnahme von dem Busch dort. Was ist das eigentlich, was da liegt?«

Er deutete durch das offene Autofenster auf ein kleines Gestrüpp, unter dem irgend etwas nicht Erkennbares lag.

»Halt an, Peter, das wollen wir uns mal näher ansehen!«

Sie stiegen beide aus und gingen hin.

Da lag ein Mutterschaf mit seinem Jungen, schon fast zum Skelett abgemagert.

»Verdurstet, Emily«, sagte Peter sehr ernst. »Sieh einmal dort die Straße entlang, da liegen noch mehr solch armer Kreaturen!«

»Aber wie ist das möglich, Peter? Sind denn hier in der Nähe Schaffarmen?«

»Das werden Einzeltiere sein, die sich von den Herden losgelöst haben auf der Suche nach Wasser. Es ist eine böse Zeit für die Tiere. Die dicke schwere Wolle drückt sie zu Boden, ausgehungert sind sie auch schon und zu kraftlos, sich weiterzuschleppen. Mit dem letzten Instinkt haben sie sicherlich die Landstraße hier aufgesucht, in der Hoffnung, der Mensch könne ihnen helfen.«

»Die Regenzeit muß aber doch bald kommen, Peter, das kann nur noch Tage dauern?«

»Wenn sie überhaupt einsetzt. Und auch dann, habe ich mir sagen lassen«, antwortete Peter, »gibt es verhängnisvolle Katastrophen für diese Tiere. Dann drückt das Wasser, das sich in ihren dicken Pelzen sammelt, sie zu Boden, und es kommt oft vor, daß sie in den anstürmenden Wassern ertrinken.«

»Wie kann die Natur so grausam sein, Peter?«

»Grausam ist der Mensch, der vor vielen, vielen Jahren das Schaf hierher verpflanzt hat. Hierher gehört es nicht. Es gehört in die kühleren, bergigen Gegenden Asiens, Amerikas und Europas. Nach Schottland, in die Pyrenäen, aber nicht in den australischen Busch. Hierher hat es nur die Geldgier der Menschen gebracht.«

»Peter, mir wird angst!«

»Angst? Emily, wenn ich bei dir bin?« Er legte seinen Arm um ihre Schultern und sah sie ernst an. »Wollen wir umkehren?«

»Nein, Peter. Was man begonnen hat, soll man auch vollenden.«

»Und wenn wir selber in Gefahr kommen?«

»Dann ist es uns so bestimmt, Peter. Nur zusammen müssen wir bleiben, dann ist alles zu ertragen, was auch kommen mag.«

Er faßte sie leicht im Nacken, bog ihren Kopf zurück und küßte sie auf die Augen.

»Danke, Kamerad! Und nun weiter!«

Als sie wieder im Wagen saßen, nahm Peter, ehe er das Auto in Gang brachte, seinen Revolver hervor und legte ihn auf ein schmales Brett über der Armatur.

»Warum das, Peter?« fragte Emily sachlich.

»Man kann nicht wissen! Meiner Berechnung nach müssen wir noch heute in die bewußte Goldgräberkolonie kommen. Vorsicht ist zu allen Dingen nütze! Ich bitte auch dich, daß du dir dein kleines Schießdings zur Hand legst!«

»Peter, du bist wirklich eigenartig! Glaubst du, ich schieße auf einen Menschen?« Wiewohl sie sich Mühe gab, ruhig zu erscheinen, zitterte bei diesen Worten eine leise Erregung in ihr.

»Du brauchst ja nicht zu schießen, Emily«, sagte er leichthin, »aber es sieht immer gut aus, wenn du so ein Ding in der Hand hast. Dann wird dir nicht jeder Lümmel zu nahe kommen.«

»Peter, du bist doch bei mir!«

»Wohl, aber ich drehe mich ja auch einmal um, und das könnte doch mal einer benutzen —«

»Wozu, Peter?«

»Brauchst mich gar nicht so groß anzusehen, Emily. Bereit sein ist alles!«

»Na schön, dann bekomme ich aber auch eine Zigarette!« sagte Emily mit tapferem Lächeln.

»Das ist die letzte heute!«

Emily zündete sich die Zigarette an und saß still neben ihm. Endlos die flache Steppe vor ihnen; überall lagen Kadaver verendeter Schafe. Nichts von all dem anderen Getier, das ihnen früher begegnet war, ließ sich sehen. Allmählich senkte sich der Abend nieder. Die Umrisse aller Dinge begannen unbestimmt zu werden.

Plötzlich rief Emily: »Sieh dort nach rechts, Peter, das ist doch Rauch! Oder täuscht mich die Dämmerung?«

Peter trat ein wenig auf die Bremse und folgte mit den Blicken der Richtung ihrer Hand.

»Stimmt! Das wird die Kolonie sein! Und ehrlich gesagt, Emily, jetzt kann ich es dir ja eingestehen — ich bin froh, daß wir da sind; unser Benzin geht zur Neige!«

»Was — wie meinst du das?«

»Es ist nahezu aus mit dem Betriebsstoff! Und wenn die dort drüben keine Kanister haben, dann müssen wir uns von unserem eleganten Auto trennen. Dann heißt es reiten oder zu Wagen weiter. Vielleicht, wenn wir es sehr gut treffen, können wir ein Kamel chartern.«

»Peter — soll ich doch Angst bekommen?« fragte Emily zögernd.

»Nein, aber wenn du ängstlich wirst, kehren wir um.«

In langsamem Tempo fuhren sie weiter, um eine Wegbiegung, die von knorrigem Gebüsch eingesäumt war.

Plötzlich standen zwei Kerle vor ihnen, die, so grundverschieden sie auch aussahen, sich dennoch insofern ähnlich waren, als man Leuten wie ihnen ungern allein begegnete. Der eine war ein großer, schmalschultriger, hagerer Mann von etwa fünfzig Jahren; ein verwittertes, verbranntes Gesicht mit stechenden Augen, ungepflegtem schwarzem Vollbart, verlotterter und zerrissener Kleidung, und auf dem schmutzigen ungepflegten Haar die Reste eines Hutes. Der andere neben ihm ein kleiner, dicker, molliger, leidlich sauber gekleideter, aber widerlich freundlicher, jüngerer Mann.

Beide hatten ein Gewehr in der Hand, deren Mündung sie mit vertrauenerweckendem Grinsen dem Auto entgegenhielten.

»Ich glaube, Emily, es ist besser, ich halte an«, sagte Peter halblaut.

»Unbedingt, Peter, sonst sehen sie in unserem Weiterfahren Feindseligkeit!«

»Ich bitte dich, Emily, vorerst nicht zu reden.« Peter hielt den Wagen an, lehnte aus dem Fenster, winkte den beiden Gestalten zu und sagte, so freundlich wie es ihm möglich war, in lässigem Englisch: »Hallo, Jungens, bin ich hier recht auf dem Weg nach London?«

»Hallo, kleiner Witzbold! Auf dem Weg bist du schon, aber nicht nach London, sondern nach Bringdin. Und was führt dich hierher?«

»Ich bin Arzt und bin mit meiner Frau unterwegs, studienhalber!«

»Das glaubt euch der Teufel! Ihr habt wohl etwas davon gehört, daß hier vor Monaten Gold gefunden wurde? Und nun kommt ihr gleich per Auto an, damit ihr die Funde möglichst schnell fortschaffen könnt?« Komisch lachten die beiden Kerle auf, und der Kleine sagte meckernd: »Ist gar nicht so leicht, wie ihr euch das vorstellt, Gold zu suchen. Verdammt schwierig! Und hat man was gefunden, dann wird es einem in der Nacht gestohlen!« Damit stieß er seinem großen Kumpan freundschaftlich in die Seite: »Auch einer von denen, die nachts klauen!«

Der Große wehrte den Kleinen ab und sagte mit fast gutmütigem Brummen: »Na, und du, Saukerl, hast noch nie gestohlen? Hast mir erst vor drei Tagen meinen letzten Tabak gemaust! Übrigens, habt ihr Tabak bei euch?«

»Zigaretten. Davon haben wir noch hundert Stück bei uns!«

»Na, dann her damit!« sagte der Große und ging mit wuchtigen Schritten auf das Auto zu.

»Halt, alter Freund!« wehrte Peter lachend ab. »Ich werde jedem von euch fünf Stück schenken, damit ihr einen guten Eindruck von uns habt, so gewissermaßen als Begrüßungsgeschenk! Meine Frau wird sie euch geben!«

»Eine Frau? Du hast eine Frau bei dir? Mensch, bist du verrückt geworden, eine Frau hierherzubringen? Hat dich der Teufel geritten? Ist sie hübsch?«

So erregt Peter auch war, fühlte er doch, daß es das einzig Richtige sei, wenn er die Fassung nicht verlor, und antwortete leichthin: »Selbstverständlich ist sie hübsch! Man muß euch hier in der Wildnis doch mal eine hübsche Frau zeigen.«

Mit einem tapferen Lächeln, für das Peter ihr unendlich dankbar war, reichte Emily jedem der beiden verwegen aussehenden Kerle einige Zigaretten hin.

»Guten Abend, meine Herren, ich freue mich, Sie kennenzulernen, und ich hoffe, Sie werden sich Mühe geben, mir den Aufenthalt in Bringdin so angenehm wie möglich zu machen. Das ist doch bei Gentlemen selbstverständlich!«

Durch ihre vornehm-freundliche Art entwaffnet, standen die beiden Kerle neben dem Auto und sahen sich gegenseitig verlegen an.

»Hast du das gehört?« meckerte der Kleine, »wir sind Gentlemen?«

Der Große warf sich in die Brust und sagte mit eingebildetem Lächeln: »Das ist doch klar, wir sind alle Gentlemen. Und die Lady wird sich sehr wohl bei uns fühlen.«

Damit zog er den Rest seines Hutes vom Kopf und machte eine Bewegung, die allem Anschein nach eine Verbeugung sein sollte. Aber Tom Brait war zu lange im Busch gewesen — er hatte vergessen, wie man so etwas machen mußte. »Gedenken der Lord und die Lady sich länger bei uns aufzuhalten?«

»Das kommt darauf an«, sagte Peter lächelnd, »wenn es nett ist in Bringdin, bleiben wir gern einige Tage da. Wie sieht es denn mit Benzin aus?«

»Genau so wie mit Gold!«

»Das heißt?«

»Nichts!«

»Das ist ja sehr erfreulich! Schade, daß die Automobile noch nicht mit Wasser fahren!«

»Ähnlich wie mit Gold!« brummte der Kleine.

Peter zögerte einen Augenblick mit der Antwort und fragte dann möglichst gleichgültig: »Auch knapp?«

»Ich glaube, ja! Wer durstig ist, tut gut, für genügend Whisky zu sorgen. Es dürfte seiner Lordschaft wohl schon aufgefallen sein, daß die letzten Wegstrecken nicht gerade üppig grünten und blühten«, meinte der Große, das Gesicht verziehend.

Peter sah Emily einen Augenblick an, und sie legte als Antwort nur ihre Hand leicht auf seinen Arm.

»Na, dann wollen wir mal weiterfahren! Darf ich bitten, meine Herren, sich rechts und links auf die Trittbretter zu stellen — einen besseren Platz kann ich Ihnen leider nicht anbieten!«

Wie ein paar vergnügte Kinder machten die beiden abenteuerlichen Gestalten davon Gebrauch und hielten sich mit unglaublich schmutzigen und ungepflegten Händen an den stabilen Wagentüren fest.

Einen kurzen Blick warf Emily auf diese Hände, und hatte in ihrer Phantasie eine ungefähre Vorstellung von dem Kulturzustand Bringdins. Es wurde ihr nun doch ängstlich zu Sinn. Ein Abenteuer war die ganze Fahrt. Wenn die andern Einwohner der Luxusstadt diesen beiden Exemplaren glichen, mochte es nicht gerade lustig sein, sondern ernst werden.

Peter fuhr ganz langsam, darauf achtend, daß er die neue, unerfreuliche Fracht nicht verlor. Auch hinter seiner Stirn sah es nicht sehr heiter aus. Langsam kamen sie näher an die Siedlung, und als sie, nicht mehr geblendet durch die untergehende Sonne, endlich erkennen konnten, was hier los war, wurden alle ihre nicht hochgespannten Erwartungen doch noch unterboten.

Baracken, windschief, teils aus Wellblech, teils aus Lehm zusammengehauen, mit kläglichen Dächern, alten Fetzen als Türen, das waren die Prachtgebäude von Bringdin. Sonst nichts, außer einem Brunnen, Staub, Sand und wieder Staub. Über einer dieser elenden Hütten hing schief an einem Nagel ein Schild, auf das von ungeübter Hand schwarze Buchstaben gemalt waren. »Marys Salon« las man, und hinter dem Fetzen, der auch hier die Stelle einer Tür vertrat, ertönte eine abgespielte Grammophonplatte: »Ich bin von Kopf bis Fuß auf Liebe eingestellt!«

Ein Schlager mitten im australischen Busch! Dazu grölende Männerstimmen, Zank, Lachen und Fluchen.

Auf der sogenannten Straße aber kein Mensch!

»Mylord!« sagte Tom Brait, »hier würde ich anhalten. In Marys Salon ist es immer noch am lustigsten, und Sie bekommen da vielleicht auch für die Lady ein Nachtlager.«

Peter und Emily wechselten einen kurzen Blick, dann stand der Wagen still. Und jetzt beugte sich der kleine Dicke mit vergnügtem Grinsen durch das Fenster hinein und drückte wie ein Irrsinniger auf die Autohupe.

Der Vorhang vor Marys Salon wurde beiseitegerissen, und ungezählte Duplikate der Emily und Peter schon bekannten Einwohner von Bringdin erschienen vor der Blechhütte.

»Hallo — Teufelundeins — verfluchte Wirtschaft — was soll das? Was bedeutet das? — Lieber Himmel — eine Frau!« so tönte es wirr durcheinander.

Tom und der kleine Dicke kamen sich wahnsinnig wichtig vor, weil sie die Neulinge in Bringdin einführten. Sie schubsten jeden, der sich neugierig dem Wagen näherte, unsanft beiseite.

»Finger weg, ihr verdammten Halunken, das ist nichts für euch! Das ist eine wirkliche Lady! Wenn Mary die sieht, platzt sie vor Neid!«

Dröhnendes Gelächter beantwortete Toms Worte. Jetzt hielt Peter es für angezeigt, seinerseits einzugreifen. Er stieg aus, streckte ein wenig die steifen Glieder, sah sich freundlich lächelnd um und sagte: »Hallo, Jungens, ich hoffe, wir kommen euch hier nicht ungelegen! Meine Frau und ich müssen einige Tage Pause machen. Und Benzin brauche ich, Jungens — wie sieht es damit aus?«

Wieder war dröhnendes Lachen die Antwort. Die Hände in den Taschen der zerrissenen Hosen, standen sie alle um das Auto und gaben sich dem Genuß dieser ungewohnten Sensation hin.

»Benzin?« rief man ihm entgegen. »Jetzt sagen Sie nur noch, daß Sie ein Bad wünschen!« warf einer mit tiefer Stimme dazwischen.

Ehe Peter antworten konnte, trat aus dem Salon ein Mann heraus, dessen schmales, sehr ernstes Gesicht von einem dunklen Vollbart umrahmt war und dessen Äußeres nicht abstoßend wirkte. Er kam auf das Auto zu und nahm sogar den Hut ab.

»Ich bin der Boß, Jimmy Wolter ist mein Name. Was führt Sie in unsere gottverlassene Gegend?«

»Freut mich, Mr. Wolter, Ihre Bekanntschaft zu machen. Ich bin mit meiner Frau auf einer Studienreise. Wir haben die Absicht, zu den Baiban-Negern vorzudringen. Ich bin von Beruf Arzt und möchte den Gesundheitszustand dieser Menschen studieren. Mein Name ist Peter Schwarzenberger!«

Schallendes Gelächter der Umstehenden war die Antwort. Jimmy Wolter machte eine Bewegung mit der Hand, und sofort waren alle wieder still.

»Freut mich, Mr. Schwarzenberger! Ich bin sehr froh, daß Sie nicht als Goldgräber herkommen. So wird es für Sie um einiges leichter werden. Wie haben Sie sich den Aufenthalt hier gedacht? Sie haben eine Frau bei sich? Das Wagnis haben Sie sich wohl nicht überlegt?« fuhr er halblaut fort.

Peter sah erst Jimmy Wolter, dann die anderen der Reihe nach an und sagte dann ruhig und sachlich: »Wir befinden uns ja unter Gentlemen, nicht wahr, meine Herren? Und meine Frau braucht sich keine Sorgen zu machen. Ich bin davon überzeugt, daß jeder von Ihnen sich Mühe geben wird, sich so gut wie möglich zu benehmen!«

Emily begleitete die Worte ihres Mannes mit einem Lächeln, und im Augenblick hatten sie beide gesiegt.

Der kleine Dicke schlug sich lachend auf die Knie und erklärte: »Das mag alles gutgehen, bis Toni kommt, dann ist es aus! Wenn der eine hübsche Frau sieht, läuft er Amok. Ich habe meine Liese lieber zu Hause gelassen, als ich hörte, daß Toni sich hier wieder herumtriebe.«

Zustimmend nickten die verwegenen Kerle mit dem Kopf; dann gingen sie daran, Peter und Emily behilflich zu sein, das Gepäck vom Wagen zu lösen.

»Gibt es eine Unterkunft für meine Frau, Mr. Wolter? Sie ist nicht verwöhnt! Wenn es aber nicht geht, dann schlagen wir eben das Zelt auf.«

Jimmy sah mit einem prüfenden Blick die ganze Horde an, dann sagte er langsam: »Die Lady wird in meiner Hütte schlafen. Ich selber quartiere mich in Marys Salon ein.«

»Und wo bringen Sie mich unter, Mr. Wolter?«

»Vor meiner Hütte!« Jimmy Wolter ging vor Peter her, einer Blechhütte entgegen, die sich durch leidliche Gepflegtheit von den anderen unterschied. Es waren Versuche zu bemerken, ihr schon von außen einen wohnlichen Anstrich zu geben.

Emily folgte mit einigen leichten Gepäckstücken den Männern, und erschrak, als sie das Innere der Hütte betrat.

Ein rohgezimmerter Tisch und Stuhl und ein wie ein Sarg wirkendes Bett — das war alles! Aber eine schöne große Dogge lag in der Hütte. Auf einen kurzen Zuruf Jimmys beruhigte sich das aufgeregte Tier sofort und ließ sich von Emily streicheln. Von Stunde an, bis Emily Bringdin wieder verließ, wich der Hund nicht mehr von ihrer Seite.

Die Aufregung der Kolonie legte sich ein wenig, man verschwand wieder im Salon. Nur Jimmy Wolter blieb bei den Neuangekommenen zurück. Als die drei allein und damit beschäftigt waren, mit den im Wagen untergebrachten Kissen und Decken ein Nachtlager für Emily herzustellen, sagte Jimmy Wolter ruhig und langsam zu Peter:

»Sind Sie verrückt geworden, hierherzukommen? Das tut man doch nur, wenn einem das Messer an der Kehle sitzt, die Gerichte hinter einem her sind, oder man sonst keinen anderen Ausweg weiß. Freiwillig ist noch keiner gekommen. Und noch kaum einer hat es auf reguläre Weise wieder verlassen. Eine Hölle ist dieses Bringdin, eine Hölle, deren Schrecken bei Dunkelheit beginnen und bei Sonnenaufgang wieder verschwinden.«

»Wollen Sie mir Angst machen, Mr. Wolter?« fragte Emily ruhig. »Sie sind doch auch hier?«

»Ich? Ich bin auch ein Gestrandeter, habe nichts mehr zu verlieren und nichts zu gewinnen. Für mich bedeutet Bringdin die letzte Station.«

»Aber, Sie sind doch ganz anders als die anderen?«

»Möglich, Mrs. Schwarzenberger, ich habe ja auch nur *einen* Mord auf dem Gewissen. Die anderen meist zwei bis drei oder Diebstahl oder sonst andere Verbrechen.«

Weder Emily noch Peter wichen bei diesen Worten vor Jimmy Wolter zurück. Im Gegenteil, Emily hob ein wenig die Hand und legte sie auf die Schulter des Mannes.

»Ich kann kaum glauben, Mr. Wolter, was Sie da erzählen!«

»Wenn ich zurückdenke an die Zeit, als ich noch ein Mitglied der menschlichen Gesellschaft war, müßte ich Ihnen jetzt die Hand küssen, Mrs. Schwarzenberger. Aber ich will mich lieber nicht erinnern. Das ist besser für mich!« Er zögerte einen Augenblick, hob den Kopf und sah Emily ruhig an. »Ich habe meine Frau erschossen. Ich fand sie in den Armen meines besten Freundes. Aber ich habe mich den Gerichten nicht gestellt, denn ich fühle mich nicht schuldig. Ich habe mir selber meine Strafe zudiktiert, mich verurteilt, hier in Bringdin zu leben und zu versuchen, etwas Ordnung unter die gottverfluchten Halunken zu bringen. Das ist mir einigermaßen geglückt. Doch Sie machen mir einen Strich durch meine Rechnung, Mrs. Schwarzenberger!«

»Das tut mir leid, Mr. Wolter, aber wodurch?«

»Ihre Anwesenheit genügt. Eine Dame war noch niemals hier. Frauen sind überhaupt eine Seltenheit, außer Mary und den beiden anderen. Das Leben ist zu hart hier, das hält ein Weib nicht aus. Können Sie nicht heute noch weiterfahren, Mrs. Schwarzenberger? Es wäre besser für Sie beide!«

»Es tut mir leid, Mr. Wolter, aber ich habe nur noch für höchstens hundertfünfzig Kilometer Benzin. Und das nutzt mir nichts. Damit kann ich nicht einmal zurück, selbst wenn ich wollte!«

»Das ist böse, das ist sogar sehr böse!«

»Auf welche Art kommen und gehen denn hier die Menschen? Es muß doch die Möglichkeit einer Verbindung mit der übrigen Welt geben?«

»Zu Fuß —«

»Wie soll ich das verstehen, Mr. Wolter?«

»Wie ich es sagte! Von hundert kommen zehn an. Und von zehn, die fortgehen, kehrt einer zurück zu den Menschen. Sie haben erlebt, welche Strecken von wasserlosem Gebiet durchwandert werden müssen. Und wenn die Menschen nicht verdursten, werden sie von Buschnegern überfallen.«

Es war einen Augenblick still, dann sagte Peter, als wollte er sich an den eigenen Worten wiederaufrichten: »Man hat mir aber doch erzählt, daß Kamele in Bringdin seien.«

»Die meisten sind vor Wochen verreckt! Durst! Krankheit! Nicht einmal diese Viecher haben es ausgehalten!«

»Und der Brunnen draußen auf der Straße?« fragte Emily ängstlich.

»Gibt gerade so viel Wasser her, daß jeder von uns einen Liter pro Tag bekommt! Gold können wir schon seit Monaten nicht mehr waschen.«

»Und Whisky und Lebensmittel? Alles das, was man hier sieht — Wellblech, das Grammophon drüben, wie ist das hergekommen?«

»Einmal im Jahr kommt ein portugiesischer Händler, der das Wagnis auf sich nimmt, solche Luxusniederlassungen wie Bringdin mit dem zu versehen, was unbedingt notwendig ist.«

»Und das Gold, weswegen ihr alle hier seid?«

»Dieses Jahr war sehr schlecht! Im vergangenen Winter ist ein Vermögen gefunden worden. Als das bekannt wurde, kamen die Kerle in Scharen her.«

»Und wo befindet sich das, was man damals fand?«

Müde deutete Jimmy Wolter hinaus in die unendliche Steppe und sagte ohne sonderliche Betonung: »Da draußen irgendwo in dem Gepäck von zweien, die als ehrliche Freunde hier abmarschierten, nachdem sie den Klumpen gefunden hatten.«

»Was raten Sie uns zu tun?«

»Abwarten, bis der Händler wieder hier ist, die einzige Möglichkeit, mit Ihrer Frau von hier fortzukommen!«

»Und wann ist dies zu erwarten?«

»Wir rechnen damit, daß er in zwei bis drei Wochen hier sein wird.«

Emily und Peter sahen sich an und wußten wirklich nicht, was sie sagen sollten. Peter machte sich Vorwürfe, daß er seine Frau in diese Situation gebracht hatte. Aber es nützte nichts zu klagen. Jetzt mußte das Beste herausgesucht werden.

Auch Emily gab sich Mühe, ihre Niedergeschlagenheit nicht spüren zu lassen. Sie beschäftigte sich weiter mit ihrem Gepäck und sagte: »Nun, dann müssen wir eben warten! Ich hoffe, es wird hier nicht allzu langweilig für mich werden. Übrigens, was ist denn das für ein Mann, von dem vorhin gesprochen wurde — dieser Toni?«

Jimmy Wolter zögerte einen Augenblick, dann sagte er: »Das ist ein ganz schlimmer Kerl! Ein Goldsucher, der mit seinem eigenen Flugzeug kommt!«

»Was? Erzählen Sie da keine Märchen?« fragte Peter.

»Nein, wahrhaftig nicht. Dieser verfluchte Kerl taucht ab und zu völlig unerwartet hier auf, arbeitet einige Wochen wie ein Pferd, wie ein Galeerensklave, schickt sich in alles, ist gut Freund mit den Kerlen da drüben und eines Tages steigt er wieder hinauf zum Himmel.

Wir wissen nicht, wer es ist, wissen auch nicht, welcher Nationalität er angehört, er hat eine ganz verdammte Art, sich jede Vertraulichkeit oder Feindseligkeit vom Leibe zu halten. Es wird nie einer wagen, an seiner kleinen Flugmaschine irgendeine Dummheit zu machen, ganz abgesehen davon, daß Toni in dieser Maschine übernachtet. Er bringt meistens für jeden von uns eine kleine Aufmerksamkeit mit, und es ist wirklich ein Fest, wenn er vom Himmel herabsteigt. Ein schöner Kerl ist er übrigens, und man kann es schon verstehen, daß sämtliche Weiber sinnlos sind, sobald sie ihn nur sehen. Mary zum Beispiel vergißt sogar das Rechnen, wenn Toni hier ist. Und eines der Barmädel hat sich voriges Mal, als er abfuhr, von dem Propeller seines Flugzeuges glatt den Kopf abschlagen lassen — sie wollte es nicht glauben, daß er wieder fortflöge.«

Emily sah Mr. Wolter an, als zweifle sie an seinem Verstand. Müde lächelnd nickte er ihr zu und sagte tröstend: »An ähnliche Geschichten müssen Sie sich hier gewöhnen, Mrs. Schwarzenberger, wir leben nicht wie andere Menschen und haben unsere eigenen Gesetze, Freuden, Leidenschaften, Verbrechen und Sühnen. — So, nun will ich Sie aber nicht länger ängstigen, ich will mir alle Mühe geben, daß Ihr Aufenthalt glatt vorübergeht. Aber um eines bitte ich Sie, oder vielmehr — ich befehle es Ihnen: Verlassen Sie die Hütte nicht ohne meine oder Ihres Mannes Begleitung, und lassen Sie den Hund nicht von Ihrer Seite. Am Tag ist die Sache nicht schlimm, da sind die Männer draußen und arbeiten, dann ist nur dieser oder jener hier, der krank ist, und die Weiber drüben aus Marys Salon, aber wenn sie bei Sonnenuntergang zurückkommen, dann lassen Sie sich nicht sehen!«

»Also sind wir gewissermaßen die Gefangenen von Bringdin«, sagte Peter zögernd.

»Freiwillige Gefangene. Es hat Ihnen ja niemand gesagt, daß Sie hierherkommen sollten, Mr. Schwarzenberger. Jetzt müssen Sie büßen für Ihren Leichtsinn.« Damit legte er zwei Finger an den Hut, einen Gruß andeutend, und verließ die Hütte.

Emily und Peter sahen ihm nach. Keiner wollte zuerst sprechen. Aber dann erbarmte Emily sich ihres Mannes, der geradezu verzweifelt aussah. Sie trat hinter ihn und legte ihre Hände auf seine Schultern: »Kopf hoch, Peter! Es wird schon nicht so schlimm werden! Wir wollen tun, was Wolter uns anrät, aber schließlich leben wir doch in einem modernen Zeitalter, und man kann nicht mit uns umgehen, wie es diesen Abenteurern paßt.«

»Wo kein Kläger, ist auch kein Richter, Emily! Mir ist das Herz verdammt schwer. Ich hätte doch auf Mr. van Beeten hören sollen, er hat mir von der ganzen Geschichte abgeraten.«

»Was nützt das jetzt alles, Peter. Wir sind nun einmal hier und müssen sehen, daß wir so gut wie möglich diese Tage überstehen.«

»Bist du gar nicht ängstlich, Emily?«

»Nein, Peter, du bist doch bei mir!«

Peter nahm sie in seine Arme und sah sie mit frohem Lächeln an: »Du bist ein feiner Kerl, Emily, auf dich kann man wirklich stolz sein. So, und nun wollen wir uns mit dem Gegebenen abfinden und versuchen, durchzuhalten. Ich werde jetzt hinübergehen in das Weltstadtrestaurant und sehen, wie da alles steht. Richte du dich nach dem, was Mr. Wolter uns gesagt hat.«

»Ich bin müde, Peter, und werde mich sofort schlafen legen. Ich habe nicht einmal die Verpflichtung«, fügte sie mit einem Lächeln hinzu, »mich zu waschen, ich habe ja gar kein Wasser.«

»Liebes, wirst du das nicht sehr entbehren?«

»Wenn auch, so nützt es mir doch nichts. Also träume ich gar nicht erst von einer schönen, mit kühlem Wasser gefüllten Badewanne. Es wird auch ohne die gehen. Und ich habe den Trost, daß du in einigen Tagen bestimmt nicht sauberer aussehen wirst als ich!«

Peter verabschiedete sich mit einem kameradschaftlichen festen Händedruck und ging über die sogenannte Straße nach Marys Salon.

Emily fühlte sich aber durchaus nicht so tapfer, wie sie es ihrem Mann vorspielte. Wenn sie sich all das Gehörte noch einmal vergegenwärtigte, mochte sie es kaum glauben. Ein Mann mit einem leidlich anständigen Gesicht erklärte ihr ruhig, als sei es das Alltäglichste von der Welt, daß er seine Frau ermordet habe, und daß die anderen um sie herum noch schlimmere Verbrechen auf dem Gewissen hätten.

Sie hockte sich auf die Schwelle der Hütte, und sofort legte der Hund sich neben sie, vertraulich seine Schnauze auf ihre Knie bettend. Es hatte etwas Beruhigendes, dieses Tier neben sich zu wissen, und sie dachte daran, daß Tiere bessere Freunde sein können als die Bestie Mensch.

XIV

Van Beeten und Fredy hatten den größten Teil der Reise in das Innere des Landes überstanden. Zuerst in einem luxuriös eingerichteten Pullman-Car, von Negern bedient, von Sauberkeit umgeben. Dann eine unendlich staubige Autoreise auf erst sehr guter und dann sehr schlechter Straße, so daß Fredy froh war, als er das Auto verlassen und einen sogenannten Farmerwagen besteigen konnte, der noch aus dem vergangenen Jahrhundert stammte. Aber Felix van Beeten erklärte ihm, daß Neuerungen auf diesem Gebiet unzweckmäßig seien. Er könnte ja reiten, wenn ihm das lieber sei. Dann müsse er sich aber ein Taschentuch vor Mund und Nase binden, sonst könne er nicht atmen.

Das behagte Fredy auch nicht. Also entschloß er sich, in den Planwagen einzusteigen, vor den acht Paar schwerer Zugochsen gespannt waren.

Wenn Fredy schon in dem Auto hin und her geschüttelt worden war, daß er das Gefühl hatte, keines seiner Gelenke und Knochen würde ihm je wieder gehorchen, so glaubte er tatsächlich, die Engel im Himmel singen zu hören, als der kräftige kutschierende Neger die lange Peitsche über die Zugochsen zu schwingen begann. Das Rütteln und Schütteln des Wagens war unvorstellbar.

Erst sauste Fredy mit der linken Schläfe an die Verdeckwand, darauf rutschte er nach rechts und stieß sich den Ellbogen wund, und als er versuchte, eine seiner würdige Haltung einzunehmen, krachte er mit dem Sitzbrett durch und lag im Inneren des Wagens auf Stroh.

Der kutschierende Neger drehte sich herum und sah ihn freundlich grinsend an: »Das gut sein, Master, da ruhig bleiben, Master schlafen, dann ganz schnell wir sind in Goschogana. Kleine Miß schon dort sein!«

Das interessierte Fredy im Augenblick gar nicht. Seine Braut mochte sein, wo der Pfeffer wuchs, wenn er nur erst von diesem Marterrost herunter war. Als er jetzt aber versuchte, die Plane des Verdecks ein wenig hochzuheben, um zu sehen, wo Felix van Beeten sei, ließ er schaudernd die Leinwand sofort wieder herunterfallen. — Denn draußen war nichts als Staub und Sonnenglut, große Steine und dürres Gras.

»Wär ich doch in meiner Heimat geblieben«, seufzte er vor sich hin, versuchte die Lippen zu spitzen und ein wenig zu pfeifen. Aber das ging auch nicht. Erstens waren die Lippen trocken und zweitens kam er immer wieder aus dem Takt, da er angstvoll nach rechts und links greifen mußte, um nicht durch die Leinwand aus dem Wagen geschleudert zu werden.

Nach unbestimmter Zeit, die Fredy nicht mehr ermessen konnte, erklang neben dem Wagen die fröhliche Stimme Felix van Beetens: »Hallo, Schwiegersohn, leben Sie noch?«

Fredy konnte nur mit einem armen, schwachen Stimmchen antworten: »Kaum, verehrter Schwiegervater!«

»Blaue Flecke?«

»Nur noch!« war Fredys Antwort.

»Wird wieder besser, bis Sie heiraten!«

»Darauf lege ich im Augenblick gar keinen Wert. Wie lange muß ich denn noch aushalten in diesem Gefängnis?«

»Nur noch fünf bis sechs Stunden, dann haben Sie es glücklich überstanden!«

»Nur noch? Na, das ist ja immerhin tröstlich! Und zu essen oder zu trinken gibt es wohl nichts?«

»Eine gute Idee! Wir werden haltmachen! Aber jetzt binden Sie sich das rote Tuch vor das Gesicht, das ich Ihnen gegeben habe, denn durch das Anhalten schlägt der ganze Staub zurück, und wir müssen erst eine Weile warten, bis sich alles beruhigt hat.«

Das hielt Fredy selbstverständlich für Blödsinn. Aber als nun, weil der Neger die Zügel anzog und der Planwagen stand, eine dicke Wolke von hartem Staub in den Wagen eindrang, tat er doch blitzschnell, was man ihm geraten hatte.

›Wirklich – allerliebste Gegend! Ich fange langsam an, diese ganze Reise für einen Irrsinn zu erklären. Habe ich das nötig gehabt, mich in einen kleinen Satan zu verlieben, der mich bis hierher lockt? Na, die kann sich ja freuen!‹

Nach kurzer Zeit nahm ihn der riesenhafte Kutscherneger aus dem Stroh heraus, ungefähr so, wie ein waidwundes Reh. Felix mußte lachen, als er dieses Häufchen Elend sah. Riesenhaft, breit und wuchtig stand er neben dem Wagen, bis zur Nase feuerrot gebrannt von der Sonne, denn unterhalb der Nase hatte er ja das Sandtuch vorgebunden, und sah Fredy vergnügt an: »Na, etwas kompliziert hier bei uns im Busch, nicht wahr?«

»Oh — eine gottverfluchte Gegend! Wie sieht es denn zu Hause bei Ihnen aus, Schwiegervater?«

»Nun, ganz nett!« tröstete Felix lachend und wandte sich an den Kutscherneger. »Nicht wahr, Sam, bei uns auf Goschogana ist es schön?«

»Sehr schön sein Goschogana, nirgends auf Welt so schön wie da sein!«

»Da hören Sie es, Schwiegersohn! Macht Ihnen das nicht wieder ein bißchen Mut?«

»Verehrter Schwiegervater, ich werde langsam etwas mißtrauisch. Ich fürchte, die Schönheitsbegriffe eines Negers und die meinen gehen ziemlich auseinander. Wie hat denn eigentlich meine verehrte Braut diese Reise überstanden?«

»Dergleichen ist für Lola eine Kleinigkeit! Sie hält es tagelang im Sattel aus und schläft mit derselben Ruhe unter freiem Himmel wie in einem Hotelzimmer. In der Beziehung hätte sie sehr gut zu Mr. Blackford gepaßt, aber sie wollte ihn ja nicht. Eigentlich schade, denn Blackford züchtet eine Rasse Schafe, die ich auch gern haben möchte. Aber jetzt ist er böse und gibt mir keine Zuchttiere ab.«

Fredy sah seinen Schwiegervater mit offenem Munde an und konnte nur sagen: »Wie, bitte?«

Dröhnend lachte Felix van Beeten auf und erklärte: »Andere Länder, andere Sitten, Schwiegersohn. Sie werden sich daran gewöhnen. Passen Sie auf, in einem halben Jahr ist Ihnen das Vlies eines Wollschafes wichtiger als die Untergrundbahn in London. Ich nehme wenigstens an, daß es dort eine gibt?«

»Aber selbstverständlich«, erklärte Fredy sanft beleidigt. »Was ist übrigens das Vlies eines Wollschafes?«

Die Diener hatten für die beiden Herren einen Sitzplatz zurechtgemacht und Essen und Trinken bereitgestellt, so daß es im Schatten des Planwagens beinahe gemütlich war.

Bei der Frage Fredys lachte Felix van Beeten laut auf und gab Sam einen sanften Fußtritt auf die Rückfront: »Was sagst du dazu, Sam? Er weiß nicht, was ein Vlies ist!«

»Oh, was müssen Sam lachen, Master Schwiegersohn nicht wissen, was ein Vlies?« Dabei schlug Sam sich mit seinen langen Händen abwechselnd auf die Knie und amüsierte sich königlich.

Fredy kam sich wahnsinnig dämlich vor.

»Was ein Vlies ist, Schwiegersohn, das kann ich Ihnen nicht einmal sagen, das kann ich Ihnen nur zeigen. Da nimmt man ein Wollschaf zwischen die Knie, und oben am Hals, wo das Fell am dichtesten ist, legt man mit zwei Händen die Wolle auseinander, so daß man die Haut des Tieres sehen kann. Das nennt man dann das Vlies. Man zeigt also, wie schön lang und hell die Wolle des Tieres ist.«

»Aha!« sagte Fredy. »Ich bin darauf gefaßt, daß ich noch allerlei lernen muß. Mir ist mein juristisches Studium schon reichlich schwer geworden, aber ich fürchte, Ihr Schwiegersohn zu werden ist noch komplizierter, ganz abgesehen davon, daß Lola auch eine bittere Nuß ist.«

Felix schlug ihm lachend auf die Schultern und erklärte ungerührt: »Geschieht Ihnen recht! Warum verlieben Sie sich auch in das Mädel?«

»Ich tue es nie wieder, das schwöre ich Ihnen, Schwiegervater! Auf den Knien muß sie vor mir herumrutschen, ehe ich wieder ein freundliches Wort mit ihr spreche.« Jetzt sah er seinen Schwiegervater prüfend an und fragte lächelnd: »Von wem hat sie eigentlich die Schönheit? Von Ihnen nicht, Schwiegervater!«

»Von meiner Frau auch nicht!« erklärte Felix lachend. »Die war groß und blond und kräftig – sie paßte eben zu mir. Als wir den kleinen Satan in der Wiege hatten, haben wir uns kopfschüttelnd gefragt, wo das hergekommen sein könnte? Da hat uns dann der alte Henner Schlüter erklärt, daß seine Tochter und seine Mutter genau so ausgesehen hätten wie der Satan. Und als ich später einmal das Bild von Emily Dorsey bei Henner gesehen habe, konnte ich ihm nur recht geben.«

»Und von wem hat sie die ungemein liebenswürdige Charakterveranlagung übernommen?« fragte Fredy grinsend.

Felix legte seine beiden Hände beteuernd auf seinen riesigen Brustkasten und erklärte ablehnend: »Von mir nicht! Das wird wohl auch ein Familienerbteil sein.«

Nach kurzer Zeit wurde Fredy wieder in den Planwagen verfrachtet, und das alte Leiden begann von neuem. Aber mochte es sein, daß ihn, gesättigt wie er war, die Müdigkeit übermannte — er schlief ein und erwachte erst, als ihn etwas an der Nase kitzelte.

Verschlafen wie er war, wischte er ärgerlich mit der Hand darüber weg, aber es kitzelte schon wieder — und es roch höchst eigenartig. Er hörte auch ein merkwürdiges Schnuppern und Schnaufen, und so entschloß er sich doch, munter zu werden, zumal es ihm zum Bewußtsein kam, daß der Wagen stillstand. Gerade wollte er sich aufrichten, da stieß er mit der Stirn gegen etwas Weiches, Warmes und hörte ein sanftes Blöken.

Nun war er munter. Und erkannte das rätselhafte Etwas als ein kleines, süßes, weißes Schäfchen, dessen Kopf man ihm unter die Nase gehalten hatte.

Und wer hatte das wohl getan?

Lola, der liebe kleine Satan von Goschogana!

Gesund und munter stand sie vor ihm. Als er sie in ihrer bezaubernden Frische und Natürlichkeit vor sich sah, schlug ihm doch wieder die Liebe über dem Kopf zusammen. Er hätte eigentlich böse sein sollen wegen ihres »unbräutlichen« Benehmens, allein er konnte nicht anders, als mit einem Riesensprung aus dem Wagen heraus auf sie zueilen und sie in seine Arme zu nehmen. Wenigstens hatte er es sich so gedacht — aber der Satan hatte es anders beschlossen.

Geschickt wich sie aus, versetzte ihm einen Rippenstoß und erklärte hohnlächelnd: »Das gibt es nicht! Wenn du glaubst, dich hier als Bräutigam aufspielen zu können, bist du im Irrtum. Ich habe bei mir beschlossen, unverehelicht zu sterben.«

»Na, dann viel Vergnügen dazu!« sagte Fredy wütend, »aber bis dahin sollst du das Vergnügen haben, mich täglich vor dir zu sehen. Ich bin entschlossen, hier bei euch zu bleiben. Aber bilde dir ja nicht ein, daß ich als unglücklich Liebender hinter dir hertrotteln werde.« Sprach' es, drehte sich auf dem Absatz herum und ließ sie stehen.

So — das paßte wiederum *ihr* nicht. Sie hatte es sich anders gedacht, ungefähr wie es vielleicht in einem Roman zu lesen stand: Der unglücklich Liebende, Verschmähte, lag vor der Heißgeliebten auf den Knien, stach sich einen nadelspitzen Dolch in das liebeswunde Herz und sank dann mit einem leisen Seufzer, den Namen der Geliebten auf den Lippen, erbleichend zu ihren Füßen nieder! So hatte sie sich das gedacht!

Und es war die alte Geschichte bei dem kleinen Satan: Alles, was sich ihr entzog, wollte sie haben. Das war mit Menschen so wie mit Tieren. Sie war in ihrem jungen Leben selten auf Abneigung oder Ablehnung gestoßen. Niemand widerstand dem von ihr ausgehenden Zauber. Jeder Mensch brachte ihr sein Herz entgegen, und die eingeborenen Angestellten sahen anbetend zu ihr empor.

Und nun mußte sie es erleben, daß Fredy, ausgerechnet Fredy, ihr die kalte Schulter zeigte!

Wütend stampfte sie mit dem Fuß auf und brüllte mit allem Stimmaufwand, der ihr zu Gebote stand, hinter ihm her: »Flegel — unverschämter Flegel!«

Aber Fredy zuckte nicht einmal die Achseln und folgte seinem Schwiegervater in das langgestreckte Haus, das am Ende eines erstaunlich gepflegten Gartens lag. Fast wie ein indischer Bungalow mutete es an, strahlend weiß, einstöckig gebaut, mit einem weit vorspringenden Dach, das kühle Schatten spendete für die lange Veranda.

Nach den Erfahrungen der letzten Reiseetappe war Fredy von der Gepflegtheit des Hauses angenehm überrascht.

Die Boys waren sauber gekleidet und gut geschult, die Zimmer einfach, doch behaglich eingerichtet, und selten hatte Fredy ein kühler Trunk so gemundet wie eine eigenartig schmeckende Limonade, die sein Schwiegervater ihm servieren ließ.

Während die Boys den Planwagen und den Gepäckwagen ausräumten, saßen die beiden Herren auf der Veranda — der Satan von Goschogana war spurlos verschwunden — und unterhielten sich.

»Nun, verehrter Schwiegersohn, wie gefällt Ihnen Goschogana?«

»So nett hatte ich es mir nicht gedacht. Ich kann mir vorstellen, daß man es hier aushält. Aber ich habe geglaubt, auf einer Schaffarm wimmele es nur so von Schafen. Und außer dem kleinen Satan habe ich bis jetzt noch keins gesehen!«

Warnend hob Felix seine mächtige Rechte und sagte: »Vorsicht, wenn sie das hört —«

Von irgendwoher ertönte Satans energische Stimme: »Hab' es schon gehört!«

Als bräche ein Gewitter über die beiden Männer herein, duckten sie den Kopf und warteten auf einen Schlag, der sie treffen sollte.

Aber vorerst geschah nichts. Allem Anschein nach mußte Lola erst Atem schöpfen, um eine neue kleine Bosheit auszuhecken.

»Sie vermissen die Schafherden? Aus guten Gründen hält man die möglichst weit weg vom Hause, erstens einmal wegen des Geruchs, denn bei beginnender Regenzeit stinken die Tiere entsetzlich, und dann auch wegen der die Schafherden begleitenden Insekten. Außerdem, verehrter Schwiegersohn, ich glaube, Sie können sich nicht vorstellen, was für einen Krach eine Schafherde macht. Keine reine Freude, so etwas in der Nähe seines Schlafzimmers zu haben. Aber morgen werden wir uns aufs Pferd setzen und zu den Schafen hinüberreiten.«

»Ohne Reiten geht es hier wohl nicht?« fragte Fredy etwas beklommen.

»Sie als Engländer haben so wenig Einstellung zu dem Reitsport?«

»Oh, so ein bißchen durch den Hyde-Park — da macht das Reiten Spaß. Aber durch die Wildnis — ich weiß nicht, ob das sehr vergnüglich sein wird.«

»Wenn Sie erst einige Wochen hier sind, werden Sie die Gegend genauso lieben wie ich. Überall, wo ich mich aufhalte, habe ich Heimweh nach Goschogana. Darum habe ich mich auch nach dem Tod meiner Frau nicht entschließen können, von hier wegzugehen, obwohl ich einsehe, daß das Kind eigentlich in eine andere Umgebung kommen müßte. Ich weiß genau, daß Lola hier verwildert. Deshalb hatte ich auch den Plan gefaßt, sie mit Mr. Blackford zu verheiraten. Er ist gerade keine Schönheit, war aber im Umkreis von dreihundert Kilometer der einzige noch verfügbare Junggeselle. Ganz davon abgesehen, daß er sehr reich ist und Lola sicherlich ein schönes Leben geboten hätte.«

»Dann sind Sie also von mir etwas enttäuscht, Schwiegervater?«

»Von Ihrer Schönheit?« fragte der Riese lachend zurück.

»Von der bin ich überzeugt! Ich meine von meinem Portemonnaie?«

»Lieber Fredy, soweit ich Sie bis jetzt kenne, glaube ich doch, daß Sie der richtige Mann für meine Lola sein werden. Sie dürfen nur eines nicht versäumen — mit dem Mädel ist es genau wie mit einem wilden Tier. Man darf sich nicht erschrecken lassen, sonst hat die Canaille sofort Oberwasser. Mich hat sie rettungslos unter den Pantoffel gebracht, seit ich einmal eine Nacht lang um diesen kleinen Satan gezittert habe. Da war sie verschwunden. Alles Suchen nützte nichts. Nach jeder Himmelsrichtung hatten wir Hilfspatrouillen ausgeschickt, sämtliche Hunde auf sie gehetzt — aber sie blieb verschwunden!«

»Und wo war endlich der kleine Liebling?«

»Auf einem Eukalyptusbaum — sie hatte da oben junge Vögel entdeckt und war denen nachgeklettert, ohne zu merken, daß sie sich selber verstiegen hatte. Und da saß sie nun zwischen Himmel und Erde, konnte nicht vor und nicht zurück. Sam hat sie gefunden. Und wir mußten sie schließlich mit einem Sprungtuch retten. Aber wenn Sie glauben, daß sie ängstlich war oder aufgeregt — oder daß Hunger und Durst ihr etwas augemacht hätten, irren Sie sich. Ausgelacht hat sie uns alle! Seit der Zeit hat sie Oberwasser!«

»Mut hat das Mädel, davon habe auch ich schon Proben bekommen. Und eine wunderbar erfrischende Sachlichkeit!« Fredy erzählte seinem Schwiegervater von dem Erlebnis an Bord der »Melbourne«, als die Passagiere alle geglaubt hatten, einen leprakranken Steward an Bord zu haben, und wie sie kühl, entgegen der Diagnose des Arztes, festgestellt hatte, daß es sich um eine Rauschgiftgeschichte handelte.

»Towkromu! Ein verdammtes Zeug, schlimmer als Alkohol. Ich muß in den Tagen der Schafschur, wenn ich neue Arbeiter habe, verdammt aufpassen, daß mir die Kerle nicht diesem Zeug verfallen. Ich bin jedesmal froh, wenn diese Tage vorüber sind, ohne daß es Mord und Totschlag gegeben hat. Meine Krankenbaracke da drüben ist jedenfalls immer voll belegt.«

Fredy hatte ihm interessiert zugehört und sagte: »Wenn ich höre, mit was für Schwierigkeiten Sie hier zu kämpfen haben, dann frage ich mich, wo der Profit des Ganzen liegt!«

»Glückssache, lieber Fredy, absolute Glückssache! Wir können nie sagen, ob wir die Wolle trocken hereinbekommen. Und wenn auch, so ist es immer noch fraglich, ob der Transport der Wollballen nach der nächsten Station ungefährdet vor sich geht!«

»Wenn die Regenzeit die Schafschur gefährdet, verstehe ich, offen gestanden, nicht, warum Sie die Tiere nicht zu einer anderen Zeit abernten?«

»So ein frisches Greenhorn aus Europa muß uns diese Frage stellen?« sagte der Riese lachend. »Weil die Wolle dann erst am besten ist. Deshalb verlegt man die Schur an den Ausgang dieser Periode. Sie können sich aber nicht vorstellen, was für ein kläglicher Anblick es manchmal ist, ein vom Regen völlig durchnäßtes, dicht behaartes Mutterschaf zu sehen! Die dünnen Beinchen tragen kaum die Last des vollgesogenen Felles. Hier bei uns geht es ja noch, denn wir sorgen in der Durstzeit einigermaßen für ausreichende Tränken, aber weiter hinein, im Innern des Landes, schaut es böse aus. Zu Hunderten verenden die Tiere während der Regenzeit. Millionenwerte verkommen alljährlich in den Steppen Zentralaustraliens. Man hat versucht, durch Flugzeuge die Herden zur Regenzeit in andere Gegenden zu treiben, aber irgendein Naturinstinkt hält die Tiere fest. Sie lassen sich nicht fortbringen. Selbst nicht durch fremde Leithammel. Tragödien spielen sich ab, die man nur für möglich hält, wenn man all das selber mitangesehen hat.«

»Mir scheint«, antwortete Fredy, »daß die Romantik des Farmerlebens anders aussieht, als wir es in Europa in Romanen lesen.«

»Das will ich meinen«, antwortete der Schwiegervater, »auch mich haben solche verdammten verlogenen Romane vor vielen Jahren hergelockt. Und ich habe es in der ersten Zeit bitter bereut, diesem Lockruf gefolgt zu sein. Gerade ich mit meiner Natur habe furchtbar schwer kämpfen müssen. Aber nun liegt das längst hinter mir, und ich lebe gewissermaßen nur noch meinem Vergnügen!«

»Und das Vergnügen besteht darin, daß Sie weiter arbeiten und schuften?«

»Gefiele Ihnen ein Leben ohne Arbeit?« fragte der Riese ernst, und Fredy kam sich ein klein wenig beschämt vor, wenn er daran dachte, daß Monate ohne jede Arbeit hinter ihm lagen. Und er faßte ernste Entschlüsse, daß das anders werden sollte.

Nachdem Fredy die klimatischen Einflüsse, das Reit- und Muskelfieber und das Durstgefühl überwunden hatte, fing er an, sich auf Goschogana wohl zu fühlen, zumal sein Schwiegervater ihm einen klar abgezirkelten Arbeitsplan vorgelegt hatte.

Fredy mußte von der Pike auf dienen. Und er fragte sich oft, was ihm hier sein ganzes juristisches Wissen nützen könnte. Er stand dem Problem der Schafzucht, des Weizenbaues, der Baumwollpflanzung vollständig dumm gegenüber. Er hatte oft das Gefühl, daß der Neger Sam ihm an praktischem Wissen weit überlegen war. Und das war ein etwas beschämendes Gefühl, mit dem er möglichst schnell fertig zu werden gedachte.

Die zu leistende Arbeit war aber einfach im Vergleich zu seinem ständigen Kampf mit Lola, dem Satan von Goschogana. Wo sie es nur irgend konnte, ärgerte sie ihn, spielte ihm einen Schabernack, machte ihn lächerlich, amüsierte sich über ihn oder brachte ihn in helle Wut. Seinen Zorn darüber beantwortete sie nur mit ihrem spöttischen Lachen. Der Kleinen war nicht beizukommen.

Die alten, abgebrauchten Scherze, wie nasse Bürsten im Bett, zugenähte Nachthemdärmel, versteckte Schuhe oder kleine ungefährliche Schlangen unter dem Kopfkissen — mit dergleichen fand Fredy sich ab; das kannte er aus seiner eigenen Kinderzeit und hatte es gern und ausgiebig an Erwachsenen ausprobiert.

Aber böse wurde er eines Morgens, als er entdecken mußte, daß seine am Abend vorher noch saubere und gebrauchsfähige Zahnbürste mit Pech beschmiert war. Da er infolge des ihm noch ungewohnten frühen Aufstehens morgens etwas »tranig« war, hatte er, seiner Gewohnheit gemäß, die Bürste in den Mund gesteckt, ohne sie erst lange anzusehen, und wollte mit dem Werk des Reinigens beginnen. Der Erfolg war erschütternd.

Er hätte viel um Emilys chemisches Wissen gegeben, wäre es ihm möglich gewesen, sich auf eine andere als die ihm übrigbleibende Weise von dem seinen Zähnen anhaftenden Pech zu befreien, nämlich, es mit seinem Taschenmesser abzuschaben. Allein was sollte er anderes tun?

Milde Wünsche waren es nicht, die er für Lola hegte, und wäre sie ihm jetzt unter die Finger gekommen, hätte er sie bestimmt verhauen.

Aber als er an den Frühstückstisch kam und sie dort mit freudefunkelnden Augen seiner wartend vorfand, ließ er sich keine Schwachheit anmerken — nun gerade nicht! Er lächelte, so daß die ganze Reihe seiner blitzend weißen Zähne zu sehen war, schüttelte ihr freundlich die Hände, nicht gerade sehr sanft, so daß sie etwas schmerzlich das Gesicht verzog, und löffelte dann gemütsruhig eine Grapefruit aus.

»Nun, Schwiegersohn, schon so munter und guter Laune heute?« fragte der Riese.

»Ganz groß, Schwiegervater! Ich habe herrlich geschlafen und wundervoll geträumt!«

»So? Was denn?«

»Ich träumte, daß einer vom Himmel heruntergekommen sei und meine liebwerte Braut Lola so verhauen habe, daß sie nicht mehr laufen konnte!«

»Oh, wie schön«, sagte Felix, »schade, daß es nur ein Traum war!« Und dabei sah er mit verbissenem Lächeln seine Tochter an.

»Pfui, Felix, du bist gemein!« schimpfte sie ihn an. »Und außerdem, mit einem Mann, der sich mit ungeputzten Zähnen an den Frühstückstisch setzt, rede ich nicht!«

»Woher weißt du das, mein liebes Kind?« fragte Fredy unendlich sanft. »Seit wann interessierst du dich so für mich? Ich habe heute morgen sogar mit besonderer Gründlichkeit meine Zähne gesäubert, denn ich habe eine funkelnagelneue, noch aus Europa importierte Zahnbürste in Gebrauch genommen. Wie — sagtest du etwas, liebe Lola?« fragte er auf einen unterdrückten Ausdruck der Wut ihrerseits.

»Nein — es lohnt sich nicht, dir zu antworten. Ich reite jetzt zur Dreschmaschine!«

»Ist gut, Kind, wir kommen später nach!«

»Pardon, verehrter Schwiegervater, es ist *nicht* gut, ich finde es sehr unhöflich von der Tochter des Hauses, vom Tisch aufzustehen, ehe der Vater mit seinem Frühstück fertig ist.«

Lola wurde rot, fand aber kein anderes Wort als »Affe!«, das sie Fredy entgegenzischte. Dieser sah sie lächelnd an und sagte in den zärtlichsten Tönen: »Liebling, Goldiges, Süßes!«

»Felix, ich bitte dich um alles in der Welt, schick ihn wieder weg!« bat Lola flehentlich den Vater.

»Magst du ihn nicht leiden?«

»Nein, Felix, er stört unsere ganze Gemütlichkeit.«

»Gut, schicken wir ihn wieder weg. An seiner Statt lassen wir dann Mr. Blackford kommen. Du weißt, daß bald Schafschur ist, und ich möchte nicht allein hier sein.«

Lola schwieg einen Augenblick und schielte von unten herauf vom

Vater zu Fredy und wieder zurück, wußte nicht so recht, was sie aus beiden machen sollte, hatte aber das Gefühl, daß diese eine geschlossene Front gegen sie bildeten. Und der kleine Satan von Goschogana spürte, daß seine Herrschaft ins Wanken geriet. Klug, da sie eine Evastochter war, lächelte sie jetzt holdselig und sagte mit süßlich verzogenem Mund: »Dann schon lieber Fredy!«

»Und warum ist Fredy dir lieber als Mr. Blackford?«

»Fredy ist schließlich nur ein Verwandter«, antwortete sie, »und den kann man eines Tages mit der Fliegenklatsche erschlagen! Verwandte sind lästiger als Fliegen! Ich finde, Felix, damit hast du vollkommen recht. Darf ich jetzt aufstehen, Papa?«

Auf diese Frage hin sah ihr Vater sie völlig verblüfft an. So etwas hatte er von dem Satan noch nicht erlebt, daß sie Rücksicht auf ihn nahm. Besorgt blickte er sie an und fragte: »Bist du krank, Kind? Fehlt dir etwas?«

Fredy mußte hellauf lachen. »Sieh mal, Lola, wenn du dich nett benimmst, denkt dein armer, gramgebeugter Vater, du seiest krank. Aber gut so — weiter auf dem Wege! Ich blicke hoffnungsfreudig in die Zukunft!«

Und die Antwort? So lang und so breit, wie sie konnte, streckte sie Fredy die Zunge heraus, bis sie sich verschluckte und furchtbar husten mußte. Dann verließ sie fluchtartig die Veranda.

»So, nun wird ihr wohler sein«, schmunzelte Felix.

»Schwiegervater«, sagte Fredy jubelnd, »die wird noch, verlassen Sie sich darauf, wenn sie mir heute nacht auch meine Zahnbürste mit Pech eingerieben hat.«

»Die Lola?«

»Wer sonst? Glauben Sie, daß Sam oder Mila sich solche Scherze erlauben? Die kleine Canaille muß bei mir durch das Fenster eingestiegen sein, um den bezaubernden Spaß vorzubereiten. Ich hatte gestern abend beinahe schmerzlich eine ihrer sonst üblichen Überraschungen vermißt. Es krochen keine Schlangen in meinem Bett herum, meine Kleiderbürste lag auf dem Tisch, die Ärmel meines Nachtanzuges waren nicht zugenäht, auch sonst war in meinem Zimmer alles in Ordnung. Ich legte mich wirklich mit einem angenehmen Gefühl schlafen. Nun, für meine Vertrauensseligkeit bekam ich heute morgen die Quittung!«

»So ein Balg — wie ist die nur auf den Gedanken gekommen?«

»Ich fürchte, ich bin selber daran schuld! Wir waren gestern in den Ställen, wo die Pfähle mit Pech angestrichen wurden wegen der Läuse und all dem sonstigen verdammten Kram. Da hat sie ihren Finger in das Pechfaß gesteckt und entdeckt, wie fest dieses Zeug anhaftet. Da ist ihr sicherlich die entzückende Idee gekommen!«

»Um einmal im Ernst zu reden, Schwiegersohn: ich mache mir Sorgen wegen der Schurzeit. Bis jetzt habe ich es, seit Lola erwachsen ist, immer so gehalten, daß ich sie mit Mila entweder nach Sydney zu Henner Schlüter oder auf eine andere Farm, wo noch keine Schur ist, geschickt habe. Diesmal weiß ich aber nicht, wohin mit ihr.«

»Schwiegervater, ich weiß nicht, was Sie mit Ihrer Besorgnis ausdrücken wollen.«

»Ganz einfach! Es sind dann zuviel europäische Männer auf der Farm und nicht gerade die besten. Und ohne mich vom Vaterstolz blenden zu lassen — die Lola ist ein verflixt hübsches Frauenzimmer!«

»Jetzt verstehe ich Sie, Schwiegervater! Was können wir da tun? Lola einsperren für die Zeit?«

»Einsperren? Erstens mal würde uns das nicht gelingen, und zweitens können wir sie nicht gut zehn bis zwölf Tage einsperren, das geht doch nicht!«

»Sie meinen nicht, daß Ihre und meine Aufmerksamkeit genügen wird?«

»An sich schon, aber das Frauenzimmer bleibt ja nicht zu Hause, die muß ununterbrochen auf dem Pferd sitzen. Solange die Kerle zu arbeiten haben, geht es, aber abends nach sechs Uhr ist es aus. Dann fangen sie an zu saufen und verlieren jede Haltung. Und das ist gerade die Zeit, da mein verehrtes Fräulein Tochter heimzukommen gedenkt.«

»Und mit Vernunft ist da auch nichts zu erreichen, Schwiegervater?«

»Vernunft? Bei Lola? Wenn man der etwas verbietet, tut sie es erst recht. Soweit müßten Sie sie eigentlich schon kennen!«

»Wird auch die Regenzeit sie nicht vernünftig machen?«

»Auch das ist ihr egal, im Haus bleibt sie jedenfalls nicht!«

»Ich muß ehrlich gestehen, Schwiegervater, daß ich mir die Regenzeit schlimmer vorgestellt hatte!« sagte Fredy und sah hinaus auf die seit einigen Tagen veränderte Landschaft. Überall grünte es, und nur noch wenig war übriggeblieben von dem trockenen grauen Einerlei der früheren Zeit.

Der Riese hob die Hand und sagte: »Abwarten! Das kommt noch besser! Wir fangen erst an. Aber in drei bis vier Wochen ist die Sache überstanden, und dann bricht die wilde Horde der Schafscherer bei uns ein.«

»Sind es jedesmal dieselben Arbeiter?«

»Das wäre herrlich, wunderbar wäre das! Aber nein, jedesmal kommen andere Gauner und Verbrecher! Es ist eigenartig, je mehr einer auf dem Kerbholz hat, desto fleißiger arbeitet er. Den originellsten Kerl hatte ich aber im vorigen Jahr hier. Das war einer, der sich gewissermaßen zwanzig bis fünfundzwanzig Verbrecher wie er selber engagiert und mit diesen eine Arbeitsgemeinschaft gegründet hatte. Und ohne daß einer von den Kerlen murrte, tat dieser Mann nichts anderes, als mit den Händen in der Hosentasche, Zigaretten rauchend, zuzusehen, wie die anderen schufteten. Er hatte aber eine bezaubernde Art, die Burschen mit seinen Scherzen bei guter Laune zu erhalten. Ich gebe sonst auf so etwas nicht besonders acht, aber ich habe selten einen so schönen Menschen gesehen, wenngleich man bei ihm unbedingt das Gefühl hatte, einer ganz bösen Nummer gegenüberzustehen.«

»Ein schöner Mann?« sagte Fredy, »wie merkwürdig! Wir hatten auf der ›Melbourne‹ einen Passagier, einen Griechen, von einer beinahe unvorstellbaren Schönheit. Es war ein Genuß, den Kerl anzusehen. Aber auch eine böse Type.«

Fredy erzählte seinem Schwiegervater kurz seine Erlebnisse mit Antony Satoni.

»Beschreiben Sie ihn mir einmal! Wie sah er aus?«

»Groß, wunderbar gewachsen, dichtes dunkles Haar, eine schöne Stirn, herrliches Profil, starke, nachtschwarze Augenbrauen und wundervolle blaue Augen. Ein nettes Wesen, aber etwas warnte einen, ihn nicht zu nahe an sich heranzulassen.«

»Merkwürdig — die Beschreibung könnte passen, nur daß der Mann, von dem ich vorhin sprach, kein Grieche war, sondern ein Engländer, strohig blondes Haar hatte und außerdem unverfälschten

Sydneyer Slang sprach, ein Englisch, das man auf der ganzen Welt sonst nicht spricht!«

»Und mein schöner Grieche sprach ein korrektes Englisch, auch sehr gut französisch, woraus also erhellt, daß wir von zwei verschiedenen Menschen reden. Glauben Sie, daß der bewußte Kerl dieses Jahr wiederkommen wird?«

»Das kann man nie vorher sagen! Die Leute melden sich zu den gegebenen Zeiten in hellen Haufen an, und ich bestelle so viele, wie ich benötige, ohne lange auszusuchen. Damit können wir uns gar nicht erst abgeben, denn wenn wir einmal anfangen, muß die Sache sehr rasch gehen.«

»Und wie ist es eigentlich mit der Weizenernte?«

»Dazu kann ich nur Kulis gebrauchen. Die Weizenernte können wir um gut drei Monate später ansetzen als die Schur. Und nun wollen wir für heute an die Arbeit gehen und sehen, was meine liebliche Tochter inzwischen für Dummheiten angestellt hat. Aber ehrlich — manchmal ist das Mädel verflixt tüchtig. Im vergangenen Jahr, als ich mir einmal den Fuß verstaucht hatte, hat sie mich wirklich ausgezeichnet vertreten, und die Eingeborenen haben vor ihrem Donnerwetter mehr gezittert als vor dem meinen!«

»Wundert Sie das, Schwiegervater, wenn wir zwei ausgewachsenen Elefantenküken vor der kleinen Bestie zittern?« sagte Fredy lächelnd, reckte seine Gestalt und verließ dann mit seinem Schwiegervater das Haus.

Am Nachmittag desselben Tages, als Fredy von den Feldern zurückkam, hörte er aus einem der Stallgebäude, die dicht neben dem Wohnhause lagen, ein leises Weinen. Da es nicht die Gepflogenheit der Eingeborenen und der malaiischen Angestellten war zu weinen, machte ihn das stutzig. Er sprang vom Pferd und näherte sich vorsichtig der offenen Stalltür.

Was er jetzt sah, hätte er nie für möglich gehalten: der Satan von Goschogana in Tränen ausgebrochen! Nachdem Fredy das erste Staunen überwunden hatte, näherte er sich der Kleinen, legte seinen Arm um ihre Schultern und fragte: »Was hast du für Kummer, Lola? So kenne ich dich gar nicht!«

Zunächst verhielt sie sich regungslos, dann aber zuckte sie in die

Höhe, so daß ihr Kopf beinahe an den seinen stieß, und zischte ihn an: »Laß mich in Ruhe, ich will von euch allen nichts wissen!«

»Aber Kind, sei vernünftig, du mußt doch irgendeinen Kummer haben, ohne Grund weint kein Mensch so wie du! Also sag es mir doch!«

»Nein, ausgerechnet dir sag' ich es nicht!«

»Hängt es mit mir zusammen?«

»Nein! Deinetwegen weine ich nicht.«

»Hat es etwas mit Felix zu tun?«

Etwas weniger energisch war die Verneinung.

»Also doch mit Felix? Hat Papa dir weh getan?«

»Hm — hat er!«

»Und womit?«

»Daß er mich nicht ernst nimmt!«

»Oh! Da muß man doch erst wissen, daß dir etwas daran liegt, ernst genommen zu werden! Warum sagst du Papa das nicht?«

»Weil es mir zu dumm ist! Ich bin erwachsen und groß genug, um verheiratet zu werden. Warum bin ich dann nicht groß genug, um bei der Schafschur mit die Aufsicht zu führen?«

»Ach so, dahinaus geht es!«

Fredy setzte sich neben sie auf eine Futterkiste und trommelte genau wie sie mit den Stiefelabsätzen gegen die Holzwand. »Ich nehme an, Kind, Felix wird seine Gründe haben. Ich habe ja den ganzen Zauber noch nicht mitgemacht, aber nach allem, was er mir erzählt hat, möchte ich seine Bedenken teilen. Wann hat Papa es dir denn gesagt?«

»Heute mittag, als er zurückkam!«

»Und deshalb setzt du dich hierher und weinst? Das hätte ich nicht von dir gedacht!«

»Ich habe ja gar nicht deshalb geweint!« sagte sie trotzig und zog wiederholt das Näschen hoch.

»Hast du kein Taschentuch bei dir?«

»Nein — habe ich nie! Brauche keines!«

»Mir scheint aber, augenblicklich könntest du sehr notwendig eines gebrauchen! Darf ich dir meines borgen?«

»Danke! Geht auch so!« Und damit zog sie wieder das Näschen hoch.

Ohne sich aber um ihren Protest zu kümmern, putzte Fredy ihr das zarte Näschen und packte sie dabei wie eine nasse Katze im Genick.

»Du sollst mich nicht anfassen!« schimpfte sie wütend unter dem Taschentuch hervor.

»Du scheinst ganz zu vergessen, daß wir verlobt sind. Als Bräutigam darf ich dir die Nase putzen!«

»In den Romanen, die ich gelesen habe, kommt das nicht vor«, erklärte sie sehr von oben herab.

»Dann hast du entweder sehr schlechte Romane gelesen, oder du hast darüber hinweggesehen. So etwas kommt in den besten Familien vor!« Nun legte er auch noch seinen Arm um ihre Schulter und zog sie an sich: »Also nun einmal ehrlich, Lola, warum hast du geweint?«

Einen Augenblick sah sie ihn fragend an, und dann sagte sie, kaum verständlich, vor sich hin: »Es ist mir doch gestorben!«

»Was denn? Ich verstehe dich nicht!«

»Das junge Schäfchen, das ich neulich auf dem Weg gefunden habe. Es ist eingegangen — dort liegt es.« Damit deutete sie auf etwas, das in einen alten Sack eingepackt war.

Fredy wußte nicht, was er sagen sollte, er hatte solche Weichheit des Gemütes bei ihr nicht vermutet. Sie war in diesen Augenblicken ein so liebenswertes Kind, daß ihm die Liebe zu ihr wieder einmal über dem Kopf zusammenschlug. Fester zog er sie an sich und flüsterte ihr in das Ohr: »Goldige kleine Lola, süßes Mädelchen!«

Aber schon bekam er seine Dusche, denn das eben noch rührend zärtliche Kind gab ihm einen kräftigen Stoß vor den Leib und sagte wütend: »Du bist wohl verrückt geworden! Red nicht solchen Unsinn mit mir! Dann ist unsere Freundschaft sofort zu Ende!«

Nachdem Fredy sich einigermaßen von dem handfesten Stoß gegen seine Mitte, der ihn sämtliche Liebesgefühle vergessen ließ, erholt hatte, rutschte er ebenfalls von der Holzkiste herunter und steckte ärgerlich sein Taschentuch ein: »Ich borge dir bald wieder mal mein Taschentuch, du Satan! Und Felix hat ganz recht, wenn er dich einsperrt, du bist imstande, die größten Dummheiten zu machen!«

»Das soll euch nicht gelingen, mich einzusperren. Wagt es — ich warne euch!« rief sie, warf sich den Sack mit dem Tierkadaver über die Schulter und verließ den Stall, indem sie Fredy, der ihr ein wenig im Wege stand, heftig auf die Füße trat. »Mach Platz, du siehst doch, daß ich hier vorbei will!«

»Stirb nur nicht vor Liebenswürdigkeit!«

»Werde mich hüten!« brummte sie zurück.

Er blieb an der Stalltür stehen und mußte lächeln, als er beobachtete, wie sie sich mit dem schweren Sack abmühte.

»Ein süßes Biest ist sie doch! Und ich möchte sie nicht anders haben, als sie ist!«

XV

Peter Schwarzenberger und seine Frau waren nun schon einige Wochen in Bringdin und warteten sehnsüchtig auf die Gelegenheit, diesen wirklich nicht schönen Ort verlassen zu können. Was sie auch unternahmen, alles schlug fehl.

Die Wetterverhältnisse gestalteten sich derart, daß diejenigen, die schon längere Zeit in der Gegend lebten, die Vermutung aussprachen, es würde wohl auch in diesem Jahre keinen oder nur sehr wenig Regen geben.

Als Peter das zum ersten Mal hörte, vermochte er die Bedeutung dieses Ausspruches nicht in ihrem vollen Umfang zu erfassen. Allein, als Jimmy Wolter ihn eines Abends darüber aufklärte, was es damit auf sich habe, wurde er sehr besorgt.

»Sie müssen bedenken, Doktor, daß dann auch die kleine Karawane ausbleiben wird, und wir hier gezwungen sind, unsere eisernen Rationen anzugreifen und jeden Abend ein Gebet gen Himmel schicken müssen, daß unser Brunnen nicht ganz versiegt.«

»Aber um alles in der Welt — man weiß doch in den Küstendistrikten, daß hier Menschen sind? Dann muß man doch etwas tun, um ihnen zu helfen.«

»Sie glauben nicht, wie gleichgültig es den anderen ist, was mit uns geschieht. Sie vergessen, daß wir eine Verbrecherkolonie sind. Für uns wird sich niemand irgendwelcher Mühe unterziehen. Wenn einige von uns vor die Hunde gehen, so ist das nur gut! Uns bleibt nur eine Hoffnung —«

»Und?« fragte Peter.

»Der Flieger-Toni!« antwortete Jimmy ruhig.

»Und wenn der nicht kommt?«

»Dann müssen wir uns alle auf den Weg machen und reumütig wieder zu der Menschheit zurückkehren.«

»Das bedeutet?«

»Einen Marsch von ungefähr sechs bis sieben Tagen ohne Wasser und genügende Nahrung — in der Gesellschaft von Leuten, die in der Mehrzahl damit rechnen müssen, sofort eingesperrt zu werden, sobald man ihrer ansichtig wird. Ich selber könnte mich an diesem Marsch nicht beteiligen, es hieße Selbstmord! Das brauche ich Ihnen nicht näher zu erklären! Und auf die Gefahren für Ihre Frau brauche ich wohl auch nicht hinzuweisen?«

»Glauben Sie mir, Wolter, ich bereue es von Minute zu Minute mehr, mich auf dieses Wagnis eingelassen zu haben.«

»Das nützt jetzt leider nicht viel. Wir müssen versuchen, Möglichkeiten zu schaffen, Ihre Frau einigermaßen sicher wieder in kultivierte Gegenden zu bringen. Ich mache Ihnen einen Vorschlag! Wir wollen noch acht Tage auf den Flieger-Toni warten. Ist er bis dahin noch nicht da, schicke ich Sie mit einem Kamel, auf dem Ihre Frau reiten kann, mit Tom und dem kleinen Dicken fort. Das muß selbstverständlich heimlich geschehen, und ich kann Ihnen nur das Mindestmaß an Wasser und Nahrung mitgeben. Tom und der kleine Dicke können es wagen, sich wieder unter Menschen zu begeben, denn sie haben keine ungesühnte Tat auf dem Gewissen, wie die meisten andern hier. Auch scheinen sie mir das wenigste Interesse an Ihrer Frau zu haben. Wir wollen nicht Versteck spielen: Sie werden genau wie ich die gierigen Blicke der Kerle beobachtet haben, die sie hinter Ihrer Frau herschicken. Und ich habe mich entschlossen, von heute an hier bei euch zu schlafen, es geht nicht anders. Wir werden versuchen, für Ihre Frau alles so leicht wie möglich zu machen, aber wir müssen auch jeder Gefahr begegenen.«

Peter legte seine Hand auf Jimmys Schulter und sagte, indem er den Goldgräber fest ansah: »Ich verdanke Ihnen viel, Wolter, und wünsche mir, Ihnen das einmal vergelten zu können.«

»Es freut mich, daß Sie so anständig mit mir sprechen, Mr. Schwarzenberger, aber Sie kennen ja meine Geschichte. Mir ist nicht zu helfen. Lassen Sie mich ruhig hier, für mich würde ein anderes Leben gar nicht mehr passen. Wenn Sie eines Tages hören, daß der alte Jimmy Wolter nicht mehr ist, dann freuen Sie sich, dann erst ist ihm wohl!«

»Nichts könnte ich für Sie tun? Sollte es kein Gericht der Welt geben, das Sie freisprechen würde?«

»Vielleicht — warum nicht? Aber es macht mich nicht frei von dem, was ich selber erlebt habe, das dürfen Sie nicht vergessen, Mr. Schwarzenberger!«

Die zwei sprachen eine Weile nicht miteinander, sahen nur zu dem kleinen Platz, der das Zentrum von Bringdin darstellte, und beobachteten Emily, die dort neben den drei einzigen Frauen des Ortes stand.

Emily hatte wirklich einen Weg gefunden, der es ihr möglich machte, mit diesen Frauen zu reden. Erst waren diese Dirnen ihr mit Hohn und Achselzucken begegnet, hatten sie frech gemustert, sich sogar erdreistet, an ihr und ihren Kleidern herumzuzupfen, als wäre sie eine ausgestopfte Puppe.

Emily hatte das ruhig ertragen, denn sie wußte, daß sie alles vermeiden mußte, was das Mißfallen eines Einwohners von Bringdin erregen konnte.

Als aber eines Tages Fanny an dem kleinen Medaillon herumspielte, das Emily an einem einfachen Kettchen um den Hals trug, sagte Emily ganz ruhig: »Wollen Sie das bitte lassen, liebe Miß Fanny. Es ist ein Andenken an meine Großmutter, und ich möchte nicht gern, daß es kaputt ginge.«

Fanny sah Emily einen Augenblick sprachlos an, stampfte dann mit dem Fuß auf und schrie fast zornig: »Zum Teufel noch einmal, warum hauen Sie mir denn nicht ein paar hinter die Ohren?«

»Entschuldigen Sie, Miß Fanny, aber das kann ich nicht tun. Sie sind doch ein erwachsener Mensch und kein Kind!« sagte Emily mit freundlichem Lächeln.

»Und Sie sind ein unerträglich vornehmes Frauenzimmer!« Damit drehte Fanny sich auf dem Absatz herum und ließ Emily stehen. Trotz alledem hatte diese das Gefühl, einen Sieg errungen zu haben, und es war tatsächlich so. Als alle Männer noch bei der Arbeit waren — auch Peter hatte sich ihnen angeschlossen, um nicht als Nichtstuer unter ihnen zu gelten —, klopfte es an die Hüttentür.

Das war an sich schon ein Ereignis. Emily war lange genug in Bringdin, um zu wissen, daß es etwas Besonderes bedeutete, wenn jemand so höflich war, bei einem anderen an die Tür zu pochen.

Und da stand, fast schüchtern und bescheiden, die freche, früh verblühte Fanny. Emily erhob sich sofort von ihrer Beschäftigung und ging mit derselben Liebenswürdigkeit, wie sie es in einem Salon getan haben würde, ihrem Besuch entgegen.

»Oh, das ist aber nett von Ihnen, Miß Fanny! Was verschafft mir das Vergnügen?«

»Reden Sie keinen Unsinn! Ist doch kein Vergnügen, wenn ein solches Frauenzimmer wie ich zu Ihnen kommt! Sie müssen hier weg, Mrs. Schwarzenberger!«

»Wollen Sie nicht Platz nehmen, Miß Fanny? Ich kann Ihnen allerdings nur den Rand meines Bettes als Sitzplatz anbieten, oder vielmehr Mr. Wolters Bett —«, fügte sie lächelnd hinzu.

»Der einzige anständige Kerl unter uns, glauben Sie mir! Wenn der nicht hier wäre, wär es schon aus mit Ihnen!« Fanny hockte sich auf den Bettrand und kaute an einem Stück Holz herum. »Sie wissen doch, in welcher Gefahr Sie sind?«

»Meinen Sie mich, Miß Fanny, oder mich und meinen Mann?«

»Vorerst nur Sie.«

»Darf ich Ihnen eine Zigarette anbieten, Miß Fanny?« fragte Emily liebenswürdig.

»Selbstverständlich dürfen Sie das! Ist ein Ereignis hier, einmal eine Zigarette zu bekommen!« entgegnete Fanny schnauzend. »Aber der Teufel soll Sie holen! Sie tun ja tatsächlich, als wären wir zwei in einem eleganten Teesalon. Spielen Sie mir nun Theater vor, oder haben Sie wirklich keine Angst?«

Emily hatte sich neben ihren Gast auf den Fußboden gehockt, wie ein Kind das eine Bein mit den Händen festhaltend, sah Fanny lächelnd an und fragte: »Angst? Ehrlich gesagt, Miß Fanny, ja, ich habe Angst! Aber das darf ich mir doch nicht anmerken lassen!«

»Und wovor haben Sie Angst?«

»Vor Zank und Streit und vor etwas Unerklärlichem, das ich nicht näher bezeichnen kann, das ich nur fühle und vor dem ich mich fürchte!«

»Na ja, Sie und ich, wir sind keine Wickelkinder, da können wir offen und ehrlich miteinander reden. Es kann keine Ewigkeit mehr dauern, dann wird einer der Männer frech werden Ihnen gegenüber! Darauf können Sie mit Sicherheit rechnen!«

»Und was geschieht dann?« fragte Emily ruhig.

»Nerven haben Sie wie ein Soldat!« bemerkte Fanny anerkennend. »Was dann geschieht? Wenn er zum Ziel kommt bei Ihnen, dann wird er renommieren. Und kommt er nicht zum Ziel, dann gibt's eine Keilerei mit Ihrem Mann.«

»Aber Sie sind doch auch hier, Miß Fanny?« entgegnete Emily ruhig.

»Das schon«, gab sie höhnisch lachend zur Antwort, »aber an uns vergreift sich keiner mehr, wir sind keine Sensation. Sehen Sie uns doch an, die Mary, die Klara und mich! Es müßte Ihnen eigentlich vor uns grauen. Aber nein, Sie sind immer anständig, sind immer Lady und werden nicht einmal wütend, wenn wir ungezogen zu Ihnen sind. Außerdem sind Sie verdammt hübsch, und ich kann es den Jungen nicht übelnehmen, wenn sie sich einmal in diesem gottverfluchten Leben hier nach etwas anderem sehnen als wir ihnen bieten können!«

»Ihr seid aber nicht von jeher so gewesen«, sagte Emily freundlich. »Ihr habt doch auch eine Kindheit gehabt und lebtet in einer Familie?«

»Oh, lieber Himmel«, seufzte Fanny und rauchte ihre Zigarette weiter, »das ist schon lange her. Darauf können wir uns nicht mehr besinnen!«

»Wie alt sind Sie, Fanny?«

»Siebenundzwanzig!« war die kurze Antwort.

Emily mußte das Mädchen bedauern, das so verzweifelt und unfroh vor ihr dasaß. Dieses Mädchen war jünger als sie selber und sah so alt, verbraucht und lebensmüde aus, daß man das tiefste Mitleid mit ihm haben mußte.

»Und wie lange sind Sie schon hier, Fanny?«

»Es werden jetzt zwei Jahre!«

»Welcher Wind hat Sie hierhergeweht?«

»Ich bin mit einem Mann gekommen, den ich liebte«, Fanny lachte höhnisch auf, »was man so bei uns Liebe nennt. Und kaum war ich hier, da hat er mich um einen kleinen Beutel Goldstaub an den nächsten verkauft. Und so ging das durch zwei Jahre immer weiter. An ein Zurück kann unsereins nicht mehr denken.«

»Seien Sie nicht so mutlos, Fanny! Selbstverständlich müssen Sie wieder zurück. Es ist doch unfaßbar, undenkbar, daß ein Mädel, das einen so anständigen Charakter hat wie Sie, hier verkommen soll. Ich nehme Sie mit, Fanny, mein Mann wird schon dafür sorgen, daß Sie wieder ein ordentliches Leben führen können. Sie müssen nur arbeiten!«

»Wenn ich das noch kann!« sagte Fanny seufzend. »Aber schön ist das Märchen, das Sie da erzählen, sehr schön, nur — daß es eben ein Märchen ist. Ich möchte wissen, welcher anständige Mann mich in sein Haus nehmen würde?«

»Vielleicht kann ich Ihnen helfen! Ein Onkel von mir hat bei Charleville eine große Farm, er wird sicherlich Arbeit für Sie haben!«

»Sie scheinen nicht zu wissen, wie stolz und unnahbar die wenigen anständigen Menschen hier gegen unsereinen sind!«

»Wenn Sie wollen, Fanny, helfe ich Ihnen!«

»Haben Sie eine Ahnung, wie schwer es sein wird, daß Sie sich selber helfen, Mrs. Schwarzenberger?«

»Wie meinen Sie das, Fanny?«

»Sie sitzen hier in einem Rattenloch! Ohne Ausgang! Die einzige Möglichkeit hätte es gegeben, wenn der Regen pünktlich gekommen wäre. Dann hätte man die Tagesreisen bis zur nächsten Wasserstelle sicherlich überstehen können. So aber sind wir hier gefangen, in einem Land ohne Grenzen, ohne Polizei, einfach vom Durst gefangen!«

»Sie wollen mich ängstlich machen, Fanny, und schaden sich selber damit. Was hat das alles für einen Zweck? Wir müssen den Schwierigkeiten in die Augen sehen und uns Mühe geben, uns bei guter Stimmung zu erhalten!«

»Einesteils könnte ich Sie hassen, und andernteils möchte ich Sie anbeten«, schimpfte Fanny vor sich hin. »Aber jetzt hören Sie mir zu. Es darf selbstverständlich nicht geschehen, daß einer dieser verfluchten Kerle an Ihnen seine dreckigen Finger abwischt. Wollen Sie nicht bei uns drüben schlafen?«

»Das ist sehr lieb von Ihnen, Fanny, und ich täte es bestimmt, wenn ich dadurch nicht meinen Mann kränken würde — und auch Mr. Wolter. Die geben sich alle nur erdenkliche Mühe, mich zu beschützen. Da kann ich die beiden Männer unmöglich ausschalten und mich einfach von Frauen beschützen lassen«, antwortete Emily lächelnd.

Fanny sah sie einen Augenblick an, dann sagte sie: »So wie Sie hätte man sein müssen, dann wäre man anständiger durchs Leben gekommen. Jedenfalls werde ich Mary und Klara begreiflich machen, daß sie sich von jetzt an Ihnen gegenüber verdammt anständig zu benehmen haben. Und das eine will ich Ihnen noch sagen — falls der Fliegertoni wirklich kommen sollte: hauen Sie ihm sofort auf die Finger, wenn er Ihnen zu nahe kommt. Der Bursche ist gefährlich! Es ist schwer, nein zu ihm zu sagen, sehr schwer, und glauben Sie mir, wir drei hätten unsere Seele dafür verkauft, wenn er uns in die Verlegenheit gebracht hätte, nein sagen zu müssen. Aber so etwas wie uns sieht der Fliegertoni überhaupt nicht an.«

»Von diesem Mann müssen Sie mir mehr erzählen, Fanny! Ich habe schon so viel von ihm gehört, daß er mich interessiert!«

»Es ist wenig von ihm zu sagen. Er ist ein unglaublich schöner Mensch, groß, blond, blaue Augen, und hat eine verflucht spöttische Art, die einem das Blut in das Gesicht treibt. Nie ist er ungezogen oder frech, — er weiß die Burschen im Zaum zu halten, und doch ist er ein ganz gefährlicher Teufel. Bestimmt der größte Halunke, der in Australien frei herumläuft. Auf einmal ist er da! Es schnurrt in der Luft, und nach einigen Minuten ist dieser Teufel unter uns. Meist bringt er Dinge mit, die sehr nötig sind, verteilt sie wie ein Fürst seine Gaben unter seine Untertanen, hat für jeden einen Witz oder, wenn es sein muß, eine scharfe Bemerkung, läßt aber keinen dichter an sich ran, als er es haben will, schläft nachts in seinem Flugzeug, setzt am Tag einen grausam scharfen Wachhund daneben und geht mit Eifer und Willenskraft mit den Männern zusammen an die Arbeit. Bleibt meist drei bis vier Wochen hier und findet merkwürdigerweise in dieser kurzen Zeit immer so viel Gold, daß unsere Männer nur staunen. Als hätte er eine Wünschelrute bei sich, so todsicher findet er die Stellen, die ertragreich sind. Es ist schon vorgekommen, daß er irgendwo geschürft hat, wo gestern noch ein anderer sein Heil versuchte, ohne nur das kleinste Körnchen Gold zu entdecken. Er bückt sich, scharrt ein wenig den Sand beiseite und zeigt den Leuten lachend den fast sauber daliegenden Goldstaub. Das Rätselvolle, das diesen Mann umgibt, ist sozusagen sein Schutz, denn keiner von unseren sonst so verwegenen Kerlen würde es wagen, sich an ihm zu vergreifen.«

Emily hatte diesen Beschreibungen zugehört und dachte bei sich, daß wohl nur in dieser merkwürdigen Umgebung und in dem drückenden Klima eine Existenz wie dieser Fliegertoni möglich sei.

Aber alles, was sie hörte, interessierte sie lebhaft. Es erging ihr sogar eigenartig. Sie kam von dem Gefühl nicht los, als müsse sie diesen Menschen, von dem man ihr so viel Seltsames berichtete, kennen. Sie hätte sich aber keine Rechenschaft über dieses Gefühl geben können — es war eben da, und sie fand sich damit ab.

Seit diesem Besuch Fannys bildeten die vier Frauen von Bringdin eine geschlossene Front. Merkwürdigerweise wagte keiner der Männer mehr in Emilys Gegenwart eine unverschämte Bemerkung Klara, Fanny oder Mary gegenüber.

Und genau wie in einem kleinen deutschen Dorf, so standen die vier Frauen von nun an vereint zu einem Schwatz des öfteren am Tag zusammen, besprachen die Ereignisse von Bringdin und erwogen die Möglichkeiten einer Änderung, der bestehenden Verhältnisse. Es war eigenartig, wie der unbeabsichtigte Einfluß Emilys auf diese verkommenen Frauen wirkte. Sie kleideten sich, soweit es ihnen möglich war, sauberer und gepflegter und gaben sich Mühe, anständiger zu sprechen als bisher.

Es rührte Emily fast bis zu Tränen, als sie eines Tages Mary, die älteste von ihnen, dabei überraschte, wie sie tatsächlich an einer Handarbeit saß.

»Mein Himmel, Mary, gibt es so etwas hier mitten im australischen Busch?«

»Ich habe dieses alte, dreckige Ding ganz unten in meiner Kiste gefunden. Ich wollte das einmal vor langen Jahren für meine Mutter arbeiten.«

Emily beugte sich über die Arbeit, die den Schmutz der vielen Jahre nicht verleugnen konnte — eine einfache Kreuzstichstickerei, geschmacklos, aber immerhin mit dem schönen Spruch versehen: »Eigener Herd ist Goldes wert.« In Gedanken verloren, hielt Emily die Arbeit in der Hand, und ihre Erinnerung flog zurück nach Deutschland, nach Berlin, wo in der Küche ihrer Eltern, in der kühlen, gepflegten Villa, auch eine solche Decke nachmittags auf dem Küchentisch lag, wenn die Köchin mit der Arbeit fertig war und sich ihr unbestrittenes Reich ein wenig wohnlich machte. Auf dieser Decke stand ebenfalls in Kreuzstich ausgeführt: »Eigener Herd ist Goldes wert.«

Mitten in der Wildnis, umgeben von unerklärlichen und unfaßbaren Gefahren, mußte sie diesen Spruch wieder lesen.

»Sind Sie eine Deutsche, Mary?«

»Ja«, sagte Mary flüsternd, »das darf aber keiner wissen! Deutsche kann man hier nicht leiden. Ehe ich mich verheiratete und nach Australien auswanderte, war ich in Deutschland zu Hause!«

»Möchten Sie nicht wieder zurück, Mary?«

»Wer möchte das nicht, Mrs. Schwarzenberger? Das geht mir genau wie Fanny und Klara. Aber man muß sich gar nicht erst mit unmöglichen Wünschen abgeben.«

»Und für wen wollen Sie diese Arbeit fertigmachen?«

»Das weiß ich nicht, Mrs. Schwarzenberger; die Zeit totschlagen will ich und nicht mehr soviel denken. Seit Sie hier sind, muß ich das mehr als gut ist, und es bekommt mir nicht! Dann bin ich nicht hart genug gegen die Jungen, wenn sie nachts versuchen, mich um mein Geld zu betrügen. Haare muß man auf den Zähnen haben, wie ein Raubtier hinterher sein, es ist schon eine gottverdammte Wirtschaft!«

»Sie müssen nicht soviel fluchen, Mary, das ist wirklich nicht hübsch!«

»Ich bin keine Lady wie Sie! Und wenn es Ihnen nicht paßt, dann hören Sie nicht zu!«

»Jetzt haben Sie schlechte Laune, Mary, darum gehe ich lieber. Aber wenn Sie wieder einmal bei der Handarbeit sitzen, dann rufen Sie mich, auch ich mache so etwas gern. Ich habe drüben nichts zu tun.«

»Sie haben aber doch Bücher?«

»Das schon, Mary, aber ich kann jetzt nicht lesen.«

»Auch unruhig?«

»Sicher! Rosig sieht es doch um uns nicht aus. Aber lassen Sie jetzt die Arbeit liegen, wir wollen versuchen, ein wenig vergnügt zu sein. Ich werde Ihnen und den beiden anderen Mädeln etwas von meiner Überfahrt erzählen, die war sehr interessant!«

Und dann standen sie alle vier auf der »Hauptstraße« von Bringdin im Schatten von Marys Salon, und die drei Mädchen ließen sich von Emily berichten, was sie auf der »Melbourne« erlebt hatte.

Aber dabei ließ Emily es nicht bewenden, sondern teilte ihnen auch allerlei aus der Geschichte ihrer Familie mit: manches von Emily Dorsey und so auch, daß deren Schwur sich wieder und wieder bei allen ihren Nachkommen bewährt habe.

Die Frauen lauschten, als berichte sie ein Märchen. Es rührte Emily, zu sehen, wie diese harten und verwüsteten Gesichter sich entspannten und weichere Züge wieder zutage traten.

Dann verließ Emily die Frauen und ging zu ihrem Mann und Jimmy.

»Respekt, Mrs. Schwarzenberger, Sie haben die drei Frauenzimmer tatsächlich unter Ihre Fuchtel bekommen!« meinte Jimmy anerkennend.

»Die armen Mädels«, sagte Emily und setzte sich ein wenig müde neben ihren Mann. »Von Herzen wünsche ich jeder ein anderes Leben. Hauptsächllich die Fanny ist ein netter Kerl, aus der wäre noch etwas zu machen!«

»Ehe Sie sich mit dem Schicksal anderer belasten, Mrs. Schwarzenberger, lassen Sie sich Ihr eigenes durch den Kopf gehen. Es hat keinen Zweck, Ihnen Theater vorzuspielen, Sie werden selber wissen, wie es um uns alle hier steht. Wir müssen von morgen an die Wasserration schon wieder verringern. Die meiste Sorge machen mir die Kamele. Ich fürchte, wir müssen zwei von ihnen erschießen. Die brauchen zuviel Wasser, das können wir uns nicht leisten.«

»Von meiner Ration gebe ich meinem Hund ab!«

»Die armen Tiere!«

»Sie haben wohl mit allen Kreaturen Mitleid, Mrs. Schwarzenberger?«

»Mit allem, was unverdient ein schweres Schicksal tragen muß, Mr. Wolter; dazu gehören auch Sie!«

»Wollen Sie jetzt damit beginnen, auch mich umzumodeln, Mrs. Schwarzenberger? Lassen Sie mich, wie ich bin!« entgegnete er mit müdem Lächeln.

Peter hatte die Hand seiner Frau ergriffen und drückte sie innig. »Du bist wundervoll tapfer, Emily! Ich bin wirklich stolz auf dich!«

»Rede keinen Unsinn, Peter! Wäre ich nicht tapfer, würde ich mir alles hier nur schwermachen. Also ist meine Tapferkeit nichts als ein ganz gesunder Egoismus. Was fangen wir nun an, Mr. Wolter? Wir können doch nicht die Hände in den Schoß legen und abwarten, bis wir verdurstet sind? Solange wir noch darüber reden können, ist es ja nicht schlimm, und deshalb muß zur Zeit etwas unternommen werden!«

»Sie kommen mir vor wie ein Chirurg, der ohne Zittern und Zagen die Sonde in eine schlimme Wunde führt!« meinte Wolter.

»Das ist besser, als einen Patienten aus lauter Mitleid sterben zu lassen, weil man ihm nicht weh tun will.«

»Sie haben eine wundervolle Frau, Mr. Schwarzenberger, das muß ich Ihnen immer wieder versichern.«

»Um so größer sind aber auch meine Selbstvorwürfe, daß ich diese Frau hierhergebracht habe.«

»Rede keinen Unsinn, Peter, es hätte dir alles nichts genützt, ich wäre ja doch mitgekommen!«

»Also, Mrs. Schwarzenberger, wir haben beschlossen, noch acht Tage zu warten!«

»Auf was, Mr. Wolter?«

»Auf den Fliegertoni!«

»Und wie soll der uns allen helfen?«

»Er kann zum mindesten sofort zurückfliegen und Hilfe herbeiholen!«

»Und wenn er nicht kommt?« fragte Emily.

»Dann habe ich mit Ihrem Mann besprochen, daß Sie mit einem Kamel und begleitet von Tom und dem kleinen Dicken sofort nach dem Süden aufbrechen. Es muß dann eben genügend Wasser für Sie und die anderen dasein, und Sie müssen so schnell wie möglich versuchen, eine Niederlassung zu erreichen und uns hier zu helfen. Ich kann es nicht mehr verantworten, Sie noch länger in Bringdin zu lassen!«

»Und Sie selber, Mr. Wolter?«

»Ich warte selbstverständlich, bis Hilfe kommt!«

»Also müssen wir vorerst darauf hoffen, daß der rätselhafte Fliegertoni erscheint?«

»Ja! Es bleibt uns nichts anderes übrig, sowenig ich mir im Grunde genommen seine Gegenwart wünsche. Ich liebe ihn nicht. Er ist ein eiskalter Schuft, aber niemals zu fassen!«

»Die Frauen haben mir schon viel von ihm erzählt. Und wenn die Situation nicht so ernst wäre, würde es mich wirklich brennend interessieren, diesen Mann kennenzulernen.«

Emily widmete sich dann ihren geringen täglichen Pflichten, richtete für die beiden Männer das mehr als einfache Essen und begab sich bald danach zur Ruhe, da sie wußte, daß keiner der Männer sich niederlegte, ehe sie nicht eingeschlafen war.

XVI

Die acht Tage, die man noch hatte warten wollen, waren fast verstrichen, als am Morgen des siebenten Tages plötzlich über der Siedlung ein ungewohntes Geräusch zu hören war.

Alles raste aus den Hütten heraus, starrte aufgeregt in den Himmel und schrie durcheinander: »Der Toni! — Der Fliegertoni! Er kommt — er kommt wirklich! Ich habe es ja gewußt, er würde uns nicht im Stich lassen!«

Auch Emily und Peter standen vor der Hütte, sahen hinauf und konnten sich der allgemeinen Erregung nicht entziehen. Denn das Erscheinen dieses Mannes bedeutete für sie genau soviel wie für all die anderen.

Es währte nur noch Minuten, da kreiste ein kleines Flugzeug über ihren Häuptern, zog immer kürzere Schleifen und ging endlich außerhalb des Bezirkes der Hütten nieder.

Als wären alle wahnsinnig geworden, rasten die Menschen dem Flugzeug entgegen, und es fehlte nicht viel, so hätte einer sich in seiner Begeisterung von dem Propeller verwunden lassen. Gerade im letzten Moment konnte Jimmy ihn noch zurückreißen. Aber er begriff in seiner wahnsinnigen Aufregung nicht, daß der Boß ihm das Leben gerettet hatte, sondern war ärgerlich, daß er nur eine Sekunde in dem Genuß der Freude gestört worden war.

Die Maschine setzte auf, wippte noch hin und her, die Propeller liefen langsamer und langsamer — und dann öffnete sich die Tür der kleinen Kabine.

In tadellosem Fliegerdreß, gepflegt, rasiert, sauber, lachend und strahlend stand da ein großer blonder, wunderschöner Mensch. Selbst in der Vermummung des sportlichen Anzuges konnte man das Ebenmaß seiner herrlichen Gestalt feststellen. Lachend, nach rechts und links freundschaftliche Püffe austeilend, begrüßte er die alten Kumpane: »Na, ihr Gauner, ihr verdammten — alle noch am Leben?«

»Das schon, Toni! Leben tun wir, aber verdammt trocken!«

»Macht nichts, Jungens! Ich habe Whisky mitgebracht!«

»Whisky ist gut, Toni, aber nicht gegen Durst.«

»Seit wann seid ihr denn so wild auf Wasser?«

»Seit wir keines mehr haben!« antwortete Jimmy ihm ernst.

»Hallo, steht es so?« fragte der Fliegertoni.

»Leider! Und wir hoffen, daß du uns hilfst! Du mußt wieder zurück und uns Hilfe holen!«

»Das denkt ihr euch so einfach, Jungens. Ich will hier arbeiten. Ich brauche Gold. Ich bin kein Vergnügungsreisender!«

»Gold können Sie diesmal von uns haben, Toni! Wir haben mehr, als wir im Augenblick gebrauchen können. Wir zahlen Ihnen gutes Gold, wenn Sie uns Hilfe herbeiholen. Wir haben schon drei von den Kamelen töten müssen, weil sonst das Wasser nicht reicht! Neues Gold kann auch nicht gewaschen werden, weil kein Wasser mehr da ist.«

»Teufel! So ernst steht's? Und wie stellt ihr euch die Hilfe vor?«

»Sie müssen zurückfliegen und bei der Regierung vorstellig werden, daß man uns einen Wassertransport schickt!«

»Glaubt ihr, daß der Regierung viel daran gelegen ist, euer kostbares Leben zu erhalten? Ihr kostet der Regierung nur Geld, wenn man euch alle miteinander in die Gefängnisse steckt!« sagte der schöne

Mann lachend und blickte die ihn Umdrängenden eiskalt mit den strahlenden blauen Augen an. »Aber, wie ihr wollt; ich bin bereit, morgen wieder aufzusteigen! Kostet aber eine Kleinigkeit! Unter zehntausend Dollar mache ich das nicht!«

»Halsabschneider, verfluchter!« wurde ihm zur Antwort.

Toni sah den, der den Ausspruch getan hatte, kühl an, öffnete die Tür seiner Flugkabine und zerrte einen häßlichen, bösartigen Köter heraus.

»Wotan, schau dir den an, den merk dir!«

Der Goldgräber sprang tatsächlich einen Schritt zurück. Und der schöne Fliegertoni lachte herzlich, als handle es sich um den nettesten Witz.

Es stand etwas wie Furcht in den Augen aller derer, die eben noch diesem Mann wie einem rettenden Engel zugejubelt hatten. Nur Jimmy Wolter behielt seine ausgeglichene Ruhe und sagte sachlich, wie es seine Art war: »Sie sollen bekommen, was Sie verlangen, Toni, aber selbstverständlich erst dann, wenn Hilfe hier ist!«

»Sie trauen mir nicht, Jimmy Wolter?«

»Ehrlich gesagt — nein! Mit Menschen ihres Schlages muß man vorsichtig sein!«

»Ihr Urteil ehrt mich, Jimmy Wolter! Ich halte Sie nämlich für den einzigen anständigen Kerl hier in Bringdin. Die anderen sind alle gemeine Schufte.«

»Hoho, Fliegertoni, du irrst dich! Wir haben jetzt einen Heiligen hier — und sogar eine Madonna!«

»Was reden die Leute, Jimmy? Sind Neue hier?«

»Ja, Toni! Wir haben Gäste! Einen deutschen Arzt mit seiner Frau, der mit seinem letzten Tropfen Benzin bei uns ankam und nun nicht weiter kann. Auch für diese zwei ist Ihre Hilfe unbedingt notwendig.«

»Du wirst staunen!« sagte der lange Tom nun grinsend. »Ein schönes Frauenzimmer — bildschön, so etwas hast du lange nicht gesehen!«

»Aber unnahbar!« bemerkte der kleine Dicke dazu. »Da ist nichts zu machen für dich!«

Jimmy wußte genau, daß das die gefährlichsten Worte waren, die dem Fliegertoni gesagt werden konnten. Und er sah in dessen Augen ein unheimliches Funkeln, das ihm in Gedanken an Emily Schwarzenberger schwere Sorge bereitete.

Die hemmungslose Abenteurernatur des Fliegertoni war geweckt. Etwas, das sich ihm verweigerte, galt ihm stets als besonders erstrebenswert. Er stemmte die Hände in die Hüften, wiegte sich ein wenig in den Knien und sagte mit einem unverschämten Lächeln: »So? Also eine schöne Frau habt ihr hier! Nun, dann wird es wenigstens einmal interessant in Bringdin!«

Jimmy Wolter trat neben ihn, legte die Hand auf seine Schulter und sagte sanfter und ruhiger, als es sonst seine Art sein mochte: »Ich bitte Sie, Toni, Finger weg von der Frau! Das ist eine andere Sorte, als wir hier gewohnt sind.«

»Tut mir leid, Jimmy, wenn die Frau schön ist, gehört sie mir! Predigen Sie mir keine Moral. Nun, wir werden sehen, wie die Sache läuft. So, Jungens, nun packt mal die Kiste aus, es ist für jeden eine Überraschung darin.«

»Aber du fährst doch morgen wieder zurück, Toni? Es sieht ernst bei uns aus. Du bist unsere letzte Rettung!« sagten die Burschen und sahen ihn so ängstlich an, wie es sonst nicht ihre Gewohnheit war.

»Darüber reden wir morgen früh! Jetzt bin ich erst einmal sehr neugierig auf die schöne Frau!«

Dann setzte sich die kleine Karawane in Bewegung und begab sich ins Zentrum von Bringdin. Dort angekommen, ging es selbstverständlich zuerst in Marys Salon, wo der schöne Toni auch von den Frauen mit einem begeisterten Hallo empfangen wurde. Leutselig und gnadenspendend schlug er jedem von den Mädeln einmal auf den Rücken und hatte ein paar Scherzworte für sie. Damit aber waren sie für ihn erledigt. Ob er die wahre, heiße, anbetende Liebe in Fannys Augen begriff? Wohl kaum. Er sah es einfach nicht. Sie war, außer daß sie ein Mensch war, Luft für ihn.

Nachdem er die Fliegerkleidung abgelegt, einen Absinth getrunken und es sich so bequem wie möglich gemacht hatte, sagte er, beide Ellbogen auf den Schanktisch lehnend: »Nun her mit eurer Sensation!«

Die drei Frauen horchten auf, und Fanny fragte Tom halblaut: »Habt ihr ihm schon von Mrs. Schwarzenberger erzählt?«

»Selbstverständlich! Auf die Sensation freuen wir uns ja!«

»Schufte! Schufte seid ihr alle miteinander. Laßt doch die Frau in Ruhe! Was geht sie euch an? Ihr habt die Finger davon zu lassen, das ist nichts für euch!« Dann drehte sie sich halb herum und sagte, sich zu Toni hinwendend: »Hallo, Toni, sei vernünftig, ich bitte dich! Laß diese Frau in Ruhe! Die ist, weiß Gott, zu schade für dich!«

Mit flimmerndem Blick sah Fliegertoni das Mädchen an: »Kennst du mich so wenig, daß du nicht weißt, wie unvernünftig es ist, mir von etwas abzuraten?«

»Toni, ich bitte dich!«

»Laß mich in Ruhe und halt das Maul!« gab er ihr wütend zur Antwort.

In diesem Augenblick schob der kleine Dicke mit widerlichem Grinsen den Türvorhang beiseite und sagte: »Da drüben geht sie, die Sensation von Bringdin!«

Der Fliegertoni richtete sich auf und wandte den Kopf. Seine Nüstern zitterten, unheimlich wurde der Blick seiner Augen. Dann stieß er, kaum wissend, daß er es tat, hervor: »Das ist unmöglich! Das kann doch nicht sein!«

Langsam näherte er sich der Tür und starrte, die Hände in den Hosentaschen zu Fäusten ballend, wie gebannt auf Emily hin, die neben Peter und Jimmy vor dessen Hütte stand.

Kein Laut kam über seine Lippen. Die Jungen ließen kein Auge von ihm.

»Na?« fragte Tom, sich in die Brust werfend, als wäre er der Besitzer der »Sensation von Brindin«. »Wie gefällt sie dir?«

Als wäre er mit seinen Gedanken ganz woanders gewesen, zuckte der Toni zusammen, wandte sich dann langsam herum, hob die Schultern und sagte, indem er gleichgültig eine Zigarette anrauchte: »Nicht mein Fall! Ihr seid wohl wahnsinnig geworden, mir so etwas als schöne Frau anzupreisen. Da bin ich, weiß Gott, anderes gewohnt!«

Alle in Marys Salon waren sprachlos, und keiner wußte im Augenblick, wie er das verstehen sollte. Fanny atmete erleichtert auf, ging zu Toni hin und sagte, an ihm vorbeistreichend: »Bist doch ein anständiger Kerl, Toni!«

»Laß mich in Ruhe! Glaubt ihr, ich habe nichts anderes im Kopf als Weiberkram? Also — nun mal zum Geschäft, Jungens! Seid ihr gewillt, das zu zahlen, was ich verlange, wenn ich morgen zurückfliege, um euch Hilfe zu holen?«

»Das mußt du mit Jimmy ausmachen! Wir haben ihn zu unserem Boß ernannt und fügen uns dem, was er bestimmt. Daß dringend Hilfe not tut, Toni, brauchen wir dir nicht noch mal zu versichern! Du kannst dir denken, wie es steht, wenn wir sagen, daß wir pro Tag jeder nur noch einen halben Liter Wasser bekommen!«

Toni pfiff leise vor sich hin und sagte in seiner eiskalten Art: »Das genügt mir nicht einmal morgens zum Zähneputzen!«

Man belachte diesen Scherz, aber es war doch nicht die dröhnende Fröhlichkeit, die jedesmal geherrscht hatte, wenn Fliegertoni angekommen war.

Er selber war auch nicht so in Form, wie sie ihn sonst kannten. Er blies eine Weile den Rauch seiner Zigarette in die Luft, dann sagte er: »Also gut, ich fliege morgen früh zurück. Und nun will ich mir einmal diese lächerliche Sensation in der Nähe betrachten.« Damit verließ er langsam Marys Salon, gefolgt von allen anderen, die nicht wußten, was kommen würde.

Emily stand mit dem Rücken zu Marys Salon. Aber Peter und Jimmy sahen den Fliegertoni kommen. Als er sich näherte, zuckte Peter zusammen, packte seine Frau am Arm und flüsterte erschrokken: »Emily, das ist doch —«

In ihrer ausgeglichenen, ruhigen Art wandte Emily sich langsam herum und stand dem Fliegertoni gegenüber. Groß und ohne Erregung sahen die beiden sich an, dann atmete Emily tief auf, gab sich Mühe, freundlich zu lächeln, und erwiderte mit einem leichten Neigen des Kopfes den tiefen Gruß ihres Gegenübers.

Jimmy hatte diese Szene beobachtet. Da er aber keine Einstellung dazu fand, hielt er sich an das Gegebene und sagte: »Das ist der Fliegertoni, Mrs. Schwarzenberger! Wir haben Ihnen ja schon genug von ihm erzählt, und Sie wissen, was seine Ankunft für uns alle bedeutet!«

Allmählich löste Toni seine Augen von Emily und sah Peter ebenso an wie vorhin sie. Dann erschien ein ausgesprochenes Spitzbubenlächeln auf seinem Gesicht, das es unbeschreiblich verschönte.

Er reichte Peter die Hand, die dieser nach sekundenlangem Zögern ergriff. Dann sagte er, leicht auflachend: »Ausgerechnet ich muß als

Retter für Sie gelten! Das Leben versteht es wirklich, die besten Witze zu machen.«

Jimmy Wolter hatte das Gefühl, daß sich etwas Besonderes hinter dem soeben Gehörten verberge.

Toni nahm wiederum das Wort:

»Also Sie sind hier festgehalten in dieser Luxusstadt! Wo sollte Ihr Weg Sie hinführen, Mr. Schwarzenberger?«

»Zu den Uahenis, einem bisher kaum erforschten Stamm im Zentralbusch. Mir ist erzählt worden von einer rätselhaften Krankheit, die diesen Stamm befallen haben soll!«

»Soll die Erforschung der Krankheit interessanter sein als das Studium der Lepra?«

Ehe Peter zu antworten vermochte, hob Emily ein wenig die Hand und sagte ruhig, aber freundlich: »Es hat wohl keinen Zweck, daß wir Versteck spielen! Bitte geben Sie an, ob man hier Ihren richtigen Namen wissen darf!«

»Verehrte schöne Frau! Glauben Sie, daß ich auf der ›Melbourne‹ unter meinem richtigen Namen gefahren bin?« Er lachte leicht auf mit einer geradezu bezwingenden Jungenhaftigkeit. »Name und Paß waren genauso falsch wie die Haarfarbe!«

Emily hielt es für das klügste, auf seine Art einzugehen, und fragte nach kurzem Zögern, indem sie sein blondes Haar betrachtete: »Ist dies jetzt die richtige Farbe?«

»Wer weiß! Wie soll ich das wissen, schöne Frau? Außerdem ist das uninteressant. Ich bin der Fliegertoni und bleibe es vorerst auch!«

»Also gut, dann wissen wir, wie wir uns zu verhalten haben. Ich hoffe, Sie bereiten meinem Mann und mir keine Schwierigkeiten!«

»Womit Sie mir also gewissermaßen Fesseln anlegen wollen? Aber darf ich Sie wenigstens aus angemessener Entfernung bewundern?«

Emily sah an sich herunter, betrachtete ihre schmutzige, zerknitterte Bluse, den zerrissenen Rock, faßte diesen mit spitzen Fingern an und fragte: »Gebe ich wirklich augenblicklich Anlaß zur Bewunderung?«

»Eine schöne Frau ist in jeder Situation schön!«

Peter hatte diesem kurzen Gespräch stirnrunzelnd zugehört und sagte jetzt: »Es ist sehr viel verlangt von mir, daß ich einen derartigen Ton stillschweigend dulde. Darüber sind Sie sich wohl klar?«

»Möglich! Aber im Augenblick bin ich der Stärkere! Und Sie werden sich dem fügen, was ich anordne! Und ich ordne an, daß Ihre Frau morgen früh mit mir zurückfliegt!«

»Ausgeschlossen! Das kommt nicht in Frage, und es ist gemein von Ihnen, einen solchen Druck auszuüben!« sagte Peter unbeherrscht.

Aber Jimmy, der mutmaßte, daß diese drei sich schon einmal begegnet sein mußten, legte ihm warnend die Hand auf die Schulter: »Ruhig, Mr. Schwarzenberger! Wir befinden uns in einer Zwangslage, und ich denke, daß Fliegertoni so viel Anstand im Leib hat, daß er weiß, wie er mit Mrs. Schwarzenberger umzugehen hat.«

»Ich denke ja!« sagte Toni, wippte ein wenig auf den Fußspitzen hin und her. »Wie denken Sie sich eigentlich die Situation, wenn ich morgen abgeflogen sein werde und die Kerle hier nicht mehr zu halten sind? Ich kenne die Burschen besser als Sie! Und es kann immerhin acht Tage dauern, bis Hilfe eintrifft! Und diese acht Tage werden für Bringdin eine Hölle sein. Soll Ihre Frau in dieser leben? Nein — das dulde ich nicht! Verstehen Sie das, Peter Schwarzenberger? Sie haben sich benommen wie ein unmündiges Kind, daß Sie Ihre Frau überhaupt in diese Situation gebracht haben!« fuhr er zornig fort.

Peter wurde glühend rot, stampfte mit dem Fuß auf und preßte beide Fäuste an die Schläfen.

»Glauben Sie«, fragte er erregt, »daß ich mir nicht täglich, stündlich die bittersten Vorwürfe mache? Aber es ist nun einmal geschehen; was hilft das alles?«

»Dann muß man eben sehen, was noch zu retten ist! Mir scheint, es ist wirklich verdammt gut, daß ich gekommen bin!«

Mit liebenswürdigem Lächeln, als stünde er ihr in einem Salon gegenüber, sagte der Fliegertoni zu Emily: »Ich muß schon jetzt darauf hinweisen, Mrs. Schwarzenberger, sehr bequem wird der Flug nicht werden, denn ich habe keinen zweiten Platz in meiner Kabine. Sie müssen sich in den Frachtraum legen!«

»Es ist gut, Toni, ich sehe ein, Sie haben recht, und es wird das klügste sein, wenn ich mitkomme. Sei ruhig, Peter, es muß sein, es wird auch für dich hier leichter werden, wenn du nicht immer Angst um mich zu haben brauchst. Sagen Sie mir Ihre Ansicht, Jimmy Wolter.«

Jimmy sah Toni eine Weile prüfend an, dann erklärte er: »Auch ich halte es für das beste, Fliegertoni nimmt Sie mit!«

»Sie müssen sich allerdings sehr zusammendrücken in meiner Flugkiste«, sagte Toni mit spöttischem Lächeln, »ich habe die Absicht, auch die Fanny mitzunehmen!«

Als er das gesagt hatte, ging Emily auf ihn zu und reichte ihm die Hand: »Ich danke Ihnen, Toni! Was Sie eben gesagt haben, läßt mich vieles vergessen!«

»Aber mich nicht!« sagte er. »Ich bin dem Schicksal durchaus nicht dankbar, Sie hier wieder getroffen zu haben. Der Teufel soll die ganze Geschichte holen. Ich komm hierher, will in Gemütsruhe mein Gold zusammenscharren und muß mit einem lädierten Herzen den Retter von Bringdin spielen. Na, schön, wenn es sein muß — auch das!«

»Und wohin wollen Sie meine Frau bringen?« fragte Peter unruhig.

»Zu der nächsten Militärstation. Dachten Sie vielleicht, in irgendein Freudenhaus? Da kann man Frauen wie die Ihre nicht gebrauchen!«

»War das notwendig, Toni?« fragte Emily leise.

»Notwendig nicht, aber es hat mir gutgetan«, antwortete er ärgerlich. »Ich bin des trockenen Tones satt und mag mich nicht mehr als anständiger Mensch benehmen. Das ist mir immer lästig. Ich bin ein gemeiner Kerl und fühle mich dabei sehr wohl!«

»Malen Sie sich doch nicht noch schwärzer, als Sie so schon sind, Fliegertoni!« sagte Jimmy und hatte, was sehr selten bei ihm der Fall war, ein nettes Lächeln auf dem Gesicht.

»Nun aber im Ernst gesprochen! Wie kommt es, daß ihr in diese verdammte Situation gekommen seid?«

»Der Regen scheint auszubleiben dieses Jahr!«

»Nach Wasser zu bohren hat keinen Zweck?«

»Völlig zwecklos! Haben wir schon versucht!«

»Wie viele Tage wird es noch gehen?«

»Ich denke zehn bis zwölf Tage!«

»Wieviel Mann seid ihr hier?«

»Zweiundsiebzig Männer und die drei Frauen!«

»Dann wird es gar nicht so einfach werden, euch zu helfen. Da hilft kein Wasser, sondern Benzin!«

»Wie meinen Sie das, Toni?«

»Da müssen Lastautos kommen, denn so viel Wasser, wie ihr braucht, um weiter existieren zu können, kriegen wir durch die Durstzone überhaupt nicht her. Das verdunstet unterwegs! Die Sache wird verdammt schwierig werden, bis wir den letzten Kerl hier raus haben. Und was dann? Ihr wißt doch ganz genau, was euch bevorsteht?«

»Sie müssen es klug anfangen, Toni, und uns irgendwo absetzen, wo die meisten von uns die Möglichkeit haben, sich in die Büsche zu schlagen.«

»Ihr verlangt ein bißchen viel von mir!«

»Das dürfte nicht die erste unklare Sache sein, die Sie fabelhaft in Ordnung bringen werden, Toni!«

»Ich werde mir den Fall überlegen.«

»Und was für Absichten haben Sie, Toni? Was für Zukunftspläne?«

»Das weiß ich nicht! Vielleicht gehe ich mit den Leuten auf Schafschur, vielleicht versuche ich woanders mein Glück. Es ist möglich, daß ich wieder einmal ein paar einträgliche Hoteldiebstähle ausführe — vielleicht auch mal einen kleinen Bankraub in einer Farmergegend! Lieber Himmel, das Leben bietet unendlich viele Möglichkeiten für einen Mann, der es versteht, solche zu erkennen.«

»Soll man das als einen Scherz auffassen, was Sie da sagen?« fragte Emily ernst.

»Man soll das überhaupt nicht gehört haben!«

»Und mit Ihnen soll ich meine Frau ins Ungewisse fliegen lassen?« fragte Peter.

»Ohne Bedenken, Mr. Schwarzenberger! Ein guter Flieger bin ich, dafür garantiere ich. Ob ich in meinen anderen Berufen so tüchtig bin, das entzieht sich meiner Beurteilung. Also, verehrte Mrs. Schwarzenberger, morgen früh um vier Uhr wird gestartet. Bitte, kein Gepäck. Ziehen Sie sich so leicht wie möglich an, keine schweren Schuhe, nur eine dünne Wolldecke. Ich muß mit jedem Pfund Belastung rechnen. Sie und Fanny ergeben an Gewicht zusammen ungefähr soviel wie die Bagage, die ich hergebracht habe. Es wird schon gehen, der Teufel wird helfen, daß alles gut abläuft!«

»Und ich werde darum bitten, daß Gott hilft!« sagte Emily mit einem kleinen Lächeln.

»Man bittet immer den um Hilfe, dem man sich am stärksten verbunden fühlt. Für mich ist selbstverständlich der Teufel maßgebend. Ich würde mich lächerlich machen, wollte ich den lieben Gott belästigen.« Damit verneigte er sich leicht vor den dreien und ging zurück zu der Bande, die sich in respektvoller Entfernung gehalten hatte.

Die Nacht war die schwerste, die Peter Schwarzenberger je erlebt hatte. Unablässig bedrängte ihn die Frage, ob es richtig sei, Emily diesem Mann anzuvertrauen, und er holte sich Rat bei Jimmy Wolter, dem einzigen hier, von dem er wußte, daß er Ehrgefühl besaß.

Jimmy redete ihm zu. »Ich rate Ihnen nicht aus Eigennutz! Toni würde auch allein zurückfliegen, nur um uns alle zu retten. Aber bedenken Sie, Mr. Schwarzenberger, Ihre Frau kann uns dort draußen unendlich viel nützen. Es ist auf jeden Fall gut, wenn Toni die beiden Frauen von hier fortschafft.«

»Und wenn der Maschine etwas passiert?«

»Und wenn hier die Hölle los ist?« erhielt er zur Antwort. »Toni hat recht, die Männer werden zu Bestien werden — und möchten Sie, daß Ihre Frau in eine Schießerei hineinkommt?«

»Sie können sich aber wohl denken, wie mir zumute ist; ausgerechnet mit diesem Mann soll ich meine Frau ins Ungewisse schicken?«

»Sie kennen ihn von früher her?«

»Ja! Aber ich möchte nicht darüber sprechen, es ist schließlich Tonis Angelegenheit!«

»Wir alle hier haben zwei Gesichter, Mr. Schwarzenberger. Ich nehme an, Sie haben früher einmal Tonis anderes Gesicht erblickt.«

»Ja, und die Begegnung war keineswegs erfreulich.«

»Aber seien Sie ruhig, Peter Schwarzenberger. Er nimmt doch auch die Fanny mit. Das war ein verdammt anständiger Zug von ihm. Damit hat er jedes Mißtrauen beseitigt!«

»Denken Sie sich in meine Lage, Jimmy, mehr brauche ich Ihnen nicht zu sagen!«

»Sie haben recht, aber man muß von zwei Übeln stets das kleinere wählen. Und nun Gott befohlen, legen Sie sich noch ein paar Stunden aufs Ohr. Die nächsten Tage werden für uns nicht besonders schön sein, darauf können Sie sich verlassen. Zuerst werden die Jungen saufen und saufen und nicht eher damit aufhören, bis alles restlos ausgetrunken ist, was Toni mitgebracht hat. Nun, und was dann kommt, das graue Elend, dafür haben Sie bestimmt keine Nerven!«

»Was wird nun aber aus Ihnen, Jimmy?«

»Das weiß ich heute noch nicht und zerbreche mir darüber auch nicht den Kopf. Das Einzelschicksal ist gleichgültig, erst müssen wir einmal alle aus diesem Rattenloch raus.«

»Das eine kann ich Ihnen versichern, Jimmy! Wenn meine Frau und ich alles gesund und glücklich überstehen, denke ich nicht mehr daran, uns beide jemals wieder in eine ähnliche Gefahr zu bringen!«

»Sehr vernünftig; Sie können der Wissenschaft auch auf andere Weise dienen, als sich und Ihren liebsten Menschen in einen Schlamassel zu bringen; das überlassen Sie lieber unverheirateten Männern. Und nun seien Sie froh, daß Mrs. Schwarzenberger morgen von hier fortkommt!«

»Das Herz ist mir verdammt schwer«, sagte Peter, nickte Jimmy noch einmal zu und ging in die Hütte zurück. Er bemühte sich, so leise wie möglich zu sein, legte sich auf den Fußboden, wo er sich ein Lager zurechtgemacht hatte, schob den Hund ein wenig zur Seite, als dieser an ihm herumschnupperte, und streckte sich dann aus. Er glaubte Emily schlafend und war froh darüber.

Aber plötzlich sagte sie in ihrer ruhigen Art: »Peter?«

»Ich denke, du schläfst schon, Liebes?«

»Wie kann ich das? Dazu hat mich alles doch viel zu sehr erregt.«

Peter rückte näher an Emily heran, ergriff ihre Hand und fragte besorgt: »Hast du wirklich den Mut, mit ihm fortzufliegen?«

»Ja, Peter, den habe ich! Ich weiß nur nicht, ob es nicht feige ist, von hier fortzugehen und dich allein zu lassen?«

»Das ist es bestimmt nicht, Emily! Du mußt weg, es geht nicht anders. Jimmy und der Fliegertoni haben schon recht — es wird hohe Zeit, daß du fortkommst. Die Blicke von den Burschen, die sie hinter dir herschicken, gefallen mir nicht.«

»Und du hast Vertrauen zu ihm?« fragte Emily zögernd.

»Das müssen wir haben, sonst wäre ja die ganze Sache unmöglich! Was sagte Fanny?«

»Sie hat nicht viel gesagt. Als ich es ihr berichtete, meinte sie: Er ist doch anständiger, als ich gedacht habe. Sie kennt ihn ja schon lange.«

»Ein Rätsel ist dieser Mann. Was soll man von ihm halten?«

»Ich glaube, Peter, es ist klüger, wir zerbrechen uns darüber nicht den Kopf. Existenzen wie er und alle die, von denen wir hier umgeben sind, erscheinen uns nicht normal. Wozu sich mit Dingen belasten, die wir weder verstehen noch ändern können.«

»Und was gedenkst du zu tun, wenn er dich an Ort und Stelle gebracht hat?«

»Ich warte, Peter, bis du kommst, und hoffe, wir können alles so für eure Rettung regeln, daß es sich ohne Katastrophen abwickeln läßt. Ich werde Fanny bei mir behalten, damit ich nicht allein bin, will versuchen, ob ich dieses Mädel nicht irgendwie zur menschlichen Gesellschaft zurückführen kann.«

»Gute Emily, hast du wieder Menschenbeglückungswünsche?«

»Das wohl! Aber weißt du, nach wem ich Sehnsucht habe, richtige Sehnsucht? Nach Fredy! Wäre er hier, würde vieles leichter sein. Seine vergnügte und kühle Art macht alles erträglich. Wo er ist, hat trübe Stimmung niemals langes Bleiben. Wo mag der nette Junge jetzt stecken?«

Peter war froh, daß Emily ein anderes Thema gefunden hatte, und hielt sie eifrig dabei fest.

»Wo wird er schon sein? Auf der Farm deines Onkels wird er sich in dem Glück junger Liebe und in der Gunst seines Schwiegervaters sonnen, als Farmer lernen und froh und zufrieden sein. Wenn er wüßte, wie es um uns steht, glaube ich sicher, wäre er schon da. Er wollte doch sowieso Goldgräber werden. Hier könnte er einmal die Romantik aus nächster Nähe kennenlernen.«

»Der gute Fredy! Wie weit doch alles zurückliegt, was einstmals war, Peter! Das Zuhause, der Vater, unser Studium, die Reise mit der ›Melbourne‹, die netten Tage in Sydney — ob so etwas jemals wiederkommt?«

»Bist du mutlos, Emily?«

»Nein, mutlos nicht, nur traurig! Es quält mich, daß ich mich von dir trennen muß, aber ich sehe ein, daß es notwendig ist.«

Er neigte sich zu ihr, nahm sie in seine Arme und küßte sie. Dabei merkte er, daß sie weinte.

»Du weinst, Emily? Dann muß es schon sehr schlimm um dich stehen!«

»Peter, das schlimmste von allem für mich ist, daß ich von dir gehen muß!«

»Und gerade mit diesem Mann!«

»Darüber zu grübeln hat wirklich keinen Zweck. Er oder ein anderer, das bleibt sich gleich. Vielleicht ist es sogar gut, daß er mich liebt. Das tut er heute noch genauso wie damals auf der ›Melbourne‹, als er noch der schöne Antony Satoni war, von dem wir alle nicht wußten, war er uns angenehm oder unangenehm! Nur seine Schönheit haben wir alle bewundert. Schön ist er auch jetzt mit seinem blonden Haar, genau so schön wie als schwarzhaariger Südländer.«

»Ich glaube nicht mehr daran, daß er ein Grieche ist. Er spricht mir dafür zu gut Englisch. Aber es ist schon bitter, einem solchen Menschen zu Dank verpflichtet zu sein!«

»Wir müssen egoistisch denken — geholfen muß uns werden, von wem, soll uns nicht kümmern!«

Wieder nahm Peter Emily in seine Arme, küßte sie zärtlich und innig, in dem Vorgefühl der ungewissen Trennung.

XVII

Am nächsten Morgen verfrachtete Fliegertoni ohne viel Wenn und Aber zunächst Fanny in sein Flugzeug. Sie war darin nicht eben bequem untergebracht, denn sie mußte lang ausgestreckt in dem Schwanz der Maschine liegen, ein dünnes, zerlumptes Kissen unter dem Kopf und eine Wolldecke über sich gebreitet.

Emily tauschte nur noch einen kurzen Blick und einen Händedruck mit ihrem Mann, verabschiedete sich dann herzlich von den zwei zurückbleibenden Frauen; und ihr letztes Lächeln galt Jimmy.

»Ich hoffe, Sie bald wiederzusehen, Mr. Wolter. Ich will alles daransetzen, Ihnen das zu vergelten, was Sie für uns getan haben.«

»Glauben Sie, Madonna, diesen Mörder vor dem Zuchthaus bewahren zu können?« fragte Toni mit unverschämtem Sarkasmus.

»Diese Bemerkung war unnötig. Sie hätten sie mir und sich selber ersparen können.«

Toni wurde tatsächlich rot bei ihrem Verweis und sah einen Augenblick verlegen vor sich nieder. »Sie sind ein unerträglich anständiges Frauenzimmer«, zischte er Emily an, die diese Bemerkung nicht wörtlich nahm und ihm nur freundlich zunickte.

Dann noch einen Bick, ein Lächeln, einen Gruß für alle die Herumstehenden, und sie folgte Fanny in das Flugzeug.

Peter und Fliegertoni standen sich einen Augenblick wie zwei erbitterte Feinde gegenüber, sich von oben bis unten ansehend. Dann sagte Peter, indem er seine Rechte auf Tonis Schulter legte: »Wenn Sie meine Frau wohlbehalten in der Station abliefern, erkläre ich Sie für den vornehmsten Gentleman, der mir jemals begegnet ist.«

Als wollte er sich für diese Worte bedanken, neigte Toni langsam das Haupt, dann aber wieder kam das verflixte Lächeln auf sein Gesicht, und er fragte spöttisch: »Glauben Sie, daß es mich beglücken wird, mit dem Prädikat ›Gentleman‹ herumzulaufen? Nein, mein Lieber, dazu bin ich schon viel zu weit abgerutscht. Aber sonst haben wir uns wohl nichts weiter zu sagen, und ich betrachte es als eine Selbstverständlichkeit, Ihre Frau wohlbehalten abzuliefern!«

Damit stieg er in sein Flugzeug, schlug die Tür der Kabine hinter sich zu, und Tom, dem er es vorher gezeigt hatte, warf die Propeller an, so daß nach einigen Minuten die Maschine aufstieg.

Peter stand so lange regungslos da, bis nichts mehr vom Flugzeug zu sehen war. Dann folgte er den anderen, so gebeugt, wie er in all der Zeit nicht gegangen war. Der Inhalt seines Lebens war ihm genommen, und wohl keiner verstand ihn so gut wie Jimmy, der von dieser Minute an nicht mehr von seiner Seite wich.

Nach sechsstündigem Flug, der für die Frauen eine unvorstellbare Marter war, spürten sie, daß die Maschine stoppte.

Was bedeutete das? Ein Versagen der Motoren — oder war man angelangt? Die widerliche Empfindung, als falle man ins Wesenlose, die sich einstellt, wenn ein Flugzeug mit abgedrosseltem Motor niedergeht, machte sich bei ihnen bemerkbar. Dazu der starke Druck in den Ohren und ein Angstgefühl, zumal, wenn man nicht weiß, was vor sich geht.

Ein kurzer Ruck — ein merkwürdiges Holpern, und plötzlich stand die Maschine.

Dann endlich hörten sie die Stimme des Fliegertoni, der lachend zu ihnen hingekrochen kam, sie aus ihrer Vermummung wickelte und fragte: »Na, Mädchen, habt ihr die Sache gut überstanden? Es war nicht ganz so einfach, nicht wahr?«

Das erste Wort, das Emily herausbrachte, nachdem sie sich hochgerichtet hatte, war: »Durst!«

Und schon brüllte Toni aus der Kabine heraus: »Wasser!! Holt Wasser!! Ich habe lebendiges Gepäck in meiner Kiste!« Er war den Frauen behilflich, aus dem niedrigen Lagerraum herauszuklettern, und Soldaten der Militärstation halfen ihm dabei. Man gab den Frauen zu trinken und bemühte sich in jeder Weise um sie.

Emily gab sich die erdenklichste Mühe, sich zu beherrschen, um nicht noch nach überstandenem Flug die Nerven zu verlieren, und sie dankte für die ihr geleistete Hilfe in liebenswürdigster Weise.

Während des Fluges war Fanny die Tapferste von beiden gewesen, aber nun, als sie wieder festen Boden unter den Füßen hatte, brach sie ohnmächtig zusammen.

Ein Sanitätsoffizier der englischen Garnison mühte sich um sie, und einer der Offiziere, der in Emily sofort die Dame erkannt hatte, erkundigte sich in höflichster Weise, ob er ihr behilflich sein könne, vermied es aber, neugierige Fragen wegen des immerhin erstaunlichen Umstandes ihrer Ankunft zu stellen.

Gerade wollte Emily erklären, um was es sich handle, als Fliegertoni, der neben ihr stand, ihr die Hand auf die Schulter legte und artig zu ihr sagte:

»Bemühen Sie sich nicht, Mrs. Schwarzenberger, ich werde alles erklären.«

Er stand zwischen zwei Offizieren, dicht bei Emily, so daß sie jedes Wort verstehen konnte. Es währte einige Zeit, bis es ihr ins Bewußtsein drang, daß die Offiziere überaus zuvorkommend mit Fliegertoni sprachen und ihn Mr. Stanley nannten.

»Das ist eine ganz verdammte Angelegenheit, Mr. Stanley; selbstverständlich werden sofort drei Maschinen aufsteigen, um zuerst für das Nötigste dort zu sorgen. Ich denke doch, daß es möglich sein wird, Wasser hinzubringen. Heute nacht noch werden außerdem vier große Laster aufbrechen. Es sind allerdings immerhin fast zweitausend Kilometer zu fahren, so daß meine Leute kaum vor übermorgen dort sein werden. Es ist also bestimmt richtig, erst ein paar

Flugzeuge zu schicken. Wir sind Ihnen für Ihre Nachrichten und Ihre Hilfe sehr verbunden.«

Toni wippte, wie es so seine Gewohnheit war, fast vergnügt auf den Fußspitzen hin und her und hatte ein leichtsinniges Lächeln auf seinem schönen Gesicht.

»Ja, war verdammt gut, daß mich mein Erkundungsflug ausgerechnet über dieses Höllennest führte. Als ich beim Niederfliegen entdeckte, daß es Europäer waren, die da unten herumkrochen, ging ich selbstverständlich runter. Na, und da hatte ich die Bescherung. Sieht verdammt faul aus dort, und ich hielt es für das klügste, diese beiden Damen sofort mitzubringen. Mrs. Schwarzenberger ist die Frau eines deutschen Arztes, der auf Expedition war und wegen Mangels an Benzin in Bringdin festgehalten ist. Übrigens eine Kateridee — wie sich der kleine Moritz eine Expedition ins Innere des australischen Busches vorstellt! Wäre die Sache nicht so traurig gewesen, meine Herren, hätte ich lachen müssen!«

Emily mußte sich beherrschen, daß sie nicht in seine frivole Rede einfiel. Sie war empört über seine Art zu sprechen, hatte aber gleichwohl das Gefühl, es sei geraten, ihm nicht ins Wort zu fallen.

»Haben Sie übrigens schon Material gesammelt, Mr. Stanley?« fragte einer der Offiziere. »Glauben Sie, daß man große Schafherden noch in Wassergegenden treiben kann, um sie zu retten?«

»Ich bringe einige Aufnahmen mit. Allein ich zweifle, ob sich die Sache durchführen lassen wird. Meiner Meinung nach sind die Strekken für die arg geschwächten Tiere zu lang.«

Emily und Fanny lauschten immer interessierter dieser Unterhaltung. Was bedeutete das alles? Wie war es möglich, daß die Offiziere der Station den Fliegertoni, den sie doch alle als einen höchst bedenklichen Abenteurer kannten, derartig zuvorkommend behandelten?

Emily in ihrer Überreiztheit kam beinahe auf den Gedanken, daß sie sich im Wiedererkennen Antony Satonis geirrt haben müsse. Oder dieser Mann mußte ein fabelhafter Schauspieler sein.

Wer war er überhaupt — und was?

Aber ehe sie weiterdenken konnte, ließ ein ziemlich grobes Lachen des Fliegertoni sie aufhorchen.

»Na, kann Ihnen sagen, meine Herren, eine feine Gesellschaft ist das, die Sie da abholen werden. Ist kaum einer darunter, der nicht zuchthausreif ist.«

Die Offiziere sahen ihn erstaunt an, und der eine fragte: »Dann müssen wir wohl reichlich Bewachungsmannschaft mitschicken? Das würde das Rettungswerk allerdings bedeutend erschweren und hinauszögern.«

»Ist nicht nötig, meine Herren, die Jungens sind vom Durst zahm gemacht, die sind froh, wenn sie wieder Wasser zu sehen bekommen.«

Jetzt konnten Emily und Fanny sich nicht länger zurückhalten. Sie standen beide auf und gingen rasch auf Toni zu. Fast wütend funkelte Emily ihn mit ihren großen Augen an und fragte: »Vergessen Sie Jimmy Wolter?«

Einen Augenblick sah er sie verdutzt an, dann hob er leicht die Schultern, lächelte und sagte süffisant: »Wo gehobelt wird, da fallen Späne, schöne Frau! Aus Rücksicht auf die zarte Seele Jimmy Wolters können wir nicht siebzig Menschen oder mehr — Ihren Mann mit eingerechnet — verderben lassen.«

Das genügte, um Emily zum Schweigen zu bringen. In seiner betont liebenswürdigen Art, als führe er eine leichte Unterhaltung, wandte Toni sich wieder an die interessiert aufhorchenden Offiziere und sagte: »Mrs. Schwarzenberger hatte eben eine barmherzige Regung. Einer der Edelmänner von Bringdin hat, soweit es in seinen Kräften stand, Mrs. Schwarzenberger die schwere Zeit in Bringdin erleichtert, und nun glaubt sie, ihn vor dem Arm der Gerechtigkeit bewahren zu müssen. Aber dieser Edle hat einen Mord auf dem Gewissen. Nun, meine Herren, das alles ist selbstverständlich Ihre Angelegenheit. Hier haben Sie eine genaue Situationskarte. Dies hier scheint mir der beste Weg für die Lastautos zu sein — und damit darf ich mich wohl empfehlen!«

»Selbstverständlich, Mr. Stanley! Sie wissen, daß wir Ihnen immer dankbar sind für Ihre Hilfe. Wir bedauern es wirklich, daß Sie sich nicht entschließen können, länger hierzubleiben. Es gäbe viel Arbeit für Sie! Wir haben in der Station keinen so landeskundigen Flieger wie Sie!«

»Verbindlichen Dank für Ihre gute Meinung.«

Mit unnachahmlicher Lässigkeit hatte Toni diese Worte herausgebracht; beinahe hätte man sagen können, mit einer gewissen Frechheit. Und es war Emily unfaßbar, daß die Offiziere sich diesen Ton gefallen ließen.

Dann kam Toni auf die beiden Frauen zu, reichte Emily die Hand, die sie zögernd und nur aus Klugheit ergriff.

»Mrs. Schwarzenberger, jetzt habe ich wieder einmal das Vergnügen, mich von Ihnen verabschieden zu dürfen! Ein Vergnügen ist es eigentlich nicht, sondern es tut mir jedesmal leid, wenn ich mich von Ihnen trennen muß. Ich hoffe aber, daß ich wenigstens dieses Mal einen leidlich guten Eindruck bei Ihnen hinterlasse. Sie können über das Schicksal Ihres Mannes vollständig beruhigt sein. In wenigen Tagen werden Sie ihn hier haben. Die Herren der Militärstation werden sich ein Vergnügen daraus machen, Sie und Fanny auf das zuvorkommendste zu bewirten.«

Die Offiziere bestätigten seine Worte. Dann gab er Fanny noch einen leichten Backenstreich, sah sie lächelnd an und sagte halblaut: »Na, Fanny, vergiß mich nicht ganz und gar, ich weiß, du hast mich einmal sehr geliebt, hattest nur das Pech, daß mich das nicht interessierte. Laß es dir gutgehen. Ich nehme an, daß Mrs. Schwarzenberger für dich sorgen wird. Sieh zu, daß du ein anständiges Leben anfangen kannst, du bist zu bürgerlich und zu zimperlich für ein Barmädel.«

Emily wollte gerade seinen Worten, die so sympathisch geklungen hatten, freudig zustimmen, als er alles wieder durch eine Gemeinheit verdarb. »Außerdem, meine gute Fanny, bist du nicht mehr hübsch genug für einen unmoralischen Lebenswandel. Du fängst an, alt zu werden!«

Sprach es, drehte sich herum, ging zu seiner Maschine, an der die Monteure gearbeitet hatten, und fragte diese lachend: »Na, Jungens, ist die alte Kiste wieder in Ordnung?«

»Selbstverständlich, Mr. Stanley! Alle klar zum Start!«

»Reichlich Benzin drin?«

»Sämtliche Belastungsmöglichkeiten für Benzin verwendet!« war die knappe Antwort.

»Ausgezeichnet! Also, meine Herrschaften, es hat mich sehr gefreut, Sie so bald wiederzusehen und Ihnen einen so kostbaren Ballast gebracht zu haben!« Dies mit einer ritterlichen Verbeugung gegen Emily und Fanny; dann kletterte er in sein Flugzeug und war nach wenigen Minuten in dem rötlichen Dunst des Himmels verschwunden.

Ein rätselhafter Mann!

Emily beobachtete, daß die Offiziere und die Mannschaft ihm mit einem fast erstaunten Blick nachsahen, so, als wüßten auch sie nicht, was sie aus ihm machen sollten.

Als nichts mehr von der Maschine zu sehen war, näherten die Herren sich den beiden Frauen und baten sie, ihnen nach den Baracken zu folgen.

Dort, in dem kleinen Aufenthaltsraum der Offiziere, besprach Emily noch einmal ausführlich das Notwendigste für die Rettung der Einwohner von Bringdin.

Nachdem alles geklärt war, die Maschine befrachtet und in Ordnung gebracht, die Flugzeugführer mit den nötigen Orientierungsblättern versehen, die Maschinen aufgestiegen und genau wie Fliegertoni am Himmel verschwunden waren, hielt Emily es für ihre vornehmste Pflicht, nochmals mit den Offizieren wegen der bevorstehenden Schwierigkeiten zu sprechen, zumal, was aus all denen werden sollte, die aus Bringdin kamen und fürchten mußten, mit der Staatsbehörde in Konflikt zu geraten.

Bedauernd zuckten beide Offiziere die Achseln.

»So leid es uns tut, Mrs. Schwarzenberger, Sie enttäuschen zu müssen, aber Gesetze, Wünsche und Ansichten von Bringdin sind nicht die unseren! Wo kämen wir dann hin? Jede verbrecherische Tat muß ihre Sühne finden. Ich nehme an, daß Ihnen der Fall Jimmy Wolters besonders am Herzen liegt. Wenn alles so ist, wie Sie es uns schildern, glaube ich kaum, daß er eine besonders schwere Strafe zu gewärtigen haben wird. Zumal nicht, weil die Sache schon weit zurückliegt. Das moralische Recht war jedenfalls auf seiner Seite, und was wir tun können, den Mann zu bewahren, soll geschehen.«

Diese Worte beruhigten Emily und Fanny, dann zogen sie sich in die ihnen zur Verfügung gestellte kleine Baracke zurück, und nachdem sie sich dem ungewohnten Genuß eines Bades hingegeben hatten, schliefen sie erst einmal aus.

Emily hatte nicht geglaubt, daß sie fern von Peter und in zitternder Angst um ihn schlafen könnte. Aber alles, was hinter ihr lag, hatte sie derart ermüdet, daß sie bald die Augen schloß.

Die ersten zur Rettung ausgesandten Flieger kamen am nächsten Tag zurück und brachten die Nachricht mit, daß sie alles einigermaßen wohlauf vorgefunden hätten, brachten für Emily einen Brief von Peter und erklärten, daß weitere Flugzeughilfe nicht erforderlich sei, zumal die Lastautokolonnen in Bälde dort eintreffen würden.

Die Zeilen von Peter waren sehr beruhigend für Emily, so daß sie die nächsten Tage mit einigem Gleichmut verbrachte. Sie befreundete sich in dieser Zeit immer mehr mit Fanny, von der sie geradezu angebetet wurde. Alles Gute in diesem vom Schicksal hin und her gestoßenen Menschenkind kam jetzt wieder hervor. Und es bedeutete für Emily wirklich eine Annehmlichkeit, sich mit Fanny zu unterhalten. Es wäre für sie nicht besonders angenehm gewesen, als einzige Frau auf der Militärstation verweilen zu müssen.

Nach sieben Tagen kehrten die abgesandten Lastautos wieder zurück. Leer! Nur einen einzigen Fahrgast brachten sie mit: Peter Schwarzenberger. Sonst niemanden.

Peter Schwarzenberger und die Fahrer der Lastautos befanden sich in einem jämmerlichen Zustand. Der eine war an der rechten Schulter leicht verletzt, aber von Peter, so gut es sich machen ließ, behandelt worden, so daß eine Verschlimmerung der Wunde nicht eingetreten war.

Aber vollständig verstört waren alle. Und es dauerte einige Zeit, bis sie berichten konnten.

Peter hatte vorerst Emily in seine Arme genommen, sie auf beide Augen geküßt und ihr zugeflüstert: »Dem Himmel sei Dank, daß ich wieder bei dir bin!«

Er ließ sie nicht mehr los, hatte seinen Arm um den ihren gelegt und stützte sich auf sie. Fanny hatte seine große Abspannung sofort erkannt und legte seinen anderen Arm in den ihren, so daß er sich nach den Baracken schleppen konnte. Erst nachdem er hier angekommen war und ein großes Glas Whisky mit Soda geleert hatte, konnte und mochte er berichten, was inzwischen alles geschehen war.

Am Abend des Tages, an dem Fliegertoni mit den beiden Frauen aufgestiegen war, hatten die Einwohner von Bringdin die drei Rettungsflugzeuge kommen sehen. Man war den Maschinen bei der Landung behilflich gewesen, das Wasser war noch in trinkbarem Zustande und wurde sofort auf Veranlassung von Peter abgekocht, damit es sich einige Tage länger hielte.

Jimmy war ihm dabei behilflich, die unvernünftigen Menschen davon zurückzuhalten, sich über den unverhofften Wasservorrat zu stürzen, und hatte sich mit ihm bei der Bewachung abgewechselt.

Mit geladenem Gewehr saß jeder zwei Stunden neben den Wasserbehältern, wenngleich sie sich vollständig klar darüber waren, daß sich mit diesem einen geladenen Gewehr einer allgemeinen Revolte gegenüber nichts ausrichten ließ.

Was sie beabsichtigten, glückte ihnen jedoch, und sie konnten wenigstens während dreier Tage die Rationen so bemessen, wie sie es für geboten hielten.

Aber dann kam eine böse, heiße, stickige Nacht. Die Menschen von Bringdin waren sich bewußt, daß sie alle miteinander dem entgegengeführt wurden, vor dem sie geflohen waren: der Buße und der Vergeltung für ihre Verbrechen.

Immer hitziger und wilder wurden die ausgesprochenen Vermutungen, einer trieb den anderen in seinem Haß gegen die irdische Gerechtigkeit vorwärts, es kam ein Taumel und eine wahnsinnige Angst über alle, und als Erlösung erschien es ihnen, sich einmal satt zu trinken an abgestandenem, schalem Wasser.

Peter hatte gerade die Wache, als er das Scharren vieler Füße vor der Hütte Jimmys hörte. Erst waren die Kerle draußen noch einigermaßen ruhig und verhandelten untereinander. Aber Peter hielt es dennoch für geraten, Jimmy wieder zu wecken.

Sofort war er hellwach, setzte sich neben Peter und lauschte.

»Hören Sie, was sie reden, Jimmy?«

»Ja — darauf habe ich schon gewartet, ehrlich gesagt!«

»Und Sie selber, Jimmy?«

»Es geht nicht um mich — es geht um alle hier. Und ich? Glauben Sie wirklich, Mr. Schwarzenberger, daß ich mich einsperren lasse? Nein, dann mache ich lieber Schluß!«

»Und wie denken Sie sich das, Jimmy?«

»Ganz einfach! Wenn das Lastauto mit uns auf der Militärstation ankommt, erschieße ich mich!«

Peter faßte mit seiner linken Hand hinüber zu Jimmy und fragte: »Fest entschlossen?«

»Ja!«
»Und was machen wir jetzt?«
»Das einzig Kluge —«
»Und was sehen Sie als das einzig Kluge an, Jimmy?«
»Uns durch den Hinterausgang zu entfernen, also das Feld zu räumen, und die Kerle einfach die Kanister aussaufen lassen. Dann werden sie wieder vernünftig werden und mit dem Viertelliter Wasser, das wir noch aus dem Brunnen herausquetschen können, auskommen müssen, bis Hilfe kommt. Ich halte es aus, Sie auch und der Hund wird auch durchhalten. Denn wir werden uns nicht satt trinken. Unser Durst ist trainiert und wird uns nicht quälen. Die Kerle aber werden in den nächsten Tagen verrückt vor Durst, das kann ich Ihnen sagen!«
»Lange darf es nicht dauern, bis Hilfe kommt, Jimmy!«
»Wie ich Alt-England kenne, wird es auch nicht lange dauern. Um einen entlaufenen Verbrecher einzusperren, läuft sich Alt-England die Hacken ab, darüber seien Sie beruhigt. Milde ist nicht Sache des Briten.«
»Sentimental sind Sie gerade nicht, Jimmy?«
»Das ist ein Luxus, den ich mir nicht mehr erlaube. Seitdem ich mich selber aus der geordneten Bürgerlichkeit ausgestoßen habe, mußte ich lernen, real zu denken. Aber nun genug des Philosophierens, packen Sie Ihre Knarre auf, und dann ab mit uns. Mir scheint, es wird kritisch!«
Die Stimmen vor der Hütte wurden immer erregter, und gerade, als die beiden Männer den Hinterausgang der verfallenen Baracke zudrückten, rissen die Männer von Bringdin den Vorhang zur Seite, sahen die Blechkanister unbewacht und stürzten sich in völliger Unvernunft, durch ihre Hast das kostbare Naß zum Teil verschüttend, über das Wasser her.
Die beiden Frauen, Mary und Klara, mußten kämpfen wie ein paar Hyänen, um auch einen Tropfen abzubekommen. Und sie sahen genau wie die Männer hinterher wie gerupfte Hühner aus.
Peter und Jimmy, die alles durch eine Ritze in der Wand beobachteten, glaubten, ein schreckliches Traumbild vor sich zu sehen. Es kam zu erbitterten Einzelkämpfen zwischen den Männern, sie warfen sich die kleinen Beutel mit dem mühsam erarbeiteten Gold ge-

genseitig an den Kopf, um nur noch einen Schluck Wasser zu bekommen.

Und, als wäre dieses schale, abgestandene Wasser berauschender Whisky gewesen, so sanken sie alle, nachdem die Kanister leer waren, fast augenblicklich, so wie sie standen oder lagen, in tiefen Schlummer.

Draußen unter freiem Himmel lagen sie, einer über dem anderen, dazwischen die beiden Frauen, Mary durch die Füße des großen Tom belästigt und Klara in den Armen des noch im Schlafe widerlich grinsenden kleinen Dicken.

Irrsinn hatte dieses Bild geschaffen. Und es erschien Peter und Jimmy als ein grauenhafter Hohn der Natur, daß dies alles von fast kühl wirkendem Mondlicht beschienen wurde.

Die beiden Männer wandten sich ab, wanderten ein Stück in die Wüste, hockten sich dort nieder und saßen schweigend nebeneinander. Das Erlebnis hatte sie in einer Weise ermüdet, als wären sie selber von dem Wasser berauscht.

Die Morgendämmerung zog herauf. Es war kalt, und unwillkürlich schauerten die beiden Schicksalsgenossen zusammen. Sie sahen sich an, als hätten sie sich seit Jahren nicht gesehen, nickten sich dann gegenseitig zu, und Jimmy sagte, indem er seinen Revolver kontrollierte: »Ist der Ihre in Ordnung, Mr. Schwarzenberger? Wenn die Burschen erwachen, wird es schlimm, darüber müssen wir uns klar sein!«

Automatisch tat Peter dasselbe wie er, und dann gingen sie langsam nach Bringdin zurück.

Einige waren aus ihrem Erschöpfungsschlaf erwacht, torkelten oder saßen herum in trostlosem Zustand. Jimmy ging zuerst zu Mary und Klara, rüttelte beide munter und sagte in barschem Ton: »Los, aufstehen! Was treibt ihr euch noch auf der Straße herum?«

Sie erschraken, wollten sich erheben, aber derbe Fäuste hielten sie zurück, und Tom brummte: »Liegenbleiben, Mary, ich brauche dich als Fußkissen!«

Als Antwort darauf ergriff Jimmy die Beine Toms, schob sie beiseite und zerrte Mary energisch in die Höhe.

»Sofort hinüber in deine Kneipe und dort Ordnung geschaffen! Und du auch, Klara!«

Die Frauen gehorchten, aber die Männer fingen an zu murren. Jimmy und Peter stellten sich in ihre Mitte, sahen einen nach dem anderen an, und dann fragte Jimmy langsam und sehr ruhig: »Und wie denkt ihr, daß es nun weitergehen soll?«

»Verfluchter Kerl, halt das Maul, immer mußt du uns durcheinanderhetzen! Was willst du? In zwei Tagen sind die Lastautos da!«

»Um euch schnellstens in die Gefängnisse zu bringen.« Still war es eine Minute.

»Dieser gottverfluchte Fliegertoni! Das hat der uns eingebrockt. Nun sitzen wir da, müssen die Hilfe annehmen und können nicht wieder raus aus dem Rattenloch!«

»Er hat es gut. Dieser Schurke weiß immer Wege, sein Fell in Sicherheit zu bringen.«

»Sollen es nur wagen, diese verflixten Engländer, und mich einsperren, ich werde es ihnen schon zeigen«, prahlte ein anderer. »Aber die Hauptsache ist, daß wir hier erst mal rauskommen. Mich bringen keine zehn Pferde wieder nach Bringdin, und wenn hier die Straße mit Gold gepflastert wäre.«

»Mich auch nicht! Soll dieses Nest verkommen, mir ist es gleich!«

»Redet jetzt nicht klug, geht in eure Baracken und schlaft euch aus, verbraucht mit eurer Großmäuligkeit nicht eure Kräfte!« sagte Jimmy, schob diesen und jenen beiseite und weckte die noch Schlafenden mit nicht gerade sanften Fußtritten.

Trotz seiner Härte war etwas wie Mitleid in seinem Blick, als er diese menschlichen Wracks betrachtete. Er traute keinem dieser Männer die Größe zu, ein kommendes Unglück zu ertragen.

Nachdem er mit Peter zusammen die Straße von Bringdin sozusagen gesäubert hatte, faßte er neben dem Brunnen Posten. Mit seinen müden und hoffnungslosen Augen sah er Peter, der gleich ihm furchtbar abgespannt war, an und meinte: »Von hier dürfen wir nun nicht mehr weg!«

Peter hockte sich neben ihn nieder und sagte seufzend: »Gebe Gott, daß es nicht mehr lange dauert.«

Und da saßen diese beiden Männer, die einzigen, die noch Herren ihrer selbst waren, und bewachten den armseligen Rest stinkenden Wassers, nicht für sich, sondern für die anderen, um sie vor dem Wahnsinn zu bewahren.

Verhältnismäßig ruhig gingen die nächsten Stunden und Tage vorbei — Jimmy hatte Schlimmeres erwartet.

Als dann wirklich, umhüllt von einer riesigen Staubwolke, vier große Lastautos erschienen, kannte der nervöse Jubel dieser Männer keine Grenzen.

Noch ehe die Wagen hielten, klammerten sie sich daran fest, als befürchteten sie, diese Autos seien nur Phantome und könnten wieder verschwinden.

Auf das Kommando des einen Fahrers suchten alle ihre Sachen zusammen, kletterten in einiger Ordnung auf die Wagen hinauf, selbstverständlich ohne dabei auf die Frauen Rücksicht zu nehmen, die der eine Fahrer dann neben sich sitzen ließ.

Peter setzte sich zu einem anderen Fahrer, und in dem vierten Wagen nahm Jimmy Platz, der seinen getreuen Hund auf den Laster hob. Die Fahrer duldeten keinen Aufenthalt, denn sie mußten mit jedem Tropfen Wasser geizen. Das Wasser für die Kühler der Motoren war genau so kostbar wie das für den menschlichen Genuß.

Nach einer Stunde lag Bringdin einsam und verlassen da, ein Trümmerhaufen.

Ohne Unterbrechung, ohne den kleinsten Aufenthalt fuhren die Autos, eines die Spur des anderen ausnutzend, durch die trostlose Gegend.

Das letzte, was Peter noch von Bringdin mit einem leisen Gefühl der Trauer sah, war das Verdeck seines Wagens. Benzin hätten ihm die Fahrer vielleicht geben können, aber Wasser für den Kühler hatten auch sie nicht. Und so mußte er seine Maschine opfern und froh sein, daß er gerettet wurde und mit jedem Kilometer näher an Emily herankam.

Bringdin lag weit zurück. Hunderte von Kilometern.

Allmählich bewölkte sich der Himmel, bezog sich schließlich ganz.

Hier herum mußte Regen gefallen sein, denn alles grünte und blühte. Das Vieh, dem man begegnete, war in bestem Zustand, und herrlich die Luft! Sie war für die ausgedörrten Kehlen beinahe wie ein erfrischender Trank.

Alle Bäche und Tümpel waren reichlich mit Wasser gefüllt, und niemand mehr brauchte zu befürchten, eine Wasserfläche, die man erblickte, sei eine Fata Morgana.

Es wäre beinahe Veranlassung gewesen, ausgelassener Stimmung zu sein, aber niemand war heiter oder hoffnungsfroh. Denn schwer lastete auf jedem das Bewußtsein, daß man sich nur allzubald in der Gewalt des Militärs befinden würde.

Am Morgen des zweiten Tages, als die Fahrer sich drei Stunden Ruhe gegönnt hatten, und Peter sich schon als Ersatzfahrer zur Verfügung stellte, hörte man plötzlich ein merkwürdiges Geräusch in der sonst lautlosen Natur.

Pferdegetrappel, Räderrollen, anfeuernde Schreie!

Alle fuhren erschrocken in die Höhe. Unerwartet erschienen plötzlich vor ihnen, um die Ecke eines dichten Eukalyptusbusches herumbiegend, einige Reiter. Alle waren vermummt. Jeder hatte, Nase, Kinn und Hals dadurch verbergend, das Taschentuch vor das Gesicht gebunden. Jeder hielt seinen Revolver vor sich.

Der erste parierte sein Pferd und kommandierte mit einer Stimme, die ihnen allen bekannt war: »Auf jedes Pferd ein Mann zur zweiten Besatzung, die anderen sich in Kolonnen anschließen. Die Fahrer der Lastautos und Mr. Schwarzenberger haben sich ruhig zu verhalten!«

Einen Augenblick herrschte atemlose Stille, dann sagte einer der Leute aus Bringdin: »Fliegertoni?!«

»Selbstverständlich! Denkt ihr, ich lasse euch hängen, Jungens?« antwortete der erste Reiter und ließ seinen Worten ein langes, unverschämtes Lachen folgen. Dann ritt er bis dicht zu Peter heran, beugte sich zu ihm vom Pferd herunter und sagte, nur ihm verständlich: »Es tut mir leid, Mr. Schwarzenberger, Sie Ihrer angenehmen Gesellschaft berauben zu müssen. Aber ich möchte nicht, daß einer von meinen Kollegen unfreiwillig ins Gefängnis kommt. Sie werden es wohl überleben, allein in die Arme Ihrer schönen Frau zurückzukehren. Bitte keinen Widerstand, das wäre zwecklos! Na, Jimmy, und wie ist es mit dir?« wandte er sich an Wolter, der neben Schwarzenberger stand, »wir gehen zur Schafschur – kommst du mit? Da gibt es keine englischen Militärs, aber viel Arbeit!«

Jimmy sah Fliegertoni an, dann Peter Schwarzenberger, sann einen Augenblick vor sich hin, nickte mit dem Kopf, als wollte er seine Gedanken bestätigen, und sagte: »Gauner können auch anständige

Menschen sein! Ich komme mit Ihnen, Toni! Für Sie, Mr. Schwarzenberger, wäre ich jetzt nur Ballast. Es würde Sie quälen, müßten Sie erfahren, daß man mich wegen Totschlags aburteilt. Grüßen Sie Ihre Frau und danken Sie ihr, daß sie mich wie einen Menschen behandelt hat.« Damit reichte er Peter seine Hand, die dieser fest drückte.

»Und ich danke Ihnen, Jimmy, daß Sie so anständig zu meiner Frau und mir waren. Ohne Sie hätten wir beide die Zeit in Bringdin nicht überlebt. Das werde ich Ihnen nie vergessen!«

Es gab weiter keine Verabschiedung, kein Hin und Her, die Lastautos, die Fahrer und Peter Schwarzenberger waren nach einigen Minuten sich selber überlassen.

Manch einer der Kerle aus Bringdin hatte in der Hast des Abmarsches sein jämmerliches Gepäck liegenlassen, aber das war bedeutungslos demgegenüber, was sie alle bewegen mochte!

Gerettet aus der Dursthölle von Bringdin, gerettet vor dem Arm der Gerechtigkeit, gerettet von einem Komplizen — das Idealste, was diese Menschen sich denken konnten.

Peter erkannte es als überflüssig, irgend etwas zu unternehmen, zuckte die Achseln und konnte nicht umhin, die durch Tod und Hölle gehende Kameradschaftlichkeit des Fliegertoni zu bewundern.

Keine Macht der Erde hätte diesen Menschen zu dem, was er getan, zwingen können; aus Anständigkeit heraus hatte er gehandelt.

Und so war es gekommen, daß vier Lastautos leer — nur Peter Schwarzenberger mit sich führend — in der Militärstation angekommen waren.

Erst spät in der Nacht, als sie beide allein waren, erzählte Peter seiner Frau, was er den Worten Fliegertonis entnommen hatte, daß er und die mit ihm sich zur Schafschur auf eine große Farm begeben wollten.

»Du wirst mich verstehen, Emily, daß ich das den Offizieren nicht gesagt habe. Ich konnte es einfach nicht! Es war bestimmt nicht richtig von mir, aber es war mir unmöglich, aus Hochachtung vor der Handlungsweise des Fliegertoni.«

Emily streichelte sein erregtes Gesicht und sagte, ihn beruhigend: »Das war richtig, Peter! Ich hätte es auch so gemacht! Aber was ist das nur für ein eigenartiger Mensch?«

Sie erzählte ihm, daß man Antony Satoni, den Fliegertoni, hier mit Stanley angeredet habe und ihm mit großer Hochachtung begegnet sei.

»Wer ist dieser Mann? Was ist dieser Mann?«

»Laß es nicht unsere Sorge sein, dieses Rätsel zu lösen, Emily! Ich habe nur den Wunsch, bald wieder in uns gewohnte Verhältnisse zurückzukommen.«

»Ich auch, Peter! Aber ich möchte Australien nicht verlassen, ohne mich vorher noch mit Fredy verständigt zu haben. Das mußt du verstehen! Er war die Veranlassung, daß ich die Reise hierher überhaupt unternommen habe, er war mir ein treuer Freund und Kamerad. Und ich will nicht zurückreisen, ohne zu wissen, wie er sich seine nächste Zukunft denkt!«

XVIII

»Du, Fredy, warum hat Felix eigentlich so schlechte Laune?«

»Hast ihn wahrscheinlich geärgert!«

»Bekommst du schlechte Laune, wenn ich dich ärgere?«

»So blöd müßt' ich sein!«

»Also, warum soll es dann Felix sein?« Lola hockte sich auf eine Stufe der breiten Veranda und schnipselte mit einem Taschenmesser, das sie immer bei sich trug, an dem weichen Holz dieser Stufe herum.

Fredy hatte dem schon lange zugesehen, jetzt riß ihm aber die Geduld, und er schlug sie kurz entschlossen auf die Finger.

»Au! Was fällt dir ein?«

»Frag ich dich! Findest du es vielleicht in Ordnung, das ganze Haus abzuschnipseln?«

»Ist es dein Haus?« fragte sie wütend zurück und strich mit ihrer Zunge über den Handrücken hinweg. »Grobian! Ganz rot wird die Hand!«

»Verursacht dir ja sonst kein Kopfzerbrechen, ob deine Hände rot werden! Auf einmal spielst du die zarte Dame!« Er sah sie von der Seite an und mußte beinahe lachen über ihr wütendes Gesicht und den verbissenen Eifer, mit dem sie weiter an dem Holz herumschnitzelte. »Laß endlich den Blödsinn ... wenn Felix das sieht, bekommt er noch schlechtere Laune!«

»Und warum hat er überhaupt welche?« Sie legte widerwillig das Taschenmesser zusammen und ließ deutlich merken, daß sie sich langweilte.

»Weil er keine Leute für die Schafschur bekommt. Es hat ein ganzer Trupp abschreiben lassen ... an anderer Stelle bekommen sie mehr Lohn!«

»Lüge! Felix bezahlt am besten!«

»Wer weiß, was die Kerle dazu bestimmt haben mag, abzusagen. Jedenfalls weiß dein Vater nun nicht, wie er genug Leute zusammenbekommen soll.«

Fredy betrachtete Lola von der Seite, um festzustellen, ob das von ihm Gesagte Eindruck auf sie machte. Aber gleichgültig spielte sie nun mit ihrem Stiefelabsatz an dem beschnittenen Holz herum. »Das ist dir wohl alles gleichgültig, was?«

»Wieso?«

»Es macht mir den Eindruck! Ich kann die Sorgen deines Vaters sehr gut verstehen.« Fredy brannte sich eine neue Zigarette an, und Lola hielt ihm ihre Hand hin, in der Erwartung, daß er ihr auch eine reichen sollte.

»Kannst wenigstens ›bitte‹ sagen.«

»Brauchst sie mir ja nicht zu geben, wenn du nicht willst!«

»Ein ungemein liebenswürdiges Wesen bist du ... Manieren wie ein Gassenjunge!«

»Weiß nicht, was das ist, kann dir also keine Antwort geben!«

»Das ist ungefähr so etwas wie ein Schafhüterjunge!«

»Und du benimmst dich wie ein Lord, wie?«

»Wenn auch nicht ganz, aber so ungezogen wie du bin ich bestimmt nicht. Na, wird schon besser werden mit dir, wenn du erst meine Frau bist.«

»Daß dir nur die Zeit nicht lang wird, darauf zu warten!«

»Ich bin geduldig – mich kannst du übrigens nicht damit schrekken, daß du einfach nach Europa ausreißt, wenn dir etwas nicht paßt, wie du es gemacht hast, als dein Vater dich verheiraten wollte.«

»Was würdest du dann tun?« fragte sie zornfunkelnd.

»Nach einem anderen Ende der Welt reisen als du, damit ich dich Wechselbalg nicht so bald wiederzusehen brauche.«

»Ich denke, du liebst mich?« fragte Lola sehr erstaunt.

»Ich — dich? Nein, Liebling, das habe ich mir längst schon anders überlegt! Das wäre Gefühlsverschwendung!« Fredy sah sie lachend an.

»Und willst mich trotzdem heiraten? Geht ja gar nicht! Hast du vergessen . . . Emilys Schwur . . . ohne Liebe heiraten wir nicht!« Sie sah ihn triumphierend an. »Ich habe mir sehr gut gemerkt, was man von unserer Urahne erzählte, Emily hat mir noch vielerlei aus der Geschichte unserer Familie erzählt. Ohne Liebe heiraten wir nicht!«

»Kluges Kind, und damit rechnest du nun! Es kann aber auch einmal anders kommen! Jedenfalls — meine Liebe zu dir ist futsch, und daran bist du selber schuld.« Er sah sie nicht an bei diesen Worten, konnte aber bemerken, daß sie ihn erstarrt betrachtete.

»Du liebst mich wirklich nicht mehr?«

»Nee . . . vorbei!«

»Und . . . ich meine . . .«

»Du willst wissen, warum ich trotzdem hierbleibe? Nun . . . es gefällt mir in Goschogana, ich habe deinen Vater sehr gern und arbeite mit großer Freude unter ihm. Aber nun laß uns von anderen Dingen reden. Liebe ist ein langweiliger Kram!«

Er stand auf, reckte sich in den Schultern und sah hinaus in die weite Landschaft. »Schön ist es hier, wunderbar schön! Und es ist ganz eigen, ich habe oft das Gefühl, all dies schon einmal gesehen zu haben. Vielleicht weil wir viel davon gehört und gelesen hatten, daß die Urahne Emily unter ganz ähnlichen Verhältnissen in den Südstaaten gelebt hat. Ich erinnere mich einer Beschreibung in ihrem Tagebuch, wo sie die Zeit der Schafschur drüben schildert. Hat Papa Schlüter dir nichts davon erzählt? Er hat das doch miterlebt.«

»Nein! Er spricht nicht gern viel, ihm fehlen doch die Zähne, und er hat immer Angst, es könnte jemand merken, daß keine mehr da sind. Erzähl mir doch davon!« Lola sprach ungewöhnlich sanft und nett. Nichts erinnerte in diesem Augenblick an den Satan von Goschogana.

Fredy legte seinen Arm um ihre Schultern, und sie hielt auch ganz still.

»Urahne Emily beschreibt, wie sie, genau wie jetzt dein Vater, einmal vergeblich auf die Schurleute gewartet haben. Das Vieh war schon seit Tagen in den Koppeln zusammengetrieben, die Tiere scheuerten sich in dem engen Raum aneinander wund und erdrückten sich beinahe, aber die Schafscherer kamen nicht. Da ist dann einer von den Negern, die der Urahne treu ergeben waren, in die Berge hinaufgeritten und am nächsten Tag mit einer Horde wilder Indianer wieder erschienen. Der Schreck war groß, als sie angerast kamen, aber sie waren nicht wild, sondern gingen sofort an die Arbeit. So waren denn Vieh und Wolle gerettet.

Erst viele Jahre später hat die Urahne erfahren, warum die sonst so finsteren und unheimlichen Indianer ihr damals zu Hilfe gekommen waren. Ihr Anführer, der als ganz junger Mensch schon einmal auf ihrer Farm gearbeitet hatte, liebte sie mit der verzweifelten und aussichtslosen Liebe des fremdrassigen Wilden. Und als er erfahren hatte, daß Gut und Habe unserer Ahne in Gefahr sei, war er mit seinen Leuten zur Hilfe gekommen!«

»Und was hat sie dann getan, als sie das wußte?«

»Sie ist zusammen mit ihrem Sohn hinauf in die Berge geritten, um dem Indianer ihren Dank abzustatten, aber er war tot, sie konnte ihm nicht mehr danken. Doch all die Jahre, da sie drüben gelebt, hat der Stamm ihr die Treue gehalten. Ist es nun nicht sonderbar, daß es dem Gatten einer Enkelin der Urahne jetzt ähnlich ergeht?«

»Hm . . . nur daß wir hier keine Indianer haben. Sag mal, Fredy, ist das wirklich wahr?«

»Was? . . . Die Geschichte der Urahne?«

»Nein . . . ich meine . . .« Lola spielte unentschlossen an Fredys Jackettknopf herum und sah ihn nicht an, aber er bemerkte, daß sie feuchte Augen hatte, und wartete fast atemlos auf das, was nun kommen würde. »Ich meine — daß du mich nicht mehr . . . nun ja, daß du mich nicht mehr liebst?«

Fredy zögerte mit der Antwort, er wußte, daß er jetzt mit keiner Wimper zucken durfte, sonst wäre alles wieder vorbei gewesen.

»Ja — Lola, das ist nun mal so. Und du bist selber schuld daran . . . immer ungezogen zu mir, niemals ein nettes Wort für mich . . . da fliegt eben die Liebe davon! Hast du kein Taschentuch bei dir?«

Kopfschütteln ihrerseits, und dabei rannen ihr große Tränen über die braunen Wangen, das Näschen wurde hochgezogen, und ein Taschentuch war wirklich dringend nötig.

»Tut es dir denn leid, daß es so ist?« fragte er leise, und suchte unterdessen nach seinem Taschentuch, das sie ihm mit einem befriedigten Seufzer aus der Hand nahm und da verwendete, wo es am dringendsten war.

»Hm ... ich liebe dich doch ... brauchst darum gar nicht so beleidigt zu tun!« Deutlich kam das nicht gerade heraus, aber er hatte es doch verstanden. »Ich mag nur nicht heiraten, will nicht von Felix weg, mag immer nur hier sein.«

Fredy war gerührt, das Geständnis der kleinen, sonst so spröden Seele bedeutete ihm viel, und im Gefühl seiner eigenen, tiefen Liebe nahm er Lola fest in seine Arme, drückte sie an sich und flüsterte ihr, durchaus nicht mehr ganz so beherrscht wie vorher, zu: »Lola! Kleine, ich liebe dich ja auch, hast keine Ahnung, wie sehr! Ich möchte dich immer so im Arm halten und dich küssen. Es macht mich glücklich, daß du mich liebst. Sag es mir noch einmal, ist so schön, es zu hören. Du bist so unbeschreiblich süß, wenn du lieb bist wie jetzt, daß man fast den Verstand verlieren könnte.«

Er küßte sie auf die Wange, auf den Mund, die Augen und war restlos glücklich. Aber zu früh — denn schon wendete sich das Blatt, und der kleine Satan reckte sich steif auf, wurde wie eine Puppe in seinem Arm, sah ihn wütend an, stemmte die festen Arme gegen seine Brust und schimpfte: »Loslassen! Interessiert mich durchaus nicht, ob du mich liebst, wollte es nur wissen! So, nun genug von dem Blödsinn! Loslassen, sag ich! Hast wohl gar geglaubt, was ich dir da erzählte?«

Sie lachte spöttisch auf, schnitt eine Grimasse und wollte davonlaufen. Fredy war einen Augenblick wirklich erstarrt über den Wechsel in der Stimmung des Satans, und fast schämte er sich, daß dies kleine süße Biest ihn an der Nase herumgezogen hatte. Nun wurde er wütend. Im letzten Augenblick faßte er sie noch bei dem linken Arm, schleuderte sie zu sich herum und gab ihr eine kräftige Ohrfeige.

»So! Die hast du verdient, und du wirst bestimmt niemandem erzählen, daß ich dir eine Backpfeife gegeben habe. Bist wirklich ein Satan. Und ich werde mich hüten, mich weiter um dich zu kümmern, dummes Gör!« Sprach's und ließ sie stehen.

So erstaunt war Lola seit langem nicht gewesen. Vielleicht überhaupt noch niemals. Es hatte noch kein Mensch gewagt, ihr eine Ohrfeige zu geben. Da stand sie voller Wut und wußte nicht, was sie zuerst tun sollte. Konnte bloß auf ihrer Lippe herumkauen, mit dem Fuß aufstampfen und wieder vor sich hin schimpfen: »So ein Flegel ... oh, so ein furchtbarer Flegel!«

Aber irgendwie fehlte ihrer Wut die richtige Kraft. Ob sie wohl unbewußt fühlte, daß sie die erste Ohrfeige ihres Lebens vollauf verdient hatte? Jedenfalls legte sich ihre Wut verhältnismäßig bald, und sie ging langsam, mit gesenktem Köpfchen, dem Haus zu. Hätte sie geahnt, daß Fredy sie durch eine der vor den Fenstern hängenden Bastmatten beobachtete, wäre sie sicher mehr auf äußere Haltung bedacht gewesen. Sie legte ihre Hand auf die brennende Wange und blieb einen Augenblick stehen, als besänne sie sich, dann ging sie durch die schmale Halle des langgestreckten Hauses, und Fredy hörte, wie sie drüben nach ihrem Pferd brüllte! So! Nun war sie wieder sie selber, kommandierte und schnauzte, hetzte Neger und Malaien hin und her, daß jeder nur so sprang, weil der Satan von Goschogana Befehle erteilte.

Nach kurzer Zeit kam sie um das Haus geritten und entdeckte Fredy, der sich auf die Brüstung geschwungen hatte. Sie fuchtelte ihm mit ihrer Peitsche vor den Augen herum und sagte nur das eine Wort: »Flegel!«

»Satan!« war seine kurze Antwort.

Dann raste sie davon, und Fredy hörte noch, wie sie Sam nach ihrem Vater fragte.

Auch Fredy machte sich fertig und ritt ihr nach.

Die Sorgen seines Schwiegervaters waren zu seinen eigenen geworden, denn er war schon so weit in all die Geheimnisse einer Schaffarm eingedrungen, daß er wußte, daß das Ausbleiben der Schurleute eine wirtschaftliche Katastrophe bedeutete!

Felix van Beeten stand da, umgeben von einigen Negern und Kulis, die er vom Feld hatte herbeiholen lassen. Er wollte versuchen, durch diese ungelernten Leute die dringendsten Arbeiten ausführen zu lassen. Das würde allerdings schwerhalten; denn wer sich nicht darauf verstand, quälte die Tiere unnötig und schor die Wolle nicht so ab, wie es sich gehörte.

Alles war bereit für die Schur, ganze Berge von gereinigten Säcken, die zur Aufnahme der Wolle bestimmt waren, lagen dort, die großen Handscheren, die wenigen Schermaschinen und die Körbe, welche die verschiedenen, sortierten Wollfarben zuerst aufnehmen sollten. Die Baracken für die Schurleute, die Lager, die Eßmöglichkeiten, alles war fertig, nur die Leute selber fehlten.

Felix van Beeten war nicht der Mann, sich gehenzulassen, aber Fredy merkte ihm sehr wohl an, daß er am Verzweifeln war.

»Wollen Sie wirklich die ungelernten Leute anfangen lassen, Schwiegervater?«

»Es bleibt mir nichts anderes übrig — ehe alles verdirbt und das Vieh eingeht. Sehen Sie doch, wie sich die Tiere gegenseitig drängen und erdrücken, das ganze Jungvieh geht ja zum Teufel, wenn nicht bald Luft geschafft wird. Und lassen wir sie aus dem Pferch, dauert es Tage, bis sie wieder zusammengetrieben sind. Es ist zum Verrücktwerden. Keiner der Neger und malaiischen Kulis hat schon einmal geschoren, man muß das diesen Kerlen erst beibringen, sonst massakrieren sie mir das Viehzeug. Zudem werden sie selber krank, und ich habe für den nächsten Monat keine Leute für die Weizenernte. Na, es hilft nichts, ich werd's versuchen, den Bengeln etwas beizubringen.«

Lola hatte ihr Pferd schon an den Zaun angebunden, selbstverständlich ohne einen Blick für Fredy zu haben — er existierte nicht mehr für sie. Dann schob sie sich einen dreibeinigen Schemel zurecht, ergriff eine der mächtigen Klappscheren, klemmte sich ein dikkes Schaf zwischen die Beine, was erhebliche Kraft verlangte, und begann ordnungsgemäß, wie es sein mußte, das Tier von unten nach oben zu scheren, rechts die grauen Wollbüschel in einen Korb schleudernd, links die schwarze, kürzere, von den Beinen herstammende Wolle absondernd. Fredy sah sehr wohl, welche Anstrengung alles das für ihre kleinen Hände bedeutete, aber Lola war tapfer und schnauzte ununterbrochen in für Fredy unverständlichem Kauderwelsch die Kulis an, die ihr mit untergeschlagenen Armen freundlich grinsend zusahen. Es mochte schwerhalten, sie zu der Übernahme einer ungewohnten Arbeit zu bewegen.

Fredy nahm unweit Lolas ebenfalls ein Schaf her, machte ihr alle Bewegungen nach, aber kaum daß er die Schere angesetzt hatte, blökte das Schaf laut auf. Er hatte es mit der Scherenspitze in die Haut gestochen. Alle Kraft mußte er anwenden, damit das Tier ihm nicht ausriß. Lola sah von der Seite zu ihm hinüber und brummte vor sich hin: »Sogar dazu zu dämlich! Nicht einmal ein Schaf kann er scheren, aber sich flegelhaft benehmen, das kann er.«

Fredy gab sich den Anschein, als habe er das nicht gehört, gab sich alle Mühe, mit ihr Schritt zu halten, aber vergebens — er konnte nicht annähernd so schnell mit der Arbeit fertig werden wie sie.

Keiner der Kulis zeigte sich bereit, auch mit der Schur zu beginnen; es war ein herrliches Schauspiel, die sonst so unnahbaren weißen Götter, die Europäer, dasitzen zu sehen, wie sie im Schweiße ihres Angesichtes sich plagten.

Felix wußte sehr wohl, daß es unklug war, den Kerlen zu zeigen, daß auch er arbeiten konnte, das störte seinen Nimbus als »Herr«, aber was blieb anderes übrig? Auch er nahm eine Schere zur Hand.

Verzweifelt sah er über seine ungezählten Schafe hin. Wolle, Wolle, herrlich graue Wolle, aber wertlos, weil sie nicht abgeerntet werden konnte.

»Was nützt unsere Arbeit? Sechzig, siebzig Mann müssen her, dann ist noch alles zu retten!« Mutlos ließ er die Schere sinken und sah vor sich hin. Auch Lola hatte aufgehört, aber nicht um zu ruhen, sondern um zu lauschen . . .

»Still, Felix! Hörst du nichts?«

»Was . . . Was ist . . .?«

»Dorther kommt es . . . Wagen . . . Pferde . . . Da, seht ihr nicht die Staubwolke?«

Aufgeregt deutete Lola nach dem Horizont. Die sich herumwendenden Männer sahen jetzt ebenfalls die emporwirbelnde Staubwolke. Immer näher kam das Gebrause — Toben, Schreien, Peitschenknallen, Männerstimmen — und plötzlich waren sie da — Fliegertoni mit den Einwohnern von Bringdin.

Die beiden Herren legten in höchstem Erstaunen ihre Scheren beiseite, ließen die befreit aufblökenden Schafe aus der Umklammerung ihrer Knie und gingen der Karawane entgegen.

Fliegertoni sprang aus dem Sattel und ging auf Felix zu, riß sich den großen Hut vom Kopf und sah ihn strahlend an: »Hallo, Mr. van Beeten, da sind wir!«

»Hallo, Mr. Stanley, welcher günstige Wind treibt Sie hierher? Und dazu noch mit einer so zahlreichen Mannschaft! Junge, ich kann Ihnen sagen, Sie sind mein Retter!«

Fliegertoni, jetzt Mr. Stanley, stand breitbeinig vor Felix, sah ihn lachend an, wippte auf den Fußspitzen, wie es seine Gewohnheit war, und sagte: »Also kommen wir nicht zu spät?«

»Aber nein, ich sage Ihnen ja — wie Retter aus schwerer Not erscheinen Sie mir alle! Die von mir verpflichteten Schurleute haben mir plötzlich abgeschrieben, und ich sitze da und weiß nicht, wie ich den Segen unter Dach und Fach bringen soll!«

Bei diesen Worten zeigte Fliegertonis schönes Gesicht ein kaum merkbares Lächeln. Aber er sagte nichts, wandte sich nur herum, winkte seinen Leuten zu und kommandierte in seiner knappen, keinen Widerspruch duldenden Art: »Runter von den Pferden! Raus aus dem Wagen! Die Bagage dort in die Baracken geworfen, und sofort an die Arbeit! Ihr kennt sie ja noch vom vorigen Jahre her!«

Tom war einer der ersten, der vom Wagen heruntersteig. Er verbeugte sich linkisch vor van Beeten und sagte dann halblaut zu Fliegertoni: »Vergiß nicht, das Wichtigste mit dem Boß zu besprechen!«

»Schon gut. Alter, ich werde dafür sorgen, daß du nicht so bald an den Galgen kommst!« erklärte Toni, gab ihm einen nicht gerade sehr sanften Rippenstoß und kümmerte sich nicht weiter um die Leute, sondern unterhielt sich über das Erforderliche bezüglich der Arbeit mit Felix.

Seit Fliegertoni so nahe herangekommen war, daß man sein Gesicht erkennen konnte, standen Lola und Fredy erstarrt da, sahen sich gegenseitig fragend an, nickten sich zu und schüttelten den Kopf.

»Das ist doch ausgeschlossen! Das ist unmöglich!« sagte Lola hastig flüsternd.

»Du hast recht! Und doch — diese Ähnlichkeit! Das ist kaum zu fassen! Aber was sollen wir nur tun, Lola? Wie uns verhalten? Wir können diesen unerwarteten Helfer nicht wieder fortschicken! Und doch wäre es richtig — wenn wir uns nicht irren.«

»Ausgeschlossen, Fredy, er ist es! Ich gehe gleich zu ihm hin und spreche ihn an.«

»Na gut, versuch es! Schaden kann es nicht!«

Nach diesen geflüsterten Worten ging Lola geradewegs auf Fliegertoni zu und sagte sicher und ohne jede Erregung: »Hallo, Mr. Satoni, das ist eine Überraschung, Sie hier zu sehen!«

Fliegertoni drehte sich herum, erblickte Lola, erkannte sie, wurde im selben Moment auch Fredys ansichtig und zögerte einen Augenblick mit seiner Antwort. Aber dann war er schon wieder völlig er selber, ging Lola mit der liebenswürdigsten Miene entgegen, reichte ihr die Hand, die sie fast gegen ihren Willen nahm, und sagte, so wie es eben seine Art war: »Hallo, Miß van Beeten! Ich freue mich, daß wir uns wiedersehen! Daran hat auf der ›Melbourne‹ wohl keiner von uns gedacht. Hallo, Mr. Fairfax, Sie auch hier? Nun ja, was frage ich? Sie sind ja schließlich als glücklicher Bräutigam hier vollkommen am Platze!«

»Ihr kennt Mr. Stanley?« fragte Felix dazwischen und machte bei seiner Frage ein etwas unbehagliches Gesicht.

»Selbstverständlich kennen wir uns, verehrter Mr. van Beeten«, nahm der Fliegertoni den beiden die Antwort vom Mund weg. »Wir sind auf dem gleichen Kahn aus Europa herübergekommen. Allerdings habe ich damals ein wenig anders ausgesehen«, fügte er mit amüsiertem Lächeln hinzu. »Eine kleine Korrektur meines Äußeren habe ich vorgenommen, die mir als unerläßlich erschien. Ich habe hier in Australien mein schönes schwarzes Haar mit Wasserstoffsuperoxyd gewaschen, und bei dieser Gelegenheit sind mir auch einige Tropfen von dem Zeug über meinen Paß gelaufen. Dadurch wurde meine Unterschrift unkenntlich. Ich habe den Wink des Schicksals begriffen und heiße jetzt Mr. Stanley! Wie ich morgen heiße und wie ich übermorgen aussehen werde, ist völlig gleichgültig! Ich bitte, keine Fragen an mich zu stellen, sonst müßte ich, so leid es mir tut, sofort mit meinen Leuten wieder abfahren!«

Es war eigenartig, daß Fredy dem Zauber, den dieser Mann ausstrahlte, nicht widerstehen konnte, und auf dessen leichten Ton einging.

»Also gut, Mr. Stanley! Was liegt am Namen? Name ist Schall und Rauch! Wie gesagt, mein Schwiegervater befindet sich in einer Zwangslage, und selbst wenn Sie ein Bote der Hölle wären samt Ihrer nicht gerade sehr vertrauenerweckenden Gefolgschaft, müßten wir froh sein, Sie hier zu wissen.«

»Also der Schlag soll mich treffen, wenn ich ein Wort von eurer Unterhaltung verstehe!« warf Felix van Beeten dazwischen.

»Verzeihung, Schwiegerpapa, das ist im Augenblick auch nicht wichtig, und ich werde es Mr. Stanley überlassen, aufzuklären, wie es ihm erforderlich erscheint.«

»Verbindlichsten Dank, Mr. Fairfax, wir haben uns ja eigentlich schon immer gut verstanden, nicht wahr? Waren schon auf der ›Melbourne‹ ein Herz und eine Seele! Ich brauche Sie wohl nicht an die amüsante Nacht in meiner Kabine zu erinnern?«

»Mein lieber Stanley, mir scheint, Sie sind ein ganz gehängter Bursche!« sagte Fredy fast anerkennend. »Sie haben tatsächlich die Stirn, mich an diese Nacht zu erinnern?«

»Warum nicht? Auf dieses Erlebnis bin ich sehr stolz! Sie haben in jener Nacht einen guten und anständigen Menschen aus mir gemacht. Das heißt«, fügte er mit einem spitzbübischen Lächeln hinzu, »soweit das bei meiner absoluten Verderbtheit noch möglich ist. Aber seien Sie versichert, es gibt noch mehr Menschen, die sich den Kopf über mich und meine Existenz zerbrechen, und ebenso vergeblich wie Sie! Aber nun genug von mir! Jetzt habe ich noch einige Punkte mit Ihnen zu besprechen, Mr. van Beeten. Sie müssen entschuldigen, wenn ich ein wenig diktatorisch verhandle!«

»Bitte schön! Wie mein Schwiegersohn schon sagte, befinde ich mich in einer Zwangslage! Also reden Sie! Außerdem, Mr. Stanley, kenne ich Sie schon ein wenig. Sie sind ja nicht das erstemal bei mir!«

»Und waren Sie zufrieden mit meiner und meiner Leute Arbeit?«

»Gewiß — die Leute waren nicht schlechter und nicht besser als andere. Sie haben mich bestimmt nicht mehr betrogen als Trupps, die früher bei mir waren, und Kranke gab es bei Ihren Leuten auch nicht mehr als sonst.«

»Sind die Sanitätsbaracken in Ordnung?« fragte Stanley kühl.

»Selbstverständlich!« antwortete Lola schnippisch. »Warum haben Sie mir übrigens auf der ›Melbourne‹ nicht erzählt, daß Sie meinen Vater kannten?«

»Weil es nicht meine Gepflogenheit ist, überhaupt etwas zu erzählen!«

»Woher wußten Sie übrigens, Stanley, daß ich noch keine Schurleute hier habe?« fragte Felix.

»Oh, vielleicht hat ein Vögelchen, das hoch oben in einem Eukalyptusbaum saß, mir das zugeflüstert!« antwortete er lächelnd.

»Aha, wieder ein Punkt, wo Sie nicht gefragt zu werden wünschen! Nun gut! Jedenfalls sind Sie da, und die Leute können an die Arbeit gehen. Aber ich sehe es Ihnen an, daß Sie noch etwas von mir wollen. Das eine sei Ihnen aber gleich gesagt, höheren Lohn zahle ich nicht!«

»Wenngleich die Zeiten sehr schlecht sind und meine Leute sehen müssen, wie sie durchkommen, wollen wir diesmal noch auf eine Lohnerhöhung verzichten, sofern Sie unsere Bedingung erfüllen.«

»Bedingung? Ich höre immer Bedingung? Sind Sie verrückt geworden, Stanley?«

»Das nicht! Nur ein wenig vorsichtig! Und das nicht nur in meinem, sondern auch im Interesse meiner Leute!«

»Also bitte, was ist Ihre Bedingung?«

»Daß Sie von jeder Meldung und Bekanntgabe unseres Hierseins absehen!«

»Hallo, das klingt mir verdammt nach Unterschleifen. Da müßte ich erst den Grund wissen, warum das geschehen soll, ehe ich mich dazu bereit erkläre!«

»Forschen Sie, bitte, nicht — wir haben unsere Gründe. Außerdem habe ich noch eine Bitte! Dort der ältere Mann« — dabei zeigte er auf Jimmy Wolter — »für den möchte ich eine Extrastellung haben. Jimmy, komm einmal her!«

Jimmy Wolter, der sehr erregt aussah, trat herzu, verbeugte sich in einer Art und Weise, die Fredy sofort erkennen ließ, daß es sich hier um einen Mann einer besseren Gesellschaftsklasse handelte. Fliegertoni legte seine Hand auf Jimmys Schulter und sagte: »Dieser hier ist der Vorarbeiter und Aufseher der Kolonne, und ich bitte Sie, ihm eine Wohngelegenheit außerhalb der Baracken anzuweisen. Vielleicht findet sich drüben im Haus irgendein Kämmerchen für ihn und seinen Hund.«

Von der Anständigkeit des Gesichtes Jimmy Wolters bezwungen, reichte van Beeten ihm die Hand und sagte mit beinahe verlegenem Lächeln: »Gilt auch für Sie die Bedingung, die Fliegertoni stellt?«

»Leider, Mr. van Beeten«, antwortete Jimmy langsam.

»Nun gut! Trotzdem werde ich die Bitte Ihres Fürsprechers erfüllen. Sie können drüben in meinem Büro schlafen, Mr. Wolter. Sie können auch mit Fliegertoni zusammen bei uns essen.«

Jimmy Wolter dankte, ging dann zu Lola hin, zog vor ihr den Hut und sagte ruhig: »Ich werde Ihnen bestimmt keine Mühe machen, Miß van Beeten. Ich bin schon mit der einfachsten Unterkunft zufrieden!«

Dann trat Jimmy wieder zurück und reihte sich unter die anderen ein. Nachdem er beiseite getreten war, fuhr Fliegertoni lächelnd fort: »Es sind einige unter uns, verehrter Mr. van Beeten, die nicht unbedingt gern mit den maßgebenden Herren der Verwaltung zusammenkommen möchten.«

»Na, da scheinen Sie mir ja schöne Galgenvögel gebracht zu haben, Stanley?« sagte van Beeten lachend. »Aber, wie gesagt — die besonderen Umstände hier! Ich bin Ihnen einfach ausgeliefert. Will Ihnen aber noch etwas sagen, Sie verdammter Schurke! Ich habe Sie im Verdacht, darauf hingearbeitet zu haben, daß mir die anderen Schurleute absagten!«

»Kann Ihnen das nicht gleichgültig sein, Mr. van Beeten? Wir sind doch da, und wir werden schnelle und gute Arbeit liefern und dann wieder verschwinden, so wie wir gekommen sind, ohne gefragt und ohne belästigt zu werden!«

»Also gut, das wird versprochen, alles andere soll mir gleichgültig sein. Aber das kann ich Ihnen sagen, Stanley, es geht um Ihren Kopf bei der Sache, das wissen Sie wohl? Alles hängt schließlich von Zufällen ab. Gesetzt den Fall, ich bekomme morgen den Besuch irgendeines Beamten der Behörde: meinen Sie vielleicht, ich werde den Mann Ihnen zuliebe mit einer schwarzen Binde vor den Augen hier herumlaufen lassen?«

»Unbesorgt! In der nächsten Zeit wird keiner kommen!«

»So? Dafür haben Sie auch schon gesorgt? Ich muß sagen, Stanley, Sie sind ungemein tüchtig!«

»Man tut, was man kann! Ich habe es einmal übernommen, diese Menschen über eine schlimme Zeit hinwegzubringen, und das führe ich auch durch!«

»Das ist wieder verdammt anständig von Ihnen, Stanley!« warf Fredy dazwischen.

Beschwörend hob Stanley seine schönen, schlanken Hände: »Halten Sie mich um alles in der Welt nicht für einen Heiligen, das bin ich bestimmt nicht!«

»Wo haben Sie sich denn bis jetzt herumgetrieben, Stanley?« wollte van Beeten wissen.

»Oh, so ein bißchen durch die Welt gebummelt, mal hier, mal dort, mal als anständiger Mensch, mal als Schurke — ich sorge schon dafür, daß ich mich nicht langweile! Aber nun an die Arbeit! Sind elektrische Scheren da, oder muß mit der Hand gearbeitet werden?«

»Es ist beides da, je nachdem Ihre Leute eingelernt sind!«

Mit einer überaus ritterlichen Verbeugung gegen Lola folgte Stanley Felix nach den Baracken, und es währte kaum eine Stunde, da saßen die Leute von Bringdin auf den Hockern, die blökenden Schafe zwischen den Knien, und sammelten die Wolle ein, als hätten sie ihr Lebtag nichts anderes getan.

XIX

Es war zwei Tage später. Die Arbeit auf Goschogana ruhte, denn es fing schon an, dämmrig zu werden, und die Leute aus Bringdin hockten vor den Baracken herum bei ihrem Abendessen.

Auch Mary und Klara hatten Beschäftigung gefunden. Sie mußten die bis zum Bersten mit Wolle gefüllten Säcke zusammennähen. Die ausgestandene Angst, die Schrecken, die ihnen bevorstanden, falls die Rettung durch Fliegertoni ausgeblieben wäre, hatten alle miteinander, für einige Tage wenigstens, einigermaßen im Zaum gehalten.

Aber jetzt fingen sie schon wieder an, in dem gewohnten dreisten und frechen Ton zu reden.

Dieser und jener nahm sich sogar heraus, Fliegertonis Handlungsweise gelegentlich zu kritisieren. Dergleichen fand zunächst jedoch keinen lauten Widerhall.

»Er ist ein ganz verdammter Hund, der Fliegertoni, das laßt euch von mir gesagt sein, bestimmt steckt er eine Riesenprovision für unsere Arbeit ein. Umsonst ist der Halunke kein Menschenfreund!«

»Was du immer zu schimpfen hast, Tom? Sei froh, daß du nicht hinter schwedischen Gardinen sitzt! Was wäre geworden, wenn Toni uns nicht aus der Patsche herausgezogen hätte? Entweder wären wir elend umgekommen oder hinter Schloß und Riegel! Das war unser aller Schicksal!«

»Ich freß einen Besen, wenn der Kerl nur einen Deut besser ist als wir! Der muß sich meiner Ansicht nach genau wie wir hüten, zu dicht an einem Gefängnis vorbeizugehen. Schwupps — schon würden sie ihn haben!«

»Das wäre faul für uns und noch für manchen anderen! Ihr wißt sehr gut, daß Fliegertoni immer geholfen hat. Entweder hat er Arbeit für uns oder einen Unterschlupf. Erinnert euch an die Zeit vor einem Jahr, als wir sogar vom Staat beschäftigte Minenarbeiter waren. Jungens, was war ich damals stolz! Man konnte richtig zwischen den Soldaten durchgehen und wurde doch nicht verhaftet. Daß ich in der Zeit nicht größenwahnsinnig geworden bin, ist mir heute noch ein Rätsel!« erklärte der eine.

»Ja, ja, er ist schon ein ganz verdammter Kerl, der Fliegertoni! Und ich möchte, weiß Gott, wissen, was er eigentlich ist. Er muß Geld haben, der Bursche, sonst könnte er sich kein Flugzeug leisten. Und er muß auch Verbindungen haben, muß an maßgebender Stelle wohl angesehen sein, sonst hätten sie ihn schon längst geschnappt. Überlegt euch das mal, Jungens! Wir wissen doch ganz genau, daß auch er eine ganze Menge auf dem Kerbholz hat.«

»Ach was«, rief einer der Burschen leichtsinnig, »was interessiert mich der Fliegertoni. Das kleine Frauenzimmer, das hier herumläuft, interessiert mich. Hat zwar Hosen an, aber ist trotzdem ein verdammt hübsches Weib, und ich hätte nicht übel Lust, sie ein bissel näher kennenzulernen.«

Schallendes Gelächter unterbrach ihn.

»Ausgerechnet du! Ausgerechnet für dich sollte so etwas aufgehoben sein! Dafür wäre Fliegertoni schon ein aussichtsreicherer Anwärter.«

»Hört mir auf mit dem! Scheint nicht mehr viel mit ihm los zu sein. Hätte sich in Bringdin sonst wohl in anderer Weise um die schöne Mrs. Schwarzenberger gekümmert.«

»Vielleicht war sie nicht sein Typ!«

»Wenn ich das schon höre — sein Typ! Im australischen Busch gefällt einem jedes weiße Weib, das einem über den Weg läuft.«

»Laßt den Blödsinn und schafft keine Schwierigkeiten, das kann ich euch nur raten!« rief einer der älteren Leute.

»Du hast gut reden, bist schon ein halber Großpapa«, wurde ihm zur Antwort.

»Mir ist das wichtigste, daß wir vorerst hier untergekommen sind, Geld verdienen und kein solch verdammtes Dreckwasser mehr saufen müssen wie in Bringdin. Dahin bringen mich keine fünfzig Pferde zurück. Ich bin froh, daß wir aus der Hölle raus sind.«

Am nächsten Vormittag war Lola zum Ausreiten fertig, um nach den Weizenfeldern zu sehen. Sie wartete, daß Sam ihr das Pferd vorführen sollte, und saß indessen auf der Brüstung der Veranda. Da trat Mr. Stanley neben sie und fragte sie ganz beiläufig: »Sie wollen ausreiten, Miß van Beeten?«

»Ja — warum erstaunt Sie das?«

»Allein?«

»Selbstverständlich. Ich reite immer allein!«

»Ich möchte Ihnen raten, das jetzt nicht zu tun, solange meine Leute hier sind!«

»Fangen Sie auch mit dem Blödsinn an?«

»Wer hat Sie schon davor gewarnt?«

»Mein Vater und Fredy! Sie liegen mir immer in den Ohren, daß ich nicht ausreiten soll, wenn fremde Arbeiter auf der Farm sind.«

»Das ist sehr vernünftig und auch ich möchte Sie dringend bitten, es zu unterlassen!«

Währenddessen brachte Sam Lolas Pferd, und ehe Mr. Stanley nur noch ein Wort sagen konnte, saß sie bereits im Sattel und jagte wie rasend davon.

Etwas verblüfft sah Stanley ihr nach, dann zuckte er die Achseln und ging wieder in das Haus zurück, vor sich hinmurmelnd: »Dann kann ich nicht helfen, wenn diese kleine Bestie nicht hören will. Muß eben der Herr Bräutigam auf sie aufpassen. Mir scheint aber«, fügte er mit seinem alten Lächeln hinzu, »daß ich etwas viel Mühe habe mit den Passagieren der ›Melbourne‹! Das wird mir langsam unbequem. Es fängt an, langweilig zu werden, immer ein anständiger Mensch zu sein.«

Mit einer fast müden Geste strich er sich über die Augen, stand eine kleine Weile still, schüttelte den Kopf und brummte: »Zu blödsinnig! Ich glaube wirklich, ich fange an, nervös zu werden. Es ist doch lächerlich, daß ich diese Frau nicht vergessen kann.« Dann lehnte er sich an die Wand der kleinen Halle, den Kopf fest gegen die Mauer drückend, und sah vor sich hin.

So überraschte Fredy ihn, der von der anderen Seite herkam.

»Hallo, Stanley, ist Ihnen nicht gut?«

Sofort hatte dieser sich wiedergefunden, war der alte spöttisch Überlegene und sagte:

»Ich habe den ganzen Kram satt, Mr. Fairfax!«

»Welchen Kram? Ich verstehe Sie nicht!«

»Das Anständigsein — das ist mir unbequem. Ich will nicht mehr!«

»Hätten Sie denn Gelegenheit, sich hier anders zu verhalten?« fragte Fredy langsam.

»Man könnte schon, aber was soll ich Ihr Gemüt erregen? Ich könnte Ihnen einiges sehr Interessante aus meiner jüngsten Vergangenheit erzählen, da würden Sie staunen!«

»Möglich! Ich will aber nicht in Sie dringen, Sie werden schon wissen, wovon Sie sprechen wollen und wovon nicht. In welcher Eigenschaft betätigen Sie sich zur Zeit eigentlich?«

»Weder als Hehler noch als Schmuggler! Agent bin ich augenblicklich! Und zwar ein sehr gesuchter! Ich vermittle Arbeit. Außerdem könnte ich, wenn ich wollte, sofort als Erkundungsflieger angestellt werden. Das ist aber nichts für mich, Mr. Fairfax, auch dabei muß man fortwährend anständig sein. Ich glaube beinahe, es ist am besten, ich kehre Australien bald den Rücken und versuche es einmal in Amerika. Und dann werde ich mich bemühen, allen anständigen Menschen möglichst weit aus dem Weg zu gehen!«

»Stanley? Geht es denn wirklich nicht?«

»Was? Das Anständigsein? Ausgeschlossen! Für was halten Sie mich? Ich bin als Abenteurer geboren und muß als Abenteurer zugrunde gehen. Und zugrunde gehe ich bestimmt eines Tages, unrühmlich und elend, das weiß ich heute schon. Aber nicht wie man stirbt ist wichtig, sondern wie man lebt!«

»Es ist schade um Sie, Stanley! Ich glaube fest daran, daß geordnete Zeiten einen anständigen Kerl aus Ihnen gemacht hätten!«

»Vielleicht — nehmen wir das an! Das ist immer ein wenig unbequem. Aber — was ich sagen wollte, Fairfax, sorgen Sie bitte dafür, daß Ihre Braut nicht allein in der Gegend herumreitet, das tut jetzt nicht gut. Meine Leute sind einer Hölle entsprungen und denken und fühlen demgemäß!«

»Was wollen Sie damit sagen, Stanley?« fragte Fredy besorgt.

»Muß man unter Männern noch deutlicher werden? Ich möchte nicht, daß die Kleine eines Tages zurückkommt und Ihnen berichten muß, einer meiner Leute — ich brauche wohl nicht deutlicher zu werden. Ich denke, Sie verstehen mich auch so.«

Fredy zuckte zusammen, als habe er einen Peitschenschlag erhalten. »Stanley! Um Gottes willen! Ist Lola fort?«

»Die Miß geruhte, meine Warnung in den Wind zu schlagen, und hat sich davongemacht.«

»Wissen Sie, welche Richtung sie genommen hat?«

»Nein, denn sie hielt es nicht für nötig, mir das zu sagen.«

»Man kann dieses Mädchen nicht zur Vernunft bringen!«

Lächelnd zündete Stanley sich eine Zigarette an und sagte dann mit einem netten Ausdruck in seinem schönen Gesicht: »Der Satan von Goschogana!«

»Sie haben recht, Stanley, sie ist wirklich ein Satan! Ich bin meiner Bräutigamszeit wahrhaftig noch nicht froh geworden. Dieses Mädchen spielt ununterbrochen mit mir, als wäre ich ein Holzklotz!«

»Habe ich auch schon bemerkt«, pflichtete da Stanley ihm bei. »Wahrscheinlich aber haben Sie nicht die richtige Art für diese junge Dame!«

»Wie würden Sie es denn halten, Stanley?«

»Oh — ein gutes Mittel, das immer wirkt! Um Ihr Leben muß sie zittern — sie muß befürchten, den Geliebten zu verlieren!« Stanley hatte mit einem ungewöhnlichen und fast lächerlichen Pathos gesprochen und fügte dann noch hinzu: »Das ist die Art, mit Hexen umzugehen, wie der Goethe in seinem ›Faust‹ sagt. Ich habe daraus vieles gelernt.«

»Stanley, in jeder Minute, die ich mit Ihnen rede, werden Sie mir immer rätselhafter! Es ist schade um Sie.«

»Kümmern Sie sich nicht um mich, Fairfax, sondern um Ihre Braut!« Damit nickte er Fredy lächelnd, aber dennoch in einer fast abweisenden Art zu und ging davon.

Fredy hatte tatsächlich das Gefühl, als habe man ihn zu Recht belehrt, sich nicht um fremde Angelegenheiten zu kümmern. »Ein ganz verteufelter Kerl ist das!« schimpfte er vor sich hin. »Und jetzt werde ich einmal sehen, wo ich mein holdes Fräulein Braut finde. Es soll das letztemal sein heute, daß sie ausreitet. Stanley hat sehr recht, es ist gefährlich für eine Frau, sich allein draußen herumzutreiben.«

Stanley war indessen in das sogenannte Büro Felix van Beetens gegangen, in dem Jimmy Wolter saß, der Buchhalter geworden war. Durch einen Zufall hatte Felix entdeckt, daß Jimmy Wolter in dergleichen Dingen sehr bewandert war; die ganze Art des Mannes flößte ihm Vertrauen ein, so daß er ihn gern diese Büroarbeit verrichten ließ.

Jimmy gewährte es eine Befriedigung sondergleichen, sich — wie einst in weit zurückliegender Vergangenheit — einer menschenwürdigen Tätigkeit widmen zu dürfen.

Als Stanley das Zimmer betrat, blickte er von seiner Arbeit auf und sah ihn fragend an.

»Na, Jimmy, es gefällt Ihnen hier wohl?«

»Ja, bei Gott! Ich habe mich lange nicht so wohl gefühlt wie hier! Aber das ist wohl ein schöner Traum? Wann müssen wir denn weiter, Fliegertoni?«

»Ich denke, in vier bis fünf Tagen, das heißt, wenn keiner der Leute krank wird. Tom, dieses verflixte Schwein, hat selbstverständlich schon eine Wunde am rechten Bein, und der Kerl denkt nicht daran, sie sauber zu halten. Freilich, die Leute sind allesamt erbärmlich gekleidet. Habt ihr denn dieses Jahr wirklich so wenig verdient?«

»Was nützt uns schon das Verdienen, wenn es kein überragendes Vermögen ist, das uns alle Wege öffnet? Wir können uns für unseren Goldstaub ja nicht einmal anständige Sachen kaufen, wenn Sie nicht unser Mittelsmann sind. Sie wissen ganz genau, daß es bedenklich für jeden von uns ist, sich in die Nähe von ›Gesetz und Ordnung‹ zu begeben.«

»Das muß doch mal anders werden, Jimmy! Ich helfe euch nun seit zwei Jahren. Das kann ich aber nicht immer tun! Auch ich will fort von hier, will Australien verlassen. Was wird dann aus euch?«

»Das soll und kann Ihnen gleichgültig sein, Toni, belasten Sie sich damit nicht. Es ist um keinen von uns schade, darüber sind Sie sich doch klar?«

»Um mich wäre es auch nicht schade, Jimmy.«

»Doch! Es wäre schade um Sie, Fliegertoni! Ein Schuft sind Sie, aber Sie haben noch einen Rest Anständigkeit in Ihrem schönen Körper!«

»Leider — leider, Jimmy!«

»Warum bedauern Sie das? Sie haben doch die Möglichkeit, sich ein anständiges Dasein leisten zu können?«

»Nicht mehr von mir sprechen, Jimmy, das ist langweilig! Aber was fangen wir mit Ihnen an? Ich möchte Sie hier lassen. Was sagen Sie dazu? Mr. van Beeten kann Sie gut gebrauchen!«

»Schön wäre das! Und ich würde durch Fleiß und redliche Arbeit alle anständige Behandlung vergelten, aber es geht leider nicht. Wenn ich für länger hier bin, muß Mr. van Beeten mich anmelden — und dann wissen Sie ja, was geschieht!«

»Ich will Ihnen etwas sagen, Jimmy! Wir leben nicht in Europa unter normalen Verhältnissen! Gebüßt haben Sie Ihre Tat reichlich und werden büßen, solange Sie leben. Aber es widerstrebt mir, Sie verkommen zu lassen. Ich kann Ihnen helfen, Jimmy!«

Wolter hatte sich erhoben und ging auf Stanley zu. »Ist es auch keine Teufelei, die Sie mit mir vorhaben? Zeigen Sie mir keinen Himmel, wenn Sie mich hinterher wieder in die Hölle stürzen müssen!«

»Nicht so große Worte, Jimmy! Ich habe einen brauchbaren Paß für Sie, das ist doch eine lächerliche Kleinigkeit, Sie werden einfach jemand anders! Na, wollen Sie?«

»Sollte das wirklich möglich sein, Fliegertoni?«

»Gewiß ist das möglich! Wenn Sie einmal gemeldet sind, wer fragt Sie dann noch lange nach der Herkunft? Erweisen Sie sich tüchtig, fleißig, bleiben Sie der anständige Kerl, der Sie sogar in Bringdin gewesen sind, und sehen Sie zu, wie Sie mit sich und Ihrem Leben fertig werden!«

Nach diesen Worten rieb Stanley sich die Augen, strich sich über das Haar und lachte plötzlich hellauf: »Nun wären wir wieder mal ein anständiger Kerl gewesen — es ist zum Verzweifeln mit mir!« Damit griff er in die Tasche und reichte Jimmy einen abgegriffenen englischen Paß. »So, Josef Watson, nun ist auch das in Ordnung! Aber vergessen Sie bitte Ihren richtigen Namen nicht — Jimmy Wolter war nur ein angenommener, verstanden?«

Ehe Jimmy einen Ton sagen konnte, hatte Stanley das Zimmer verlassen und ließ Jimmy in einer kaum zu beschreibenden Stimmung zurück.

Aber die Zeit bewies, daß Stanley recht gehandelt hatte, denn Jimmy Wolter wurde zu einer unentbehrlichen Stütze für Felix van Beeten, brachte es sogar fertig, daß dessen Besitz sich noch um ein beträchtliches vergrößerte, und blieb selber immer nur der bescheidene Angestellte, der zufrieden war mit einem Dasein, das ihn in »reiner Luft« existieren ließ.

Lola war in gereizter Stimmung davongeritten und fand, daß Mr. Stanley genau so altmodisch und blöde war wie Felix und Fredy. Lächerlich — weil einige fremde Arbeiter auf der Farm waren, sollte sie tagelang zu Hause bleiben? Sie war ja schließlich erwachsen und konnte tun und lassen, was ihr gefiel.

Nachdem sie die Feldarbeiter kontrolliert hatte, machte sie einen Umweg und ritt, ehe sie heimkehrte, an den Schurplätzen vorbei. Die Leute waren eifrig bei der Arbeit, und das sich vor Tagen noch dicht drängende Vieh in den Pferchen war schon bedeutend weniger geworden, dafür aber türmten sich die Ballen der geschorenen Wolle zu fast unübersehbaren Bergen auf.

Die Leute aus Bringdin hatten heute von Felix van Beeten eine Extraration Whisky bekommen und waren daher alle in sehr vergnügter Stimmung.

Lola hatte nicht die Absicht, sich bei ihnen aufzuhalten, aber als man sie bemerkt hatte, rief Tom ihr in seiner dreisten Art zu: »Hallo, Miß, kommen Sie doch ein wenig her und unterhalten Sie uns! Wir haben lange kein schönes Mädchen mehr gesehen!«

»Nein, Miß, kommen Sie nicht! Lassen Sie diesen Menschen reden — er hat zuviel Whisky geschluckt«, rief ein anderer dazwischen.

»Sie werden nicht so feige sein, Miß, und sich nicht getrauen. Wir tun Ihnen nichts!«

Es war gefährlich, Lola vermuten zu lassen, daß man sie für feige hielt. Sie lenkte also ihr Pferd dicht zu der Schurstelle hin und sah mit Interesse zu, wie schnell die Arbeit vor sich ging.

Plötzlich aber stand Tom neben ihr und legte seine große Tatze auf ihren Schenkel: »Sind ein verflixt hübsches Frauenzimmer, Miß!« In seinen Augen war ein Flimmern, daß Lola erschrak.

»Lassen Sie los!«

»Das werde ich nicht tun, Miß, ich bin froh, so ein hübsches Mädchen streicheln zu können.« Immer dreister wurde er. Sie glaubte schon, seine Hände auf ihrem nackten Arm zu fühlen, da verließ sie die Beherrschung, und sie zog ihm die Peitsche kreuz und quer über das aufgedunsene Gesicht.

Wütend wollte er an ihr in die Höhe gehen und sie vom Pferd zerren, aber sie hatte ihren Gaul schon herumgerissen und raste zum Wohnhaus zurück.

Dort angekommen, sprang sie vom Pferd und stolperte in nervöser Hast in das Zimmer ihres Vaters, in dem auch Fredy war. Beide sprangen erschrocken auf und bestürmten sie mit Fragen, was los sei. Sie war dermaßen erregt, daß sie nicht gleich sprechen konnte. Sie schlug in einem fort mit der Peitsche, die sie noch in der Hand hielt, wütend durch die Luft.

Endlich fand sie Worte: »Dieser Kerl, dieser ekelhafte, widerliche Schuft, er hat mich angefaßt!«

»Wer? Was? Lola, so rede doch!«

Es währte eine Weile, bis sie sich so weit gefaßt hatte, das soeben Erlebte genau schildern zu können.

Ohne sich weiter um sie zu kümmern, stürzten die beiden Männer aus dem Zimmer und rasten über den Hof zu dem Pferch, wo die Leute gerade mit der Arbeit aufhörten.

»Wer von euch hat sich ungebührlich gegen meine Tochter benommen?« fragte der Riese und stand wie ein Monument inmitten der Leute, dicht neben sich Fredy.

»Hoho, nur nicht so aufgeblasen! Es hat niemand der Miß nur ein Härchen gekrümmt«, wurde ihm zur Antwort. »Soll sie nicht allein herumreiten!«

»Ich frage noch einmal: Wer von euch hat meine Tochter belästigt?«

»Ist das eine Belästigung, wenn ich der Miß die Arme streichle?« fragte Tom frech.

Felix wollte auf den großen Kerl los, aber Fredy hielt ihn zurück und sagte: »Selbstverständlich ist das eine Belästigung. Sie sind sofort entlassen.«

»Darüber haben Sie nicht zu entscheiden! Wenn einer geht, gehen wir alle! Verstanden? Dann mögt ihr sehen, wer eure Schafe weiterschert!« schallte es zurück.

Ehe Felix sich zu besinnen vermochte, was er antworten sollte, vernahm er die messerscharfe Stimme Stanleys: »Tom, alter Verbrecher, du wirst dich sofort entschuldigen!«

»Das werde ich nicht!«

»Das wirst du doch!«

»Möcht' wissen, wer dir Macht über mich gibt«, kam Toms Antwort.

»Dein schlechtes Gewissen, verdammter Hund! Also los, entschuldige dich! Und gnade euch Gott, wenn noch einmal so etwas vorkommt!«

»Blas dich nicht auf und tu, als wärst du ein feiner Herr. Bist auch nur ein Gauner, genau wie wir!«

Im selben Moment hatte Stanley ihn am Kragen gepackt, und nur ein Augenblick — so lag Tom am Boden.

»So, Mr. van Beeten, das ist erledigt. Ich nehme an, es wird nicht wieder etwas Derartiges vorkommen. Pfui Teufel, Tom, ich bin sehr dafür, daß du dich endlich einmal wäschst. Du bist dreckig!« sagte Stanley und schlug seine Handflächen gegeneinander. »Man kann es der Miß nicht übelnehmen, daß sie dir ein Kreuz mit der Peitsche auf das Gesicht gezeichnet hat.«

Danach verließ Stanley, von Felix und Fredy gefolgt, den Arbeitsplatz und begab sich mit ihnen in das Wohnhaus zurück.

Als die Herren in van Beetens Zimmer Platz genommen, gewahrte Fredy mit einem gewissen Erstaunen, daß Stanleys Gesicht einen ernsten, beinahe besorgten Ausdruck hatte.

»Was ist, Stanley? Nehmen Sie die Angelegenheit wichtig?«

»Ehrlich gesagt — ja!«

»Und was befürchten Sie?«

»Revolte! Die Kerle sind zu lange sich selber überlassen gewesen, und nun paßt es ihnen nicht, daß ich ihnen ein wenig auf die Finger sehe! Zudem dürfen wir das Vorkommnis mit Miß Lola nicht allzu leicht nehmen, wenn auch noch nichts Ernstliches geschehen ist!«

Felix van Beeten ging aufgeregt in dem kleinen Zimmer hin und her und fluchte fürchterlich.

»Schwiegervater, ich bitte Sie, beruhigen Sie sich, es wird nicht schlimm werden. Die Hauptsache ist, daß die Wolle unter Dach und Fach ist!«

»Irrtum, Mr. Fairfax, das ist keineswegs die Hauptsache!« sagte Stanley langsam.

»Ja, um alles in der Welt, so reden Sie doch endlich!« sagte der Riese und packte Stanley an der Schulter.

Stanley sah eine Weile nachdenklich vor sich hin, kaute an seiner Zigarette herum und fragte sachlich: »Wieviel Schußwaffen haben Sie im Hause?«

»Hallo — kommt es darauf hinaus?« fragte der Riese.

»Ich nehme an, ja! Auf wie viele Ihrer Hausangestellten können Sie zählen?« fragte Stanley.

»Da wären Sam, Bob, Saibo — na, und Mila, aber die kann man wohl nicht mitrechnen, die ist höchstens ein Stückchen Zitteraal vor lauter Angst, sobald ein Schuß losgeht!«

Es war eigenartig, daß der neue Gesichtspunkt durchaus nicht beängstigend auf den Riesen wirkte, sondern daß etwas wie Kampflust in seinem großen, roten, frischen Gesicht zu bemerken war. »Außerdem — die Lola können wir auch als Mann mitrechnen, sie schießt ausgezeichnet!«

»Herrgott noch einmal, das ist doch Wahnsinn, was wir da miteinander reden!« sagte Fredy. »Wir leben doch im zwanzigsten Jahrhundert und nicht zur Zeit der Indianer- und Farmerromane!«

»Das schon, Mr. Fairfax, aber die Gefahren des Farmerlebens werden nicht aufhören, solange es noch Farmer gibt. Ich hoffe, daß ich zu schwarzsehe, aber Vorsicht ist angebracht.«

Es klopfte an der Tür, und der Riese rief, unmutig über die Störung, ziemlich wütend: »Herein!«

In der Tür stand Jimmy Wolter mit ungewöhnlich erregtem Gesicht.

»Tom und der kleine Dicke wiegeln die Leute auf! Sie wollen mehr Lohn, aber ich fürchte, das ist nur ein Vorwand, um randalieren zu können. Sie gefallen mir nicht, die Burschen!«

»Ganz richtig, mir auch nicht! Es hat einen Auftritt gegeben, Miß

Lolas wegen, und du kannst dir denken, daß sie durcheinander sind. Was machen denn die beiden Frauenzimmer, die Mary und die Klara?«

»Die hocken verängstigt hinter dem Wollschuppen und wissen nicht, was sie tun sollen!«

»Darf ich bitten, Mr. van Beeten, Mila zu den Frauen zu schicken und sie unter irgendeinem Vorwand ins Haus zu holen. Wenn ich von dieser Sorte Weiber auch nicht viel halte, gehören sie in der nächsten Zeit dennoch in Sicherheit.« Kaum daß er diesen Satz zu Ende gesprochen hatte, wandte er sich mit einem kecken Lächeln zu Fredy herum und sagte: »Wieder eine von meinen Sentimentalitäten! Es wird tatsächlich höchste Zeit, daß ich mich in andere Gegenden begebe!«

Fredy trat zu ihm und legte die Hand auf seinen Arm. »Stanley! Warum gönnen Sie es sich nicht, als anständiger Mensch zu empfinden?«

»Das ist mir von jeher unbequem gewesen!« war die lässige Antwort. »Aber nun, bitte, Mr. van Beeten, die Frauen ins Haus, und dann wollen wir einmal sehen, wie wir Goschogana vor der Horde aus Bringdin schützen können.«

Die Männer liefen durch das Haus, verbarrikadierten, soweit es, ohne aufzufallen, möglich war, die Fenster. Mila hatte die Frauen hereingeholt, die von Toni kurz unterrichtet wurden, um was es ging. Auch Lola wußte Bescheid, und dann saß man nach dem Abendessen in der kleinen Halle, die Stanley als Operationsgebiet am günstigsten erschien.

Die Dunkelheit war hereingebrochen, plötzlich und brutal, wie es immer geschah, als ein hartes Klopfen die leise geführte Unterhaltung der Männer unterbrach.

Stanley zog warnend die Augenbrauen in die Höhe und rief dann: »Hallo, wer ist da?«

»Hier ist Tom! Komm raus, Fliegertoni, wir haben etwas mit dir zu besprechen!«

»Dazu fehlt es mir heute abend an Lust, mein Junge. Das hat bis morgen Zeit!«

»Hat nicht bis morgen Zeit, und ich rate dir gut — komm raus zu uns, wo du hingehörst!«

Stanley hatte sich langsam erhoben und war zur Verandatür gegangen, hob ein wenig die Bambusmatte in die Höhe, die Tom die Sicht genommen hatte, und fragte ruhig: »Was willst du? Ich bin müde und will schlafen! Die anderen sind auch schon längst zur Ruhe!«

»Das mag dir der Teufel glauben, aber ich nicht! Und was ich will? Mehr Lohn wollen wir haben! Von heute an das Doppelte! Und wenn wir das nicht bewilligt bekommen, dann holen wir es uns!«

Mit der liebenswürdigsten Miene, als hätte der große Tom ihm etwas sehr Nettes gesagt, antwortete Stanley: »Weißt du, was ich bedaure, Tom?«

»Nein!« war die grobe Antwort.

»Daß ich euch nicht alle in Bringdin habe verdursten lassen! Da wäre die Welt auf einfache Art und Weise um siebzig Schurken ärmer geworden.«

Ein vielstimmiges Lachen war die Antwort, woraus Stanley entnahm, daß Tom nicht allein vor der Veranda stand.

»Dann wären ja der Doktor mit seiner schönen Frau und dein verhätschelter Liebling, Jimmy, auch mit in die Hölle gefahren!«

»Wahrscheinlich — wo gehobelt wird, da fallen Späne! Also, laßt mich jetzt in Ruhe. Wir werden hier anständig behandelt und bezahlt und werden auch weiterhin anständige Arbeit liefern, verstanden?«

»Und wenn wir deinen Kommandos nicht mehr gehorchen?«

»Dann benachrichtige ich die Militärstation, daß die bewußten vier Lastautos kommen sollen. Die dürften schneller da sein, als euch lieb ist!«

»Erzähl keine Märchen, mein Junge! Wir haben uns nämlich erlaubt, die Telephonleitung durchzuschneiden.«

»Ihr seid wirklich bezaubernde Geschöpfe!« antwortete Stanley lachend und ließ sich kein Erschrecken anmerken. »Es gibt noch andere Mittel und Wege!«

»Kinderschreck, Fliegertoni! Uns jagst du damit nicht ins Bockshorn!«

»Schluß jetzt, ich habe die Geschichte satt. Es bleibt bei dem, was ich gesagt habe!« Damit ließ Stanley die Matte niederfallen, legte die Holztür vor und wandte sich zu den anderen. »Sie haben alles mitangehört, und mir scheint, die Sache wird ernst. Es tut mir verdammt leid, Mr. van Beeten, daß ich Ihnen diese Horde hierhergebracht habe!«

»Reden Sie keinen Unsinn, Stanley. Sie wissen genau, wie froh ich war, als Sie ankamen. Was jetzt geschieht, haben wir alle nicht voraussehen können.«

»Daß die Kerle die Telephonleitung zerstört haben, verschlimmert selbstverständlich die Situation. Hätten nur etwa zwanzig Stunden auszuhalten brauchen, bis Hilfe käme! Aber so schnell gebe ich mich nicht gefangen. Sie haben doch einen großen Radioapparat im Hause. Vielleicht können wir damit etwas machen!«

»Verstehen Sie auch davon etwas, Stanley?« fragte Fredy erstaunt.

»Ein Allerweltsgauner wie ich, mein lieber Fairfax, muß mit allen Hunden gehetzt sein. Wozu ist die Wissenschaft da, wenn wir sie uns nicht dienstbar machen?« Er ging mit den anderen zusammen in des Hausherrn Schlafzimmer, wo ein großer Rundfunkempfänger mit allen notwendigen Ersatzteilen stand.

»Na«, sagte Stanley und betrachtete sich aufmerksam den Apparat, »nun wollen wir uns mal eine kleine Sendestation einrichten.«

Mit seinen schönen Händen arbeitete er so geschickt wie ein gelernter Mechaniker an dem Apparat herum, veränderte dies und das, bastelte an dieser Stelle, schraubte an jener herum, zerriß Drähte, verband wieder neue, und es währte nicht lange, so hatte er eine richtig arbeitende Sendestation zusammengebastelt. Die anderen sahen ihm erstaunt zu, wie er die seltsamsten Dinge für seine Arbeit verwendete: die Telephonmuschel, einige Gegenstände aus dem Grammophon und sonst noch alles mögliche, kaum Begreifliche. Dann fing er an zu sprechen, zu senden. Nach einer gewissen Zeit richtete er sich aufatmend in die Höhe und sah Felix van Beeten mit einem netten Lächeln an: »Erledigt! Man weiß jetzt, daß wir Hilfe brauchen! Es ist verdammt schade, daß ich meine Fliegerkiste nicht hier habe. Man soll eben nie ohne sein wichtigstes Gepäck reisen. So! Und nun an die Gewehre!« fügte er lachend hinzu. »Hat die kleine Miß Angst?« fragte er Lola und legte die Hand auf ihre Schulter.

»Angst? Ich? Ich weiß überhaupt nicht, was das ist!«

»Das freut mich. Aber jetzt wird pariert, kleine Miß. Hätten Sie gestern auf mich gehört, säßen wir heute nicht in dieser Patsche drin, darüber sind Sie sich doch wohl klar?«

Lola antwortete nicht, sondern warf nur den Kopf in den Nacken. Es war für sie schwer, eine Rüge zu ertragen, aber sie hatte ein schlechtes Gewissen, und deshalb war sie still.

XX

Doktor Schwarzenberger und seine Frau waren mit Hilfe der Militärstation in Begleitung von Fanny nach der nächstgrößeren Ortschaft gereist und erholten sich dort in dem netten Haus einer deutschen Dame von den überstandenen Anstrengungen.

Sie hatten beschlossen, sich bei nächster Gelegenheit nach Goschogana zu begeben, um mit Fredy zu sprechen, wie er sich seine weitere Zukunft dächte.

Peter war am Abend zur Poststation gegangen, um sich nach einer passenden Reisemöglichkeit zu erkundigen, und betrat das kleine Postamt gerade in dem Augenblick, als ein Postbeamter aufgeregt an seinem Radioapparat herumschraubte.

»Ich höre da einen neuen Sender – ich weiß nicht, was ich aus der Sache machen soll!«

»Lassen Sie sich nicht stören, Mr. Brown, ich habe Zeit!« Interessiert setzte Peter sich neben ihn und lauschte auf die vorerst noch unklaren und unverständlichen Töne, die aus dem Apparat kamen. Plötzlich aber zuckte er auf, denn es waren Worte zu verstehen – immer deutlicher wurden sie, und in kurzen Intervallen wiederholte eine Männerstimme: »Hallo, hallo, hier Farm Goschogana – dringende Hilfe nötig –, Revolte der Schafschurkolonne!«

»Was ist von dieser Nachricht zu halten, Mr. Brown?«

»Mir scheint, die Sache ist ernst! Ich werde es sofort melden! Die Fälle sind nicht selten, daß Schurleute auf entfernten, einsam gelegenen Farmen revoltieren. Es ist ja eine gottverlassene Menschenklasse, zumeist Verbrecher, die keine andere Arbeit gefunden haben.«

Mr. Brown nahm den Telephonhörer zur Hand und stellte eine Verbindung mit der Militärstation her, orientierte diese und sagte dann zu Peter: »Man hat den Ruf auch dort schon gehört, Mr. Schwarzenberger, und es werden sofort Schritte unternommen!«

»Dann muß ich Sie sofort verlassen, ich muß mit nach Goschogana!«

»Kennen Sie die Leute von Goschogana?«

»Ja, Mr. Brown: Verwandtschaft!«

»Dann allerdings! Gut, daß wir das aufgenommen haben! Alles Gute, Mr. Schwarzenberger!«

»Danke Ihnen, Mr. Brown, wir wollen es hoffen!«

Peter ging sofort zur Militärstation und wurde orientiert, daß in zwei Stunden ein mit Militär besetztes Lastauto abfahren würde. Man berechnete die Fahrzeit auf sechs bis sieben Stunden, und Peter erklärte, daß er unbedingt mitwolle. Es wurde ihm zugebilligt, und nach kurzer Zeit eilte er dann zu Emily.

Ohne viel Worte zu machen, mit absoluter Selbstverständlichkeit, erklärte diese, daß sie und Fanny mitkämen.

»Ich lasse dich niemals wieder allein, Peter, das habe ich mir fest vorgenommen. Es wird schon eine Möglichkeit geben, uns zwei Frauen mitzunehmen. Ich habe das Gefühl, daß auch wir helfen können. Und weißt du, was ich noch vermute, Peter? Nachdem du mir gesagt hast, du glaubtest die Stimme Satonis erkannt zu haben —«

»Was vermutest du, Emily?«

»Er wird die Leute von Bringdin nach Goschogana gebracht haben, und schon deshalb müssen wir mit!«

»Und du bist wieder ganz tapfer.«

Mit einem weichen Lächeln sah sie ihn an und sagte: »Wenn ich mich schon mit Leprabazillen herumgeschlagen habe, dürfte es mir nicht schwerfallen, ein wenig Samariterdienste zu leisten.«

Wortlos nahm er sie in seine Arme und küßte sie. »Tapfere Emily, du bist wirklich ein feiner Kamerad!«

In Goschogana stand es schlimmer, als Stanley befürchtet hatte. Die siebzig Mann aus Bringdin waren schwer bewaffnet und hatten die Schießerei angefangen. Der erste Schuß zertrümmerte einen Spiegel.

Sofort befahl Stanley, sich auf den Boden zu legen. Die Männer sollten versuchen, auf die draußen Stehenden zu zielen, aber nur zu schießen, wenn sie sicher wären, zu treffen. Das war nicht ganz einfach, denn es war eine Neumondnacht und daher alles dunkel und nichts zu erkennen.

Ob nach dem ersten Schuß Minuten oder Stunden vergangen waren, hätte keiner zu sagen vermocht. Plötzlich aber knatterte eine neue Gewehrsalve, die wie ein Hagel in die Halle einschlug. Sam, der sich unvorsichtigerweise emporgerichtet hatte, bekam eine Kugel in die Schulter, und es war nunmehr Sache der Frauen, ihn zu verbinden.

Da alle am Boden liegen mußten, war das nicht ganz einfach, zumal auf Stanleys Geheiß nur ein kleiner Kerzenstumpf brennen durfte.

Auf einmal wurde es draußen hell: eine rote zuckende Helle sprang auf.

»Feuer!« rief Stanley. »Diese Kanaillen haben Feuer gelegt!«

»Mir scheint, das Wollager brennt«, sagte van Beeten bitter. »Na, dann können wir es auch nicht ändern! Gebe Gott, daß das Feuer nicht auf das Wohnhaus überschlägt!«

»Ist das zu befürchten, Mr. van Beeten?«

»Ja! Denn die heute abgeernteten Säcke liegen bis an das Haus heran!«

»Verdammte Wirtschaft! Was ist da zu tun?«

»Was da zu tun ist, soll meine Sache sein!« erklärte Fredy, kroch auf dem Fußboden nach links, öffnete kniend eine Tür und raste dann, soweit die Dunkelheit es erlaubte, den schmalen Korridor entlang bis zum linken Ende des Hauses. Rasch orientierte er sich bei dem Schein des Feuers. Er hob vorsichtig eine Bastmatte hoch, kroch aus dem Fenster heraus, nachdem er sich versichert hatte, daß keiner der Rebellen in der Nähe war. Und dann machte er sich an die Riesenarbeit, die dem Haus gefährlich nahe liegenden Wollballen wegzuschieben, damit ein Überspringen der Flammen unmöglich wurde.

Es war eine schwere Arbeit, und es gehörten Bärenkräfte dazu, ganz davon abgesehen, daß alles in größter Hast verrichtet werden mußte; denn immer näher kamen die Flammen. Zwei Ballen hatte Fredy beiseite geschoben, den dritten, den vierten — so daß schon einige Meter bis zum Haus frei waren. Und jetzt kam der fünfte Ballen daran. Aber dieser brannte schon. Trotzdem hielt er es für unerläßlich, auch den noch beiseite zu zerren.

Mochte seine Hast daran schuld gewesen sein, oder hatte er eine

Unvorsichtigkeit begangen — jedenfalls stand auf einmal sein Hemd in Flammen.

Der wahnsinnige Schmerz nahm ihm fast die Besinnung, und für den Teil einer Sekunde wußte er nicht, was er tun sollte. Dann warf er sich stöhnend auf den Boden und wälzte sich in dem trockenen Staub herum. Dadurch gelang es ihm zwar, die Flammen zu ersticken, aber er war arbeitsunfähig geworden. Die Sinne drohten ihm zu schwinden, aber noch so viel Energie war in ihm, daß er zum Fenster zurückkroch, durch das er das Haus verlassen hatte. Dann aber brach er ohnmächtig zusammen.

Die anderen hatten zu tun, um die immer frecher andrängenden Rebellen durch gutgezielte Schüsse in Schach zu halten. Es war eine wirkliche Schlacht geworden, und nur die Umsicht und Geistesgegenwart Stanleys ließ die sich im Haus Befindenden nicht verzweifeln.

Lola wurde allmählich unruhig. Das bisher Erlebte hatte sie nicht sonderlich aufgeregt, aber sie vermißte Fredy.

Wieder und wieder lauschte sie nach links — aber nichts konnte sie hören. Kurz entschlossen rutschte sie endlich zur Tür und folgte dem von Fredy eingeschlagenen Weg. Plötzlich stieß ihr Fuß an etwas, sie bückte sich und erkannte Fredy. Sofort war ihr klar, daß er ohnmächtig war, verletzt und Hilfe brauchte.

Die kleine tapfere Lola schluchzte laut auf, kniete bei ihm nieder, legte ihren Arm unter seinen Kopf und küßte ihn zart auf Wangen und Stirn. »Armer Fredy, lieber, armer Fredy!« Und dann erhob sie sich, faßte ihn, alle Kraft zusammennehmend, unter die Arme und schleppte den nicht leichten Körper des bewußtlosen Mannes den langen Korridor entlang.

Endlich war sie so weit gekommen, daß sie den anderen zurufen konnte: »Stanley, hierher! Fredy ist verwundet!«

»Hallo, kleine Miß, da müssen wir helfen!« sagte Stanley, der genau so beherrscht und liebenswürdig war wie sonst.

Mit kurzen Worten veranlaßte er Mary und Klara, den Ohnmächtigen in die Nähe der Kerze zu ziehen. Da sahen sie, wie es um ihn stand.

»Das sind böse Brandwunden! Der Arme muß furchtbare Schmerzen haben!«

Mit einem Wehlaut sank Lola wieder neben Fredy hin und streichelte ununterbrochen sein blasses Gesicht. Dann aber war sie den Frauen behilflich, ihn mit dem wenigen, das zu Gebote stand, zu verbinden. Alles andere interessierte sie nicht mehr. Sie sah und hörte nichts, beobachtete nur mit zitternder Angst sein blasses Gesicht und küßte wieder und immer wieder seine Stirn. Ganz leise, in all diesem wüsten Trubel um sie herum, flüsterte sie an seinem Ohr: »Lieber Fredy, nie wieder will ich häßlich zu dir sein! Ich hab' dich ja so lieb! Lieber Fredy, es soll dir nicht so weh tun!«

Wäre sie nicht so aufgeregt gewesen und der Lichtschein etwas heller, dann hätte sie ein spitzbübisches Lächeln auf Fredys Gesicht bemerken können, denn ganz so ohne Bewußtsein war er nicht mehr, daß er diese Worte nicht verstanden hätte.

Stanley hatte also recht! Erst wenn Lola Angst um ihn hätte, um sein Leben zittern müßte, würde er gefügig werden, der Satan von Goschogana!

Die Situation spitzte sich immer mehr zu, auch Saibo und Felix van Beeten waren leicht verwundet, und es wurde von Minute zu Minute schwerer, die Rebellen vom Haus fernzuhalten. Mit unglaublicher Energie und Sachlichkeit blieb Stanley auf dem Posten. Es war, als wiche ihm jede Kugel aus, denn obwohl er dicht hinter der Bastmatte stand, um besser zielen zu können, wurde er nicht getroffen.

Stunden waren vergangen. Die Hitze in dem geschlossenen Raum wurde unerträglich, aber man wagte nicht, sich Luft zu verschaffen. Das bereitgestellte Trinkwasser ging zur Neige, und es war bald notwendig, daß einer nach dem Küchenhaus schlich, um neues zu holen. Wie selbstverständlich hatte jetzt Stanley diese Aufgabe übernommen.

Als er sich gerade daranmachte, durch den hinteren Gang den Bungalow zu verlassen, gewahrte er weit hinten am Horizont ein merkwürdiges Licht.

Einen Augenblick stutzte er, dann erschien neben dem einen Licht plötzlich ein zweites, und mit Gewißheit erkannte er nun die Scheinwerfer von Kraftwagen.

Also hatte man wirklich einen SOS-Ruf gehört! Einen Augenblick drückte Stanley beide Fäuste gegen die Augen und murmelte vor sich hin: »Dem Himmel sei Dank!« Aber im selben Augenblick mußte er über sich selber lächeln. »Nanu, ich schließe schon einen Pakt mit dem Himmel? Stanley, es wird Zeit, daß du dich wieder auf dich selber besinnst!« Damit ging er zurück zu den anderen und teilte ihnen die Freudenbotschaft mit.

Es dauerte nur einige Minuten, da entdeckten auch die Rebellen, daß sich von der anderen Seite Fahrzeuge näherten. Der Feuerschein des Lagerraumes ließ allmählich nach, denn die Flammen hatten die Vorräte verzehrt und fanden dank Fredys entschlossenem Eingreifen keine weitere Nahrung.

Alles versank mehr und mehr in Dunkelheit, und nur wie spitze Finger bohrten sich die Scheinwerfer der Autos in die nächtliche Finsternis.

Schneller, als es sich schildern läßt, spielten sich nun die Ereignisse ab. Sobald das Gewehrfeuer der Aufständischen aufgehört hatte, war Stanley mit seinen Leuten aus dem Haus gekommen und trieb nun von der einen Seite und die Soldaten von der anderen die Leute von Bringdin auf einen Haufen zusammen.

Plötzlich sah Stanley sich Emily gegenüber — er verlor bei ihrem Anblick fast seine Beherrschung.

Aber einen Augenblick nur, dann war er wieder Herr seiner selbst, zuckte die Achseln, wischte sich das von einer geringen Streifwunde herrührende Blut von der Wange und sagte leichthin, wie das seine Art war: »Na, das hat mir noch gefehlt! Willkommen, schöne Frau — hoffentlich war die Fahrt für Sie nicht allzu anstrengend!«

»Stanley, ich bitte Sie, solche Bemerkungen sind jetzt wirklich nicht am Platze!« antwortete Emily fast ärgerlich. Dann eilte sie auf Lola zu, nahm sie in die Arme und sagte hastig: »Wie geht es dir? Wo ist Fredy? Ist euch irgend etwas geschehen?«

Schluchzend hing Lola an ihrem Hals, ohne zu fragen, woher Emily käme, ohne darüber nachzudenken, daß sie jetzt mitten in der Nacht bei ihr war, und schluchzte: »Fredy — Fredy, er ist verletzt! Du mußt ihm helfen!«

Die ungewohnte Art des süßen jungen Mädchens rührte Emily trotz all dem Trubel, trotz all der Aufregung. Sie legte den Arm tröstend um sie und sagte: »Es wird schon alles gut werden! Sei ruhig, kleine Lola, Peter ist ja da!«

Dann holte sie ihren Mann herbei, sich sofort der Verletzten anzunehmen.

Die Frauen waren ihm behilflich, Fredys wirklich schlimm aussehenden Arm sachgemäß zu verbinden, dann wurden auch Sam und Saibo versorgt, und erst als das geschehen war, kamen die verwundeten Aufrührer an die Reihe.

Die Frauen gingen daran, das verwüstete Haus wieder in Ordnung zu bringen, und so war Lola allein mit Fredy, den man auf ein Sofa gebettet hatte. Eifersüchtig wies sie jede andere Hilfe zurück, streichelte nur wieder und wieder seine gesunde Hand und betrachtete angstvoll sein Gesicht.

Fredy spielte noch immer den Bewußtlosen. Die Kleine war unsagbar reizend in ihrer neuerwachten Weiblichkeit. Er war sehr gespannt, was weiterhin kommen würde. Wenn ihm sein Arm auch verdammt weh tat, so war er doch mit sich und der Welt außerordentlich zufrieden, zumal er gehört hatte, daß die Gefahr für Goschogana vorüber war.

»Armer Fredy, mein lieber, lieber Fredy!« murmelte Lola in einem fort.

Eben beugte sie sich wieder über ihn und wollte ihn auf die Stirn küssen. Da hielt Fredy es für angebracht, seinen gesunden Arm um sie zu legen, und leise, aber sehr verständlich fragte er: »Nun, ist der Satan von Goschogana vernünftig geworden?«

Sie versuchte, sich ihm zu entwinden, und auf ihrem Gesicht erschien der alte, abweisende Zug. Aber das nützte ihr nichts. Fredy hielt sie eisern fest.

»Nichts mehr — artig sein, Satan! Ich habe gehört, daß du mich liebst!«

»Du warst also nicht ohnmächtig?«

»Du mußt schon entschuldigen — nein!«

»Das ist gemein von dir, Fredy!«

»Ja, ja, ich weiß — ich bin ein Flegel, ein furchtbarer Flegel, aber du hast mich doch lieb!«

Nun endlich gab sie sich gefangen, die kleine Lola. Die Erregung der letzten Stunden hatte sie weich gemacht, und schluchzend beugte sie sich nun über ihn.

»Ja, es hilft nichts, ja, ich hab' dich lieb!« sagte sie.

»Na, endlich! Dann ist alles gut! Dann können wir ja das Kriegsbeil begraben!«

Innig küßte er seine kleine Lola, und in diesem Augenblick interessierte ihn kaum etwas von dem, was sonst noch auf Goschogana geschah.

Nachdem die Rebellen zur Vernunft gebracht worden waren, beschloß man, angeregt durch Stanleys Vorschlag, sie unter militärischer Bewachung die nächsten drei Tage arbeiten zu lassen, um zu retten, was noch zu retten war.

Und es war für Stanley ein ausgesprochenes Vergnügen, am kommenden Morgen die Leute von Bringdin zu inspizieren, die zähneknirschend bei der Arbeit waren, und sich mit ihnen zu unterhalten.

»Na, ihr Schurken, wie schmeckt euch das jetzt?«

»Du sollst uns nur mal unter die Finger kommen, Fliegertoni, dann gnade dir Gott!«

»Laßt gefälligst Gott aus eurem Mund, ihr Schufte! Aber es dürfte wohl kaum möglich sein, daß ich einem von euch in der nächsten Zeit begegne. Ihr kommt vorerst einmal hinter Schloß und Riegel, und ich gedenke dieses Land zu verlassen. Also spart euch euren glühenden Zorn und gebt euch mit dem Bewußtsein zufrieden, daß Fliegertoni euch doch über war. Ihr hättet klüger getan, mir zu folgen.«

Er wandte ihnen den Rücken zu, es war ihm gleichgültig, was aus ihnen wurde.

Emily und Peter hatten beschlossen, für einige Monate in Goschogana zu bleiben.

Fanny war im Haus untergebracht. Wenn sie sich bewährte, sollte sie dauernd darin bleiben als Stütze für die alte Mila.

Es war ein paar Tage später.

Das erste Lastauto hatte sich mit einem Teil der Bringdinleute soeben in Bewegung gesetzt.

Da hielt auch Stanley seine Zeit für gekommen. Er verabschiedete sich von Felix van Beeten und begab sich sodann zu Fredy, um sich, nachdem er noch ein paar Scherzworte mit ihm gewechselt hatte, für immer von ihm zu trennen.

Nun stand er vor Emily. Als letzter von allen wollte er ihr Lebewohl sagen.

»So, schöne Mrs. Schwarzenberger, nun wären wir soweit, und ich kann Sie endlich von meiner Gegenwart befreien.«

»Reden Sie keinen Unsinn, Stanley; seien Sie einmal vernünftig!«

»Vernünftig? Wenn ich Ihnen gegenüberstehe? Nein, Sie dürfen auch von einem Stanley nichts Übermenschliches verlangen. Also«, fuhr er aufseufzend fort, »auf Nimmerwiedersehen!«

»Stanley, wohin gehen Sie? Was haben Sie vor?« fragte sie ernst.

»Geht Ihr Interesse an mir so weit, Emily?«

»Ja, Stanley, denn ich habe erkannt, daß Sie nicht nur ein Abenteurer sind, sondern auch ein anständiger Mensch!«

»Das hat mir gerade noch gefehlt! Behüte Gott, daß Sie Achtung vor mir haben! Nein, nein, Mrs. Emily, ich bin ein Schuft, und ich bleibe einer! Und ich verschwinde unerkannt aus euer aller Gesichtskreis!«

»Es ist schade um Sie, Stanley, sehr schade!«

»Wenn Sie schon milde gegen mich sind, Mrs. Emily, dann gewähren Sie mir eine Bitte.«

Emily sah ihn groß und ernst an.

»Sie brauchen diese Bitte nicht erst auszusprechen, Stanley. Ich habe das Gefühl, daß ich sie Ihnen gewähren kann!« Damit faßte sie mit beiden Händen seinen Kopf und küßte ihn auf den Mund, sah ihn noch einmal an und wandte sich dann von ihm weg.

Starr, mit Augen, die nicht einen Himmel, sondern eine Hölle gesehen hatten, blickte Stanley ihr nach. Dann raffte er sich zusammen, eilte zu dem Führer des zweiten Lastautos und trieb diesen zur Eile an.

»Los, Tommy, fahr zu, zur Hölle, wenn es dir recht ist! Ich bin dabei!«

Keinen Blick warf er zurück auf Goschogana. Alle, die er dort zurückgelassen hatte und die durch sein Erscheinen auf andere, bessere und glücklichere Lebensbahnen geführt worden waren, hörten niemals wieder von ihm.

Nach langen Jahren, als Emily mit ihrem Mann längst wieder in Berlin lebte, bekam sie von Felix van Beeten einen Ausschnitt aus einer südamerikanischen Zeitung zugesandt. Und Fanny, die in Felix van Beetens Haus geblieben war, schrieb ihr einen längeren Brief dazu.

»Liebste Frau Emily! Lesen Sie diese Notiz. Ich habe mit Mr. van Beeten darüber gesprochen, und wir sind beide der Ansicht, daß es sich nur um Fliegertoni handeln kann. Friede seiner Seele! Er war besser, als er es uns alle glauben machen wollte!«

Die Zeitungsnotiz schilderte die Katastrophe eines Vergnügungsdampfers, bei der ein Engländer namens McForbac, als der Tapferste von allen, mehrere Frauen und Kinder gerettet hatte und dabei selber durch den Biß eines Haifisches tödlich verwundet worden war. Das eigenartige an der Leiche dieses Mannes war, daß durch den langen Aufenthalt in dem Seewasser sein schwarzes Haar teilweise ausgefärbt und ein strahlendes Blond hervorgekommen war. Der Tote war, wie die Zeitung berichtete, von besonderer körperlicher Schönheit, aber niemand wußte zu sagen, wer er sei und woher er gekommen war — eben nur ein Passagier des verunglückten Dampfers.

Ein seltsames Leben hatte ein ehrenvolles Ende gefunden.

Emily schickte diese Nachricht an Fredy Fairfax, der als wohlbestallter Rechtsanwalt mit seiner Frau Lola in London lebte. Die kleine Lola war, wie nicht anders zu denken, der verhätschelte Liebling ihrer noch immer sehr frischen, eleganten und reiselustigen Urgroßtante Roberta Fairfax geworden, die inzwischen auch noch Urgroßmutter geworden war, denn Lola hatte ihrem Fredy ein entzückendes Zwilligspärchen geschenkt.

Und Urgroßmutter Roberta war schon heute darauf gespannt, ob sich auch an diesen beiden Kindern der Schwur der schönen Emily Dorsey bewahrheiten möchte, daß auch sie dermaleinst nicht ohne Liebe heiraten würden.

Ein Roman, mitten aus dem Leben gegriffen

Als Band mit der Bestellnummer 11 181 erschien:

Eigentlich hatte er immer Chef der Lokalredaktion werden wollen. Doch Andreas, Anfang vierzig, empfindet den täglichen Trott in einer Zeitungsredaktion mit seinen inneren Widersprüchen eines Tages als unerträglich. Auch in seinem Privatleben hat er den festen Boden unter den Füßen verloren: er lebt in einer desolaten Ehe. In der Mitte des Lebens angelangt, begibt er sich auf die Suche nach einem sinnvollen Neubeginn.

BASTEI LÜBBE